The Classic Books

허클베리 핀의 모험

마크 트웨인

북로드

경고문

이 이야기의 계기가 무엇인지 알려고 하는 자는 사형에 처할 것이고, 도덕적 교훈이 무엇인지 밝혀내려는 자는 추방될 것이며, 플롯을 찾으려는 자는 총살에 처해질 것이다.

작자의 명령에 따라

군사령관 G. G.

1장

《톰 소여의 모험》을 읽어보지 않은 사람은 나에 대해 잘 모를 것이다. 하지만 상관없다. 그 책은 마크 트웨인이라는 분이 썼으며 전반적으로 사실을 말하고 있다. 물론 약간 과장된 부분은 있지만 크게 신경 쓸 일은 아니다. 나는 지금까지 거짓말을 하지 않는 사람을 본 적이 없으니까. 아니, 어쩌면 톰의 숙모인 폴리 아주머니나 과부인 더글러스 아주머니, 혹은 톰의 사촌 누이 메리라면 거짓말 따위는 하지 않을지도 모르겠다. 이들의 이야기도 그 책에 나온다. 앞에서도 말했듯이 물론 약간 과장된 면이 있기는 하지만 대부분 사실이다.

그 책의 내용은 대략 이렇게 끝난다. 나는 톰과 함께 강도들이 동굴 속에 숨겨둔 돈을 찾아냈고, 그 덕분에 우리는 부자가 되었다. 우리는 각각 6천 달러씩 나누어 가졌다. 그 돈은 모두 금화여서 한꺼번에 쌓아놓은 모습이 정말 어마어마했다. 우리는 그 돈을 대처 판사에게 맡겼다. 판사는 이자로 우리에게 1년 동안 매일 1달러씩

주었다. 정말 어떻게 해야 할지 모를 정도로 큰돈이었다.

그러던 어느 날 과부인 더글러스 아주머니가 나를 양자로 삼겠다고 나섰다. 더글러스 아주머니는 나를 교양 있는 아이로 키우겠다며 교육했다. 하지만 나는 주로 집 안에서 지내야 하는 이런 생활을 견딜 수 없었다. 모든 면에서 빈틈이 없는 데다 엄격한 아주머니 밑에서 나는 도저히 참을 수 없어 집을 나와버렸다. 예전처럼 누더기 옷을 걸치고 커다란 설탕 통 안에 들어가니 너무나 자유롭고 편안한 기분이 들었다. 하지만 톰 소여가 나를 찾아내고 말았다. 그는 자신이 갱단을 조직하는 중이며, 더글러스 아주머니 댁으로 다시 돌아가 착실히 있으면 갱단에 넣어주겠다고 했다. 나는 할 수 없이 집으로 돌아갔다.

더글러스 아주머니는 나를 보자마자 길 잃은 어린 양이니 어쩌니 하면서 울음을 터뜨렸다. 어떤 이상한 이름으로 부르기도 했는데 나쁜 뜻은 아닌 것 같았다. 그러고는 새 옷을 꺼내 입혀주었는데, 땀만 나고 몹시 답답했다. 이렇게 해서 이전의 일상이 다시 반복되었다.

저녁 식사 종이 울리면 나는 늦지 않게 식탁으로 갔다. 그렇다고 당장 식사를 할 수 있는 것도 아니었다. 더글러스 아주머니가 음식 앞에서 고개를 숙이고 뭐라 뭐라 중얼거릴 때까지 기다려야 했다. 그렇다고 음식에 문제가 있는 것도 아니었다.

저녁 식사가 끝나면 더글러스 아주머니는 성경책을 펼쳐놓고 모세와 갈대 바구니 이야기(아기 모세를 갈대 바구니 속에 숨겨 위험한 상황을 모면했다는 성경 이야기—옮긴이)를 들려주었다. 나는 모세가 어떤 사람인지 궁금해서 꼬치꼬치 캐물었다. 그제야 아주머니는 그가 아주 오랜 옛날에 이미 죽은 사람이라고 설명해주었다. 나는 죽은 사람에게는 전혀 관심이 없었기 때문에 그 이야기에 흥미를 잃고 말았다.

나는 갑자기 담배가 피우고 싶어서 더글러스 아주머니에게 한 대만 피우게 해달라고 부탁했다. 하지만 아주머니는 허락은커녕 담배를 피우는 건 나쁜 습관이고 건강에도 좋지 않으니 끊어야 한다고 했다. 세상에는 이런 사람이 꼭 있다. 아무것도 모르면서 마치 다 아는 척 말하는 그런 사람 말이다. 더글러스 아주머니는 자신의 친척도 아니고 이미 죽어서 아무에게도 도움이 안 되는 모세에 관해 이러쿵저러쿵 떠들다가도 정작 내가 좋아하는 것은 비난하면서 못하게 한다. 자기는 코담배를 피우면서 말이다. 자기가 하는 일은 괜찮다는 식이다.

그 무렵 더글러스 아주머니의 동생 왓슨 아주머니가 우리와 함께 살게 되었다. 그녀는 안경을 끼고 몸이 호리호리한 노처녀로, 철자법 책을 가지고 와서 나를 힘들게 했다. 그렇게 한 시간 정도 지나면 더글러스 아주머니가 와서 그만해도 된다고 했다. 하지만 그다음에도 심심하고 지루한 시간이 계속되었다. 그녀는 걸핏하면 이런 잔소리들을 해댔다.

"허클베리, 그런 곳에 발 올려놓으면 안 돼."

"허클베리, 구부정하게 있지 말고 똑바로 앉아."

"그렇게 하품하거나 기지개를 켜면 안 돼. 왜 그렇게 가만히 있지를 못하니?"

그러고는 내가 말을 잘 듣지 않으면 지옥에 간다며 지옥 얘기를 한참이나 했다. 내가 그곳에 가보고 싶다고 하자 아주머니는 불같이 화를 냈다. 나는 나쁜 뜻으로 그런 게 아니라 그저 어디론가 가고 싶었을 뿐이다. 사실 꼭 어디로 가고 싶다기보다는 무언가 변화가 필요했다. 하지만 아주머니는 온 세상을 다 준다 해도 자신은 절대 그런 말은 하지 않을 것이며, 자신은 오직 천국에 가기 위해 노력하며 살 거라고 말했다. 하지만 나는 왓슨 아주머니가 가려고 하는 곳이라면 따분할 게 뻔하다는 생각이 들어 굳이 그런 곳에 가려고 노력하지 않기로 마음먹었다. 물론 이런 생각을 입 밖에 내지는 않았다. 그런 말을 하면 분명 귀찮은 일만 생길 것이고, 나에게 아무 이득도 없을 것이기 때문이다.

어쨌든 왓슨 아주머니는 천국 이야기를 한참이나 떠들어댔다. 천국에서는 온종일 사람들이 하프를 켜면서 노래를 부른다고 했다. 나에겐 별로 그럴싸해 보이지 않았지만 그런 말을 하지는 않았다. 대신 나는 톰 소여가 그곳에 갈 수 있는지 물었다. 그러자 아주머니는 그럴 가능성은 거의 없다고 대답했다. 나는 그 말을 듣고 오히려 기뻤다. 왜냐하면 나는 톰과 같이 지내고 싶기 때문이었다.

왓슨 아주머니는 끊임없이 설교를 해댔다. 나는 답답하고 지겨운 나머지 숨을 쉴 수가 없을 지경이었다. 마침내 두 아주머니는 검둥이들을 모두 불러놓고 기도를 한 후 잠자리에 들었다. 나는 양초에 불을 붙이고 2층 내 방으로 가서 탁자 위에 올려놓았다. 그러고는 창가 의자에 앉아 뭔가 재미있는 일이 없을까 생각해보았지만 아무 것도 떠오르지 않았다. 정말이지 죽고 싶을 만큼 쓸쓸했다. 별은 반짝이고 숲에서는 나뭇잎이 바람에 흔들리며 처량한 소리를 냈다. 멀리서 부엉이가 슬프게 울고, 쏙독새는 마치 죽어가는 이를 애도하듯 구슬피 울었다. 어디선가 개 짖는 소리도 들렸다. 바람이 속삭이는 것이 무슨 소리인지는 알 수 없고 다만 온몸에 소름이 끼쳤다. 그때 숲에서 귀신 울음소리 같은 게 들려왔다. 귀신이 뭔가 이야기하고 싶은 게 있어 밤마다 돌아다니며 슬프게 우는 소리 같았다. 나는 너무 무서워서 누군가 함께 있었으면 하는 생각이 들었다.

그때 마침 거미 한 마리가 어깨에 떨어져 나도 모르게 털어냈는데, 재수 없게도 그만 촛불에 떨어져서 타 죽고 말았다. 무언가 나쁜 징조라는 생각이 들고 겁이 나서 옷이 흘러내릴 정도로 몸이 떨렸다. 나는 자리에서 얼른 일어나 세 번 돌면서 성호를 그었다. 그 다음 귀신이 오지 못하도록 머리카락을 몇 가닥 실로 묶었다. 하지만 이 방법이 효과가 있을지 자신은 없었다. 길에서 주운 말편자를 문틀 위에 못으로 박아놓지 않고 그대로 두었다가 잃어버렸을 때는 이렇게 한다는 말을 들었지만, 거미를 죽이고 나서 액운을 막기 위해 이렇게 한다는 말은 들은 적이 없다.

나는 덜덜 떨면서 다시 의자에 앉아 담배를 피우려고 파이프를 꺼냈다. 온 집 안이 쥐 죽은 듯 조용하니 더글러스 아주머니도 알 도리가 없을 것이라고 생각했다. 아무튼 한참 시간이 흐르고 멀리서 자정을 알리는 시계 종소리가 들려왔다. 주변은 아까보다 더 조용했다. 그때 아래쪽 나무 사이에서 잔가지 부러지는 소리가 났다. 무언가 움직이고 있었다. 나는 숨죽이고 귀 기울였다. 아래쪽에서 "야옹! 야옹!" 소리가 조그맣게 들려왔다. 나도 작은 목소리로 "야옹! 야옹!"이라고 대답했다. 그러고 나서 불을 끄고 창문을 넘어 헛간 지붕 위로 내려갔다. 땅바닥으로 미끄러지듯 내려가서 나무 사이로 들어가 보니 아니나 다를까 톰 소여가 나를 기다리고 있었다.

2장

우리는 나무 사이로 난 좁은 길을 통해 더글러스 아주머니 댁의 마당 끝까지 갔다. 나뭇가지에 머리가 긁히지 않게 허리를 구부리고 살금살금 걸어갔는데 부엌 옆을 지나다가 그만 나무뿌리에 걸려 넘어지는 바람에 소리가 나고 말았다. 엉겁결에 우리는 몸을 숙이고 숨을 죽였다. 마침 왓슨 아주머니 댁에서 일하는 덩치 큰 검둥이 짐이 부엌 문간에 앉아 있었다. 뒤쪽의 불빛에 비친 그의 모습이 뚜렷이 보였다. 짐은 소리를 듣고 벌떡 일어나 1분 정도 귀를 기울이더니 말했다.

"거기 누구슈?"

짐은 잠시 더 귀를 기울이다가 살며시 걸어오더니 우리 앞에 섰다. 손을 내밀면 닿을 만한 거리였다. 우리는 아무 소리도 내지 않고 몇 분 정도 가만히 있었다. 그때였다. 갑자기 발목이 가렵기 시작하더니 뒤이어 귀가 가렵고, 다음에는 두 어깨 사이의 등 쪽이 가려웠다. 당장 긁지 않으면 죽을 것만 같았다. 그때 이후로도 나는 몇 번이나 이러한 증상을 느끼곤 했다. 점잖은 사람과 함께 있을 때, 또는 장례식에 참석하거나 잠이 오지 않는데 억지로 자려고 할 때, 결코 몸을 긁어서는 안 되는 자리에만 가면 온몸이 가려웠다. 그때 짐이 말했다.

"거기 누구슈? 누가 숨어 있는 거유? 분명히 소리를 들었는디. 좋구만유, 다시 소리가 들릴 때까지 절대 움직이지 않을 테니께."

검둥이 짐은 이렇게 말하더니 나와 톰 사이 바닥에 주저앉아 나무에 등을 기대고 다리를 쭉 뻗었다. 하마터면 그의 다리 한쪽이 내 다리에 닿을 뻔했다. 나는 이제 코가 가렵기 시작했다. 너무 간지러워 눈물이 날 정도였지만 긁을 용기는 없었다. 급기야 배가 가렵더니 엉덩이까지 가려워 참을 수가 없었다. 언제까지 참아야 할지 모른다는 것이 더더욱 힘들었다. 이런 상태로 6, 7분 정도 있었는데 내게는 그것보다 훨씬 더 길게 느껴졌다. 이젠 가려운 곳이 열한 군데로 늘어났고, 이제는 단 1분도 참을 수 없었다. 이를 악물고 참다가 막 긁으려는데 다행히 짐이 숨을 몰아쉬며 코를 골기 시작했다. 그러자 신기하게도 가려움증이 순식간에 사라졌다.

톰이 조용한 목소리로 신호를 보내자 우리는 바닥을 살금살금 기어서 그곳을 빠져나왔다. 약 3미터쯤 갔을 때 톰이 귀엣말로 짐을 나무에 묶어두자고 말했다. 하지만 나는 반대했다. 짐이 잠에서 깨면 놀라 소리를 지를 것이고, 그러다 보면 사람들이 내가 집 안에 없는 걸 알게 될 것이기 때문이다. 그러자 톰은 초가 부족하니 부엌에 가서 몇 개 더 가지고 나오자고 했다. 나는 짐이 일어나 이리로 올지도 모른다는 생각에 톰의 제안이 마음에 들지 않았다. 그러나 톰이 완고하게 말해서 할 수 없이 부엌으로 갔다. 톰은 양초 값으로 탁자 위에 5센트를 놓고 초 3개를 들고 나왔다. 나는 빨리 이곳을 도망치고 싶어 미칠 지경이었다. 하지만 톰이 짐에게 장난을 치지 않으면 직성이 풀리지 않는다고 해서 할 수 없이 나는 톰을 기다려야 했다. 사방이 너무나 조용하고 적막해서 기다리는 시간이 몹시 길게 느껴졌다.

톰이 돌아오자 우리는 재빨리 오솔길로 걸어갔다. 마당 울타리를 돌아 드디어 집 뒤편 가파른 언덕 꼭대기에 다다랐다. 톰은 짐이 쓰고 있던 모자를 벗겨 머리 위쪽 나뭇가지에 걸어놓았는데, 짐은 잠깐 움찔하기는 했지만 세상 모르고 잠만 잤다고 했다. 나중에 짐은 이 상황을 이렇게 떠들고 다녔다. 마녀들이 자기에게 마법을 걸어 말에 태우고 미주리 주를 이리저리 끌고 다니다가 다시 나무 아래에 데려다 놓았고 자기들이 그렇게 했다는 것을 알리기 위해 모자를 나뭇가지에 걸어놓았다는 것이다. 나중에 짐은 다시 그 이야기를 꺼내며 이번에는 미주리 주가 아니라 뉴올리언스까지 데려갔다고 했다. 그렇게 이야기를 점점 과장하더니, 드디어는 마녀들이 온 세계를 데리고 다니는 바람에 몸에 힘이 빠지고 엉덩이가 안장에 스쳐 헐었다고까지 말했다. 짐은 그 사건 이후 점점 더 잘난 척하면서 급기야 다른 검둥이들을 거들떠보지도 않았다. 심지어 짐의 이야기를 듣기 위해 몇 마일이나 떨어진 곳에서 검둥이들이 찾아오기도 했다. 이제 짐은 이 마을의 어느 검둥이보다 존경받는 인물이 되었다. 짐을 처음 본 검둥이들은 마치 신기한 사람을 보기라도 하는 듯 입을 벌린 채 그를 위아래로 훑어보곤 했다. 또 검둥이들이 늘 그렇듯 부엌 난로 구석에 모여 마녀 이야기를 하다가 누가 아는 체라도 하면 짐이 나타나서 말했다.

"쳇! 너 따위가 마녀를 알면 얼마나 알겠어?"

그러면 그 검둥이는 아무 말도 못하고 뒤로 물러나야 했다.

짐은 그 5센트짜리 동전을 줄에 매달아 항상 목에 걸고 다녔다. 그는 그 동전을 귀신이 직접 준 부적이라고 하며, 그것만 있으면 어떤 환자도 고칠 수 있다고 떠벌렸다. 또 동전에 대고 주문을 외우면 언제든 마녀를 부를 수도 있다고 했다. 하지만 어떤 주문인지는 절대 말하지 않았다. 그러자 근처에 사는 검둥이들이 5센트짜리 동전을 보려고 몰려왔다. 하지만 마녀의 물건이라 감히 만질 엄두를 내지 못했다. 짐은 마녀를 직접 본 데다 마녀들이 자신을 말에 태워 데리고 다녔다면서 너무 거만을 떠는 바람에 이제 하인으로서는 쓸모가 없을 정도였다.

톰과 나는 언덕배기에 도착하자 마을을 내려다보았다. 아픈 사람이라도 있는지 등불 서너 개가 반짝이고 있었다. 머리 위에는 별이 아름답게 빛났고, 저쪽 마을 옆으로는 폭이 1마일(약 1.6킬로미터―옮긴이) 정도 되는 매우 고요하고 웅장한 강이 흘렀다. 우리는 언덕을 내려가다가 폐허가 된 가죽 공장 근처에 숨어 있던 조 하퍼와 벤 로저스, 그리고 두세 명의 친구들을 만났다. 우리는 함께 작은 배를 타고 강 아래쪽 언덕 중턱에 있는 큰 절벽 밑까지 2.5마일(약 4킬로미터—옮긴이)쯤 저어 가서 강가로 올라갔다.

숲에 들어가자 톰은 모두에게 비밀을 지키겠다는 맹세를 하라고 한 다음 나무가 가장 무성한 숲 한가운데 있는 동굴을 보여주었다. 우리는 촛불을 켜고 굴속으로 기어 들어갔다. 2백 야드(약 183미터—옮긴이) 정도 들어가자 넓은 공간이 나왔다. 톰은 몇 갈래나 되는 길을 이리저리 살펴보다가 그 누구도 구멍이 있으리라고는 상상하지 못할 바위 밑으로 기어 들어갔다. 우리도 톰을 따라 좁은 통로를 빠져나가 방처럼 된 곳에 이르렀다. 습하고 서늘해서 땀에 젖은 몸이 오싹할 정도로 추웠다. 그곳에서 걸음을 멈추자 톰이 말했다.

"나는 갱단을 조직하려고 한다. 명칭은 톰 소여의 갱단. 갱단에 들어오고 싶은 사람은 피로 자기 이름을 써야 한다."

모두 흔쾌히 찬성했다. 그러자 톰은 맹세를 써놓은 종이를 꺼내 읽기 시작했다.

"모든 단원은 임의로 갱단에서 탈퇴할 수 없으며, 결코 우리의 비밀을 다른 사람에게 누설해서는 안 된다. 단원이 위험에 빠지면 나쁜 짓을 한 자와 그 가족을 죽이라는 명령을 받은 단원은 반드시 실행해야 한다. 그 사람들을 죽인 후 칼로 그들의 가슴에 우리 갱단의 표시인 십자가를 새길 때까지 아무것도 먹어서는 안 되고 잠을 자서도 안 된다. 우리 갱단이 아닌 자는 절대 이 표시를 쓸 수 없으며, 한 번 쓰면 처벌받고, 두 번 쓰면 죽음을 각오해야 한다. 비밀을 누설한 자는 누구든 목을 베어 죽인 후 완전히 불태워 재를 사방에 뿌리고, 명부의 이름을 피로 지울 것이다. 단원들은 절대 그 이름을 입에 담지 않을 것이며, 저주를 받아 영원히 잊혀질 것이다."

우리 모두 굉장히 멋진 맹세라고 말하며 톰에게 직접 생각해낸 것이냐고 물었다. 톰은 몇 구절은 자기가 생각한 것이고 나머지는 해적단이나 강도단에 관한 책에서 뽑은 것이라고 했다. 그리고 원래 멋있는 강도단은 모두 다 이렇게 맹세한다고 말했다. 그때 비밀을 누설한 단원의 가족도 죽이는 것이 좋겠다고 누가 말했다. 톰은 좋은 생각이라며 종이에 연필로 적어 넣었다. 그러자 벤 로저스가 말했다.

"하지만 헉은 가족이 없는데 어떡하지?"

"아버지가 있잖아?"

톰 소여가 말했다.

"하지만 요즘은 통 보이지 않아서 말이야. 예전에는 늘 술에 취해 가죽 공장 근처에서 돼지와 함께 뒹굴며 자곤 했는데, 안 보인 지가 벌써 1년이 넘었잖아."

모두 이런 이야기를 하면서 나를 제외하려고 했다. 단원이라면 누구든 문제가 생겼을 때 죽일 가족이나 누군가가 있어야 하며, 그렇지 않으면 형평성에 어긋난다는 것이었다. 이 문제를 어떻게 해결해야 할지 아무도 현명한 생각이 떠오르지 않아 난감해하면서 입을 다물고 앉아 있었다. 나는 거의 울고 싶은 심정이었다. 하지만 그때 문득 방법 하나가 떠올랐다. 나는 애들에게 왓슨 아주머니를 내놓겠다고 말했다.

"아주머니를 죽이면 되잖아."

그러자 모두 말했다.

"그래, 그 아주머니면 되겠다. 이제 헉도 입단할 수 있어."

그래서 모두 서명을 하려고 바늘로 손가락을 찔러 피를 냈다. 나도 종이에 내 이름을 썼다.

"그런데 우리 갱단이 하는 일이 뭐야?"

벤 로저스가 말했다.

"강도와 살인이지."

톰이 말했다.

"그런데 뭘 훔친다는 거야? 집이야? 아니면 가축? 그것도 아니면……."

"어리석긴! 가축을 훔치는 건 좀도둑이지 강도가 아니야. 우리는 좀도둑이 아니거든. 그건 말도 안 돼. 우리는 노상강도야. 복면을 쓰고 길에서 역마차나 일반 마차를 세워 타고 있는 사람을 죽이고 시계나 돈을 갈취하는 거지."

톰 소여가 말했다.

"꼭 사람을 죽여야 해?"

"당연하지. 그게 제일 좋은 거야. 어떤 갱단들은 다르게 생각하기도 하지만, 대개는 죽이는 게 제일 좋다고 되어 있어. 물론 이 동굴에 끌고 와서 몸값을 낼 때까지 가둬놓는 사람도 있고 말이야."

"몸값? 그게 뭔데?"

"나도 몰라. 어쨌든 책에서 읽었는데 노상강도가 하는 짓 중 하나라고 했어. 그러니까 우리도 그렇게 해야 해."

"뭔지도 모르면서 어떻게 그렇게 해?"

"군소리하지 마! 어쨌든 꼭 해야 돼. 책에 써 있다고 했잖아. 책에 써 있는 대로 안 했다가 일이 틀어지면 어쩌려고 그래?"

"그게 아니라 어떻게 하는지도 모르면서 몸값을 어떻게 받고 놈들을 풀어준다는 거지? 내가 알고 싶은 건 그거야. 그러니까 방법이 뭐냐고?"

"글쎄, 아마도 몸값을 받을 때까지 가둔다는 건 그 사람이 죽을 때까지 가둬놓는다는 뜻이겠지."

"그래, 그럴 수도 있겠다. 그렇다면 말이 되지. 처음부터 그렇게 말하지 그랬어? 그런데 녀석들이 죽어서 몸값을 치를 때까지 계속 가둬놓으려면 보통 성가신 게 아닐 텐데. 때마다 음식을 줘야 하고 늘 달아날 궁리만 할 것 아냐."

"무슨 소리야, 벤 로저스. 감시인이 지키고 있다가 한 발짝이라도 움직이면 당장 쏘아 죽일 건데 어떻게 달아날 수 있니?"

"감시인? 그러면 누군가가 오로지 놈들을 지키기 위해 밤새도록 한숨도 못 자고 앉아 있어야 하잖아. 그건 어리석은 일이라고 생각해. 그보다는 몽둥이를 들고 있다가 놈들을 붙잡자마자 당장 몸값을 받아내는 건 어때?"

"책에는 그렇게 씌어 있지 않았어. 그러니까 안 돼. 이봐, 벤 로저스, 넌 규칙대로 하고 싶은 거야, 아니야? 문제는 이거라고. 넌 책을 쓴 사람들이 어떤 게 옳은지 알고 있다고 생각지 않니? 그런 사람들에게 네가 뭘 가르쳐줄 수 있을 것 같아? 천만에! 절대 아니야. 그러니까 우리는 책에 적힌 방법대로 몸값을 받으면 되는 거야."

"좋아, 난 상관없어. 하지만 아무튼 그건 어리석은 짓이라고 생각해. 그런데 여자도 죽이는 거야?"

"이봐, 벤, 내가 너처럼 무식하다면 차라리 아무 말도 하지 않겠다. 여자를 죽인다고? 말도 안 돼. 그런 말은 책에서 본 적이 없어. 여자들은 동굴에 데리고 와서 파이를 다루듯이 부드럽게 대해주면 되는 거야. 그러면 곧 너를 사랑하게 되고, 다시는 집에 가고 싶어하지 않을 거야."

"그래, 그렇다면 나도 좋아. 하지만 썩 믿기지는 않는걸. 그렇게 되면 아마 동굴이 금방 여자와 몸값을 기다리는 사람들로 가득 차 버려서 강도들은 앉을 자리도 없을 거야. 하지만 네 마음대로 해. 난 더 할 말 없으니까."

우리는 이미 잠들어버린 꼬맹이 토미 번스를 깨웠다. 토미는 겁에 질려 훌쩍거리면서, 엄마가 있는 집으로 돌아가고 싶고 이제 강도 따위는 되고 싶지 않다고 말했다. 그러자 모두 토미를 울보라고 놀리기 시작했고, 화가 난 토미는 곧장 집으로 돌아가 비밀을 다 털어놓겠다고 말했다. 결국 톰이 5센트를 주자 잠자코 있었다. 그러고 나서 우리는 오늘은 일단 모두 집으로 돌아갔다가 다음 주에 다시 만나 누구를 상대로 강도질하고 누구를 죽일 것인가를 의논하기로 했다. 벤 로저스는 일요일 말고는 좀처럼 나올 수 없으니, 다음 일요일부터 일을 시작하고 싶어 했다. 하지만 다른 아이들이 모두 일요일에는 그런 짓을 해서는 안 된다고 하는 바람에 계획이 무산되고 말았다. 우리는 되도록 빨리 모여서 날짜를 정하기로 하고, 톰 소여를 이 강도단의 단장으로, 조 하퍼를 부단장으로 뽑은 다음 집으로 돌아갔다.

나는 동틀 무렵에야 집에 도착해 오두막 지붕을 기어올라 내 방 창문 안으로 미끄러져 들어갔다. 새 옷에는 온통 촛농과 진흙이 묻어 있었고, 몹시 피곤했다.

3장

다음 날 아침 나는 옷 때문에 왓슨 아주머니한테 한바탕 야단을
맞았다. 반면 더글러스 아주머니는 나를 야단치지 않고 촛농과 진
흙을 깨끗이 닦아주었다. 아주머니가 너무 슬픈 표정을 짓고 있어
서 나는 한동안 얌전히 지내야겠다고 생각했다. 왓슨 아주머니는
나를 골방으로 데리고 가서 기도를 드렸지만 아무 효과도 없었다.

왓슨 아주머니는 매일 기도를 드리면 원하는 것은 무엇이든 얻을
수 있다고 말했다. 하지만 그렇지 않았다. 언젠가 낚싯줄은 있는데
낚싯바늘이 없어서 서너 번 기도를 한 적이 있다. 낚싯바늘이 없으
면 낚싯대는 소용없기 때문에 낚싯바늘을 달라고 기도했던 것이다.
하지만 아무 효과도 없었다. 그래서 어느 날 나는 왓슨 아주머니에
게 낚싯바늘을 얻을 수 있도록 기도해달라고 부탁했다. 그러자 아
주머니는 나를 보며 바보라고 했다. 하지만 왜 바보인지 이유를 말
해주지 않았다.

언젠가 나는 숲에 들어가 오랫동안 이 일에 대해 골똘히 생각해

보았다. 기도로 뭐든지 원하는 것을 얻을 수 있다면 왜 윈 집사님은 잃어버린 돈을 찾지 못하는 걸까? 어째서 더글러스 아주머니는 도둑맞은 은제 코담배 상자를 찾지 못하는 걸까? 어째서 왓슨 아주머니는 살이 찌지 않는 걸까? 나는 자신에게 이렇게 물어보았다. 그리고 마침내 기도 같은 건 아무 소용 없다는 결론을 내렸다.

나는 더글러스 아주머니에게 가서 이 말을 했다. 그랬더니 아주머니는 사람이 기도를 드려서 얻을 수 있는 것은 '정신적인 선물'이라고 말했다. 그것은 내게 너무 어려운 말이었다. 그러자 더글러스 아주머니가 그 의미를 가르쳐주었다. 즉 다른 사람을 도와주어야 하고, 다른 사람을 위해서 할 수 있는 일이라면 무엇이든 해야 하며, 항상 나 자신보다 다른 사람을 보살펴주어야 한다는 것이었다. 내가 보기에 왓슨 아주머니도 그 다른 사람 중에 속하는 것 같았다.

나는 다시 숲으로 가서 오랫동안 이 문제에 대해 여러모로 생각해보았다. 그 결과 덕을 보는 사람은 내가 아닌 다른 사람들이라는 것을 깨달았다. 그래서 나는 더 이상 이 문제에 신경 쓰지 않기로 했다.

간혹 더글러스 아주머니는 나를 구석으로 데려가 하느님의 섭리에 대해 들려주기도 했다. 제법 마음이 끌리는 말들이었다. 하지만 다음 날이면 왓슨 아주머니가 모든 것을 망쳐놓았다. 결국 나는 하느님의 섭리에는 두 가지가 있다고 결론 내렸다. 다시 말해 더글러스 아주머니 쪽 하느님의 섭리로는 못난 사람들도 구제될 수 있지만, 왓슨 아주머니 쪽 하느님의 섭리에 의하면 아무런 혜택도 받지 못할 것 같았다. 오랜 생각 끝에 나는 더글러스 아주머니 쪽 섭리를 따르기로 했다. 하지만 이렇게 무식하고 변변치 못한 내가 하느님의 섭리를 따른다고 해서 어떤 혜택을 얻을 수 있을지는 도무지 알 수가 없었다.

아버지를 본 지도 1년이 넘었다. 하지만 사실 나는 오히려 더 마음이 편했고, 만나고 싶은 생각도 없었다. 아버지는 술에 취하지 않은 맨정신일 때면 항상 나를 두들겨 패곤 했다. 그래서 나는 아버지를 보면 숲으로 도망가곤 했다. 그 무렵 마을에서 12마일(약 19킬로미터—옮긴이) 정도 떨어진 강 상류에서 아버지의 시신이 발견되었다는 소문이 들렸다. 사람들은 그 시신이 아버지가 분명하다고 말했다. 물에 빠져 죽은 사람의 몸이 꼭 아버지만 한 데다, 누더기를 걸쳤으며, 머리카락이 유별나게 길었다는 것이다. 이렇게 모든 것이 아버지와 일치했지만, 오랫동안 물에 잠겨 있어서 얼굴은 전혀 알아볼 수 없었다고 했다. 그런데 소문에 따르면 시체가 반듯하게 누운 채 떠 있었다고 한다. 마을 사람들이 시체를 건져서 둑에 묻었다고 했지만, 나는 마음을 놓을 수가 없었다. 왜냐하면 남자가 물에 빠져 죽으면 엎드린 상태로 떠 있다는 사실을 잘 알고 있었기 때문이다. 그래서 나는 그 시체가 남자 옷을 입은 여자일 수도 있다고 생각했다. 나는 또다시 걱정되었다. 아버지는 언젠가 다시 나타날 것이 분명했다. 제발 나타나지 않으면 좋으련만.

우리는 한 달 동안 가끔 모여서 강도 놀이를 했다. 그러다 내가 그만두자 다른 아이들도 모두 그만두었다. 사실 우리는 강도질을 한 것도 아니었고 누구를 죽이지도 않았으며, 그러는 척했을 뿐이었다. 숲에서 뛰쳐나와 돼지 몰이꾼을 쫓거나 채소를 짐마차에 싣고 장에 가는 여자들을 습격하기는 했지만 결코 아무것도 훔치지는 않았다. 톰 소여는 돼지를 '금괴', 순무나 채소를 '보석'이라고 불렀다. 그리고 동굴에 가서는 빙 둘러앉아 우리가 어떤 행동을 했고 몇 사람이나 죽였으며 몇 사람에게 상처를 입혔는지 떠들어댔다. 하지만 나는 도대체 그런 것들이 무슨 도움이 되는지 알 수가 없었다. 한번은 톰이 한 아이에게 갱단을 모으는 신호로 횃불을 들고 마을을 한 바퀴 뛰라고 한 적도 있다. 그런 다음 톰은 자신의 스파이로부터 비밀 정보가 들어왔다고 말했다. 다음 날 굉장히 많은 스페인 상인과 돈 많은 아라비아 사람들이 코끼리 2백 마리와 낙타 6백 마리, 그리고 천 마리가 넘는 노새에 다이아몬드를 산더미처럼 싣고 가다가 할로우 동굴에서 야영을 할 것인데, 호위병은 불과 4백 명밖에 안 된다는 것이었다. 그러니 숨어 있다가 놈들을 해치우고 물건을 빼앗자며 칼과 총을 미리 손질해두자고 했다. 심지어 채소를 실은 수레 한 대를 공격할 때도 톰은 항상 칼과 총을 미리 손질해놓아야 한다고 말했다. 물론 칼과 총이라고 해봤자 기껏 나뭇가지나 빗자루이니 열심히 닦아봤자 더 나아질 것도 없었다.

나는 우리가 그렇게 많은 스페인 사람과 아라비아 사람들을 해칠 수 있다고 믿지 않았지만 낙타와 코끼리는 보고 싶었다. 그래서 다음 날인 토요일 모두 함께 숲에 숨어 있다가 신호가 떨어지자 뛰쳐나가 언덕을 내달렸다. 그러나 그곳에는 스페인 사람도 아라비아 사람도 낙타도 코끼리도 아무것도 없었다. 오로지 소풍을 온 주일학교 1학년생 아이들뿐이었다. 우리는 소풍을 방해하고 어린아이들을 몰아냈다. 그렇게 해서 우리가 얻은 것은 도넛 몇 개와 잼, 그리고 벤 로저스가 헝겊 인형을, 조 하퍼는 찬송가책과 기도책 한 권을 손에 넣었을 뿐이다. 그나마 선생님들이 쫓아오는 바람에 우리는 빼앗은 것들을 모두 버리고 달아나야 했다. 나는 톰 소여에게 다이아몬드를 보지 못했다고 말했다. 하지만 톰은 무조건 다이아몬드가 산더미처럼 쌓여 있었다고 우겼다. 또 아라비아 사람도 코끼리도 그 밖의 물건도 모두 있었다고 말했다. 나는 그럼 왜 우리 눈에는 보이지 않았느냐고 따졌다. 톰은 내게 무식하다고 말하며, 적어도《돈키호테》라는 책만 읽었어도 그런 질문은 하지 않았을 것이라며 오히려 나에게 화를 냈다. 톰은 그곳에는 몇백 명이나 되는 병사와 코끼리, 보물이 있었지만 우리의 적인 마법사가 심통을 부려 모든 것을 주일학교 아이들로 바꿔버렸다는 것이었다. 그래서 내가그 마법사를 무찌르면 되는 거 아니냐고 말하자 톰은 나보고 멍청이라고 했다.

"야, 마법사는 엄청나게 많은 도깨비를 불러올 수 있는 데다 그 도깨비들은 순식간에 너를 해치울 수 있어. 도깨비들은 키가 나무

만큼 크고 몸은 교회만큼이나 크다고."

"그래? 그렇다면 우리를 도와주는 도깨비를 부르면 되지. 그러면 우리도 다른 놈들을 무찌를 수 있잖아."

"무슨 수로 도깨비를 부를 건데?"

"글쎄, 다른 놈들은 어떻게 불러내지?"

"오래된 양철 램프나 쇠고리를 문지르면 사방에서 천둥이 치고 번개가 번쩍이며 연기가 피어오르는 가운데 순식간에 나타나. 그러고는 시키는 것은 뭐든지 해치우는 거야. 총알 제조탑을 뿌리째 뽑아서 그것으로 주일학교 교장 선생님이나 다른 누구의 머리를 마구 후려갈기는 정도는 식은 죽 먹기지."

"누가 그렇게 도깨비를 날뛰게 하는데?"

"누구긴, 램프나 쇠고리를 문지르는 사람이지. 도깨비들은 램프나 쇠고리를 문지르는 사람의 부하거든. 도깨비는 그 사람이 하라면 뭐든지 해야 해. 예를 들어 그 사람이 다이아몬드로 길이 40마일(약 64킬로미터—옮긴이)이나 되는 궁전을 지어라, 궁전 안을 껌 등 자기가 좋아하는 걸로 잔뜩 채워라, 신부로 삼게 중국에서 공주를 훔쳐 와라 하면 도깨비들은 무조건 시키는 대로 해야 하는 거야. 그것도 다음 날 동이 트기 전까지 말이야. 또 있어. 도깨비들은 그 궁전을 미국 어디든 그 사람이 원하는 곳으로 옮겨놓는다고, 알아?"

"내 생각에 그런 궁전을 자기들이 갖지 않고 그렇게 쓸데없이 가지고 돌아다니는 도깨비들이야말로 멍청한 놈 같네. 내가 도깨비라면 오래된 양철 램프를 문지른다 해서 하던 일을 그만두고 그 사람에게 달려가지는 않겠어. 그 전에 아주 먼 곳으로 가버리지."

"대체 무슨 말을 하는 거야! 주인이 그걸 문지르면 도깨비는 싫어도 무조건 나와야 하는 거야."

"뭐라고? 키가 나무만 하고 몸통이 교회만 한데도? 좋아, 그럼 간다고 쳐. 그럼 나 같으면 그 주인을 미국에서 제일 높은 나무 꼭대기에 올려놓고 말 거야."

"아무튼 너한테는 아무리 얘기해봤자 소용없어. 넌 아무것도 모르는 바보야. 아주 돌대가리라고."

나는 이삼 일 동안 이 일을 깊이 생각한 후 정말 그런지 시험해보기로 했다. 그래서 오래된 양철 램프와 쇠고리를 구해 숲으로 들어가서 인디언처럼 땀을 뻘뻘 흘리며 문지르고 또 문질렀다. 궁전을 지어서 팔아먹을 심산이었다. 하지만 말짱 헛일이었다. 도깨비는 한 놈도 나타나지 않았다. 나는 이 이야기 모두 톰 소여가 지어낸 거짓말 중 하나라고 확신했다. 톰은 아라비아 사람들과 코끼리에 관한 이야기를 믿고 있는 모양이지만 나는 그렇지 않았다. 역시 그런 이야기에는 주일학교 냄새가 물씬 풍겼다.

4장

서너 달 지나자 겨울이 되었다. 나는 학교에 다녔다. 이제 철자법에 맞게 읽기와 쓰기도 조금은 할 수 있게 되었다. 구구단도 '6 곱하기 7은 35'까지 외웠다. 하지만 그 이상은 아마 영원히 못 외울 것 같다. 어쨌든 나는 산수 같은 것에 전혀 흥미가 없다.

학교에 가는 것도 처음에는 무척이나 싫었지만 점점 참을 만했다. 하지만 너무 따분하다 싶으면 언제든 결석했다. 그 때문에 다음 날 매를 맞으면 오히려 기분이 좋고 속이 후련했다. 그래서 학교에 가는 것이 차츰 즐거웠다. 더글러스 아주머니가 시키는 일에도 이제 제법 익숙해져서 그리 성가시지 않았다. 집 안에서 생활하며 침대에서 자는 것은 너무 힘들어 날씨가 추워지기 전에는 가끔 집을 빠져나가 숲에서 자곤 했다. 나한테는 그것이 아주 좋은 휴식이었다. 나는 옛날 생활 방식을 가장 좋아했지만 새로운 생활 방식도 조금씩 좋아졌다. 더글러스 아주머니는 나에게 아직 멀었지만 확실히 좋아지고 있어서 아주 흐뭇하다고 말했다. 이제는 내가 부끄럽지 않다는 말이었다.

그러던 어느 날 아침 나는 밥을 먹다가 소금 그릇을 엎고 말았다. 순간 나는 재빨리 손을 뻗어 소금을 한 움큼 쥐고 왼쪽 어깨 너머로 던져 액운을 쫓으려고 했다. 그러나 왓슨 아주머니가 앞질러서 나를 가로막았다.

"허클베리, 그 손 치우지 못해! 너는 정말 밤낮없이 일을 저지르는구나!"

더글러스 아주머니가 괜찮다고 말했지만, 액운을 막을 수 없을 것 같아 불안했다. 아침을 먹고 나서 나는 걱정스러운 마음과 떨리는 기분으로 집을 나왔다. 그 액운이 어디서 어떻게 닥칠지, 또 과연 어떤 액운이 닥칠지 궁금했다. 어떤 액운은 막는 방법이 있지만, 이것은 그런 액운이 아니었다. 그래서 나는 아무것도 못하고 기운 없이 조심스럽게 어슬렁거리기만 했다.

나는 앞마당으로 가서 발판을 밟고 높은 판자 울타리를 넘어갔다. 땅에는 방금 내린 눈이 1인치 정도 쌓여 있었고, 그 위에 누군가의 발자국이 찍혀 있었다. 발자국은 채석장 쪽에서 와서 잠시 발판 근처에서 머뭇거리다가 마당 울타리를 따라 저쪽으로 사라졌다. 발판 옆에서 머뭇거리다 들어오지 않은 것이 우스웠다. 뭔지 몰라도 좀 이상했다. 나는 발자국을 따라가려다가 허리를 구부려 발자국을 살펴보았다. 처음에는 아무것도 보이지 않더니 잠시 후 뭔가를 발견했다. 악마를 쫓기 위해 왼쪽 구두 뒤축에 큰 못으로 박은 십자가 모양이 보였던 것이다.

나는 재빨리 일어나 언덕을 내리달렸다. 간혹 어깨 너머로 뒤돌아보았으나 아무것도 보이지 않았다. 나는 최대한 빨리 대처 판사 댁으로 달려갔다. 판사가 말했다.

"얘야, 그러다 숨넘어가겠다. 이자 받으러 왔니?"

"아니요. 그런데 제가 받을 이자가 있어요?"

"그럼 있지. 어제저녁에 반년 치가 들어왔단다. 150달러가 넘으니 네게는 아주 큰돈이지. 이 돈도 그 6천 달러와 함께 내게 맡기면 좋을 게다. 네가 갖고 있으면 다 써버릴 테니까."

"아니에요. 쓰고 싶지도 않고 갖고 싶지도 않아요. 그 6천 달러도 판사님이 가지세요. 모두 드릴게요."

대처 판사가 매우 놀랐는지 이해할 수 없다는 표정으로 말했다.

"아니, 대체 그게 무슨 말이냐?"

"제발 이유는 묻지 마세요. 받아주시는 거죠?"

"글쎄, 뭐가 뭔지 모르겠구나. 무슨 일이 있었니?"

"제발 받아주세요. 그리고 아무것도 묻지 말아주세요. 그래야 제가 거짓말을 안 하지요."

판사는 잠시 생각하더니 다시 말했다.

"그래! 이제 알겠구나. 네 재산을 내게 준다는 것이 아니라 전부 팔고 싶다는 말이구나. 그렇다면 방법이 있지."

판사는 종이에 뭔가를 쓰더니 읽어보고 나서 말했다.

"자, 이 증서에 '대가로서'라는 말이 있지? 이건 내가 너한테 이것을 사고 그 값을 주었다는 의미야. 내가 1달러를 줄 테니 여기에 서명하렴."

나는 시키는 대로 서명하고 그곳을 나왔다.

왓슨 아주머니의 노예인 검둥이 짐은 사람 주먹만 한 털 공을 갖고 있었다. 그건 황소의 네 번째 위에서 얻은 것이었는데, 그는 이것으로 마법을 부리곤 했다. 짐은 털 공 안에 영혼이 스며 있어서 뭐든 다 알 수 있다고 말했다. 그래서 그날 밤 나는 짐을 찾아가 눈 위의 발자국을 보니 아버지가 다시 온 게 틀림없다고 말하며, 아버지가 무슨 생각으로 여기에 왔으며 또 언제까지 여기에 머물지 물어보았다. 그러자 짐은 털 공을 꺼내 뭐라고 중얼거리더니 높이 치켜들었다가 떨어뜨렸다. 털 공은 제법 얌전히 떨어져서 1인치 정도 굴러갔다. 짐이 몇 번이나 다시 해보았지만 역시 똑같았다. 짐은 무릎을 꿇고 털 공에 귀를 갖다 대고 들어보았다. 하지만 아무 소용 없었다. 털 공이 말을 하지 않는다고 했다. 짐은 털 공이 돈이 없으면 간혹 아무 말도 하지 않는다고 했다. 나는 짐에게 광택이 나는 25센트짜리 가짜 은화 하나를 갖고 있는데 은이 닳아서 구리가 조금 비치고, 설사 구리가 비치지 않는다 해도 너무 반질거려서 마치 기름이 묻은 것 같으므로 언제 들통 날지 몰라 쓸 수 없다고 말했다 (판사가 준 1달러 얘기는 하지 않을 심산이었다). 하지만 이렇게 상태가 좋지 않은 돈이라도 털 공은 진짜와 가짜를 구별할 줄 모르니 어쩌면 받을지도 모른다고 말했다.

짐은 은화를 받아 냄새를 맡아보고 씹어보고 문질러보더니, 털 공이 이것을 진짜 은화로 보이게 해보겠다고 말했다. 그러고는 생감자를 잘라 25센트짜리 은화를 그 사이에 끼워 하룻밤 놔두면 다음 날 구리도 보이지 않고 기름칠한 것처럼 매끈하지도 않아 털 공은 물론이고 마을 사람들도 모두 받아줄 것이라고 말했다. 사실 나도 감자가 그런 작용을 한다는 걸 진작부터 알고 있었는데 깜박 잊고 있었다.

짐은 25센트짜리 은화를 털 공 밑에 놓더니 무릎을 꿇고 귀를 기울였다. 잠시 후 짐은 이제 털 공이 말을 잘 듣는다고 말했다. 그러면서 내가 원한다면 털 공이 내 운수를 전부 가르쳐줄 것이라고 했다. 나는 그렇게 해달라고 말했다. 그러자 털 공이 짐에게 말하고, 짐이 그 말을 내게 전했다. 그는 이렇게 말했다.

"네 아버지는 앞으로 무엇을 해야 할지 아직 모르고 있어. 다시 어디로 갈까 하다가도 또 이곳에 있고 싶어 하고 그려. 제일 좋은 방법은 걱정하지 말고 아버지가 하는 대로 그냥 내버려두는 거여. 네 아버지 주변에 두 천사가 빙빙 돌고 있는데, 하나는 하얀 천사이고 나머지 하나는 검은 천사여. 하얀 천사가 얼마 동안은 네 아버지를 올바른 길로 이끌겠지만, 검은 천사가 나타나 모든 걸 엉망으로 만들 거여. 마지막에 어느 천사가 아버지를 붙잡을지는 아무도 모르는 거구. 하지만 너는 괜찮을 거여. 평생 고생은 하겠지만 좋은 일도 꽤 있을 거여. 부상도 당하고 아프기도 하겠지만 금방 나을 거여. 일생 동안 여자 둘이 네 주변을 맴도는디, 한 명은 하얀 여자고 한 명은 검은 여자여. 또 한 명은 부자고 한 명은 가난혀. 너는 가난한 여자와 결혼했다가 나중에 부자 여자와 결혼하게 될 거여. 그리고 되도록 물과 멀리 떨어져 있도록 하고 위험한 행동은 절대 하면 안 돼. 잘못하면 목을 매고 죽을 운명이니께."

그날 밤 나는 촛불을 들고 2층 내 방으로 올라갔다. 거기에는 아버지가 앉아 있었다.

5장

문을 닫고 돌아섰는데 거기에 아버지가 있었다. 지금까지 너무 심하게 맞았기 때문에 나는 늘 아버지를 보면 겁이 났다. 이때도 나는 무서움에 몸을 떨었는데 이내 그럴 필요 없다는 것을 알았다. 처음에는 너무 뜻밖이라 목이 막히고 숨도 못 쉴 정도로 충격을 받았다. 그러나 충격이 가라앉자 그렇게 무섭지 않았다.

아버지 나이는 이미 쉰 살에 가까웠고 실제로도 그렇게 보였다. 긴 머리카락은 뒤엉킨 데다 기름에 절어 아래로 처져 있었다. 두 눈은 마치 덩굴 뒤에 있는 것처럼 머리카락 사이로 번쩍였다. 그러나 흰 머리카락 하나 없이 온통 검었으며, 헝클어진 긴 구레나룻도 검은색을 띠었다. 구레나룻과 머리카락에 덮이지 않은 얼굴 부분만 흰 빛깔이었는데, 다른 사람들에게서 흔히 볼 수 있는 흰색이 아니었다. 구역질이 날 듯한 흰색, 소름이 돋는 그런 흰색, 청개구리나 생선 배 같은 흰색이었다. 게다가 입고 있는 옷은 형편없는 누더기였다. 무릎 위에 한쪽 발을 얹고 있었는데, 해진 구두 사이로 발가락 2개가 삐져나와 있었다. 아버지는 간혹 그 발가락을 꼼지락거렸다. 방바닥에 나뒹구는 검은 모자 또한 낡아서 위쪽이 냄비 뚜껑처럼 푹 꺼져 있었다.

나는 우두커니 서서 아버지를 바라보았다. 아버지는 의자를 조금 뒤로 젖히고 앉아서 나를 쳐다보았다. 나는 촛불을 내려놓았다. 창문이 열려 있는 것을 보니 아버지는 헛간으로 해서 기어 들어온 것이 분명했다. 아버지는 나를 아래위로 훑어보더니 이윽고 입을 열었다.

"아주 빳빳하게 풀 먹인 옷이구나. 넌 네 자신이 아주 잘난 놈이라고 생각하겠지, 그렇지?"

"그럴지도 모르고, 그렇지 않을지도 모르죠."

"건방진 놈, 그놈의 주둥아리 닥쳐! 내가 없는 동안 아주 우쭐대고 있었구나. 그 콧대를 꺾어놓을 테니 두고 보자. 듣자 하니 뭐 교육을 받는다고? 글을 읽을 줄도 알고 쓸 줄도 안다고? 넌 지금 네가 이 아비보다 잘났다고 생각하겠지, 응? 네 아비는 그런 걸 모르거든. 네놈에게서 그 모든 걸 없애주마. 도대체 누가 너에게 그런 헛짓거리를 시키던? 도대체 누가 너도 그런 걸 할 수 있다고 부추겼냐 말이다."

"더글러스 아주머니요. 아주머니가 말했어요."

"더글러스 아주머니? 그 과부에게 누가 남의 일에 참견해도 된다고 했지?"

"아무도 그렇게 말한 사람 없어요."

"그래? 그렇다면 그 여편네한테 주제넘게 굴면 어떻게 되는지 가르쳐줘야겠다. 당장 학교 그만둬. 알겠냐? 제 아비 앞에서 건방을 떨고, 아비보다 자기가 더 잘났다고 입을 놀리도록 사내자식을 기르는 사람들에게 본때를 보여줄 거다. 한 번만 더 학교 주변을 얼씬거리다 들켰단 봐라. 내 말 알아듣겠지? 네 어미는 죽을 때까지 글을 몰랐어. 우리 가족 모두 그랬지. 당연히 나도 그렇고. 그런데 네 놈은 이렇게 허파에 바람만 잔뜩 들었으니. 나는 그 꼴 절대 못 본다. 그래, 어디 아무거나 한번 읽어나 보렴."

나는 책 한 권을 집어 들고 조지 워싱턴 장군과 독립전쟁에 관한 대목을 읽기 시작했다. 한 30초 정도 읽자 아버지가 책을 빼앗아 방 저쪽으로 내던지며 말했다.

"그래, 네놈이 글을 읽을 줄 안다 이거지? 그 소리를 듣고 설마 했다. 우쭐거리지 마라. 난 그런 거 못 참는다. 이 똑똑한 놈아, 학교 주변에서 붙잡히면 아주 혼날 줄 알아. 이제 하느님이란 것도 믿나 보지? 나는 그런 자식 못 본다."

아버지는 파란색과 노란색으로 소 몇 마리와 소년 하나를 그린 그림 한 장을 집어 들며 말했다.

"이건 뭐냐?"

"공부 잘했다고 준 거예요."

아버지는 그림을 쫙쫙 찢어버리며 말했다.

"내가 더 좋은 걸 주지. 바로 쇠가죽 채찍이다."

아버지는 잠깐 자리에 앉아 툴툴대더니 말했다.

"그러고 보니 아주 근사한 멋쟁이가 됐구나? 침대와 이불, 그리고 거울! 게다가 바닥에는 카펫까지⋯⋯. 네 친아비는 가죽 공장에서 돼지하고 뒹굴며 자는데 말이다. 너 같은 자식은 처음 본다. 네놈을 해치우기 전에 내 반드시 건방진 버릇을 고쳐놓고 말 테니 그리 알아. 보아하니 네놈 건방이 끝이 없구나. 그런데 들리는 소문에 부자가 됐다던데, 그건 무슨 말이냐?"

"다 거짓말이에요."

"입조심해! 내가 지금 얼마나 참고 있는지 아냐? 그러니 건방지게 말대꾸 같은 거 하지 말란 말이다. 내가 이 마을에 와서 이틀 동안 들은 소리라곤 네가 부자가 됐다는 말뿐이다. 강 아랫동네에서도 그 소문을 들었지. 그래서 내가 여기 온 거야. 내일 당장 그 돈을 가지고 와. 내가 써야겠다."

"저한테는 돈이 없어요."

"거짓말 마라. 대처 판사가 관리하고 있다고 들었다. 내가 써야겠으니 가서 받아 와."

"돈 같은 것 없다고요. 대처 판사님한테 물어보세요. 똑같은 말씀을 하실 테니까요."

"좋아, 내가 물어보지. 돈을 받아내거나, 아니면 안 내놓는 이유를 따질 테다. 지금은 얼마나 있냐? 다 내놔 봐."

"1달러밖에 없어요. 그걸로……."

"그걸로 네가 뭘 할 건지는 내가 알 바 아냐. 어서 내놓기나 해."

아버지는 1달러를 받아 쥐더니 진짜인지 확인하기 위해 이로 깨물어 본 후, 하루 종일 술 한 잔 마시지 못했다며 마을에 가서 위스키를 마셔야겠다고 말했다. 그러고는 헛간 지붕으로 나가더니 다시 창문으로 머리를 들이밀고 내가 잘난 체하고 아버지 머리 꼭대기에 올라가 있다며 욕을 퍼부어댔다. 이제 갔나 보다 하고 안심하고 있는데 또다시 되돌아와서 머리를 들이밀더니, 학교 얘기 잊지 마라, 그만두지 않으면 기다리고 있다가 혼을 낼 거라고 윽박질렀다.

다음 날 아버지는 술이 잔뜩 취해 대처 판사를 찾아가 돈을 내놓으라고 협박했다. 하지만 마음대로 되지 않자 이번에는 법대로 하겠다고 소리를 질렀다.

대처 판사와 더글러스 아주머니는 법에 호소하여 재판소에서 나를 아버지에게서 떨어뜨려놓고 두 분 중 한 분이 내 후견인이 되게 해달라고 했다. 하지만 새로 온 판사는 아버지에 대해 잘 모르는 사람이어서 재판소는 가족을 서로 떼어놓을 수는 없으며, 자기는 자식을 아버지한테서 떼어놓는 것을 받아들일 수 없다고 말했다. 그래서 대처 판사와 더글러스 아주머니는 이 일에서 손을 뗄 수밖에 없었다.

이 판결을 듣고 아버지는 기뻐 날뛰었다. 아버지는 나에게 돈을 마련해오지 않으면 몸뚱이가 시퍼렇게 멍들 때까지 쇠가죽 채찍으로 때리겠다고 했다. 나는 할 수 없이 대처 판사에게 가서 3달러를 빌려 왔다. 아버지는 그 돈으로 다시 술을 마시고 취해서 돌아다니며 욕설을 퍼붓는 등 추태를 부렸다. 게다가 동네가 떠나갈 듯 소리를 지르고 양철 냄비까지 두드리며 거의 한밤중까지 마을을 돌아다녔다. 결국 아버지는 유치장에 갇혔다가 다음 날 법정에 끌려 나와 다시 일주일 동안 감옥신세를 져야 했다. 그 와중에도 아버지는 그래도 나는 만족한다, 나는 내 아들놈의 아버지다, 그놈을 못살게 굴 테다 하고 떠들어댔다.

아버지가 감옥에서 풀려나자 판사는 아버지를 훌륭한 사람으로 만들겠다고 했다. 그러고는 아버지를 자신의 집으로 데리고 가서 깨끗하고 좋은 옷을 입히고 세끼 식사도 함께하면서 아주 정중하게 대했다. 저녁 식사 후 판사는 아버지에게 금주와 그 외의 일 등에 관해 이야기했다. 아버지는 끝내 눈물을 흘리면서 자기가 너무 어리석었다, 인생을 헛되이 보냈다, 그러나 이제부터는 새롭게 다시 출발할 것이고 누구한테도 부끄럽지 않은 사람이 될 것이라며 도와 달라고 애원했다. 판사는 그 말을 듣고 아버지를 껴안으며 울었고, 그 모습을 본 그의 부인도 함께 울었다. 아버지는 사람들이 자기를 오해하고 있다고 말했고, 새로 온 판사만이 자신의 말을 믿는다고 했다. 아버지가 실패한 사람에게는 동정이 필요하다고 말하자 판사는 맞는 말이라면서 또다시 둘은 울었다. 이윽고 잠잘 시간이 되자 아버지는 일어나 손을 내밀며 말했다.

"여러분, 이 손 좀 보십시오. 이 손을 잡고 악수해주십시오. 한때 돼지의 손이나 마찬가지였지만 이제 그렇지 않습니다. 새 인생을 시작한 사람의 손입니다. 이제는 죽어도 다시 옛날로 돌아가지 않을 것입니다. 제 말에 귀 기울여 주십시오. 제 말을 잊지 마십시오. 이제는 깨끗한 손입니다. 무서워하지 말고 악수해주십시오."

그 말을 듣고 그들 모두 악수를 하고 울었다. 판사 부인은 아버지의 손에 입맞춤까지 했다. 이어 아버지는 서약서에 서명했다. 판사는 이것이야말로 기록에 남을 신성한 순간이니 뭐니 그런 말을 했다. 그다음 그들은 아버지를 멋있는 손님용 침실로 안내했다.

하지만 몇 시쯤인지 밤이 깊었을 때 몹시 목이 말랐던 아버지는 현관 지붕으로 기어 나가서 기둥을 타고 내려가 새 윗옷을 싸구려 위스키 한 병과 바꾼 후 다시 방으로 기어 들어와서 신나게 마셨다. 그러고는 새벽녘에 완전히 취한 채로 다시 현관 지붕으로 기어 나오다가 밑으로 떨어져 왼팔이 두 군데나 부러졌다. 날이 밝아 누군가 발견했을 때는 거의 동사 직전이었다. 게다가 아버지가 머문 손님용 방은 발 디딜 틈도 없이 어질러져 있었다고 한다. 새로 온 판사는 매우 화가 나서 저런 늙은이를 회개시키는 데는 총밖에 없다고 말했다.

6장

아버지는 금방 자리에서 일어나 다시 돌아다니기 시작했다. 그리고 대처 판사에게 돈을 받아내려고 소송을 걸었고, 나에게는 학교를 그만두지 않는다고 야단쳤다. 나는 한두 번 아버지한테 붙잡혀 매를 맞기도 했지만, 여느 때와 마찬가지로 아버지를 피해 도망 다니면서 학교에 다녔다. 사실 전에는 학교에 가고 싶지 않았는데, 지금은 아버지에게 복수하기 위해서라도 가야겠다는 생각이 들었다.

소송은 너무 느려서 언제 재판을 시작할지도 알 수 없었다. 그래서 나는 쇠가죽 채찍을 맞지 않으려고 대처 판사에게 2, 3달러를 빌려 아버지에게 갖다 주곤 했다. 아버지는 돈만 생기면 술을 마셨고, 취할 때마다 큰 소동을 일으켰다. 그리고 그럴 때마다 감옥에 들어갔다. 그런데도 아버지는 흡족해했다.

더글러스 아주머니는 아버지가 계속 집 주변을 얼쩡거리자 드디어 아버지에게 이 근처에 얼씬거리면 가만있지 않겠다고 엄포를 놨다. 그러자 아버지는 헉 편이 누구의 아들인지 똑똑히 보여주겠다고 큰소리쳤다.

그러던 어느 봄날 동정을 살피던 아버지가 나를 붙잡아 강제로 작은 나룻배에 태우고 3마일(약 5킬로미터—옮긴이) 정도 강 위쪽으로 올라가 숲이 우거진 일리노이 주 쪽 강가로 건너갔다. 그곳에는 오래되어 낡은 통나무집 한 채밖에 없었다. 나무가 워낙 무성해서 그곳에 통나무집이 있다는 것을 모르면 도저히 찾을 수 없는 곳이었다.

아버지와 나는 그 통나무집에 살았다. 아버지가 줄곧 나를 감시하고 있었기 때문에 도무지 도망칠 기회가 없었다. 밤이 되면 아버지는 항상 문을 잠그고 열쇠를 자신의 머리맡에 놓고 잤다. 아버지는 어디서 훔친 것이 분명한 총을 갖고 있었다. 우리는 고기를 잡고 사냥을 해서 먹고살았다. 아버지는 종종 나를 오두막에 가두고 3마일 정도 떨어진 나루터 가게에 가서 물고기와 사냥물을 술과 바꿔서 돌아왔다. 그러고는 술에 취해 기분이 좋아지면 나를 때렸다. 마침내 더글러스 아주머니가 내가 있는 곳을 알아내 사람을 시켜 나를 데려가려 했다. 그러자 아버지는 총으로 그 사람을 위협해 쫓아버렸다.

얼마 지나지 않아 나는 그곳에 익숙해지기 시작했다. 채찍질 말고는 다 마음에 들었다. 나는 하루 종일 빈둥거리며 드러누워 담배를 피우거나 낚시를 했다. 공부도 하지 않아도 되고 책도 보지 않았다. 그야말로 편하고 신나는 생활이었다. 두 달쯤 넘게 그렇게 지내자 입고 있던 옷이 해지고 때에 절었다. 지금까지 매일 세수를 해야 하고, 음식을 접시에 담아 먹어야 하며, 머리를 빗고, 시간 맞춰 자고 일어나야 했으며, 늘 책과 씨름하느라 골치가 아픈 데다 노처녀 왓슨 아주머니의 잔소리까지 들으면서 어떻게 견뎌왔는지 신기한 노릇이었다. 그런 상황에서 더글러스 아주머니 댁을 어떻게 마음에 들어 했는지도 알 수가 없었다. 이제는 절대 그곳으로 돌아가고 싶지 않았다. 나는 더글러스 아주머니가 싫어서 그만두었던 욕도 다시 하기 시작했다. 아버지는 전혀 개의치 않았다. 여러모로 보아 숲 속의 생활이 꽤 즐거웠다.

그러나 아버지가 점점 더 자주 채찍을 휘두르는 것만은 참을 수 없었다. 온몸이 지렁이가 기어가는 듯 멍이 들었고, 아버지는 나를 가두고 외출하는 일이 잦았다. 한번은 나를 가두고 나가서는 사흘이나 돌아오지 않아 몹시 외로웠던 적도 있었다. 나는 아버지가 물에 빠져 죽으면 영영 바깥 구경을 할 수 없을 것 같아 겁이 났다. 무슨 수를 써서든 이곳을 빠져나갈 궁리를 해야 했다. 그때까지 나는 몇 번이나 도망치려고 했지만 소용없었다. 통나무집에는 개가 들락거릴 만한 창문도 없었고 굴뚝이 너무 좁아 타고 올라갈 수도 없었다. 문은 두꺼운 참나무 널빤지로 되어 있어 굉장히 단단했다. 아버지는 조심성이 많은 편이라 외출할 때면 칼이고 뭐고 집 안에는 아무것도 두지 않았다. 나는 통나무집 안을 백 번도 더 뒤졌을 것이다. 아무튼 나는 매일 그 짓을 반복했다. 시간을 보내는 데는 이 방법이 최고였기 때문이다.

그러던 어느 날 드디어 뭔가 하나를 발견했다. 손잡이가 떨어져
나간 낡고 녹슨 톱 하나가 지붕 서까래와 널빤지 틈에 끼어 있었다.
나는 녹슨 톱에 기름칠을 하고 작업을 시작했다. 우선 통나무집 안
쪽 탁자 뒤 벽에 난 작은 틈으로 바람이 들어와 촛불이 꺼지지 않도
록 말안장 대용인 헌 담요를 못으로 쳐놓았다. 그다음 탁자 밑으로
기어들어 담요를 걷고 가장 아래쪽 굵은 통나무 하나를 골라 내가
빠져나갈 수 있게 톱질을 시작했다. 아무튼 시간이 꽤 오래 걸렸다.
드디어 거의 끝나갈 무렵 숲에서 아버지의 총소리가 들렸다. 나는
재빨리 일하던 흔적을 없앤 후 담요를 다시 치고 톱을 감췄다.

아버지는 늘 그렇듯 기분이 좋지 않아 보였다. 마을에 갔는데 일
이 뜻대로 잘되지 않았다고 했다. 아버지의 변호사는 일단 재판만
하면 소송에 이겨 돈을 찾을 수 있는데 대처 판사가 재판을 질질 끌
고 있어서 힘들다고 했다는 것이다. 게다가 나를 아버지한테서 격
리하고 더글러스 아주머니를 내 후견인으로 정하는 소송을 제기했
는데, 이번에는 더글러스 아주머니가 이길 거라고 했다는 것이었
다. 이 말을 듣고 나는 몹시 떨렸다. 다시는 더글러스 아주머니 댁
에 가고 싶지 않았기 때문이다. 또다시 그렇게 구속당하면서 변화
되고 싶지 않았다. 이어 아버지는 욕설을 퍼붓기 시작했다. 떠오르
는 일, 떠오르는 사람에게 모조리 저주를 퍼부은 다음, 혹시 빠뜨린
사람이 있을까 봐 한 번 더 저주를 퍼부었다. 그러고 나서 마지막으
로 이름도 모르는 숱한 사람들에게도 욕설로 저주를 퍼부었다. 사

람들 이름이 생각나지 않으면, 그 자식 이름이 뭐였지 하면서 온갖 욕을 마구 내뱉었다.

아버지는 더글러스 아주머니가 나를 빼앗을 수 있을지 두고 보겠다고 했다. 그러고는 나를 잘 감시하고 있다가 그들이 나를 빼앗을 기미라도 보이면 6, 7마일(약 10킬로미터—옮긴이) 떨어진 곳에 데리고 가서 숨겨놓을 것이라고 했다. 거기까지는 못 찾아올 거라고 큰소리쳤다. 이 말을 듣는 순간 나는 아주 잠깐 가슴이 철렁 내려앉았다. 나는 아버지가 그렇게 하기 전에 어서 빨리 이곳을 빠져나가야겠다고 생각했다.

아버지는 나에게 나룻배에 가서 싣고 온 물건을 갖고 오라고 했다. 50파운드(약 23킬로그램—옮긴이)짜리 옥수숫가루 한 자루와 소금에 절인 베이컨, 총알, 4갤런(약 15리터—옮긴이)짜리 위스키 한 통, 총알과 화약 사이를 메우는 충전물로 쓸 헌책 두 권과 신문 두 장, 그리고 견인용 밧줄 등이었다. 나는 나룻배에서 짐을 물가에 내려놓고 뱃머리에서 잠시 쉬었다. 많은 생각 끝에 도망칠 때는 총과 낚싯줄을 가지고 숲으로 달아나야겠다고 결심했다. 그리고 한 군데 오래 머물지 말고 주로 밤에 이 지역을 옮겨 다니며 사냥을 하고 낚시를 해서 끼니를 때우기로 했다. 그리고 아버지나 더글러스 아주머니가 결코 찾을 수 없는 먼 곳으로 도망치리라 결심했다. 일단 아버지가 술에 잔뜩 취할 때까지 기다렸다가 그날 밤 톱으로 구멍을 크게 내서 도망치는 것이다. 아버지는 분명 술에 취해 곯아떨어질 것이다.

한참 동안 이런저런 생각을 하고 있는데 나를 찾는 아버지의 고함 소리가 들렸다.

"자빠져 자는 거야, 아니면 물에 빠져 죽은 거야?"

물건들을 통나무집으로 전부 옮기고 나니 어느새 날이 어둑했다. 저녁을 만들고 있는데 아버지는 목을 축인답시고 술을 한두 잔 마시더니 또다시 욕을 하기 시작했다. 한번은 마을에서 술에 잔뜩 취해 밤새 시궁창에 처박혀 있었는데 행색이 아주 볼 만했다. 누군가 그 모습을 보았다면 아마 아담인 줄 알았을 것이다. 온몸이 진흙 범벅이었으니 말이다. 아버지는 항상 술에 취하면 정부를 비판했다.

"이것도 정부인가! 자식을 아비에게서 빼앗으려는 그런 법이 어디 있냐고! 사람의 아들을, 온갖 고생 다하고 아낌없이 돈 들여 키운 아들을 말이야. 겨우 키워서 이제 일도 할 만하고, 아비를 편하게 해주려는데, 갑자기 그놈의 법이라는 것을 들먹이며 방해하다니! 이게 무슨 정부야! 그놈의 법은 대처 판사 영감 편만 들고 내 재산에 손도 못 대게 하잖아. 법이 하는 꼬락서니를 보라고. 6천 달러가 넘는 재산을 빼앗고는 이런 낡은 통나무집에서 돼지도 안 입을 옷을 걸치고 돌아다니게 하다니, 이런 게 무슨 정부야? 이런 정부에서 어떻게 정당한 권리를 찾아! 언젠가는 이 나라를 정말 떠나고 말겠어! 대처 영감 앞에서 말했지. 모두 들으라고 큰 소리로 말했어. 2센트만 있어도 이 형편없는 나라를 떠나 다시는 돌아오지 않겠어. 보라고, 이 모자를! 뚜껑은 위쪽으로 들려 올라가 있고 한쪽은 턱 아래까지 축 처진 이게 모자야? 그러니 내 머리가 난로 연통 이음부에서 툭 튀어나온 것처럼 보이는 거라고. 좀 보라고. 내가 이런 모자를 쓰고 다닌다고! 내가 정당한 권리만 찾는다면 아마 이 마을에서 제일 큰 부자가 될 텐데 말이야!

쳇, 정말 훌륭한 정부다! 훌륭해. 좀 보라고. 오하이오 주에서 해방된 검둥이 하나가 왔지. 흑백 혼혈인데 백인처럼 하얘. 그리고 누구도 구경한 적 없는 흰색 와이셔츠를 입고 번쩍거리는 모자를 쓰고 있었지. 마을 전체를 다 뒤져봐도 그놈만큼 멋진 옷을 입은 사람이 없었어. 금줄 달린 시계와 은제 손잡이가 달린 지팡이까지 없는 게 없는 데다 오하이오 주에서는 떵떵거리는 부자라나. 더구나 대학 교수에다 몇 개 국어를 할 줄 알고 모르는 것이 없대. 더 나쁜 건 자기 고향에서 투표도 할 수 있다는 거야. 이런 말을 들으니 화가 안 나? 대체 이 나라가 어떻게 되려고 이러는지 몰라. 마침 선거일이라 나도 술만 안 취했으면 투표소에 가서 한 표 던질 요량이었는데, 검둥이한테도 투표권을 주는 주가 이 나라에 있다는 말을 듣고 맘을 접었지. 이제 다시는 투표하지 않겠다 이거야! 지금 한 말 전부 다 들었지? 이 나라가 부패하든 말든 내가 상관할 바 아니지. 어쨌든 내가 살아 있는 한 다시는 투표 안 해. 그런데 그 검둥이 놈의 뻔뻔한 행동 좀 보라지. 글쎄 내가 세게 밀지 않으면 길도 비켜주지 않는다니까. 그래서 왜 이 검둥이 놈들을 경매로 팔아넘기지 않느냐고 사람들한테 물었지. 그 이유가 궁금해서 말이야. 그랬더니 뭐라는 줄 알아? 이 주에서 6개월 이상 살지 않으면 팔 수가 없대. 이 한 가지 사실만으로도 알 수 있지. 이 주에서 6개월 이상 살지 않은 해방된 검둥이는 팔지도 못하는 정부가 무슨 정부야. 그런데 제 자신을 정부라고 하고 정부인 척하고 정부 노릇을 하면서도, 도둑질이나 하며 돌아다니고 하얀 와이셔츠를 입은 밉살스러운 해방 검둥이를 붙잡는 데 6개월이나 바보처럼 기다려야 하다니……."

아버지는 늙어 앙상한 다리로 자신이 어디로 가고 있는지도 모를 만큼 열을 내며 떠들어대다가 베이컨 통에 부딪혀 벌렁 넘어져 양쪽 정강이가 찢어지고 말았다. 그러자 베이컨 통에다 욕을 퍼부으며 한쪽 정강이를 움켜쥐고 뛰다가 또 다른 정강이를 쥐고 방 안을 뛰어다녔다. 그러다 베이컨 통을 왼발로 확 걷어찼는데, 구두 사이로 발가락 2개가 튀어나와 있었던 것이다. 얼마나 아픈지 머리카락이 곤두설 만큼 날카로운 비명을 지르더니 바닥에 뒹굴며 발가락을 쳐들었다. 이때 쏟아낸 욕은 지금까지 한 어떤 욕보다 심했다. 나중에 아버지도 인정했다. 젊었을 때 소베리 헤이건 영감이 퍼붓는 욕설을 들은 적이 있는데, 자기가 그 사람보다 더 심했다고 말이다. 하지만 그건 좀 과장된 듯했다.

저녁 식사 후 아버지는 주정뱅이 두 사람과 알코올중독자 한 사람이 맘껏 마실 만큼 위스키가 있다고 떠들어댔다. 아버지는 항상 이런 말을 했다. 나는 한 시간만 지나면 아버지가 술에 완전히 취할 것이라고 판단했다. 그러면 그때 열쇠를 훔치거나 아니면 톱을 이용해 살며시 빠져나가야겠다고 결심했다. 아버지는 계속 술을 마시더니 드디어 담요에 쓰러졌다. 그러나 내게 행운은 찾아오지 않았다. 아버지는 깊이 잠들지 못하고 오랫동안 끙끙거리며 몸을 뒤척였다. 나는 기다리다 너무 졸려서 그만 촛불도 끄지 않고 곯아떨어졌다.

얼마나 잤는지 모르지만 갑작스런 비명 소리에 깨어 보니 아버지가 뱀이 있다며 미친 사람처럼 날뛰고 있었다. 두 다리에 뱀들이 기어올라 한 마리가 뺨을 물었다고 했는데 뱀은 한 마리도 보이지 않았다. 그런데도 아버지는 뱀이 자신의 목을 감고 있으니 빨리 잡아떼라고 비명을 지르면서 방 안을 몇 바퀴나 뛰어다녔다. 아버지의 눈은 완전히 광기에 차 있었다. 나는 이제껏 그런 눈빛을 본 적이 없다. 아버지는 이내 지쳐 쓰러져 거칠게 숨을 몰아쉬었다. 그러다가 데굴데굴 구르면서 이쪽저쪽 발로 차며 귀신이 자기를 붙잡는다고 양손으로 허공을 휘휘 내저었다. 결국 기진맥진해 잠시 누워 있다가 곧 조용해졌다. 구석에 누워 있던 아버지는 또다시 상체를 일으키더니 머리를 기울이며 나직이 말했다.

"저벅, 저벅, 저벅, 송장이 나를 잡으러 온다. 저벅, 저벅, 저벅, 하지만 나는 안 갈 거야. 나한테 손대지 마! 손대지 말라고! 이 손 치워! 앗, 차가워. 이 손 놔. 아아, 불쌍한 나를 제발 내버려둬!"

아버지는 제발 놓아달라고 빌면서 바닥을 기어가 담요를 몸에 둘둘 말고 낡은 소나무 탁자 밑으로 들어가서 울기 시작했다. 담요 속에서 울부짖는 소리가 다 들렸다. 그러다 잠시 후 다시 담요를 벗어 던지고 일어나더니 마치 미친 사람처럼 칼을 손에 쥐고 나를 향해 덤벼들었다.

"저승사자로구나! 내가 너를 죽여버리고 말 테다. 그래야 다시는 덤비지 못하지."

나는 아버지에게 헉이라고 소리치며 살려달라고 빌었다. 하지만 아버지는 비웃으며 욕설을 내뱉더니 계속 나를 잡으려고 했다. 그러다 몸을 홱 돌려 내 팔 밑을 움켜쥐었다. 순간 이제 틀렸구나 싶었지만 잽싸게 윗옷을 벗어던지며 아버지의 손아귀에서 겨우 빠져나왔다.

아버지는 다시 지칠 대로 지쳤는지 칼을 엉덩이 밑에 깔고 문간에 기대어 앉으면서 나에게 죽이겠다고 소리쳤다. 그리고 잠시 자고 일어나 힘이 솟으면 정체를 밝힐 것이라고 말했다.

얼마 후 아버지가 잠들자 나는 의자를 가지고 와서 조용히 올라가 총을 집었다. 총알이 들어 있나 확인하려고 쇠막대기로 찔러본 다음 총구를 아버지 쪽으로 겨눠 순무 통 위에 총을 걸쳐놓고 통 뒤에 앉아 아버지가 일어나기를 기다렸다. 시간이 정말 너무나 지루하고 고요히 흘러갔다.

7장

"어서 일어나! 뭐 하는 거야?"

나는 눈을 뜨자마자 여기가 어딘가 하고 주위를 두리번거렸다. 해가 벌써 높이 떠오른 걸 보면 정신없이 잤던 모양이다. 아버지는 언짢은 얼굴로 나를 보고 서 있었다.

"이 총으로 뭘 한 거냐?"

아버지는 어제 자신이 한 행동을 전혀 기억하지 못했다.

"누가 침입하려고 해서 지키고 있었어요."

"그런데 왜 나를 안 깨웠니?"

"깨워도 꿈쩍도 안 하셨잖아요."

"좋아! 거기서 온종일 재잘거리지 말고 아침거리 할 물고기가 낚싯줄에 걸렸는지 가봐. 나도 곧 갈 테니."

아버지가 잠가놓은 문을 열자 나는 강가로 나갔다. 미시시피 강물이 불어나기 시작했는지 큰 나뭇가지 몇 개와 나무껍질들이 떠내려왔다. 이때쯤 마을에 있으면 재미있는 일이 많을 텐데 하는 생각이 들었다. 6월에 강물이 불어나면 항상 행운이 따랐다. 땔나무라든가 뗏목 토막이 때로는 몇십 개씩 뭉텅이로 떠내려왔고, 그것들을 건져서 목재상이나 제재소에 팔았다.

나는 한쪽 눈으로는 아버지를, 또 한쪽 눈으로는 불어난 물에 떠내려올지도 모를 물건을 살피면서 둑을 거슬러 올라갔다. 그때 느닷없이 13피트(약 4미터—옮긴이)쯤 되는 근사한 카누가 마치 오리처럼 둥실둥실 떠내려왔다. 나는 옷을 입은 채로 개구리처럼 강물에 뛰어들어 카누를 향해 헤엄쳐 갔다. 그러다 문득 누군가 카누 바닥에 누워 있을지도 모른다는 생각이 들었다. 사람들은 간혹 그런 장난을 치며 놀곤 했다. 누가 보트를 타고 가까이 다가가면 카누 안에 누워 있던 사람이 벌떡 일어나서 한바탕 웃곤 하는 것이었다. 하지만 이번에는 사정이 달랐다. 분명히 떠내려온 카누였다. 나는 카누에 기어올라 조용히 강가로 저어 갔다. 족히 10달러는 나갈 테니 아버지가 좋아할 것이라고 생각했다. 그런데 강가에 도착했을 때 아버지의 모습이 보이지 않았다. 나는 덩굴과 버드나무 가지에 덮여 있는 작은 개울 쪽으로 카누를 저어 갔다. 그때 문득 한 가지 생각이 떠올랐다. 이것을 잘 감추어두었다가 도망칠 때 숲으로 가는 것이 아니라 이걸 타고 강 아래쪽으로 약 50마일(약 80킬로미터—옮긴이) 정도 내려가 야영을 하면 굳이 걸어서 돌아다니느라 고생할 필요 없겠다는 생각이 들었던 것이다.

여기는 통나무집에서 꽤 가까워 아버지가 다가오는 발소리가 들리는 듯했다. 그래서 일단 카누를 감추고 올라가서 버드나무 주변을 살펴보니 아버지는 멀리 떨어진 오솔길에서 새를 향해 총을 겨누고 있었다. 아버지는 아무것도 보지 못한 것이 분명했다.

아버지가 가까이 다가왔을 때 나는 열심히 주낙의 낚싯줄을 끌어당기는 시늉을 했다. 아버지가 왜 그렇게 꾸물거리느냐고 나무라기에 나는 강에 빠져서 시간이 좀 걸렸다고 둘러댔다. 분명히 흠뻑 젖은 내 모습을 보면 따져물을 것이 뻔했다. 아버지와 나는 메기 다섯 마리를 낚싯줄에서 빼내 통나무집으로 돌아왔다.

아침 식사 후 우리는 너무 피곤해서 한숨 더 자기로 했다. 나는 누워서 아버지와 더글러스 아주머니가 나를 쫓아오지 못하게 할 방법을 생각해보았다. 아무래도 두 사람이 내가 없어진 것을 알기 전에 멀리 가버리는 것이 운에 맡기는 것보다 더 확실한 방법이라고 생각했다. 운이란 어떻게 될지 알 수 없기 때문이다. 하지만 도망칠 방법이 쉽게 떠오르지 않았다. 아버지는 이내 물을 마시려고 자리에서 일어났다.

"다음에 또 누가 와서 주변을 얼씬거리면 나를 꼭 깨워야 한다. 알겠니? 놈은 꿍꿍이가 있어서 나타난 거야. 내가 알았으면 총을 쏴버렸을 텐데. 다음에는 꼭 깨워라, 알았지?"

아버지는 그렇게 말하고 다시 누워 잠들었다. 하지만 아버지가 한 말을 듣고 나는 도망칠 방법이 떠올랐다. 어느 누구도 나를 쫓아올 수 없는 그런 방법이었다.

12시쯤 우리는 밖으로 나가 강둑을 걸어갔다. 강물은 시시각각 불어나고 있었고, 그만큼 많은 나무가 떠내려갔다. 얼마 후에는 통나무 9개를 엮은 뗏목 일부가 떠내려왔다. 우리는 보트를 타고 나가서 뗏목을 끌어다 놓고 점심을 먹었다. 아마 다른 사람이었다면 하루 종일 강가에 있으면서 더 많은 물건을 건졌을 것이다. 하지만 아버지는 통나무 9개면 충분했으므로 곧바로 마을에 나가 팔려고 나를 통나무집에 가두고는 3시 30분경에 배로 통나무를 끌고 떠났다. 분명 오늘 밤에는 돌아오지 않을 것이다.

나는 이제 멀리 갔을 거라고 생각될 때까지 기다렸다가 톱을 꺼내 통나무 벽을 썰기 시작했다. 드디어 아버지가 강 건너편에 닿기 전에 나는 구멍을 통해 밖으로 빠져나왔다. 아버지와 뗏목은 저 멀리 물 위에서 작은 점으로 보였다. 나는 옥수숫가루 자루를 들고 카누를 숨겨둔 곳으로 가서 덩굴과 나뭇가지를 치우고 실었다. 그다음에는 베이컨과 위스키를 날랐다. 통나무집에 있던 커피와 설탕, 탄약과 충전물, 양동이, 바가지, 국자, 양철 컵, 낡은 톱과 담요 두 장, 그리고 프라이팬과 커피 주전자도 옮겨 실었다. 낚싯줄, 성냥 등 1센트라도 값나갈 물건은 전부 갖다 실었다. 통나무집을 완전히 털어버린 것이다. 도끼도 가져가고 싶었지만 장작을 쌓아놓은 바깥에 한 자루밖에 없어서 그냥 놔두기로 했다. 그것을 놔두고 가는 데는 이유가 있었다. 마지막으로 총을 들고 나오는 것으로 모든 일이 끝났다.

구멍으로 드나들며 많은 물건을 끌어내는 바람에 땅바닥이 많이 패어 있었다. 그래서 나는 흙을 뿌려 땅을 평평하게 다지고 톱밥을 덮어 최대한 예전 모양대로 만들었다. 그다음 잘라낸 통나무 토막을 다시 제자리에 끼우고 돌 2개를 밑에 받치고 돌 하나는 기대놓았다. 나무가 굽어 땅바닥에 닿지 않았기 때문이다. 약 4, 5피트(약 1.5미터—옮긴이) 떨어진 곳에서 봤을 때 톱으로 잘라낸 자국이 보이지 않는다면 들킬 걱정은 없었다. 게다가 통나무집 뒤쪽이라 일부러 그곳을 기웃거릴 사람도 없었다.

카누 있는 곳까지는 온통 풀로 덮여 있어서 발자국이 전혀 남지 않았다. 나는 그 길을 따라가며 주변을 자세히 살펴보았다. 그리고 강둑에 서서 저 멀리 강을 훑어보았다. 모든 것이 아무 이상 없었다. 그다음 총을 들고 숲으로 조금 들어가서 새를 찾고 있는데 야생 돼지 한 마리가 튀어나왔다. 초원의 농장에서 도망친 돼지는 이런 강가 저지대에 살면 금세 야생동물이 되고 만다. 나는 총을 쏘아 야생 돼지를 잡은 후 통나무집으로 가져갔다. 도끼를 들고 문을 부수었는데 너무 심하게 내리쳐서 산산조각이 났다. 야생 돼지를 들고 안으로 들어가 탁자 옆에서 도끼로 목을 치자 바닥에 피가 흘렀다. 마룻바닥이 아니라 단단히 다져진 땅바닥이었다. 이젠 낡은 자루에 큰 돌을 잔뜩 담아 야생 돼지 있는 데서부터 문간과 숲을 지나 강가로 끌고 가 그것을 물속에 던졌다. 자루는 이내 가라앉아 보이지 않았다. 땅에는 무언가 질질 끌린 자국이 뚜렷했다. 톰 소여도 함께했다면 좋았을걸 하는 생각이 들었다. 톰은 워낙 이런 일을 재미있어 하고 또 기발한 아이디어를 짜낼 것이다. 톰 소여만큼 이런 일을 신 나게 할 아이도 없었다.

　마지막으로 나는 머리칼을 한 움큼 뽑아 피가 잔뜩 묻은 도끼 뒷 날에 붙이고는 통나무집 구석에 던졌다. 그다음 야생 돼지를 가슴 팍까지 안아 올려 피가 떨어지지 않게 집 아래쪽으로 들고 가서 강 물에 던졌다. 이때 불현듯 다른 생각이 하나 떠올랐다. 나는 다시 카누로 가서 옥수숫가루 자루와 낡은 톱을 가지고 집으로 돌아왔 다. 자루를 원래 있던 자리에 놓고, 톱으로 자루 밑에 구멍을 뚫었 다. 그 집에는 칼이나 포크도 없었기 때문이다. 아버지는 요리할 때 잭나이프로 모든 것을 했다. 나는 다시 그 자루를 메고 풀밭을 지 나 버드나무 숲 사이로 약 1백 야드(약 91미터―옮긴이) 떨어진 곳까지 갔다. 그곳에는 폭이 약 5마일(약 8킬로미터―옮긴이) 정도 되고 갈대가 무성한 철이 되면 오리가 날아드는 얕은 호수가 있었다. 건너편에 는 늪인지 개울인지 알 수 없는 물이 몇 마일이나 흘러가고 있었는 데, 분명한 건 미시시피 강으로 흘러드는 것은 아니었다. 나는 일부 러 옥수숫가루가 새어 나오게 해서 호수까지 흔적을 남겼다. 또한 아버지가 사용하는 숫돌까지 놓아두고 모든 것을 사고처럼 꾸몄다. 그러고는 가루가 새지 않도록 자루의 터진 부위를 실로 꿰매 톱과 함께 다시 카누로 들고 갔다.

　날이 점점 어두워지기 시작했다. 나는 강둑의 버드나무 가지가 물 위에 늘어져 있는 곳에 카누를 가져다놓고 달이 뜨기를 기다렸다. 그러고는 버드나무에 카누를 단단히 매고 간단히 저녁을 먹고 나서 카누에 누워 담배를 피우면서 앞으로 일어날 일을 생각해보았다. 사람들은 아마 내 시신을 찾으려고 돌멩이가 가득 든 자루의 흔적을 좇아 강까지 와서 강바닥을 뒤질 것이다. 그리고 흘려놓은 옥수숫가루의 흔적을 따라 호수까지 가서는 나를 죽이고 물건을 훔쳐 간 강도를 찾으려고 호수에서 뻗어나간 개울을 여기저기 훑어 내려갈 것이다. 그러나 사람들은 내 시신을 찾으려고 강을 뒤지다가 지쳐서 결국 포기할 것이다. 그러면 된 거다. 나는 어디든 갈 수 있다. 그러기에 잭슨 섬이 적합하다는 생각이 들었다. 나는 그 섬을 잘 아는 데다 사람들이 전혀 오지 않기 때문이었다. 게다가 밤에 카누를 타고 마을로 가서 몰래 필요한 것을 손에 넣을 수도 있다. 역시 잭슨 섬이 딱이었다.

　꽤 피곤했는지 나는 어느새 잠이 들었다. 눈을 떴을 때는 잠시 내가 어디에 있는지도 몰랐다. 나는 일어나 앉아 주변을 살폈다. 살짝 겁이 났다. 그제야 모든 것이 기억났다. 강폭은 몇 마일이나 되는 듯 보였다. 달빛이 얼마나 밝은지 몇백 야드나 떨어진 곳에서 조용히 떠내려가고 있는 나무들을 셀 수 있을 정도였다. 모든 것이 고요했고 밤이 꽤 깊은 것 같았다. 깊은 밤 특유의 냄새가 났던 것이다. 내가 무슨 말을 하려는지 알 것이다. 달리 어떻게 표현해야 할지 잘 모르겠다.

크게 하품을 하고 기지개를 켠 후 밧줄을 풀어 막 떠나려는데 강물 저쪽에서 어떤 소리가 들려왔다. 귀를 기울여보니 고요한 밤에 노걸이에서 노가 규칙적으로 움직이는 소리였다. 버드나무 가지 사이로 살펴보니 강 건너에 작은 배 한 척이 떠 있었다. 배에 몇 명이 타고 있는지는 알 수 없었다. 배가 이쪽으로 오고 있었는데, 내 옆쪽을 지날 때 보니 한 명밖에 없었다. 오늘 밤에는 돌아오지 않을 거라고 생각했지만, 그래도 혹시 아버지일지 모른다는 생각이 들었다. 배는 물살에 밀려 내가 있는 곳 바로 아래까지 떠내려왔다가 물살이 느린 지점에 이르자 다시 강가 쪽으로 다가갔다. 급기야 총을 내밀면 닿을 거리에서 아슬아슬하게 내 옆을 지나갔다. 분명 아버지였다. 게다가 노를 젓는 모습을 보니 술에 취하지도 않았다.

나는 잠시도 지체할 수 없어서 어두운 강기슭을 따라 조용히, 그러면서도 재빨리 카누를 움직였다. 일단 2.5마일(약 4킬로미터―옮긴이)쯤 내려가서 4분의 1마일가량 강 한가운데로 나갔다. 나루터를 지나갈 때 사람들이 나를 보고 불러 세울지도 모르기 때문이었다. 나는 떠내려가는 나무 사이를 빠져나가자 카누 바닥에 누워 떠내려가는 대로 그냥 두었다. 드러누운 채 담뱃대로 담배를 피우면서 하늘을 바라보았다. 구름 한 점 없었다. 달빛 아래 누워서 바라본 하늘이 굉장히 높아 보였다. 지금까지 그런 하늘을 본 적이 없었다. 이런 밤에는 먼 곳에서 흐르는 물소리조차 아주 가깝게 들렸다. 나루터에서 사람들이 나누는 이야깃소리도 들렸다. 나는 그들의 말소리를 하나도 빼놓지 않고 다 들었다. 그중 한 사람이 해가 길고 밤이 짧은 계절이 되었다고 말하자 다른 사람이 오늘 밤은 그다지 짧지도 않은 것 같다고 말했다. 그리고 둘은 서로 웃다가 한 사람이 같은 말을 다시 되풀이하자 또 웃었다. 그다음 그들은 다른 한 사람을 깨워 똑같은 말을 하며 웃었다. 하지만 그 사람은 웃지 않고 욕을 내뱉으며 건드리지 말라고 말했다. 맨 먼저 말한 사나이는, 이 얘기를 마누라에게 해줘야겠다, 그러면 마누라는 재치 있다고 하겠지, 하지만 이 말도 자기가 젊었을 때 했던 말들에 비하면 별거 아니라고 했다. 다른 한 사람이 벌써 3시가 다 되었다며 날이 새기까지 일주일을 기다린 것처럼 지루하다면서 빨리 동이 텄으면 좋겠다고 말했다. 그 뒤 말소리가 점점 멀어져서 알아들을 수가 없었다. 단지 웅얼대는 소리와 간혹 웃는 소리가 들릴 뿐이었고, 그것도 아주 먼 곳에서 들려오는 듯했다.

어느덧 카누는 나루터에서도 꽤 멀리 떠내려갔다. 일어나서 보니 2.5마일쯤 아래쪽 강 한가운데 잭슨 섬이 우뚝 솟아 있었다. 울창한 나무숲에 덮여 불 꺼진 기선처럼 거대하고 검고 묵직하게 보였다. 섬 위쪽의 모래톱은 보이지 않았다. 지금은 모두 물에 잠겨 있었던 것이다.

섬에 도착하기까지 그리 오래 걸리지 않았다. 물살이 빠른 섬 위쪽을 빠른 속력으로 지나가서는 잔잔한 수역으로 들어가 일리노이주 쪽 기슭에 상륙했다. 카누는 이미 알고 있던 후미진 곳에 넣어두었다. 그곳에 들어가려면 버드나무 가지를 헤쳐야 했지만 밖에서는 전혀 보이지 않았다.

나는 섬 위쪽으로 걸어가서 통나무에 걸터앉아 큰 강과 떠내려가는 시커먼 나무, 그리고 약 3마일(약 5킬로미터—옮긴이)쯤 떨어져 있는 마을을 바라보았다. 마을에는 불빛이 서너 개 반짝거렸다. 그때 큰 뗏목이 등불을 켜고 1마일쯤 떨어진 위쪽 강 한가운데서 마치 기어가듯 천천히 내려왔다. 그 뗏목이 내 옆을 지나칠 때쯤 이렇게 외치는 소리가 들렸다.

"노를 저어! 뱃머리를 오른쪽으로 돌려!"

바로 내 옆에서 소리치는 것처럼 똑똑히 들렸다.

하늘은 이제 옅은 잿빛을 띠기 시작했다. 나는 숲으로 들어가 아침을 먹기 전까지 한숨 자려고 땅바닥에 누웠다.

8장

　눈을 떴을 때는 이미 해가 높이 솟아 8시가 넘은 것 같았다. 나는 풀밭 한쪽의 시원한 그늘 아래 누워 이런저런 생각을 했다. 긴장이 풀려 마음이 편했다. 나무 사이로 드문드문 해가 비쳤으나 주변은 큰 나무로 둘러싸여 어두웠다. 나뭇잎 사이로 내리비친 햇살이 땅을 얼룩덜룩하게 만들었는데, 간혹 그 자리가 흔들리는 것으로 보아 바람이 조금 부는 듯했다. 다람쥐 두 마리가 큰 나뭇가지에 앉아 나를 보고 정답게 재잘거렸다.

　나는 몹시 나른하고 편해서 일어나고 싶지도 않고, 아침을 먹고 싶지도 않았다. 그래서 다시 졸기 시작했는데, 갑자기 강 위쪽에서 "쾅!" 하는 소리가 들려왔다. 나는 몸을 일으켜 팔꿈치를 괴고 귀를 기울였다. 다시 "쾅!" 소리가 들려왔다. 벌떡 일어나 나뭇잎 틈새로 밖을 내다보니 멀리 위쪽 나루터 근처에서 연기가 피어오르는 것이 보였다. 그리고 사람들을 잔뜩 실은 나룻배가 떠내려오고 있었다. 나는 무슨 일인지 알 것 같았다. 다시 소리가 나며 하얀 연기가 나룻배 뱃전에서 뿜어져 나왔다. 바로 내 시신을 떠오르게 하려고 대포를 쏜 것이었다.

나는 몹시 배가 고팠지만 불을 피울 수가 없었다. 연기가 나면 들킬 수 있기 때문이었다. 그래서 조용히 앉아 대포에서 나는 연기를 보며 대포 소리를 들었다. 그곳은 강폭이 1마일쯤 되는, 여름날 아침 풍경이 아름다운 곳이었다. 무언가 먹을 것이 있었다면 아마 내 시신을 찾는 모습을 얼마든지 즐기면서 구경했을 것이다. 그때 문득 사람들이 시신을 찾기 위해 빵 덩어리 속에 수은을 넣어서 물에 띄운다는 생각이 났다. 그러면 빵이 곧장 물에 빠진 시신 위로 가라앉는다고 믿었기 때문이다. 나는 빵 덩어리를 보고 있다가 내 주변으로 떠내려오는지 보자고 중얼거렸다. 그리고 그 방법이 진짜 효과가 있는지 알아보려고 일리노이 주 쪽 강기슭으로 자리를 옮겼다. 그런데 정말 신기하게도 큰 빵 덩어리 2개가 내 쪽으로 떠내려오는 것이 아닌가. 나는 긴 막대기로 빵 덩어리 2개를 다 끌어당기려다 그만 발이 미끄러지는 바람에 놓치고 말았다. 물살이 둑에서 가장 가까이 밀려오는 장소에 서 있어야 한다는 것을 나는 잘 알고 있었다. 이윽고 빵 덩어리 하나가 또 떠내려왔고, 이번에는 건져내는 데 성공했다. 나는 마개를 벗기고 빵 속에 채워둔 수은 덩어리를 꺼내서 버린 다음 한 입 베어 먹었다. 놀랍게도 싸구려 옥수수빵이 아니라 빵집에서 제대로 만든 고급 빵이었다.

나는 나뭇잎으로 가려진 좋은 자리를 골라 통나무에 걸터앉아 매우 흡족한 기분으로 빵을 씹으며 나룻배를 바라보았다. 그때 갑자기 한 가지 생각이 떠올랐다. 아마 더글러스 아주머니나 목사님, 혹은 그 누군가는 이 빵이 내 시체를 찾아주기를 간절히 기도했을 것이다. 그리고 빵은 기도대로 떠내려와서 나를 찾지 않았는가. 그렇다면 기도를 결코 하찮게 볼 것만도 아니라는 생각이 들었다. 역시 더글러스 아주머니나 목사님 같은 사람의 기도는 효과가 있지만 나같은 사람이 하면 아무 소용 없고, 그들처럼 바른 사람이 해야만 효험이 있는 것 같았다.

나는 담뱃대에 불을 붙여 천천히 담배를 피우면서 그들을 계속 지켜보았다. 나룻배는 물살을 타고 떠내려왔다. 분명히 빵이 떠내려온 곳을 따라 섬 가까이 올 것이다. 그렇다면 누가 타고 있는지 알 수 있을 것이다. 나는 배가 가까이 다가오자 입에서 담뱃대를 빼고 아까 빵을 건진 곳으로 가서 빈터에 있는 통나무 뒤에 엎드렸다. 통나무의 갈라진 틈새로 밖이 보였다.

드디어 나룻배는 널빤지만 걸치면 섬에 오를 수 있을 만큼 가까이 떠내려왔다. 내가 아는 거의 모든 사람들이 배에 타고 있었다. 아버지, 대처 판사와 그의 딸 베키 대처, 조 하퍼와 톰 소여, 폴리 아주머니 그리고 시드와 메리 등. 그들 모두 살인 사건에 대해 이야기했다. 그때 선장이 끼어들어 말했다.

"다들 잘 보세요. 여기가 물살이 가장 섬 가까이 흐르는 곳입니다. 어쩌면 그 아이는 강기슭으로 떠내려와서 강가의 덤불에 걸렸을지도 모릅니다. 제발 그렇게라도 됐으면 좋겠네요."

나는 그렇게 되기를 바라지 않았다. 사람들은 거의 내 얼굴 앞에서 난간에 기댄 채 조용히 주변을 살폈다. 나는 사람들의 얼굴을 아주 똑똑히 볼 수 있었지만 그쪽에서는 나를 볼 수 없었다. 그때 선장이 소리쳤다.

"다들 비키시오!"

그러자 대포가 바로 내 앞에서 요란한 소리를 내며 터졌다. 그 소리에 귀가 먹먹하고 연기 때문에 앞이 보이지 않았다. 이제 죽었구나 싶었다. 대포에 실제로 포탄이 들어 있었다면 아마도 사람들은 결국 내 시신을 찾았을 것이다. 하지만 다행히 나는 아무 데도 다치지 않았고, 배는 계속 떠내려가서 섬 기슭을 돌아서 가버렸다. 간혹 멀어져 가는 대포 소리가 들렸지만 한 시간쯤 지나니 그 소리도 사라졌다. 이 섬은 길이가 약 3마일쯤 되었다. 나는 사람들이 섬 아래쪽까지 가면 단념할 것이라고 예상했다. 그러나 그들은 오랫동안 단념하지 않았다. 섬 끝까지 돌아 미주리 주 쪽으로 올라가면서 가끔 대포를 쾅쾅 쏘아댔다. 섬 끝에 이르렀을 때 드디어 사람들은 대포 쏘기를 그만두더니 미주리 주 쪽 강변을 따라 마을로 돌아갔다.

이제 마음이 놓였다. 더 이상 나를 찾으러 오지 않을 것이다. 나는 카누에서 짐을 꺼내 울창한 숲으로 옮기고 아주 멋진 야영을 시작했다. 우선 담요 두 장으로 천막을 만들어 비가 와도 젖지 않도록 물건을 그 밑에 두었다. 그리고 해 질 무렵 메기 한 마리를 잡아 톱으로 대충 배를 갈라 모닥불을 피워 저녁을 먹었다. 그런 다음 아침에 먹을 고기를 잡으려고 낚싯줄을 쳐놓았다.

어두워진 뒤 모닥불 앞에 앉아 담배를 피우고 있으니 기분이 제법 좋았다. 그러나 이내 심심했다. 나는 강가에 앉아 물소리를 들으면서 밤하늘의 별과 떠내려오는 나무, 뗏목의 수를 세다가 잠들었다. 심심할 때 시간을 보내기에는 자는 것만큼 좋은 것도 없다. 잠을 자면 외로움도 잊어버리기 때문이다.

이렇게 사흘 낮밤이 지났다. 아무런 변화 없이 하루하루가 똑같았다. 다음 날 나는 섬을 탐험하려고 아래쪽으로 가보았다. 나는 이제 이 섬의 주인이고 섬 전체가 내 것이었으므로 무엇이든 다 알아보고 싶었다. 물론 솔직히 말하면 그보다 시간을 때우고 싶은 마음이었다. 잘 익은 딸기가 지천이었다. 청포도와 자줏빛 나무딸기가 이제 막 열매를 맺기 시작했다. 머지않아 먹을 수 있을 것이다.

나는 섬 아래쪽 끝까지 천천히 걸어갔다. 총을 가지고 있었지만 아무것도 쏘지는 않았다. 그저 호신용으로 가지고 있다가 야영지 주변에서 짐승을 잡을 작정이었다. 하마터면 큰 뱀을 밟을 뻔하기도 했는데, 금세 풀과 꽃 사이로 뱀이 사라졌다. 한 방 쏘려고 쫓아가다가 그만 아직도 연기가 피어오르는 모닥불의 잿더미를 밟고 말았다. 그 순간 너무 놀라 심장이 튀어나올 것 같았다. 나는 노리쇠를 잡아당겼다 놓고 재빨리 오던 길을 돌아갔다. 간혹 울창한 나뭇잎 사이에서 걸음을 멈추고 귀를 기울였으나 들리는 것이라곤 내

숨소리뿐이었다. 나는 좀더 가다가 멈춰 서서 다시 귀를 기울였다. 이러기를 몇 번이나 되풀이했다. 그러다가 나무 그루터기를 사람으로 착각하기도 했다. 나뭇가지라도 밟아 부러지면 누가 내 숨통을 갈라놓아 반쪽, 그것도 아주 작은 반쪽밖에 남아 있지 않은 듯한 기분이었다.

천막으로 돌아오니 맥이 빠졌다. 나는 망설이고 있을 때가 아니라고 나 자신에게 말한 후 물건을 모두 다시 카누에 실어놓고는 모닥불을 끄고 재를 여기저기 흩뜨려 마치 오래전 야영했던 장소처럼 보이게 해놓고 나무 위로 올라갔다.

아마 두어 시간 정도 그렇게 나무 위에 있었을 것이다. 하지만 그동안 나는 아무것도 보지 못했고 아무것도 듣지 못했다. 그저 천만 가지를 보고 들은 것처럼 여겨졌을 뿐이다. 그렇다고 언제까지 나무 위에 있을 수도 없는 노릇이었다. 나는 마침내 땅으로 내려와 울창한 숲에서 계속 주변을 살폈다. 먹을 것이라고는 딸기와 아침에 먹다 남은 것뿐이었다.

밤이 되자 몹시 배가 고팠다. 나는 날이 저물기 시작하자 달이 뜨기 전에 카누를 타고 4분의 1마일쯤 떨어진 일리노이 주 쪽 강가로 조용히 건너갔다. 숲에서 저녁을 해 먹고 오늘 밤은 여기서 보내야겠다고 마음먹었다. 그런데 갑자기 말발굽 소리가 들리더니 이어서 사람 목소리가 들려왔다. 나는 얼른 모든 것을 카누에 싣고 누구인가 알아보려고 숲으로 들어갔다. 멀리 가지 않아 한 남자의 목소리가 들렸다.

"좋은 자리가 나타나면 야영을 하는 게 좋겠어. 말도 많이 지쳤고. 어디가 좋은지 찾아보자고."

나는 그 말을 듣자마자 서둘러 물가를 떠나 조용히 노를 저었다. 그런 후 이전 자리에 다시 카누를 매어두고 그 속에서 자기로 했다. 하지만 잠을 잘 수가 없었다. 생각할 것이 너무 많아 잠이 오지 않았다. 눈을 뜰 때마다 누군가 내 목을 조르는 것 같았다. 그래서 잠을 자도 잔 것 같지 않았다.

'이렇게 살 수는 없어. 대체 이 섬에 나 말고 누가 있는지 알아보자. 무슨 일이 있어도 꼭 알아내고 말 테야.'

그렇게 마음먹자 금세 기분이 좋아졌다.

나는 노를 들고 물가로 가서 카누를 그늘 속에 띄우고 내려갔다. 달빛에 그늘 밖은 마치 대낮처럼 환했다. 한 시간 남짓 살펴보았으나 모든 것이 바위처럼 깊이 잠들어 있었다. 어느새 나는 거의 섬 아래쪽 끝에 이르렀다. 시원한 바람이 조금씩 불었다. 그것은 곧 밤이 끝나가고 있음을 의미했다. 나는 카누를 돌려 뱃머리가 물가에 닿게 해놓고 총을 들고 숲으로 갔다. 거기서 통나무에 걸터앉아 나뭇잎 사이로 내다보았다. 달이 지자 강 위에 어둠이 깔렸다. 하지만 그것도 잠시, 곧 나무 꼭대기에 창백한 줄무늬가 보이면서 날이 밝기 시작했다. 나는 총을 들고 조금 걷다가 멈추고 귀를 기울이며 모닥불이 있던 곳을 찾아 살며시 걸어갔다. 그런데 찾기가 쉽지 않았다. 그때 나무 사이로 불빛이 반짝였다. 나는 조심스럽게 천천히 다가갔다. 웬 남자 하나가 땅바닥에 누워 있었다. 남자는 담요로 머리를 감싸고 있었는데, 머리가 거의 모닥불 속에 들어간 것 같았다. 나는 6피트(약 2미터—옮긴이)쯤 떨어진 덤불 뒤에 앉아 그에게서 잠시도 눈을 떼지 않았다. 이제 새벽이 밝아오고 있었다. 이윽고 남자가 하품을 하고 기지개를 켜더니 담요를 걷었다. 그런데 자세히 보니 왓슨 아주머니네 검둥이 짐이었다. 그 순간 나는 너무나 반가워 그를 부르며 튀어나갔다.

"이봐, 짐!"

내가 갑자기 나타나자 짐은 깜짝 놀라며 벌떡 일어나 나를 쳐다보았다. 그러더니 무릎을 꿇고 앉아 두 손으로 빌기 시작했다.

"제발 해치지 마셔유! 전 귀신에게 나쁜 짓을 한 적도 없고, 항상 죽은 사람을 좋아했어유. 그리고 그들을 위해 할 수 있는 일은 다 해왔어유. 다시 강으로 돌아가세유. 당신이 살 곳은 강이니께유. 그러니 당신의 친구였던 이 늙은 짐에게는 손대지 말아주세유."

내가 죽지 않았다는 것을 이해시키기까지 오래 걸리지 않았다. 나는 짐을 만나 너무나 기뻤다. 심심하지 않게 되었던 것이다. 나는 내가 있는 곳을 고자질하지 않을 것이라고 믿는다며 계속 지껄여댔다. 그러나 짐은 그저 가만히 앉아서 나를 쳐다보기만 했다.

"자, 날이 밝았으니 아침밥을 만들어야지. 모닥불이나 피워."

"딸기나 뭐 그런 걸 먹는데 모닥불이 왜 필요혀? 아, 총을 갖고 있지! 그러면 딸기보다 좋은 것을 손에 넣을 수 있겠네."

"딸기랑 뭐 그런 거라고? 여태 그런 걸 먹고살았어?"

"다른 게 있남?"

"대체 이 섬에 언제 온 거야, 짐?"

"네가 죽은 그날 밤부터."

"뭐? 그렇게나 오래됐다고?"

"응."

"그런데 먹을 게 그런 것밖에 없었어?"

"그런 것밖에 없던디."

"정말로 굶어 죽을 뻔했구나?"

"지금 같아서는 말 한 마리도 통째로 먹을 수 있을 것 같아. 그런데 너야말로 이 섬에 언제 온 거여?"

"내가 죽었던 그날부터."

"아이고! 그럼 지금까지 뭘 먹고 산거야? 하긴 너는 총을 가지고 있지. 총만 있으면 걱정할 게 없으니께. 뭐든 잡아와 봐. 내가 불을 피워놓을 테니께."

우리는 함께 카누 있는 곳으로 갔다. 짐이 나무 사이의 빈 풀밭에서 불을 피우는 동안, 나는 옥수숫가루와 베이컨, 커피, 커피 주전자, 프라이팬, 설탕과 양철 컵을 가지고 왔다. 짐은 이게 무슨 조화냐며 꽤 놀라는 표정이었다. 내가 크고 살진 메기 한 마리를 잡아오자 짐은 칼로 배를 갈라 창자를 꺼낸 다음 기름에 튀겼다.

아침 준비를 마치고 우리는 풀밭에 앉아 김이 무럭무럭 나는 음식을 먹었다. 굶어 죽기 직전이었던 짐은 그야말로 음식을 무섭게 먹어치웠다. 이윽고 배가 부르자 우리는 벌러덩 드러누웠다.

잠시 후 짐이 말했다.

"헉, 그럼 통나무집에서 죽은 사람이 네가 아니라면 도대체 누구여?"

내가 사실을 모두 이야기해주자 짐은 기가 막힌다며, 톰 소여도 그보다 더 멋진 생각은 못할 것이라고 했다. 그때 내가 말했다.

"짐, 넌 어쩌다 여기 온 거야? 강은 어떻게 건넜어?"

짐은 근심 어린 얼굴로 잠시 입을 다물고 있다가 말했다.

"말 안 하는 게 좋을 것 같은디."

"왜 그러는데?"

"이유가 있다니께. 헉, 다른 사람한테 얘기 안 할 거지?"

"물론이지, 짐."

"좋아 믿을게. 사실 나 도망쳐 나왔어."

"짐!"

"헉, 절대로 다른 사람한테 말하지 않겠다고 했잖여?"

"그래, 무슨 일이 있어도 말 안 하겠다고 맹세할게. 사람들이 나를 비열한 노예 폐지론자라고 비웃어도, 아니면 말 안 했다고 경멸해도 절대 안 해. 나도 돌아가지 않을 거거든. 그러니 이제 다 얘기해봐."

"그려. 그렇다면 얘기할게. 왓슨 아주머니 말이여, 그 늙은 노처녀가 늘 잔소리를 퍼붓고 거칠게 대하기는 했지만 나를 남쪽 뉴올리언스로 팔아치우지는 않겠다고 항상 말했거든. 그런데 요즘 마을에 노예 매매상이 자주 나타나는 거여. 그래서 걱정이 좀 되더라고. 그러던 어느 날 늦은 밤 왓슨 아주머니 방문 앞을 지나가는데 문이 약간 열려 있는 거여. 왓슨 아주머니가 나를 뉴올리언스에 팔 작정이라고 더글러스 아주머니한테 말하고 있더구만. 마음은 팔고 싶지 않지만 8백 달러나 준다니까 안 팔 수도 없다는 거여. 더글러스 아주머니가 나를 팔지 말라고 말리는 것까지만 듣고 나는 바로 줄달음질해 도망쳤지.

그렇게 몰래 집 밖으로 빠져나와 마을 위쪽 강기슭에서 배를 훔치려고 했어. 그런데 사람들이 잠도 안 자고 서성대고 있는 거여. 할 수 없이 사람들이 돌아갈 때까지 강 근처에 있는 통 만드는 가게에 숨었지. 그날 밤은 거기서 꼼짝도 못했어. 사람들이 계속 얼쩡거렸거든. 날이 새고 6시쯤 되니까 배가 다니기 시작하는 거여. 그리고 8시인가 9시쯤 되자 지나다니는 배에 탄 사람들마다 네 아버지가 마을에 나타나서는 네가 살해되었다고 말하고 다닌다는 말을 하는 거여. 그다음부터는 사고 난 곳에 다녀온다며 배를 타고 나가는 동네 아저씨 아줌마들이 많았어. 간혹 기슭에 배를 대고 쉬었다 강을 건너는 사람도 있었는데 그때 살인 사건 이야기를 자세히 듣게 되었던 거여. 혁, 네가 죽었다는 말을 듣고 얼마나 슬펐는지 몰러.

하지만 이젠 괜찮아.

나는 그렇게 하루 종일 대팻밥 속에 숨어 있었어. 배가 고프기는 했지만 무섭지는 않았어. 왓슨 아주머니와 더글러스 아주머니는 아침을 먹고 바로 야외 집회에 참석하러 나가 하루 종일 집에 없거든. 게다가 나는 새벽에 소를 몰러 나가기 때문에 내가 집 근처에 없다고 해서 전혀 이상할 게 없었어. 그래서 밤이 될 때까지는 내가 도망친 것을 모를 테고, 다른 하인들도 아주머니들이 집을 비우기만 하면 일은 뒷전이고 나가 놀기 바빠 내가 없어진 것을 눈치챌 리 없거든.

나는 날이 어두워지자 강둑길을 걸어갔어. 2마일쯤 걸어서 집이 한 채도 없는 곳까지 갔지. 그다음에 뭘 할지는 이미 정해두었어. 그대로 걸어서 도망치면 개를 앞세워 쫓아와 금방 붙잡힐 게 뻔하고, 배를 훔쳐서 강을 건넌다 해도 금방 배가 없어진 걸 알고 내가 어디쯤에서 배를 내릴지, 어디쯤에서부터 내 뒤를 쫓으면 될지 금방 알 수 있으니께. 그래서 나는 뗏목을 타고 도망치는 것이 가장 안전하다고 생각했어. 뗏목은 아무 흔적도 남기지 않으니께.

그러고 있는데 불빛 하나가 내 쪽으로 오고 있는 거여. 그래서 나는 물속으로 뛰어들어 통나무를 붙잡고 강을 반 이상이나 헤엄쳐 떠내려가는 나무들 사이로 들어갔지. 그리고 머리를 낮게 숙이고 뗏목이 떠내려오기를 기다렸어. 드디어 뗏목 하나가 떠내려오길래 나는 뗏목 뒤쪽으로 가서 매달렸어. 그때 마침 구름이 잔뜩 끼어 사방이 어두워지길래 나는 뗏목 위로 슬쩍 기어올라 누웠지. 등불이 켜진 뗏목에 타고 있던 사람들은 모두 뗏목 한가운데 모여 있었거든. 강물이 많이 불어나 물살이 빠르길래 새벽 4시까지 약 25마일(약 40킬로미터—옮긴이)은 떠내려갈 것이고, 그러면 날이 밝기 전에 물길을 따라 헤엄쳐 내려가 일리노이 주 쪽 숲으로 들어갈 수 있다고 생각했던 거여.

그런데 운도 지지리 없지. 뗏목이 잭슨 섬 바로 앞까지 왔을 때 한 남자가 등불을 들고 내 쪽으로 다가오는 거여. 나는 그대로 있으면 큰일 날 것 같아서 결국 물속으로 뛰어들어 이 섬까지 헤엄쳐 온 거여. 섬이라면 아무 곳이나 기어오를 수 있다고 생각했는데 그게 아니었어. 거기는 절벽이나 마찬가지여서 섬 끝에 거의 다다라서야 겨우 오를 만한 곳을 찾아냈다니께. 나는 숲으로 들어가서 사람들이 저렇게 등불을 들고 돌아다닌다면 더 이상 뗏목은 타지 말아야겠다고 결심했어. 파이프와 싸구려 담배, 그리고 성냥은 다행히 모자 속에 넣어두어서 그나마 물에 젖지 않은 거여."

"그래서 지금까지 고기도 빵도 못 먹었단 말이지? 왜 거북이라도 잡아먹지 그랬어."

"한밤중에 어떻게 잡아? 손으로 잡을 수도 없고, 돌을 던질 수도 없는디. 낮에는 강가에 안 나가기로 했거든."

"그랬구나. 당연히 숲에 숨어 있어야지. 그건 그렇고 어제 대포 소리 들었어?"

"들었지. 너를 찾고 있는 거여. 이 앞으로 지나가는 것도 봤다니께. 덤불 속에서 지켜봤지."

그때 작은 새 몇 마리가 1야드(약 91센티미터—옮긴이)쯤 날다가 앉았다. 그걸 보고 짐은 비가 올 징조라고 했다. 병아리가 그렇게 날면 비가 올 징조인데, 어린 새도 마찬가지일 것이라고 했다. 내가 몇 마리 잡으려 하자 짐이 말렸다. 그런 행동을 하면 죽을 수 있다는 것이었다. 예전에 짐의 아버지가 많이 아팠는데 가족 중 누가 새 한 마리를 잡았다고 한다. 그걸 본 늙은 할머니가 아버지가 죽을 것이라고 예언했고, 결국 예언대로 죽었다는 것이다.

그리고 짐은 또 저녁에 먹을 음식 수를 세면 불운이 닥친다고 했다. 또 해가 진 후에 식탁보를 털어서도 안 되고, 벌집을 갖고 있는 사람이 죽으면 다음 날 아침 해 뜨기 전에 반드시 그걸 벌에게 알려주어야 한다고 했다. 그렇게 하지 않으면 벌들은 모두 힘을 잃고 죽어버린다는 것이다. 그리고 꿀벌은 바보를 쏘지 않는다고 했는데 그건 믿지 않았다. 왜냐하면 지금까지 내가 무수히 시험해봤는데 꿀벌은 나를 쏘지 않았기 때문이다.

나는 예전부터 이런 이야기를 가끔 들어 알고 있었지만 그렇다고 다 아는 것은 아니었다. 그런데 짐은 아주 많은 종류의 징조를 알고 있었다. 아마 거의 다 알고 있다고 할 수 있었다. 나는 징조라는 것이 모두 불운을 알리는 것밖에 없는 것처럼 보이는데, 그렇다면 행운의 징조는 없느냐고 짐에게 물었다.

"거의 없어. 그리고 행운의 징조는 별 도움이 안 돼. 행운이 온다는 걸 알 필요가 어딨어? 미리 막을 것도 아닌데. 물론 팔과 가슴에 털이 많으면 부자가 된다는 징조는 도움이 되지. 왜냐하면 먼 미래에 일어날 일이거든. 오랫동안 가난하게 살더라도 미래에 부자가 될 거라는 걸 알면 희망차지만, 그렇지 않다면 너무 힘들어 자살할지도 모르잖여."

"짐, 넌 팔과 가슴에 털이 많아?"

"물론이지. 자 봐, 이 정도라고."

"그럼 넌 부자야?"

"아니. 하지만 한때 부자였던 적이 있지. 14달러나 있었는데 투기로 다 날렸어. 그래도 미래에 또 한 번은 부자가 될 운이여."

"무슨 투기였는데?"

"주식에 손을 댔어."

"무슨 주식?"

"살아 있는 주식, 그러니께 소 한 마리를 10달러 주고 샀어. 하지만 앞으로는 절대 가축에는 투자 안 할 거여. 그놈의 소가 죽고 말았다니께."

"그래서 10달러를 몽땅 잃은 거야?"

"아니, 다 잃은 건 아니여. 한 9달러쯤 잃었을 거여. 소가죽과 기름을 1달러 10센트에 팔았으니께."

"그럼 5달러 10센트가 남았네. 그걸로 또 다른 투기를 했어?"

"그랬지. 브래디시 영감님네 외다리 검둥이 알지? 그가 은행을 차리고 1달러를 맡기면 연말에 4달러를 준다는 거여. 그래서 검둥이들 모두 돈을 맡겼지. 그런데 나만 큰돈이고 다들 푼돈을 투자했더라고. 그래서 나는 4달러로는 안 되겠다고 버텼지. 만일 내 요구를 들어주지 않으면 나도 직접 은행을 차리겠다고 말이여. 그 검둥이는 내가 은행 차리는 것을 분명 싫어할 거라는 것을 알고 있었거든. 그러자 그는 은행이라는 것이 둘이서 할 만한 일은 못된다고 하면서, 내가 5달러를 내면 연말에 35달러를 주겠다는 거여. 그래서 나는 그렇게 했어. 연말에 35달러를 받으면 그것을 다시 투자해서 사업을 해보고 싶었으니께. 그때 밥이라는 검둥이를 만났지. 그 녀석이 목재를 운반하는 뗏목을 가지고 있는데, 그 녀석의 주인도 모르고 있다는 거여. 나는 연말에 은행에서 받을 35달러를 주기로 하고 외상으로 그 배를 샀어. 그런데 그날 밤 누가 그 배를 훔쳐갔고, 다음 날에는 외다리 검둥이가 은행이 파산했다는 거여. 나는 결국 한 푼도 못 건지고 말았어."

"짐, 그럼 나머지 10센트는 어떻게 했어?"

"그땐 그 돈도 써버리려고 했어. 그런데 꿈을 꾸었는데, 꿈속에서 말하기를 나머지 10센트를 발럼이라는 검둥이에게 주라는 거여. 사람들이 멍청하다고 하는 그 게으름뱅이 발럼 말이여. 결국 그 녀석은 운이 좋고 나는 운이 나빴지. 꿈에서는 내가 10센트를 발럼에게 투자하면 발럼이 벌어서 갚는다고 했거든. 발럼이 말하기를 교회에서 목사가 누구든 가난한 자를 위해 돈을 쓰면 하느님이 그 돈을 백배로 갚아주신다는 설교를 들었다는 거여. 그래서 나는 즉시 10센트를 가난한 발럼에게 주고 무슨 일이 일어나는지 기다렸지."

"그래서 무슨 일이 일어났어?"

"아무 일도 일어나지 않았고, 결국 그 돈도 돌려받지 못했어. 그래서 난 앞으로 담보 없이는 절대로 돈을 빌려주지 않기로 결심했어. 목사님은 돈이 백배가 되어 돌아온다고 했지만, 난 지금 더도 말고 딱 10퍼센트만 돌려받아도 기쁠 텐데 말이여."

"짐, 괜찮아질 거야. 언젠가는 분명히 또 부자가 될 거야."

"맞아, 어떻게 보면 지금도 나는 부자니께. 내 몸은 이제 내 것이고, 내 몸값이 8백 달러나 되니께 말이여. 그만한 돈만 있다면 더 바랄 게 없을 텐디……."

9장

　나는 섬을 둘러보다가 발견한 섬 한가운데로 다시 가서 살펴보려
고 짐과 떠났다. 길이가 3마일(약 5킬로미터—옮긴이)에 폭은 4분의 1마
일(약 4백 미터—옮긴이)밖에 안 되는 섬이라 우리는 금세 그곳에 도착했
다. 그곳은 높이가 약 40피트(약 12미터—옮긴이)나 되는 꽤 길고 가파른
산마루였다. 몹시 비탈지고 숲이 울창해서 꼭대기까지 올라가는 데
무척 힘들었다. 우리는 그 근처를 두루 돌아다녀 보고 또 올라가 보
기도 하다가 드디어 꼭대기 근처 바위틈에서 큰 동굴을 발견했다.
일리노이 주 쪽을 향한 동굴은 방 두세 개를 합친 것만큼 넓었고,
높이도 짐이 똑바로 설 수 있을 정도였다. 동굴 안은 서늘했다. 짐
은 들떠서 당장 물건들을 옮기자고 했지만, 나는 이런 곳을 밤낮 오
르내리고 싶지는 않다고 말했다. 짐은 카누를 적당한 곳에 숨겨놓
고 물건을 전부 이 동굴에 숨겨놓으면, 누가 섬에 오더라도 재빨리
동굴 속으로 숨을 수 있고, 개를 데리고 오지 않는 한 결코 우리를
찾아낼 수 없을 것이라고 말했다. 게다가 그 작은 새들로 보아 곧

비가 내릴 텐데 물건이 젖으면 안 된다고 나를 설득했다.

그래서 우리는 돌아가서 카누를 타고 동굴과 나란한 곳에 정박하고 물건을 모두 동굴로 옮겼다. 그다음 아주 가까운 숲에 카누를 숨겼다. 그리고 낚싯줄에서 물고기 몇 마리를 떼어내고 다시 낚싯줄을 쳐놓고 점심 준비를 했다. 동굴 입구는 큰 통도 굴러 들어갈 만큼 넓었다. 입구 한쪽은 바닥이 조금 튀어나오고 평평해서 우리는 거기에 불을 피우고 요리를 했다.

식사가 준비되자 동굴 안쪽에 담요를 깔고 앉아 먹었다. 다른 물건은 손쉽게 꺼낼 수 있도록 모두 동굴 안쪽에 놓아두었다. 금세 날이 어두워지더니 천둥이 치고 번개가 번쩍였다. 새들의 예언이 정확하게 들어맞았다. 곧바로 비가 쏟아지더니 엄청 퍼부었다. 지금까지 본 적이 없을 만큼 심한 바람도 불었다. 그것은 여름에 늘 오는 폭우였다. 온통 짙은 남색을 띠는 바깥 풍경은 아름답기까지 했다. 비가 얼마나 쏟아지는지 앞의 나무들이 꼭 거미줄처럼 희미하게 보였다. 강한 바람이 불어와 나무가 휘어지고 빛깔이 연한 나뭇잎 아래쪽이 뒤집혔다. 이어 돌풍이 몰아치자 잔가지들이 미친 듯이 흔들렸다. 그다음 번갯불이 번쩍했다. 빛이 너무 밝아서 몇백 야드 떨어진 나무 윗부분이 아래로 곤두박질치는 모습이 보였다. 하지만 다음 순간 다시 어두워지더니 요란하게 천둥이 치면서 마치 빈 통이 긴 계단 아래층으로 굴러떨어지는 듯한 소리가 났다.

"짐, 여기는 아주 근사한데! 나는 이제 다른 데는 가고 싶지 않아.

생선 한 토막이랑 따끈한 옥수수빵 좀 줘봐."

"내가 아니었다면 아마 너는 지금쯤 저 아래 숲에서 점심도 굶은 채 물에 빠져 죽었을 거여. 병아리들이 비 오는 걸 아는 것처럼 다른 새들도 마찬가지라니께."

열흘인가 열이틀 동안 계속 내린 비로 강물이 불어나 결국 둑을 넘고 말았다. 일리노이 주 쪽 낮은 지대는 바닥에서 3, 4피트(약 1미터―옮긴이) 높이가 물에 잠겨 그쪽 강폭이 몇 마일로 넓어졌다. 하지만 미주리 주 쪽은 전과 마찬가지로 1.5마일밖에 되지 않았다. 왜냐하면 미주리 쪽 강기슭은 절벽이기 때문이다.

낮에 우리는 카누를 타고 섬 주변을 돌아다녔다. 밖에는 햇볕이 쨍쨍했지만 깊은 숲 속은 그늘이 짙어서 매우 서늘했다. 우리는 나무를 헤집고 다녔다. 어떤 때는 덩굴이 너무 심하게 엉켜서 되돌아나와 다른 길로 가야 했다. 쓰러진 고목 속에는 토끼나 뱀 등이 들어가 있었는데, 홍수가 나고 하루 이틀 지나자 짐승들도 배가 고파선지 순했다. 마음만 먹으면 바로 옆까지 카누를 저어 가서 손으로 만질 수도 있을 정도였다. 하지만 뱀과 거북은 다가가면 물속으로 쏙 들어가 버렸다. 우리 동굴이 있는 산마루에는 이런 동물이 많았다. 원한다면 얼마든지 잡을 수 있었다.

어느 날 밤 우리는 떠내려가는 뗏목 일부분을 하나 건졌다. 훌륭한 소나무로 가로는 약 12피트(약 4미터―옮긴이), 길이는 15피트(약 5미

터—옮긴이)쯤 되었으며, 윗부분이 물 위로 6, 7인치(약 15센티미터—옮긴이)
올라온 단단하고 편평한 송판이었다. 낮에도 간혹 제재(製材)한 통나
무가 떠내려갔지만 그냥 내버려두었다. 낮에는 모습을 드러낼 수
없었기 때문이다.

또 어느 날 밤에는 서쪽에서 나무로 지은 집 한 채가 떠내려왔다.
이층집이었는데 꽤 기울어 있었다. 카누를 타고 가서 2층 창문으로
기어 들어갔다. 하지만 날이 너무 어두워 잘 보이지 않아 카누를 집
에 매어놓고 앉아 날이 밝기를 기다렸다.

섬 아래쪽 끝에 이르기 전에 날이 밝아오기 시작했다. 그래서 우
리는 창문으로 안을 들여다보았다. 침대 하나와 탁자 하나, 낡은 의
자 2개, 그리고 바닥에 많은 물건들이 널려 있었으며, 벽에는 옷이
걸려 있었다. 한쪽 구석에는 사람처럼 보이는 것이 누워 있었다.

짐이 소리쳐 불렀다.

"이보슈!"

하지만 움직임이 없었다. 내가 다시 큰 소리로 불렀지만 반응이
없자 짐이 말했다.

"저 사람은 자고 있는 게 아니라 죽은 게 분명혀. 너는 여기 가만
히 있어. 내가 가서 보고 올 테니께."

짐은 곧 들어가서 허리를 굽혀 살펴보고 말했다.

"죽었어. 죽은 게 분명혀. 홀딱 벗은 채로 등에 총을 맞았어. 죽
은 지 이틀 정도 되는 것 같아. 헉, 들어와. 하지만 시체 얼굴은 보지

마. 기분 안 좋을 테니께."

시체는 짐이 누더기로 덮어놓아 굳이 안 보려고 애쓸 필요도 없었다. 그래도 나는 보고 싶지 않아서 그 사내 쪽으로는 눈길을 주지 않았다. 바닥에는 낡고 끈적한 트럼프가 사방에 흩어져 있었고, 위스키 빈 병 몇 개와 검은 헝겊 마스크 2개가 나뒹굴고 있었다. 벽은 온통 숯으로 갈겨놓은 욕설과 그림으로 덮여 있었고, 오래된 무명 베 드레스 두 벌과 여자용 여름 모자, 여자 속옷과 남자 옷이 걸려 있었다. 우리는 그것들을 카누에 실었다. 혹 쓸데가 있을지도 모르기 때문이었다. 바닥에 남자아이가 쓰는 얼룩진 헌 밀짚모자 하나가 떨어져 있었는데 그것은 내가 갖기로 했다. 젖꼭지가 달린 우유병도 있었다. 이 병도 가져가려 했는데 깨져 있었다. 낡은 나무 상자 하나와 경첩이 부서진 낡은 가죽 가방도 있었다. 뚜껑이 열려 있었지만 안에 쓸 만한 물건은 없었다.

물건들이 마구 흩어져 있는 것으로 보아 사람들이 정신없이 떠났고, 대부분의 물건을 가져갈 만한 형편이 못되었던 것 같다. 그래도 헌 양철 램프와 손잡이가 없는 식칼, 어느 가게에서든 25센트는 주어야 살 수 있는 큼직한 잭나이프, 양초 다발과 양철 촛대, 바가지, 양철 컵, 낡은 침대보, 바늘, 핀, 밀랍, 단추와 실 등이 들어 있는 주머니 하나와 손도끼 한 자루, 못 몇 개, 큰 낚싯바늘이 달려 있는 새끼손가락만큼 굵은 낚싯줄, 사슴 가죽 한 장과 가죽으로 만든 개 목줄, 말편자, 상표가 벗겨진 약병 몇 개를 손에 넣었다. 그리고 막 그곳을 떠나려고 할 때 꽤 쓸 만한 말빗 하나를 발견했다. 짐은 낡은 바이올린 활과 나무로 만든 의족 한 짝을 발견했다. 가죽 끈은 떨어져 나가고 없었지만 꽤 훌륭한 의족으로, 내게는 너무 길고 짐에게는 너무 짧았다. 여기저기 찾아보았으나 나머지 한 짝은 보이지 않았다.

아무튼 우리는 횡재를 했다. 그 집을 떠날 때는 벌써 4분의 1마일이나 떠내려와 있었고 날이 제법 훤하게 밝아 있었다. 나는 짐을 카누 바닥에 눕히고 그 위에 침대보를 덮었다. 짐이 앉아 있으면 꽤 멀리서도 검둥이라는 것을 알아챌 수 있기 때문이다. 나는 일리노이 주 쪽 강기슭으로 카누를 저어 갔지만 거의 반 마일이나 떠내려가고 말았다. 그리고 강가의 잔잔한 물살을 타고 거슬러 올라가 무사히 동굴로 돌아왔다.

10장

아침을 먹고 나서 우리는 나무집에 죽어 있던 사람에 대해 이야기했다. 그러다 내가 왜 죽었는지 알아보자고 하자 짐은 거절했다. 그런 짓을 하면 불운이 따라올 뿐만 아니라 그자의 영혼이 우리를 따라다닐지도 모른다고 했다. 무덤에 묻히지 않은 사람은 묻혀서 편안히 있는 사람보다 더 잘 나타나는 법이라는 것이다. 짐의 말이 그럴듯해서 나는 더 이상 그에 대해 말하지 않았다. 그러나 나는 왜 그런 일이 일어났는지, 누가 그 사람을 죽였고, 왜 그런 짓을 했는지 알고 싶었다.

우리는 그 집에서 갖고 온 옷을 뒤지다 헌 담요로 만든 외투 속에 은화 8달러를 꿰매놓은 것을 발견했다. 짐은 그들이 이 외투를 어디서 훔친 것이 분명하다며, 돈이 있다는 것을 알았다면 두고 가지 않았을 것이라고 말했다. 나는 한술 더 떠 그들이 외투 주인을 죽인 것 같다고 말했다. 그러나 짐은 이 부분에 대해서는 이야기하고 싶어 하지 않았다.

"짐, 너는 불운이라고 생각하겠지만, 그저께 내가 저 산마루 꼭대 기에서 뱀 껍질을 주워 왔을 때 네가 뭐라고 했는지 알아? 손으로 뱀 껍질을 만지는 것은 이 세상에서 가장 재수 없는 일이라고 했어. 그렇다면 이게 네가 말한 불운이라는 거니? 우리는 이 모든 물건과 8달러까지 손에 넣었어. 이런 불운이라면 날마다 당해도 좋겠다."

"헉, 겁도 없이 그런 말을 하면 안 돼. 이제 곧 불운이 닥칠 테니 께 두고 봐. 분명히 올 거여."

그 불운은 정말 오고야 말았다. 우리가 이런 이야기를 나눈 것은 화요일이었다. 금요일 점심을 먹고 나서 우리는 산등성이 위쪽 풀 밭에서 한가하게 지내고 있었다. 그러다 마침 담배가 떨어져서 가 지러 동굴에 들어갔다가 방울뱀 한 마리를 발견했다. 나는 뱀을 잡 아 죽여서 짐의 담요 발치에 살아 있는 것처럼 똬리를 틀어놓았다. 짐이 보고 깜짝 놀라면 재미있을 것 같았다. 하지만 저녁이 되어 나 는 뱀을 놓아둔 것을 깜박 잊고 말았다. 그 바람에 내가 불을 지피 고 있는 사이 짐이 담요에 눕다가 그 자리에 와 있던 죽은 뱀의 짝 이 짐을 물어버린 것이다. 짐은 비명을 지르며 벌떡 일어났다. 불빛 에 독사가 똬리를 틀고 다시 덤벼들려는 모습이 보였다. 나는 막대 기로 재빨리 뱀을 죽였고, 짐은 아버지의 위스키 병을 움켜쥐고 벌 컥벌컥 마셔댔다.

뱀은 맨발인 짐의 발꿈치를 물었다. 이 모든 일이 죽은 뱀을 놓아 두면 언제나 그 뱀의 짝이 찾아와서 도사리고 있다는 것을 깜박 잊은 나의 실수 때문이었다. 짐은 내게 뱀 대가리를 잘라서 멀리 던지고, 껍질을 벗겨서 살 한 토막을 구워달라고 했다. 원하는 대로 해서 주니 짐은 그것을 먹으며 치료에 도움이 될 것이라고 말했다. 그리고 뱀 꼬리를 잘라 손목에 감아달라고 했다. 이것도 치료에 도움이 된다는 것이다. 나는 짐이 시키는 대로 해주고 조용히 밖으로 나가서 죽은 뱀 두 마리를 덤불 속에 던졌다. 이 모든 일이 나 때문에 일어났다는 것을 들키고 싶지 않았기 때문이다.

짐은 계속 위스키를 마셨다. 그리고 간혹 정신을 잃거나 소리를 질렀다. 그러다 다시 정신이 돌아오면 위스키를 또 마셨다. 발과 다리가 엄청 부어올랐지만 취하는 것을 보니 걱정 안 해도 되겠다 싶었다. 그래도 나는 아버지의 위스키를 마시고 취하느니 차라리 뱀한테 물리는 편이 낫겠다고 생각했다.

짐은 나흘 밤낮을 꼬박 누워 잠만 자고 난 뒤에 겨우 부기가 다 빠져 다시 돌아다닐 수 있게 되었다. 나는 앞으로 다시는 뱀 껍질을 만지지 않겠다고 맹세했다. 짐은 앞으로 내가 자기 말을 곧이들어야 할 것이라고 말했다. 그러고는 뱀 껍질을 만지는 것은 굉장히 재수 없는 일이어서 아직 불운이 다 끝나지 않았을 거라고 했다. 그리고 손으로 뱀 껍질을 만지느니 차라리 초승달을 왼쪽 어깨 너머로 천 번 이상 보겠다고 말했다. 초승달을 왼쪽 어깨 너머로 보는 것이야말로 사람이 하는 일 중에 가장 어리석은 짓이라고 늘 생각해왔지만, 이제는 나도 짐과 같은 생각이었다. 행크 벙커 영감도 언젠가 이런 짓을 하고도 큰소리치며 자랑삼아 떠벌리다가 2년도 채 안 되어 술에 취한 채 탑에서 떨어져 종잇장처럼 납작해져서 죽고 말았다. 내 눈으로 직접 본 것은 아니지만 아버지에게 들은 바로는 사람들이 그 영감을 관 대신 외양간 문 두 짝 사이에 끼워 매장했다고 한다. 아무튼 모두 다 바보처럼 초승달을 왼쪽 어깨 너머로 쳐다보았기 때문에 일어난 일이었다.

하루하루 지나자 양쪽 둑 사이로 강물이 줄어들기 시작했다. 우리가 처음 한 일 중 하나는 껍질을 벗긴 토끼를 굵은 낚싯바늘에 꿰어 낚싯대에 걸어놓았다가 길이가 6피트 2인치(약 2미터—옮긴이)나 되고 무게가 2백 파운드(약 91킬로그램—옮긴이) 넘는 사람만 한 큰 메기를 잡은 것이다. 물론 우리 힘으로는 잡아당길 수가 없었다. 잘못하면 우리가 일리노이 주 쪽 강변으로 내동댕이쳐질 판이었다. 우리는 가만히 앉아서 메기가 도망치려고 날뛰다가 끝내는 지쳐 죽기를 기다렸다. 메기의 배를 갈랐더니 그 속에 놋쇠 단추 하나와 둥근 공, 그 밖에 여러 가지 잡동사니가 들어 있었다. 도끼로 공을 쪼개보니 실타래가 나왔다. 짐은 메기의 배 속에 많은 것이 쌓이고 쌓여서 실타래가 마침내 공처럼 된 것이라고 했다. 우리가 잡은 메기는 미시시피 강에서 잡힌 고기 중에서 가장 큰 것 같았다. 짐도 이보다 더 큰 놈을 본 적이 없다고 말했다. 마을에 내다 팔면 큰돈을 받을 수 있었을 것이다. 시장에서는 이런 생선을 1파운드당 얼마씩 잘라서 파는데 사람들은 모두 조금씩 그것을 사고 싶어 한다. 고기가 눈처럼 희어서 기름에 튀기면 아주 맛있기 때문이다.

다음 날 아침 나는 짐에게 너무 지루하고 따분해서 뭔가 한바탕 소동을 일으켰으면 싶다고 말했다. 강을 건너가서 무슨 일이 있는지 보고 싶다고도 말했다. 짐은 좋은 생각이지만 어두워졌을 때 조심스럽게 가야 한다고 했다. 그러더니 잠시 후 낡은 옷으로 여장을 하고 나가면 어떻겠냐고 말했다. 나는 그것도 좋은 생각이라고 했다. 그래서 우리는 무명베 드레스 하나를 줄여서 바지를 무릎까지 걷어 올리고 입었다. 짐이 등 뒤를 낚싯바늘로 꿰매니 그런대로 잘 맞았다. 나는 여자용 여름 모자를 쓰고 턱 밑에서 끈을 졸라맸다. 이렇게 하니 내 얼굴을 보려면 마치 난로 연통 속을 들여다보듯 해야 했다. 짐은 대낮이라도 아무도 못 알아볼 것이라고 말했다. 나는 여자처럼 자연스럽게 걸으려고 하루 종일 연습했다. 드디어 그 옷을 입고도 꽤 잘 걸을 수 있게 되었다. 그래도 짐은 아직 여자애 걸음걸이 같지 않다고 말하며, 바지 주머니에서 뭔가를 꺼내려고 옷자락을 걷어 올리는 행동을 해서는 안 된다고 주의를 주었다. 신경을 쓰니 좀 나아졌다.

날이 저물자마자 나는 카누를 타고 일리노이 주 쪽 강가로 갔다. 나루터 아래쪽 마을로 가려 했는데 배가 물살에 떠밀려 마을 끝에 닿았다. 나는 카누를 매어놓고 강가를 따라 걸어갔다. 오랫동안 사람이 살지 않던 작은 오두막에 불이 켜져 있어 누가 살고 있는지 궁금했다. 조용조용 다가가서 창문으로 들여다보니 마흔 살 정도 되어 보이는 여자가 소나무 탁자 위에 세워놓은 촛불 빛 아래서 뜨개질을 하고 있었다. 낯선 얼굴이었다. 그 마을에 사는 사람은 내가 거의 다 알고 있으니 분명 다른 지역에서 온 사람이었다. 그렇다면 오히려 다행이라고 생각했다. 내 얼굴과 목소리를 알아보고 들키면 어쩌나 걱정했으니 말이다. 이 아주머니가 이 작은 마을에 온 지 이틀만 되었어도 내가 알고 싶은 것을 전부 이야기해줄 수 있을 거라고 생각했다. 나는 문을 두드리며 내가 여자라는 것을 결코 잊어서는 안 된다고 깊이 다짐했다.

11장

"들어와요."

내가 안으로 들어가자 그 여자가 말했다.

"거기 앉으렴."

나는 여자의 말대로 의자에 앉았다. 여자는 조그맣고 반짝이는 눈으로 나를 아래위로 훑어보았다.

"이름이 뭐니?"

"사라 윌리엄스예요."

"이 근처에 사니?"

"아뇨. 저 밑에 7마일(약 11킬로미터—옮긴이) 정도 떨어져 있는 후커빌에 살아요. 여기까지 계속 걸어왔더니 너무 힘들어요."

"배도 고프겠구나. 먹을 것 좀 찾아보마."

"아니에요, 아주머니. 배는 고프지 않아요. 오는 도중에 너무 배가 고파 저 아래 2마일 떨어진 농장에서 뭘 좀 얻어 먹었어요. 그래서 이렇게 늦어진 거지만 어쨌든 배는 안 고파요. 엄마가 병을 앓고 있는데 돈도 없고 해서 애브너 무어 삼촌한테 알리려고 온 거예요. 삼촌이 이 마을 위쪽에 사신다고 엄마가 그랬어요. 전 여기 처음 온 거거든요. 혹시 저희 삼촌 아세요?"

"모르겠는걸. 하긴 아직 아는 사람이 없단다. 나도 이곳에 온 지 2주일밖에 안 되었거든. 이 마을 위쪽이라면 꽤 먼데, 여기서 자고 가거라. 모자도 벗고."

"아뇨, 잠깐만 쉬었다 갈 거예요. 저는 어두워도 무섭지 않아요."

여자는 나를 절대 혼자 보낼 수 없다며 한 시간쯤 뒤에 남편이 돌아오면 그때 바래다주겠다고 했다. 그러고는 자기 남편 이야기며, 강 위쪽과 아래쪽에 사는 친척 이야기, 전에는 얼마나 잘살았는지, 이 마을에 온 것은 잘못이라는 등의 이야기를 했다. 그 밖에도 너무 지껄여대는 통에 나는 마을 사정을 살피러 이 집에 들어온 것을 후회했다. 하지만 여자의 이야기가 아버지와 살인 사건으로 돌아가자 나는 여자가 마음대로 지껄이도록 잠자코 있었다. 그녀는 나와 톰 소여가 6천 달러(그녀는 1만 달러로 알고 있었다)를 찾아낸 이야기며, 아버지에 관한 이야기, 그리고 그 아버지가 얼마나 운이 나쁘고 나 또한 얼마나 운이 나쁜지에 대해 이야기하다가 마침내 내가 살해된 이야기를 꺼냈다. 나는 그녀에게 물었다.

"누가 그런 거죠? 우리도 후커빌에서 그 이야기를 들었는데, 누가 허클베리를 죽였는지는 모르더라고요."

"글쎄, 그건 모르지. 이곳 사람들도 누가 죽였는지 무척 알고 싶어 하던걸. 어떤 사람은 그 아이 아버지가 죽였다고 말하기도 하더구나."

"어머나, 그래요?"

"처음에는 다들 그렇게 생각했대. 그 애 아버지는 자신이 하마터면 사람들 손에 죽을 뻔했다는 걸 모를 거다. 그런데 그날 밤 사람들이 생각을 달리한 모양이야. 짐이란 검둥이가 도망쳤는데 그놈 짓이라고 판단한 모양이더라."

"아니, 왜 짐을……."

나는 재빨리 입을 다물었다. 말하지 않는 편이 낫다고 생각한 것이다. 여자는 계속 떠들어대느라 내가 불쑥 한마디 끼어든 것도 전혀 눈치 못 챈 듯했다.

"그 검둥이가 바로 허클베리가 살해된 그날 밤에 달아났거든. 그래서 3백 달러의 현상금이 붙었지. 헉의 아버지에게도 2백 달러의 현상금이 붙었어. 왜냐하면 살인 사건이 나고 뒷날 아침 마을에 와서 아들이 살해돼 없어졌다는 얘기를 하고 나룻배를 타고 시체를 찾으러 함께 나갔는데 강 위쪽으로 가더니 어디론가 사라진 거야. 해 지기 전에 마을 사람들은 그 영감을 잡으러 갔는데, 그때는 이미 어디론가 도망친 후였지. 그런데 이튿날 보니 그 검둥이도 사라진 거야. 살인 사건이 있던 날 밤 10시경부터 그 검둥이를 본 사람이 아무도 없다는 것을 알았지. 그제야 사람들은 그 검둥이가 한 짓이라고 판단했어. 다음 날 사람들이 그 이야기로 열을 올리고 있는데 혁의 아버지가 나타나 울며불며 대처 판사에게 일리노이 주를 샅샅이 뒤져서라도 검둥이를 찾아내야 하니 돈을 달라고 했다는 거야. 판사가 돈을 주니까 그날 밤 바로 술에 취해 험하게 생긴 웬 남자 둘과 밤늦게까지 어울려 다니다가 어딘가로 사라져버렸대. 그러고 나서 돌아오지 않았고. 마을 사람들도 잠잠해질 때까지는 돌아오지 않을 거라고 생각한단다. 이제 사람들은 그 애 아버지가 아들을 죽이고는 마치 강도가 한 짓처럼 꾸며서 소송으로 오래 시간을 끌지 않고 혁의 돈을 수중에 넣을 속셈이라는 거야. 소문에 따르면 혁의 아버지는 그러고도 남을 사람이라더구나. 교활한 남자라고 말이야. 1년만 지나면 모든 것이 조용해질 거 아니겠어? 어차피 증거도 없고. 그때면 모든 일이 정리되고 아들의 돈을 쉽게 차지할 거야."

"그렇겠네요. 거추장스러운 사람도 없어졌으니 모조리 차지할 수 있겠어요. 그럼 이제 그 검둥이가 혁을 죽였다고 생각하는 사람은 없겠네요?"

"아니, 그렇지 않아. 검둥이 짓이라고 생각하는 사람도 많아. 어쨌든 검둥이는 금방 붙잡힐 테니, 혼내고 다그치면 실토하겠지."

"그럼 아직도 검둥이를 찾고 있다는 건가요?"

"너 참 순진하구나! 사람들이 현상금 3백 달러를 가만 놔둘 것 같니? 그 검둥이가 이 근방에 있다고 생각하는 사람들이 있어. 나도 그중 한 명이지만……. 그렇다고 함부로 내색하진 않지. 며칠 전 이웃의 통나무집에 사는 노부부와 얘기를 나누었는데, 강 저편 잭슨 섬에는 아무도 찾으러 가지 않았다고 하는 말을 들었어. 내가 그 섬에는 아무도 안 사느냐고 물었더니 그렇다고 하더라. 나는 그 이상 아무 말도 안 했지만 뭔가 짚이는 게 있었단다. 섬 위쪽 끝에서 분명히 연기를 보았거든. 그래서 생각했지. 그 검둥이가 거기 숨어 있을지도 모른다고. 찾아보면 곧 알겠지만 말이야. 물론 그 뒤로 연기를 보지 못했으니 어쩌면 그 검둥이가 벌써 그곳을 떠났을지도 모르지만 어쨌든 남편이 가보기로 했단다. 어떤 남자와 같이 말이야. 남편이 오늘 강 위쪽에 갔다가 2시간 전에 돌아왔는데 내가 그 얘기를 해줬거든."

나는 걱정이 되어 가만히 앉아 있을 수 없었다. 그래서 뭐라도 해야 할 것 같아서 탁자 위에 있던 바늘을 하나 집어 실을 꿰어보았다. 하지만 손이 떨려서 잘 안 되었다. 여자가 말을 멈추자 나는 얼굴을 들었다. 여자는 이상하다는 표정으로 나를 쳐다보면서 슬쩍 미소를 지었다. 나는 바늘과 실을 내려놓고 이야기에 관심 있는 척했다.

"3백 달러면 아주 큰돈이네요. 우리 엄마가 그 돈을 받을 수 있다면 얼마나 좋을까. 아저씨는 오늘 밤 그 섬에 가시나요?"

"그렇지. 아까 말한 그 남자와 함께 배도 구하고, 총도 한 자루 더 빌릴 수 있는지 알아보려고 마을로 갔단다. 아마 한밤중이 지나서 출발할 거야."

"날이 새면 더 잘 보이지 않을까요?"

"그렇기는 하지만 그러면 검둥이에게도 잘 보이지 않겠어? 한밤 중에 가면 검둥이는 아마 잠들어 있을 거야. 그러면 남편 일행은 몰래 숲에 들어갈 수 있지. 그리고 놈이 모닥불을 피워놓았다면 어두울수록 더 쉽게 찾을 수도 있고."

"맞는 말씀이네요."

여자는 여전히 이상한 듯이 나를 바라보았다. 나는 마음이 편치 않았다. 그때 여자가 말했다.

"얘, 너 이름이 뭐라고 했지?"

"메, 메리 윌리엄스요."

나는 왠지 아까 메리라고 말하지 않은 것 같아서 얼굴을 들지 않았다. 아무래도 사라라고 말한 것 같았다. 나는 뭔가에 쫓기는 듯한 느낌과 함께 그런 내 모습이 부자연스러워 보이리라는 생각이 들면서 덜컥 겁이 났다. 나는 여자가 무슨 말을 좀더 해주길 바랐다. 말없이 앉아 있는 시간이 길어질수록 더 불안했다. 그러자 여자가 다시 말했다.

"얘, 아까는 사라라고 하지 않았니?"

"맞아요, 아주머니. 사라 메리 윌리엄스예요. 사라는 저의 세례명이죠. 그래서 사라라고 부르는 사람도 있고 메리라고 부르는 사람도 있어요."

"아, 그렇구나."

"네, 아주머니."

나는 아까보다 마음이 좀 편해졌지만 당장 밖으로 나가고 싶었고, 여전히 얼굴을 들 수 없었다. 여자는 살림이 어렵다는 둥 가난한 생활을 꾸려나가기가 힘들다는 둥 쥐가 마치 집주인인 것처럼 돌아다닌다는 둥 별의별 이야기를 다 했다. 나는 다시 마음이 편안해졌다. 쥐 이야기는 사실이었다. 안 그래도 벽 한쪽의 뚫린 구멍으로 놈이 계속 코끝을 내밀고 있었다. 여자는 혼자 있을 때는 쥐에게 던질 물건을 항상 가까이에 놓아둔다고 했다. 그렇지 않으면 불안하다는 것이다. 그러면서 꼬아서 매듭처럼 만든 납덩어리 막대기를 보여주더니 보통 이것으로 쥐를 맞히는데 며칠 전에 팔을 삐어서 지금은 제대로 던질 수 있을지 모르겠다고 했다. 그래도 여자는 기회를 노리다가 얼른 쥐 한 마리를 향해 막대기를 던졌으나 그만 빗나가고 말았다. 여자는 팔이 아픈지 비명을 질렀다. 그러면서 다음에는 나보고 해보라고 했다. 나는 그녀의 남편이 돌아오기 전에 나가고 싶었지만 아무런 내색도 하지 않았다. 나는 납 막대기를 집어서 첫 번째 쥐를 향해 세게 던졌다. 만일 그놈이 그 자리에 그대로 있었더라면 완전히 뻗었을 것이다. 여자는 아주 잘했다고 칭찬하며 다음에는 맞힐 수 있을 것이라고 했다. 여자는 일어나서 납 막대기를 주워 들더니 털실 한 타래를 갖고 와서 나에게 도와달라고 했다. 내가 두 손을 내밀자 여자는 실타래를 걸고 남편 이야기를 계속했다. 그러다 불쑥 말했다.

"쥐를 잘 보고 있어. 막대기는 잡기 쉽게 무릎 위에 올려놓고."

그러면서 그녀는 납 막대기를 내 무릎에 떨어뜨렸다. 나는 얼른 두 다리를 오므려서 받았다. 여자는 이야기를 계속했다. 불과 1분쯤 지났을까? 여자는 털실 타래를 벗겨내고 내 얼굴을 똑바로 쳐다보며 재미있는 듯 말했다.

"진짜 이름이 뭐지?"

"네?"

"진짜 이름이 뭐냐고? 빌이냐? 톰이냐? 아니면 밥이냐? 그것도 아니면 뭐지?"

나는 사시나무 떨듯 하며 안절부절못했다. 그러다 겨우 이렇게 말했다.

"아주머니, 저처럼 가여운 계집애를 놀리지 마세요. 여기 있는 게 싫으시다면 저는 이만……."

"여기서 나가겠단 말이니? 그냥 있으렴. 너를 해치거나 일러바치지는 않을 거야. 왜 이러는지 얘기해보렴. 비밀은 지킬 테니. 내가 너를 도와줄게. 남편도 내가 원하면 그렇게 할 거야. 알겠니? 너 어디서 도망친 견습공이지? 아무 잘못도 없는데 학대를 견디다 못해 도망친 거지? 정말 안됐구나. 얘야, 일러바치지 않을 테니 무슨 사정인지 얘기해보렴. 자, 착하지?"

나는 더 이상 연극해봤자 소용없다는 것을 깨닫고 다 털어놓을 테니 약속을 지켜달라고 말했다. 나는 부모님이 모두 세상을 떠나고 법률이 정해준 대로 강에서 30마일(약 48킬로미터—옮긴이) 떨어진 깊은 곳 어느 늙은 농사꾼 집에 가서 살게 되었는데, 그가 너무 야박하고 심하게 대해 참을 수 없었다고 했다. 그래서 그 영감이 이틀 동안 어디 간 틈을 타 그 집 딸의 헌 옷을 훔쳐 입고 도망쳐 나와 사흘 동안 30마일을 걸어왔다고 말했다. 밤에는 걷고 낮에는 아무 데나 숨어서 잤으며 그 집에서 갖고 나온 빵과 고기를 먹으며 사흘 동안 견뎠다고 말했다. 또 애브너 무어 삼촌이 돌봐줄 것이라고 믿고 이 고센 마을로 찾아온 것이라고 그럴듯하게 꾸며댔다.

"고센이라고? 얘야, 여긴 고센이 아니라 세인트피터스버그야. 고센은 여기서 10마일(약 16킬로미터―옮긴이)쯤 강 위쪽에 있는걸. 누가 이 마을이 고센이라고 그러던?"

"오늘 새벽에 늘 하던 대로 한잠 자려고 막 숲으로 들어가려는데 한 남자를 만났어요. 그 남자가 갈림길에서 오른쪽으로 5마일(약 8킬로미터―옮긴이)쯤 더 가면 고센이라고 했어요."

"술에 취한 사람이었나 보다. 정반대로 알려줬구나."

"약간 술이 취한 것 같긴 했어요. 뭐, 이제 상관없으니 가봐야겠어요. 날이 새기 전에 고센에 도착하겠죠?"

"잠깐 기다리렴. 간단히 먹을 걸 좀 만들어주마. 요긴할 게다."

여자는 먹을 것을 챙기면서 말했다.

"얘, 누워 있는 소가 일어날 때 어느 쪽부터 일어나지? 생각하지 말고 바로 대답해보렴. 어느 쪽부터 일어나지?"

"뒤쪽이요."

"그래, 그럼 말은?"

"앞쪽이요."

"이끼는 나무의 어느 쪽에 생기지?"

"북쪽이요."

"언덕배기에서 소 15마리가 풀을 뜯고 있다면 그중 몇 마리가 머리를 같은 방향으로 돌리고 있지?"

"15마리 모두요."

"맞다. 정말로 시골에서 살기는 산 모양이구나. 자, 그럼 네 진짜 이름은 뭐니?"

"조지 피터스요."

"그래, 조지, 그 이름은 잊지 말렴. 나가기 전에 또 잊어버리고는 알렉산더라고 대답하지 말고. 또 내가 다시 붙잡고 묻는다고 해서 조지 알렉산더라고 하지 않도록 조심하란 얘기야. 그리고 그런 낡은 무명베 옷을 입고 여자 행세도 하지 마라. 남자는 속일 수 있지만 여자는 속일 수 없단다. 그리고 바늘에 실을 꿸 때는 실을 가만히 두고 바늘을 대는 게 아니야. 바늘을 가만히 두고 실을 바늘귀에 꿰는 거야. 여자들은 늘 그렇게 하는데 남자들은 늘 그 반대로 하거든. 또 여자들은 대부분 쥐나 뭔가를 향해 던질 때 발끝으로 서서 어색하게 팔을 머리 위로 올려서 6, 7피트(약 2미터—옮긴이) 빗나가게 던지지. 여자들은 팔을 뻣뻣하게 뻗어 어깨가 회전축이라도 되는 듯이 던지고, 남자들은 팔을 한쪽으로 뺄고 손목과 팔꿈치로 던진단다. 그리고 무릎으로 무언가를 받을 때는 두 무릎을 뗀단다. 너는 아까 납 막대기를 받을 때 두 무릎을 오므렸지? 나는 네가 바늘에 실을 꿰려고 할 때 이미 남자아이라는 것을 눈치챘단다. 하지만 정확히 알아보려고 다른 걸 시켜본 거야. 자, 어서 네 삼촌에게 달려가렴. 사라 메리 윌리엄스 조지 알렉산더 피터스야. 그리고 어려운 일이 있으면 주디스 로프터스 아주머니에게 알리거라. 그 아주머니가 바로 나란다. 내가 힘닿는 데까지 도와줄 테니까. 곧장 강변길을 따라 올라가렴. 그리고 다음에는 길을 걸을 때 신과 양말을 꼭 신으렴. 강변길은 돌멩이투성이라서 고셴에 도착하면 아마 발이 엉망이 되어 있을 거다."

나는 그 집을 나와 50야드(약 45미터—옮긴이) 정도 강을 따라 올라갔다가 다시 왔던 길을 되돌아가서 살며시 카누 있는 데로 갔다. 그리고 카누에 타자마자 바로 그곳을 떠났다. 섬 위쪽으로 거슬러 올라가 강을 가로질러 갔다. 이젠 남을 속일 필요가 없어서 여자용 여름 모자는 벗어버렸다. 강 한가운데쯤 왔을 때 시계 종소리가 들려왔다. 나는 노 젓기를 멈추고 귀를 기울였다. 소리가 희미했지만 정확히 11시를 알렸다. 섬 위쪽 끝에 닿았을 때는 숨이 찼다. 하지만 숨 돌릴 틈도 없이 야영했던 숲으로 뛰어가 높고 마른 자리에 모닥불을 피웠다. 그다음 카누에 뛰어올라 1.5마일 정도 아래쪽에 있는 우리의 은신처로 온 힘을 다해 저어 갔다. 배가 섬에 닿자마자 나는 물가로 올라가서 숲을 빠져나가 산마루를 기어올라 동굴로 뛰어갔다. 짐은 세상 모르고 잠들어 있었다. 나는 급히 짐을 흔들어 깨웠다.

"짐, 일어나. 정신 차려! 어서 빨리 여길 떠나야 해. 사람들이 우리를 쫓아오고 있단 말이야!"

짐은 아무것도 묻지 않았고 아무 말도 하지 않았지만 30분이나 설친 것으로 보아 엄청 겁먹고 있는 것이 분명했다. 우리는 전 재산을 뗏목에 싣고 버드나무로 가려진 곳에서 언제든 출발할 수 있도록 준비했다. 그리고 동굴의 모닥불을 끄고 촛불 빛도 밖으로 새어 나가지 않게 했다.

나는 카누를 타고 강가에서 조금 떨어진 곳까지 나가서 살펴보았다. 그러나 너무 어두워서 별빛만으로는 가까이에 배가 있어도 보이지 않았을 것이다. 우리는 뗏목을 끌고 어두운 곳을 따라 미끄러져 내려가 죽은 듯이 고요한 섬을 빠져나갔다. 그동안 우리 둘은 한마디도 하지 않았다.

12장

우리가 섬을 완전히 지나왔을 때는 거의 새벽 1시가 다 되었다. 뗏목은 아주 천천히 움직였다. 만일 배가 나타나면 카누로 옮겨 타고 일리노이 주 쪽 강가로 갈 생각이었다. 물론 배가 왔으면 정말 큰일 날 뻔했다. 그만 깜박하고 총과 낚싯줄, 먹을 것을 카누에 싣지 못했던 것이다. 우리는 너무 급해서 이것저것 생각할 겨를이 없었다. 뗏목에 다 실은 것은 좋은 생각이 아니었다. 나는 아주머니가 말한 두 남자가 섬에 온다면 모닥불을 발견하고 밤새 짐이 나타나기를 기다릴 것이라고 예상했다. 어쨌든 두 사람은 우리와 멀리 떨어진 곳에 있었으며, 내가 피운 모닥불에 속지 않았다 해도 어쩔 수 없었다. 나는 그저 내가 할 수 있는 가장 쉬운 방법으로 두 남자를 속이려 했던 것이다.

날이 훤히 밝기 시작할 무렵 우리는 일리노이 주 쪽 강가의 크게 굴곡진 모래톱에 뗏목을 정박하고 도끼로 버드나무 가지를 잘라 보이지 않게 덮었다. 그렇게 해놓으니 마치 강둑이 무너져 내린 것처럼 보였다. 모래톱에는 버드나무가 써레의 발처럼 우거져 있었다.

미주리 주 쪽 강가에는 언덕이 있고 일리노이 주 쪽에는 울창한 숲이 있는 데다 뱃길이 미주리 주 쪽을 따라 나 있어서 누구와도 마주칠 일은 없었다. 우리는 하루 종일 누워서 뗏목과 기선이 미주리 주 쪽으로 내려가고, 물살을 거슬러 상류로 향하는 기선이 강 한가운데서 커다란 강과 힘겨루기를 하는 모습을 지켜보았다. 나는 짐에게 그 여자와 나눈 대화를 모두 이야기해주었다. 그러자 짐은 정말 머리가 좋은 여자라며 그 여자가 직접 우리를 쫓아온다면 그저 모닥불만 보고 있지는 않을 것이고, 아마도 개를 데리고 올 것이라고 말했다. 그래서 나는 그렇다면 왜 남편에게 개를 데리고 가라고 말하지 않았느냐고 말했다. 그러자 짐은 그 여자는 두 남자가 떠나려고 할 때 생각난 것이고, 두 남자가 개를 구하러 마을로 가는 바람에 시간을 지체한 것이라고 말했다. 그렇지 않다면 그 마을에서 16, 17마일(약 27킬로미터─옮긴이) 강 아래에 있는 이 모래톱까지 우리가 와 있을 수 없었을 것이고, 어쩌면 우리는 다시 그 마을로 끌려갔을지도 모른다고 말했다. 나는 두 남자가 우리를 못 잡았는데 굳이 그 이유까지 알 필요 없다고 말했다.

날이 어두워지자 우리는 버드나무 가지 사이로 얼굴을 내밀고 강위쪽과 아래쪽, 그리고 맞은편을 살펴보았다. 아무것도 눈에 띄지않았다. 그러자 짐은 햇살이 뜨겁거나 비가 올 때 들어가 쉬고, 또물건도 젖지 않게 하려고 뗏목의 널빤지 몇 장을 뜯어내서 천막집을 만들었다. 짐은 천막집에 뗏목보다 1피트(약 30센티미터—옮긴이) 이상 높여 마룻바닥을 만들었다. 이제 기선이 지나갈 때마다 이는 파도에 담요나 다른 물건들이 젖지 않을 것이다.

천막집 중앙에는 약 5~6인치 두께의 흙을 쌓고 주위에 나무틀을 둘렀다. 날씨가 궂거나 추울 때 불을 피우기 위해서인데, 오두막이나 마찬가지여서 밖에서는 불빛이 보이지 않았다. 또 노가 뭔가에 부딪혀서 부러질지 몰라 여분으로 하나 더 만들었다. 낡은 랜턴을 걸어놓으려고 끝이 갈라진 짧은 나무 막대기도 구해두었다. 기선이 내려오면 랜턴을 켜서 우리를 덮치는 것을 막아야 하기 때문이다. 그러나 상류로 올라가는 기선은 우리가 횡단 수로에 있지 않는 한 불을 켤 필요 없다. 왜냐하면 강물 수위가 꽤 높아서 아주 낮은 강둑은 아직도 물에 잠겨 있기 때문에 상류로 가는 기선은 꼭 수로를 통할 필요 없이 완만한 물길을 따라 올라갔기 때문이다.

이튿날 밤 우리는 시속 4마일이 넘는 물살을 타고 7~8시간 정도 떠내려갔다. 그동안 물고기도 잡고 이야기도 나누며 간혹 졸음을 쫓으려고 수영도 했다. 바닥에 누워 별을 쳐다보며 넓고 고요한 강을 떠내려가고 있으니 왠지 엄숙해져서 큰 소리로 말할 기분이 아니었다. 소리 내어 웃기도 뭣해서 조용히 미소 지었다. 날씨는 대체로 좋았고, 아무 일도 일어나지 않았다. 그날도, 다음 날도, 그다음 날도.

매일 밤 우리는 여러 마을을 지나갔다. 그중 어떤 마을은 저 멀리

언덕배기에 반짝이는 불빛만 보일 뿐 집은 한 채도 보이지 않았다. 닷새째 되는 날 밤에는 세인트루이스를 지나갔는데, 그곳은 마치 온 세상에 불을 밝힌 것 같았다. 세인트피터스버그에서 듣기로는 세인트루이스 인구가 2, 3만 명은 된다고 했다. 나는 새벽 2시까지 환하게 밝혀진 등불을 보기 전까지 그 말을 믿지 않았다. 아무 소리도 들리지 않았고 모두 잠든 시간이었다.

매일 밤 10시쯤 나는 옥수숫가루며 베이컨 등 먹을 것을 10센트나 15센트어치씩 사 왔다. 그리고 가끔 잠들지 못한 닭을 훔쳐 오기도 했다. 아버지는 항상 기회만 있으면 닭을 훔치라고 했다. 아버지 자신은 먹고 싶지 않아도 주변에 먹고 싶어 하는 사람들이 얼마든지 있다며, 좋은 일을 하면 고마운 마음이 영원히 잊혀지지 않는 법이라고 했다. 하지만 나는 아버지가 닭을 먹고 싶어 하지 않는 것을 본 적이 없다. 그런데도 아버지는 그렇게 말하곤 했다.

해 뜨기 전 아침이면 나는 옥수수밭에 몰래 들어가서 수박, 참외, 호박, 옥수수 등을 슬쩍 빌려 왔다. 아버지는 항상 나중에 값을 치를 생각만 있다면 무엇을 빌려도 하등 나쁘지 않다고 말했다. 반면 더글러스 아주머니는 아무 말도 하지 않고 빌리는 것은 훔치는 것을 돌려 말한 것뿐이며, 고결한 사람들은 그런 행동을 하지 않는다고 말했다. 짐은 더글러스 아주머니나 아버지 모두 어느 정도 옳은 생각이라며 표를 만들어 그중 두세 가지는 절대 빌리지 말고 그 외의 것은 빌려도 나쁘지 않을 것 같다고 했다. 그래서 어느 날 밤 우리는 수박, 머스크멜론, 캔털루프를 빌리지 않을 것인지, 아니면 다른 무엇을 빌리지 않을 것인지 결정하려고 밤새 의논했다. 결국 날이 밝을 무렵 우리는 능금과 감을 빌리지 않기로 결정을 내렸다. 그때까지 무언가를 빌릴 때마다 왠지 기분이 안 좋았는데 결정을 하고 나니 마음이 편했다. 나는 그 결론이 마음에 들었다. 능금은 원래 맛없고 감은 아직 두세 달 더 있어야 익기 때문이다.

우리는 또 가끔 아침에 너무 일찍 일어났거나 밤에 빨리 자러 가지 않는 물새를 총으로 쏴 잡았다. 그렇게 대체로 우리는 꽤 좋은 생활을 했다.

세인트루이스를 지나 닷새째 되는 날 밤 자정이 지나서 우리는 폭풍우를 만났다. 천둥 번개를 동반한 비가 엄청나게 쏟아졌다. 우리는 천막집 안에서 뗏목이 떠내려가는 대로 가만히 있었다. 번개가 순간적으로 번쩍이자 눈앞에 곧장 뻗은 드넓은 강이, 양쪽으로는 높은 바위 절벽이 보였다. 얼마 후 나는 놀라 큰 소리로 외쳤다.

"짐, 저기 좀 봐! 저기!"

기선 하나가 암초에 부딪쳐 난파되어 있었고, 우리는 그리로 곧장 떠내려갔다. 번갯불 덕분에 아주 잘 보였다. 기선은 뱃전의 갑판 일부를 물 위에 드러내고 기울어져 있었으며, 번개가 번쩍할 때마다 굴뚝을 잡아맨 밧줄이 또렷하게 보였다. 큰 종 옆에 있는 의자며 그 의자 등받이에 걸려 있는 낡은 중절모도 보였다.

깊은 밤 폭풍우 속이라 모든 것이 참으로 신비롭게 보였다. 나는 강 중앙에 이렇게 쓸쓸하게 기울어져 있는 난파선을 보자 다른 어떤 남자아이라도 느꼈을 그런 기분을 느꼈다. 그건 난파선에 올라가서 무엇이 있는지 여기저기 살펴보고 싶은 마음이었다.

"짐, 저 배에 한번 올라가 보자."

짐은 처음에는 완강하게 반대했다.

"난 저런 난파선을 기웃거리고 싶지 않아. 지금 이 생활에 아무런 부족함이 없거든. 욕심을 내는 건 좋지 않아. 성경에도 그렇게 씌어 있어. 그리고 어쩌면 저 배에 감시인이 있을지도 모르잖여."

"감시인이라고? 바보 같은 소리! 조타실밖에 감시할 게 없잖아. 언제 가라앉을지도 모르는 판국에 조타실에 앉아 목숨을 걸 사람이 어딨어?"

짐은 아무 대꾸도 하지 않았다.

"또 선장실에서 값나가는 물건을 빌려 올 수도 있잖아. 시가 같은 건 분명히 있을 거야. 1개에 5센트나 줘야 하는 그놈 말이야. 선장은 월급을 60달러나 받는 부자라고. 그래서 갖고 싶은 건 뭐든지 돈 주고 살 수 있어, 알아? 짐, 초를 하나 준비해. 난 저 배를 뒤져보지 않으면 도무지 성이 안 찰 것 같아. 톰 소여도 이런 건 그냥 지나치지 않을걸. 톰은 이런 걸 모험이라고 부를 거야. 그래, 모험이라면서 이 세상에서 마지막 일이 될지언정 저 배에 올라탈 거야. 아주 멋있게 뻐기면서 별짓 다 할 거야. 마치 천국을 발견한 크리스토퍼 콜럼버스처럼 말이야. 톰 소여가 함께했다면 좋았을 텐데."

짐은 투덜거리다가 결국 찬성했다. 짐은 필요한 말 외에는 아무 말도 하지 말고 아주 조용히 다니자고 했다. 마침 번개가 번쩍이며 난파선을 비췄다. 우리는 오른쪽 뱃전 기중기에 뗏목을 맸다.

갑판은 물 위로 높이 솟아 있었다. 우리는 어둠 속에서 기울어진 갑판의 왼쪽 뱃전으로 살금살금 내려갔다. 발로 천천히 길을 더듬고 두 팔을 뻗쳐 더듬으며 굴뚝을 고정한 밧줄을 피해서 갔다. 너무 어두워서 밧줄이 보이지 않았기 때문이다. 잠시 후 조타실 천장 앞 끝에 이르러 위로 올라가 보니 바로 선장실 문 앞이었다. 그런데 문이 열려 있지 않은가! 게다가 놀랍게도 조타실 아래쪽에 불빛이 보이고 동시에 나직한 말소리가 들려왔다. 짐은 왠지 기분 나쁘다며 돌아가자고 속삭였다. 나도 그 말에 동의해 뗏목으로 돌아가려는데 저쪽에서 애원하는 소리가 들려왔다.

"제발, 그러지 마. 절대 발설하지 않겠다고 맹세할게!"

그러자 다른 사람의 목소리가 제법 크게 들렸다.

"짐 터너, 또 거짓말이군. 넌 전에도 그랬어. 넌 늘 네 몫 이상으로 가지려 했고, 또 언제나 그렇게 했지. 안 주면 불어버리겠다고 협박하고. 하지만 이번에는 네 맘대로 안 될걸. 너처럼 배신을 밥 먹듯 하는 비열한 놈은 이 나라에 없을 거야."

그사이 짐은 벌써 뗏목으로 가버리고 없었다. 나는 호기심에 가득 차서 가슴이 끓어올랐다. 분명 톰 소여라면 여기서 도망치지 않을 것이다. 그러니까 나도 그러지 않을 것이다. 우선 무슨 일이 일어나고 있는지 확인해야 한다고 나 자신을 타일렀다. 그러고 나서 나는 좁은 통로에 엎드려 조타실 앞 복도의 객실까지 기어갔다. 그곳에서는 객실 안이 보였다. 한 사람이 손발이 묶인 채 바닥에 쓰러져 있었고, 두 사람이 그를 내려다보고 서 있었는데 그중 한 사람은 랜턴을 손에 들었고, 한 사람은 권총을 쥐고 있었다. 권총은 바닥에 누운 사람의 머리를 향해 겨누고 있었다.

"이놈을 한 방에 죽여버리고 싶군! 그래도 싸지. 나쁜 놈!"

바닥에 쓰러져 있는 남자는 잔뜩 겁에 질려 말했다.

"빌, 제발 부탁이야. 절대로 말하지 않을게."

그 사나이가 간절하게 말할 때마다 랜턴을 든 사나이가 웃으며 말했다.

"말하지 않겠다고! 넌 한 번도 진실을 말한 적이 없지."

그리고 또 이렇게 말했다.

"저 애걸하는 소리 좀 들어보라고! 하지만 우리가 이놈을 묶지 않았다면 우리 둘은 이놈 손에 벌써 죽었을걸. 그저 정당한 우리 권리를 주장했다는 이유로 말이야. 어쨌든 짐 터너, 넌 이제 앞으로 아무도 협박하지 않을 거지? 빌, 이제 그 권총 치우게."

"제이크 패커드, 난 싫어. 나는 이 자식을 죽일 거야. 이 자식이 햇필드 영감을 죽였듯이 저놈도 그렇게 죽어 마땅해."

"하지만 나는 죽이고 싶지 않아. 그럴 만한 이유가 있어."

"제이크 패커드, 그렇게 말해주니 고맙네! 평생 잊지 않겠어!"

바닥에 뒹굴던 사내가 울먹이며 말했다.

패커드란 남자는 이 말은 들은 체도 않고 랜턴을 목에 걸더니 내가 있는 쪽으로 걸어오며, 빌에게 따라오라고 몸짓했다. 나는 2야드쯤 재빨리 뒤로 물러났지만 배가 몹시 기울어 있어서 마음대로 되지 않았다. 나는 행여나 밟혀서 붙들릴까 봐 위쪽 객실로 기어 들어갔다. 패커드는 어둠 속을 더듬어 나오더니 내가 있는 객실로 들어와 빌이란 작자에게 말했다.

"여기야, 이리 들어와!"

패커드가 들어오고 이어 빌이 따라 들어왔다. 두 사람이 들어오기 전에 나는 이미 여기 온 것을 후회하며 2층 침대로 기어올라 있었다. 두 사람은 거기 서서 침대 가장자리를 잡고 이야기를 나누었다. 두 사람을 볼 수는 없었지만 그들이 마신 위스키 냄새로 어디쯤에 있는지는 알 수 있었다. 나는 내가 위스키를 마시지 않아서 다행이라고 생각했다. 하지만 별 차이는 없었을 것이다. 왜냐하면 나는 숨을 참고 있었으므로 두 사람은 어차피 나를 알아채지 못했을 것이기 때문이다. 나는 몹시 무서웠다. 그리고 숨을 안 쉬면서 이런 말을 들어야 했다. 두 사람은 나직한 소리로 진지하게 이야기했다. 빌은 터너를 죽이고 싶어 했다. 그가 말했다.

"놈이 일러바치겠다고 말했으니 분명 그렇게 할 거야. 이제 와서 우리 두 사람 몫을 놈에게 몽땅 준다 하더라도 이렇게 싸우고 놈을 묶어둔 이상 별 차이 없을걸. 놈이 우리에게 불리한 증언을 할 게 뻔해. 자, 내 말 잘 들어. 저놈을 깨끗이 없애버리자고."

"내 생각도 그래."

패커드가 조용히 말했다.

"제기랄, 너는 안 그런가 보다고 생각했잖아. 그래 어쨌든 잘됐다.
가서 해치워버리자."

"잠깐, 내 말 아직 안 끝났어. 꼭 죽여야 한다면 쏘는 것도 좋지만
좀더 조용한 방법으로 하자. 똑같은 효과를 거두면서 위험하지 않
은 방법을 쓰는 거지. 구태여 교수형에 처해질 일을 하는 건 별로
현명하지 않아, 안 그래?"

"그야 그렇지. 그럼 어떻게 하자는 거야?"

"내 생각은 이래. 객실을 좀더 뒤져서 미처 못 본 물건들이 있으
면 강가로 가져가 감춰두는 거야. 그리고 기다리는 거야. 아마 2시
간도 못 되어 이 난파선은 부서져 하류로 떠내려갈 거야. 알겠어?
놈은 물에 빠져 죽으니 제 자신만 원망하게 되겠지. 내 생각에는 우
리가 놈을 죽이는 것보다 이 방법이 훨씬 좋다고 봐. 우리 손으로
죽이지 않아도 된다면 안 죽이는 편이 좋아. 죽이는 건 현명한 방법
이 아닌 데다 도덕적으로도 좋지 않잖아. 안 그래?"

"좋은 생각이야. 하지만 배가 부서져서 떠내려가지 않으면 어떡
하지?"

"일단 2시간 정도 기다리면서 무슨 일이 일어나는지 지켜볼 수는
있잖아, 안 그래?"

"좋아. 그렇게 하자."

두 사람이 나가자 나는 식은땀에 젖은 채 얼른 그곳을 빠져나와 뱃머리 쪽으로 기어갔다. 그곳은 칠흑같이 어두웠다. 내가 쉰 목소리로 "짐!"이라고 속삭이자 바로 옆에서 짐이 신음 소리로 답했다.

"짐, 서둘러. 저기 사람을 죽이려는 놈들이 있단 말이야. 우리가 놈들의 보트를 찾아내 강물에 떠내려 보내고, 놈들이 이 난파선에서 달아날 수 없도록 해놓지 않으면 그중 한 놈이 죽게 돼. 우리가 놈들의 보트를 찾아내면 놈들 모두를 혼내 줄 수 있어. 보안관이 놈들을 붙잡을 테니까. 빨리 해, 어서! 나는 왼쪽 뱃전을 찾아볼 테니까 넌 오른쪽 뱃전을 찾아봐. 짐, 뗏목 있는 데서부터 시작하라고."

"오, 하느님 맙소사! 뗏목, 뗏목이 없어졌어! 밧줄이 풀려서 떠내려가 버렸다니께. 우리만 여기 남겨놓고."

13장

나는 숨이 막혀 하마터면 기절할 뻔했다. 저런 무시무시한 악당들과 이 난파선에 갇히다니! 그러나 감상에 빠져 있을 때가 아니었다. 이제 그 보트는 반드시 우리가 먼저 찾아야 했다. 우리는 벌벌 떨면서 오른쪽으로 해서 배 뒤쪽으로 갔다. 너무 오래 걸려서 고물에 도착하기까지 일주일은 걸린 것 같았다. 하지만 보트가 보이지 않았다. 짐은 더 이상 못 걷겠다고 했다. 너무 무서워 힘이 다 빠졌다는 것이다. 그러나 나는 낮은 목소리로 다그쳤다.

"정신 차려! 이 난파선을 빠져나가지 못하면 정말 끝이야."

우리는 다시 기어갔다. 조타실 뒤쪽으로 가서 창살을 잡고 물에 잠겨 있는 천창 위를 나아갔다. 복도 가까이 다가가니 정말 보트가 있었다. 너무나 고맙고 반가워 바로 보트에 타려고 하는데 갑자기 문이 열렸다. 남자 하나가 나와 불과 2피트밖에 떨어지지 않은 곳에서 머리를 내밀었다. 나는 이제 다 끝났구나 생각했다. 그런데 남자가 다시 머리를 들이밀며 말했다.

"빌, 그놈의 랜턴 좀 안 보이게 치워!"

그 남자는 뭔가 들어 있는 자루를 보트에 던지고 자신도 올라탔다. 패커드였다. 이어서 빌이 나오더니 보트에 올라탔다. 패커드가 조용히 말했다.

"준비됐으니 밀어!"

나는 너무 힘들어 더 이상 창살에 매달려 있을 수 없었다. 그때 빌이 말했다.

"잠깐만, 그놈 몸은 뒤져봤어?"

"아니, 너는?"

"나도 안 뒤져봤어. 그럼 그 자식 몸에 그놈 몫의 돈이 있겠네."

"그럼 다시 가자. 이런 잡동사니를 가져가느니 현금이 낫지."

"하지만 우리가 뭘 하려는지 눈치채면 어쩌지?"

"눈치 못 챌 거야. 어쨌든 우리가 챙기자고."

그들은 보트에서 내려 다시 안으로 들어갔다. 문이 쾅 닫혔다. 그 순간 나는 재빨리 보트에 탔다. 짐도 뒤따라 굴러들어 왔다. 내가 칼을 꺼내 밧줄을 끊자 보트가 떠내려가기 시작했다.

우리는 노에 손도 대지 못한 채 입을 꾹 다물고 있었다. 아예 숨도 못 쉴 정도였다. 보트는 아주 조용히 미끄러져 나가서 외륜 덮개를 지나고 고물을 지났으며 금세 난파선에서 1백 야드(약 91미터─옮긴이)나 떠내려갔다. 어둠이 난파선의 마지막 흔적까지 완전히 삼켜버린 후에야 우리는 비로소 안도의 한숨을 내쉬었다.

3, 4백 야드쯤 떠내려왔을 때 저 멀리 조타실 문간에서 랜턴이 한 순간 작은 불꽃처럼 반짝이는 것이 보였다. 그 악당들도 이제 보트가 없어진 것을 알고 짐 터너와 똑같이 곤경에 처한 것을 깨달았을 것이다.

이제 짐이 노를 젓기 시작했고, 우리는 뗏목을 찾아 떠났다. 그런데 그때 문득 그 세 사람이 걱정되었다. 정신이 없어서 미처 그런 생각을 못했던 것이다. 비록 사람을 죽인 인간이라도 그런 곤경에 처하면 얼마나 무서울까 하는 생각이 들었다. 나도 어쩌면 언젠가는 사람을 죽일 수밖에 없는 상황에 처할지도 모른다.

'그런 상황에 처하면 대체 어떤 기분일까?'

나는 마음속으로 생각하며 짐에게 말했다.

"처음 등불이 보이는 곳에서 1백 야드 정도 아래나 위쪽에 보트를 감출 만한 자리를 찾아서 상륙하자. 나는 어떻게든 일을 꾸며서 저 악당들을 구할게. 나중에 놈들이 교수형에 처해지더라도 일단 그들을 구하는 게 옳은 것 같아."

그러나 그 계획은 실패하고 말았다. 폭풍우가 더 심하게 몰아쳤기 때문이다. 비는 엄청나게 쏟아졌고 등불은 전혀 보이지 않았다. 모두 잠든 듯했다. 우리는 계속 불빛을 살피고 뗏목을 찾으면서 떠내려갔다. 시간이 꽤 흐르자 비는 마침내 그쳤으나 구름은 걷히지 않고 번개도 계속 번쩍였다. 그러다 그 번갯불에 저만치 앞에서 흘러가는 검은 물체가 보였다. 우리는 그쪽으로 배를 저어 갔다.

그건 바로 우리가 찾던 뗏목이었다. 우리는 너무 기뻐서 뗏목으로 올라갔다. 이때 오른쪽 강가에 불빛이 반짝였다. 나는 짐에게 그리로 가자고 말했다. 보트에는 악당들이 난파선에서 훔친 약탈품이 절반 정도 차 있었다. 우리는 그것을 뗏목에 옮겨 실었다. 나는 짐에게 이대로 떠내려가다가 한 2마일 정도 왔다고 여겨지면 랜턴을 켜놓고 내가 돌아올 때까지 그대로 두라고 말했다. 그러고 나서 나는 보트를 타고 불빛을 향해 노를 저어 갔다. 좀더 가까이 가니 언덕 기슭에 불빛이 서너 개 더 보였다. 마을이었다. 나는 불빛이 있는 곳보다 더 위쪽으로 가서 노를 놓고 물살에 흘러가도록 그냥 두었다. 그 옆을 지나갈 때 보니 그것은 배 두 척을 연결한 큰 나룻배 뱃머리 깃대에 걸린 랜턴이었다. 감시자가 어디서 자고 있나 생각하면서 재빨리 살펴보니 머리를 무릎 사이에 처박고 이물 쪽 닻 기둥에 기대어 잠든 남자가 눈에 들어왔다. 나는 감시인의 어깨를 두세 번 톡톡 친 후 바로 울기 시작했다.

감시자는 깜짝 놀라며 몸을 일으켰으나 나 혼자인 것을 알고는 크게 하품을 하고 기지개를 켜며 말했다.

"애야, 왜 우니? 울지 말고 무슨 일인지 말해보렴."

내가 대답했다.

"아빠랑 엄마랑 누나, 또……."

그러다 나는 더 크게 울었다.

"울지 말거라. 사람은 누구나 어려움을 겪게 마련이야. 무슨 일인지 모르지만 잘되겠지. 그래, 네 가족에게 무슨 일이 일어난 거냐?"

"우리 가족이 전부…… 전부……, 그런데 아저씨가 이 배 감시인인가요?"

"그래."

남자가 꽤 만족스러운 표정으로 말했다.

"난 이 배의 선장이자 선주이고, 기관사이기도 하고 뱃길 안내인이며, 감시인에 갑판장이기도 하지. 때로는 내가 화물이자 손님이 되기도 한단다. 나는 짐 혼백 노인처럼 부자가 아니라서 그 노인처럼 톰이나 딕, 해리 또는 그 누구건 간에 잘해주거나 인심을 쓸 수도 없단다. 나는 그 노인에게 여러 번 말했지. 당신과 신분을 바꿀 생각은 전혀 없다고 말이야. 왜냐하면 뱃일이 바로 내 생활이기 때문이지. 짐 영감의 그 많은 재산, 아니 그 2배를 준다 해도 나는 가지 않겠어. 마을에서 2마일이나 떨어진 곳에서 할 일 없이 살 것 같아? 게다가 나는 말이야……"

"어려움에 처한 사람들이 있어요. 그래서……."

"누가 말이냐?"

"아빠랑 엄마, 누나, 후커 양 말이에요. 아저씨가 이 배로 거기까지 가주신다면……."

"거기라니, 어디를 말하는 거냐? 그 사람들이 어디 있다는 거지?"

"난파선이요."

"어떤 난파선?"

"난파선 한 척이 있던데요."

"설마 월터 스콧 호는 아니겠지?"

"네, 바로 그 배예요."

"세상에! 도대체 거긴 무엇 때문에 간 거지?"

"일부러 간 건 아니에요."

"물론 그럴 테지! 그런데 큰일이구나. 빨리 나오지 않으면 위험할 텐데! 그런데 도대체 어쩌다 그렇게 된 거지?"

"그냥 후커 양이 상류에 있는 마을로 사람을 찾아온 거예요."

"아, 부스 나루터를 말하는구나? 그래서?"

"후커 양이 부스 나루터로 사람을 찾아왔는데, 날이 어두워지기 시작했을 때 이름은 기억나지 않지만 친구 집에 가서 자려고 검둥이 하녀와 같이 말을 싣고 나룻배로 강을 건너다가 그만 키잡이 노를 잃어버렸어요. 그 바람에 빙빙 돌아 방향이 바뀐 배가 고물을 앞으로 둔 채 2마일이나 떠내려가서는 난파선과 정면으로 부딪힌 거예요. 뱃사공과 검둥이 하녀와 말은 모두 물에 빠져 죽고, 후커 양만 무엇에 매달려서 간신히 난파선에 올라갔대요. 날이 저물고 한시간 정도 지난 후 우리가 장삿배를 타고 내려갔는데 너무 어두워서 부딪힐 때까지 난파선이 보이지 않았어요. 그래서 우리 배도 난파선에 올라타고 말았지요. 하지만 우리는 모두 살았는데, 빌 휘플만 죽었어요. 아아, 정말 좋은 녀석이었는데! 빌 대신 차라리 제가 빠져 죽었으면 좋았을걸. 정말이에요."

"세상에, 이런 딱한 일이. 그래서 그다음에는 어떻게 됐지?"

"살려달라고 계속 소리를 질렀죠. 하지만 강폭이 너무 넓어서 아무도 못 들었어요. 그러자 아빠가 누군가 강변으로 가서 도움을 청해야 한다고 말했어요. 수영할 줄 아는 사람이 저밖에 없어서 제가 가기로 했지요. 그때 후커 양이 도와줄 사람을 금방 찾지 못하면 이 마을로 가서 자기 삼촌을 찾으라는 거예요. 삼촌이 어떻게 해줄 거라고요. 저는 1마일 정도 강 아래쪽에서 뭍으로 올라왔어요. 그리고 사람을 만날 때마다 도와달라고 부탁했지만 다들 이런 밤에, 이런 물살에 철없는 짓이라며 증기 나룻배를 찾으라고만 하고 가버렸어요. 그러니 아저씨가 가서……."

"그래, 나도 가고 싶단다. 그런데 이 일을 하면 누가 돈을 지불하지? 네 아버지니?"

"그건 염려 마세요. 후커 양이 저에게 다짐했는데, 혼백 삼촌이……."

"뭐라고! 그 사람이 그 아가씨의 삼촌이라고? 얘야, 저기 불빛 보이지? 거기까지 가서 다시 왼쪽으로 꺾으렴. 4분의 1마일 정도 가면 선술집이 나온단다. 거기 있는 사람에게 빨리 짐 혼백에게 데려다 달라고 하렴. 돈은 짐이 치를 거라고 얘기하고. 지체하지 말고 곧장 가야 한다. 노인이 이 마을에 도착하기 전에 내가 꼭 조카딸을 안전하게 데려올 거라고 전하거라. 자, 서둘러. 나는 어서 저 모퉁이를 돌아가서 기관사를 깨워야겠다."

나는 불빛 쪽으로 가다가 그가 모퉁이를 돌자마자 다시 돌아가서 보트의 물을 퍼내고 6백 야드(약 548미터—옮긴이) 정도 강가의 느린 물살을 저어 올라가서 몇 척의 목선들 사이에 숨었다. 나룻배가 떠나는 것을 볼 때까지 마음이 놓이지 않았기 때문이다. 한편으로는 그 악당들을 위해 이렇게 힘든 일을 했다는 사실에 기분이 좋았다. 흔히 할 수 있는 일이 아니기 때문이다. 문득 더글러스 아주머니가 이 사실을 알았으면 좋겠다고 생각했다. 그 악당들을 돕는 나를 자랑스럽게 여길 테니 말이다. 더글러스 아주머니나 그 외의 착한 사람들이 가장 관심을 갖는 것이 악당이나 건달이었다.

그런데 얼마 지나지 않아 난파선이 흐릿한 모습으로 미끄러져 내려왔다. 온몸에 소름이 쫙 퍼졌으나 나는 이내 보트를 저어 다가갔다. 배는 물속 깊이 잠겨 있어서 누가 살아 있을 가망은 없어 보였다. 나는 주변을 돌며 소리쳐 보았지만 아무 대답이 없었고, 모두 죽은 듯이 고요했다. 악당들을 생각하면 마음이 무거웠지만 그렇게 심각하지는 않았다. 그들도 동료의 죽음을 견디는데 나라고 못 견딜 이유가 있겠는가.

그때 나룻배가 도착했다. 나는 물살을 타고 강 아래쪽으로 내려가 눈에 띄지 않을 지점에 이르러 노를 놓고 뒤돌아보았다. 나룻배가 후커 양의 유품을 찾기 위해 난파선 주변을 돌고 있었다. 선장은 후커 양의 아저씨인 혼백이 그것을 바랄 것이라고 생각했을 것이다. 그러나 곧 나룻배는 수색을 단념하고 강가로 향했으며, 나도 다시 노를 저어 곧장 강을 내려갔다.

짐이 켜놓은 불빛이 보이기까지 아주 오랜 시간이 걸린 듯했다. 마침내 불빛이 보였을 때는 그것이 천 마일이나 떨어져 있는 것처럼 느껴졌다. 뗏목에 도착했을 때는 어느새 동녘 하늘이 희부옇게 물들기 시작했다. 우리는 근처에 있는 어느 섬으로 가서 뗏목을 숨겨두고 악당들의 보트에 물을 채워 가라앉힌 후 곧 죽은 것처럼 곯아떨어졌다.

14장

얼마 후 우리는 잠에서 깨어 악당들이 난파선에서 훔친 물건을 뒤져보았다. 장화와 담요, 옷가지와 그 밖의 여러 가지 물건, 그리고 많은 양의 책과 망원경, 시가 세 상자가 나왔다. 우리 둘 중 누구도 이렇게 부자가 되어보기는 처음이었다. 시가는 최고였다. 우리는 오후 내내 숲에서 쉬며 이야기를 나누기도 하고, 나는 책을 읽기도 하면서 재미있게 보냈다. 나는 난파선과 나룻배에서 있었던 일을 짐에게 다 들려주고 이런 것이 바로 모험이라고 말했다. 그러자 짐은 모험이라면 이제 지긋지긋하다고 했다. 내가 조타실로 가고 자기는 뗏목을 타러 기어갔을 때 뗏목이 없어진 것을 알고는 이제 다 끝났다고 생각했다는 것이다. 누군가의 도움 없이는 물에 빠져 죽을 것이고, 도움을 받아 살더라도 그자가 누구건 현상금을 타기 위해 자기를 마을로 데려갈 것이고, 그러면 왓슨 아주머니는 자기를 남부에 팔아버릴 것이기 때문이었다. 맞는 말이었다. 짐은 대체로 옳은 말만 했다. 그는 검둥이치고 머리가 좋은 편이었다.

나는 짐에게 왕이나 공작, 백작 등에 대해 이야기해주었다. 그리고 그런 사람들은 화려하게 옷을 차려입고 도도하게 서로 '무슨 무슨 님'이라고 부르는 대신 '폐하', '각하', '경' 등으로 부른다는 이야기를 상세히 들려주었다. 짐은 눈을 휘둥그렇게 뜨며 재미있어 하더니 이렇게 말했다.

"높은 사람들이 그렇게 많은 줄 몰랐어. 난 트럼프에 나오는 왕 빼고 왕이라고는 솔로몬 왕밖에 못 들어봤으니께. 그런데 왕은 돈을 얼마나 받는 거여?"

"얼마나 받느냐고? 그야 갖고 싶으면 천 달러도 가질 수 있지. 원하는 대로 뭐든지 가질 수 있다는 얘기야. 전부 왕의 것이니까."

"우아, 좋겠다! 그런데 헉, 그 사람들은 대체 무슨 일을 하는 거여?"

"하는 일은 없어! 그저 앉아 있을 뿐이야."

"그게 정말이여?"

"그럼, 그냥 앉아 있을 뿐이야. 전쟁이 일어나면 전쟁터에 나가기는 하지. 하지만 평소에는 그냥 하는 일 없이 놀아. 매사냥이나 하면서. 쉿! 방금 무슨 소리 났지?"

우리는 즉시 소리 나는 쪽으로 달려가 보았다. 그러나 저 멀리 강 위쪽에서 곶을 돌아 내려오는 기선의 소리였다. 우리는 다시 제자리로 돌아왔다.

"그리고 일이 없어 무료할 때는 의회에 가서 싸우지. 자기 말을 안 듣는 자가 있으면 모가지를 잘라버리는 거야. 하지만 대부분 왕들은 후궁 주변에서 서성거리지."

"어디를 서성거린다고?"

"후궁 말이야."

"후궁이 뭔디?"

"후궁도 몰라? 마누라들이 모여 있는 곳이야. 솔로몬 왕도 마누라
가 백 명이나 있었대."

"맞아, 그랬지. 깜빡 잊고 있었어. 후궁은 기숙사 같은 건가벼. 아
이들 방은 꽤나 시끄러울 거여. 게다가 여편네들은 서로 싸울 테고.
사람들은 솔로몬 왕보다 현명한 왕은 없다고 얘기하지만 나는 믿
지 않아. 왜냐하면 그렇게 현명한 사람이 어떻게 그런 시끄러운 곳
에서 사냐 이거여. 말도 안 되는 소리지. 현명한 사람이라면 후궁을
두기보다는 보일러 공장을 세웠을 거여. 보일러 공장은 쉬고 싶을
때 문을 닫으면 그만이니께."

"하지만 그래도 솔로몬 왕은 가장 현명한 사람이었어. 더글러스
아주머니가 그렇게 말했거든."

"과부 마님이 뭐라 했건 상관없어. 솔로몬 왕은 역시 현명한 사람
이 아니여. 아무도 안 하는 이상한 짓을 했으니께. 너도 솔로몬 왕
이 어린아이를 둘로 자르라고 했다는 얘기 들어봤어?"

"응, 더글러스 아주머니한테 들었지."

"세상에 그런 말도 안 되는 생각이 어디 있어? 너도 한번 생각해
봐. 저기 나무 그루터기를 여자라 치고, 너를 또 다른 여자라고 하

잔 말이여. 그리고 나는 솔로몬 왕이고. 이 1달러짜리가 어린아이고, 두 사람이 이 돈을 자기 거라고 우기면 나는 어떻게 하는 줄 알아? 마을을 돌아다니면서 사람들한테 이 돈이 누구의 것인지 알아보고 진짜 임자를 찾아 돈을 건네줄 거여. 지혜로운 사람이라면 누구든 그렇게 하지 않것어? 그런데 그 돈을 둘로 찢어 반은 네게, 나머지 반은 또 한 여자에게 주는 거여. 솔로몬 왕이 어린아이를 두고 그렇게 하려고 했어. 도대체 찢어진 반 조각으로 뭘 한다는 거여? 아무것도 살 수 없잖여. 마찬가지로 둘로 나뉜 어린아이가 무슨 소용 있다는 거여? 그런 건 백만 개도 쓸모가 없잖여."

"짐, 너는 이야기의 요점에서 완전히 빗나갔어. 그것도 천 마일이나 빗나갔다고."

"내가? 천만에! 내 말이 틀렸다는 말은 하지 마. 나도 뭐가 옳고 그른지는 아니께. 네 말은 이치에 어긋나. 재판은 멀쩡한 아이 일이지 반쪽짜리 아이의 일이 아니여. 온전한 아이를 반쪽짜리 아이한테 하듯 할 수 있다고 생각하는 녀석은 비가 올 때 비를 피할 만한 지혜가 없는 녀석들이나 하는 행동이여. 솔로몬 왕의 이야기 따위는 아예 나에게 할 생각 마. 헉, 나는 솔로몬 왕의 일은 뭐든 다 알고 있으니께."

"하지만 짐, 너는 요점을 놓치고 있다니까."

"요점은 무슨 요점. 난 알고 있어. 헉, 진짜 요점은 좀더 밑바닥 깊은 곳에 있어. 진짜 요점은 솔로몬 왕이 처한 환경에 있지. 아이가 하나나 둘밖에 없는 사람들을 생각해봐. 그런 사람들이 자식에게 함부로 할 것 같아? 절대 안 그려. 아니, 할 수도 없지. 하지만 5백 명이나 되는 아이들이 집 안에서 돌아다니는 사람이라면 이야기는 완전히 다르지. 그런 사람은 아이를 고양이처럼 둘로 갈라버려도 눈 하나 깜짝 안 할걸. 아이는 얼마든지 있으니께. 솔로몬 왕은 아이 하나둘 정도 늘고 줄어드는 것 따위는 전혀 신경 쓰지 않을 거여, 젠장!"

나는 이런 검둥이를 처음 보았다. 짐은 일단 무엇에 대해 생각하면 그것이 머릿속에 달라붙어 절대 떨어지지 않는 모양이었다. 나는 이제껏 솔로몬 왕을 이런 식으로 평가하는 검둥이는 본 적이 없다. 그래서 나는 다른 왕의 이야기를 들려주었다. 나는 짐에게 먼 옛날 프랑스에서 목이 잘린 루이 16세와 국왕이 될 뻔했으나 감옥에서 죽은 그의 아들 도팽 루이의 이야기를 들려주었다.

"불쌍한 왕자구먼."

"그런데 탈옥해서 미국에 왔다는 사람도 있어."

"그렇다면 참 다행이고. 하지만 꽤 심심하겠어. 여기는 왕이라는 게 없잖여."

"그렇지."

"그럼 이곳에서는 할 일이 없을 텐디, 무얼 해서 먹고산대?"

"글쎄, 그건 나도 모르지. 경찰이 될 수도 있고, 다른 사람들에게 프랑스 말을 가르칠 수도 있겠지."

"뭐라고? 프랑스 사람들도 우리랑 같은 말을 쓰는 게 아니었어?"

"그럼. 짐, 너는 프랑스 사람이 하는 말을 하나도 못 알아들을걸."

"그게 정말이여? 어째서 그런 거여?"

"그건 나도 모르지, 아무튼 그렇게 돼 있어. 프랑스 말도 책에서 조금 배웠어. 누가 너에게 '폴리 부 프랭지'라고 하면 너는 뭐라고 대답할래?"

"뭐라 하긴, 아무 생각도 없지. 그냥 그놈을 바로 잡아서 대가리를 작살낼 거여. 물론 백인이 아닌 경우를 두고 하는 말이여. 검둥이 녀석이 나한테 그런 소리를 한다면 용서 못 하지."

"어휴 참, 그건 욕이 아니야. '당신은 프랑스어를 할 줄 아느냐'고 물은 거라고."

"그럼 그렇게 말해야지."

"그 사람은 그렇게 말한 거야. 프랑스 사람은 그걸 그렇게 말하는 거라고."

"세상에, 그렇게 바보 같은 말이 어딨어! 더 이상 듣고 싶지 않구면. 말도 안 되는 얘기여."

"짐, 고양이가 우리처럼 말할 수 있어?"

"고양이는 못허지."

"그럼 소는?"

"소도 그렇고."

"고양이는 소처럼 말하고, 소는 고양이처럼 말해?"

"아니, 그렇지 않지."

"고양이와 소가 서로 다르게 말하는 건 당연하지, 안 그래?"

"그렇지."

"그럼 고양이와 소가 우리와 다르게 말하는 것도 당연하잖아?"

"당연하지."

"그런데 프랑스인이 우리와 다르게 말하는 게 왜 당연한 일이 아니지? 대답해봐."

"헉, 고양이가 사람이여?"

"아니지."

"그렇다면 고양이가 사람 말을 할 까닭이 없잖여? 소가 사람이여? 아니면 소가 고양이여?"

"아니, 그 어느 쪽도 아니지."

"그렇다면 소는 고양이나 사람처럼 말할 이유가 없잖여? 프랑스인은 사람이지?"

"그럼."

"그렇다면 프랑스인은 왜 사람이 하는 말을 하지 않는 거여? 대답해봐!"

나는 아무리 얘기해봤자 헛수고라는 것을 깨달았다. 검둥이에게 토론을 가르칠 수는 없다. 그래서 나는 그만 입을 다물었다.

15장

앞으로 사흘 밤만 지나면 우리는 일리노이 주 맨 남쪽 오하이오 강 어귀에 있는 카이로에 도착할 것이다. 거기가 우리의 목적지다. 거기서 우리는 뗏목을 팔고 그 돈으로 기선을 타고 오하이오 강을 거슬러 올라가 자유주(自由州, 남북전쟁 때부터 노예를 두지 않은 주—옮긴이)로 들어갈 생각이었다. 그렇게 해서 이 고생을 벗어날 작정이었다.

그런데 이튿날 밤부터 안개가 끼기 시작했다. 안개가 끼면 뗏목으로는 앞으로 나아가기 쉽지 않았으므로 우리는 뗏목을 매어둘 모래톱을 찾기로 했다. 그러나 밧줄을 맬 만한 마땅한 곳이 없었다. 내가 카누에 타고 앞으로 먼저 나아가서 가파른 기슭에 있는 나무에 밧줄을 맸는데 물살이 너무 세어서 나무가 뿌리째 뽑혀 그대로 떠내려가고 말았다. 점점 짙어지는 안개에 겁이 나고 무서워 거의 30분 동안 꼼짝도 못하고 있었다. 이제 뗏목은 전혀 보이지 않았고 20야드(약 18미터—옮긴이) 앞도 볼 수 없었다. 나는 얼른 카누에 뛰어올라 고물로 가서 노를 쥐고 뒤로 저었다. 그러나 카누는 꼼짝도 하지 않았다. 너무 급히 서두르는 바람에 매어놓은 밧줄도 풀지 않았던 것이다. 나는 일어서서 줄을 풀려고 했지만 너무 흥분한 나머지 손이 떨려 도무지 마음대로 되지 않았다.

이윽고 카누가 움직이기 시작하자 나는 모래톱을 따라 맹렬히 뗏목을 쫓아갔다. 처음에는 순조롭게 뒤쫓았으나 길이가 60야드(약 55미터—옮긴이)도 되지 않는 모래톱을 벗어나자마자 다시 자욱한 안개 속에 휩싸여 도대체 어느 쪽으로 가고 있는지 방향을 가늠할 수 없었다.

'카누를 저어봐야 소용없겠어. 이러다가는 어딘가를 들이받을 수도 있으니 그냥 가만히 앉아서 떠내려가게 두자.'

하지만 아무것도 하지 않고 그냥 앉아 있으려니 괜히 편치 않았다. 나는 고함을 지르고 대답 소리에 귀를 기울였다. 아래쪽 어딘가에서 작은 고함 소리가 들리자 조금 힘이 났다. 나는 다시 그 소리를 들으려고 열심히 귀를 기울이면서 서둘러 그리로 갔다. 하지만 다음 고함 소리를 듣고는 내가 그 방향이 아닌 오른쪽으로 멀어지고 있다는 것을 알았다. 그다음에는 또 너무 왼쪽으로 가 있었다. 목소리는 줄곧 똑바로 가고 있는데 나는 왔다 갔다 헤매느라 거리가 좀처럼 좁혀지지 않았다.

나는 짐이 양철 냄비라도 계속 두드리면 좋겠다고 생각하며 기다렸지만 바보 같은 녀석은 그렇게 하지 않았다. 내가 계속 방향을 혼동하는 이유는 고함 소리와 고함 소리 사이의 고요한 침묵 때문이었다. 내가 온 힘을 다해 노를 젓고 있으려니 이번에는 고함 소리가 등 뒤에서 들려왔다. 나는 너무나 혼란스러웠다. 다른 사람의 고함 소리이거나 아니면 내가 나도 모르게 방향을 바꾼 게 분명했다.

나는 노를 놓았다. 그때 다시 소리가 들렸다. 내 뒤쪽이었으나 아까와는 위치가 달랐다. 계속해서 어디선가 소리가 잇따라 들려왔고 나는 쉬지 않고 대답했다. 그러다 다시 앞쪽에서 소리가 들려왔으므로, 나는 물결이 카누의 뱃머리를 하류 쪽으로 돌려놓았다고 생각했다. 나는 소리치는 사람이 짐이기를 바랐다. 하지만 안개 속에서 들려오는 목소리는 누구의 것인지 도무지 추측할 수 없었다. 안개 속에서는 무엇 하나 제대로 보이지도, 제대로 들리지도 않았다.

고함 소리가 계속 이어지는 가운데 1분쯤 지나자 나는 큰 나무들이 귀신처럼 늘어선 절벽 기슭을 향해 무서운 기세로 내려가다가 순식간에 왼쪽으로 떠밀리며 떠내려갔다. 물살이 너무 거세고 빨라서 물에 잠긴 나무 그루터기 옆을 지날 때는 제법 요란한 소리까지 났다. 그로부터 다시 1, 2초쯤 지나자 주변이 온통 흐려지면서 조용해졌다. 나는 심장이 뛰는 소리를 들으면서 꼼짝도 않고 앉아 있었다. 심장이 백 번 이상 고동치는 동안 나는 숨 한 번 제대로 쉬지 못했다.

나는 드디어 상황을 파악하고는 모든 것을 체념하고 말았다. 무엇이 어떻게 되어가고 있는지 도무지 알 수가 없었다. 그 가파른 기슭이 바로 섬이었고 짐은 그쪽으로 간 것이다. 더욱이 그 섬은 10

분 정도면 지나갈 수 있는 그런 작은 모래톱이 아니었다. 큰 나무가 우거진 거대한 숲이 있고, 길이가 5, 6마일(약 9킬로미터—옮긴이)에 폭이 반 마일은 넘는 그런 섬이었다.

나는 계속 귀를 기울이며 15분 정도 가만히 앉아 있었다. 카누는 거의 시속 4, 5마일로 떠내려가고 있었지만 정작 나는 그런 것을 느끼지 못했다. 그저 물 위에 아주 조용히 누워 있는 것 같았다. 물에 잠긴 나무가 눈에 띄어도 내가 지금 빨리 움직이고 있다기보다는 나무가 어쩌면 저렇게도 빠르게 떠내려갈까 하고 생각했다. 밤 안개 속에 혼자 있는 것이 무섭지도 쓸쓸하지도 않다고 생각하는 사람은 한번 직접 겪어보아야 한다. 그래야 알 테니까.

다음 30분 동안 나는 간간이 고함을 쳤다. 마침내 저 멀리서 대답 소리가 들려왔다. 나는 그쪽으로 가려고 애썼지만 도무지 갈 수 없었다. 그 순간 나는 카누가 모래톱으로 밀려온 것을 깨달았다. 양옆으로 모래톱이 희미하게 보였다. 모래톱 사이의 좁은 수로도 보였고, 뚜렷하지는 않지만 강가에 있는 오래된 썩은 나뭇가지와 덤불에 부딪히는 물결 소리로 거기에 모래톱이 있다는 것을 알 수 있었다. 모래톱 사이에 있는 동안 간간이 고함 소리가 들렸지만, 나는 잠시 소리를 쫓다가 결국 그만두고 말았다. 도깨비불을 쫓기보다 더 힘들었기 때문이다. 소리라는 것이 그렇게 이리저리 옮겨 다니며 그토록 빨리, 자주 자리를 바꿀 줄은 정말 몰랐다.

강으로 쑥 튀어나온 모래톱에 부딪히지 않으려고 나는 네댓 번쯤

힘차게 카누를 저어 강가에서 떨어져 나왔다. 물론 뗏목도 이따금씩 강가에 부딪혔을 것이다. 아니면 지금쯤 멀리 떠내려가서 소리조차 들리지 않을 테니까. 뗏목이 카누보다 좀더 빨리 떠내려가고 있는 건지도 모른다.

드디어 다시 넓은 강으로 나간 것인지 어디서도 고함 소리가 들리지 않았다. 혹시 짐이 물에 잠긴 나무에 부딪혀 죽은 것이 아닐까 하는 생각도 들었지만, 몸과 마음이 너무 지쳐 있어서 나는 카누 바닥에 누운 채 더는 심각한 생각 따위 하지 않기로 했다. 잠을 잘 생각은 없었지만, 견딜 수 없을 만큼 졸음이 몰려왔다. 나는 잠깐 눈만 붙이기로 했다.

잠깐 눈을 붙인다는 것이, 눈을 떴을 땐 안개는 모두 사라지고 별이 반짝이고 있었다. 카누는 머리를 뒤쪽으로 돌린 채 물 위를 재빠르게 떠내려가고 있었다. 처음에는 내가 어디에 있는지도 몰랐다. 꿈을 꾸는 줄 알았다. 잠시 후 여러 가지 일이 생각났지만, 모든 것이 마치 지난주에 일어난 일처럼 희미했다.

어디인지는 모르겠지만 강이 엄청나게 넓었다. 별빛에 비치는 모습으로는 양쪽 강기슭이 끝없이 높고 매우 울창한 숲으로 마치 벽처럼 둘러 있었다. 강 아래쪽을 바라보니 저만치 검은 물체 하나가 점처럼 떠 있었다. 나는 그것을 향해 나아갔다. 다가가 보니 그것은 통나무 2개를 묶어놓은 것이었다. 이어서 또 물체 하나가 보여서 다시 그것을 향해 나아갔다. 이번에는 내 예상이 맞았다. 바로 우리의 뗏목이었다.

뗏목에 다가가 보니 짐이 오른손을 키잡이 노에 걸친 채 머리를 무릎 사이에 파묻고 앉아 잠들어 있었다. 나머지 노 하나는 부러져 있었으며, 뗏목 위에는 나뭇잎과 나뭇가지, 흙 등이 마구 흩어져 있었다. 뗏목 역시 거센 물살에 엄청 시달린 모양이었다.

나는 카누를 뗏목에 매고 짐 바로 앞에 드러누웠다. 그러고는 하품을 하고 기지개를 켜면서 주먹으로 짐을 살짝 치며 말했다.

"짐, 내가 정신없이 잤나 봐? 왜 안 깨웠어?"

"아이고, 맙소사! 헉 맞지? 죽은 게 아니었구먼! 물에 빠져 죽은 줄 알았지 뭐여. 정말 돌아온 거여? 이게 꿈인지 생시인지 모르겠구먼. 아야, 정말 생시가 맞구먼. 네가 살아서 돌아오다니! 아이고, 하느님 정말 감사하구먼유."

"짐, 왜 그래? 술 마셨어?"

"술이라니, 그럴 정신이 어딨어?"

"그럼 왜 이상한 소리를 하는 거야?"

"내가 언제 이상한 소리를 했는디?"

"그랬잖아. 마치 내가 어디 갔다 온 것처럼, 돌아왔느니 어쩌니 했잖아."

"헉! 내 눈을 똑바로 쳐다봐. 내 눈을 보라고. 너 정말 아무 데도 안 갔다는 거여?"

"도대체 무슨 말을 하는 거야. 나는 아무 데도 안 갔어. 내가 갈 데가 어디 있다고?"

"세상에! 이게 무슨 일이여? 내가 정말 이상해진 거여? 헉, 내가 누구여? 내가 여기 있는 게 맞는 거여? 아니면 다른 데 있는 거여? 말 좀 해보라니께."

"네가 여기 있는 건 확실한데, 너 정신이 좀 나간 것 같아, 짐."

"정신이 나갔다고? 그렇다면 내가 묻는 말에 대답 좀 혀봐. 분명 카누를 타고 모래톱에 뗏목을 매러 가지 않았어?"

"아니, 안 갔어. 무슨 모래톱? 난 아무것도 못 봤는걸."

"아무것도 못 봤다고? 헉, 밧줄이 풀려서 뗏목이 떠내려가고 너랑 카누만 안개 속에 버려졌잖여?"

"무슨 안개?"

"무슨 안개냐고? 밤새 끼어 있던 그 안개 말이여. 그래서 너와 내가 고함치면서 섬과 섬 사이에서 헤맸잖여. 모래톱에서 한 사람은 길을 잃고 또 한 사람은 없어지고 말이여. 몇 번이나 모래톱에 부딪혀 물에 빠져 죽을 뻔했다니께. 헉, 이래도 아무 일 없었다고? 대답 좀 해보라니께."

"뭔 말이 그렇게 많아. 짐, 나는 안개도 섬도 못 봤어. 아무 일도 없었다고. 여기 가만히 앉아서 밤새 너와 얘기를 나누다가 한 10분쯤 전에 네가 잠이 들고 나도 그만 곯아떨어진 거야. 10분 만에 술에 취할 리는 없으니, 아마도 넌 꿈을 꾼 걸 거야."

"뭐여? 내가 어떻게 10분 만에 그렇게 많은 꿈을 꾼다는 거여?"

"참 나……. 꿈꾼 거라니까. 실제로 아무 일도 안 일어났잖아."

"그렇지만 헉, 모든 게 너무나 생생하고……."

"아무리 생생해봤자 변한 게 없잖아. 아무 일도 없었으니까. 줄곧 내가 이 자리에 있었다니까."

짐은 5분쯤 아무 말 없이 생각에 잠겼다. 그리고 말했다.

"헉, 그렇다면 네 말처럼 나는 꿈을 꾼 건지도 몰러. 하지만 꿈치고는 너무 생생혀. 이런 생생한 꿈은 처음이라니께. 이렇게 나를 힘들게 한 꿈은 지금까지 꾼 적이 없어."

"그럴 수도 있어. 사람을 힘들게 하는 꿈도 간혹 있다고 하잖아. 하지만 그거 정말 신기한 꿈이네. 어디 자세히 얘기 좀 해봐."

그러자 짐은 그동안 있었던 일을 마치 꿈속에서 일어난 이야기처럼 전부 들려주었다. 간혹 과장해서 이야기하기도 했다. 그는 이것들이 하나의 경고라며 반드시 해몽을 하지 않으면 안 된다고 했다. 짐은 처음에 나타난 모래톱은 우리에게 무언가 이로운 사람을 의미하며, 거센 물살은 우리를 그 사람한테서 떼어놓으려는 사람이라고 했다. 그리고 고함 소리는 우리에게 보내는 경고로, 그 의미를 이해하지 못하면 액운을 막기는커녕 액운을 가지고 올 수도 있다고 했다. 또 모래톱은 싸우기 좋아하는 사람들과 많은 천박한 사람들을 상대로 겪어야 하는 성가신 일들로, 괜한 참견이나 대꾸하지 말고 사람들을 화나게 하지 않으면 안개 속에서 벗어나 넓고 맑은 강으로 나갈 것이라고 했다. 바로 그것이 자유주이며, 그곳에서는 더 이상 어떤 걱정도 없다는 것이었다.

내가 뗏목에 도착한 즈음에는 구름에 덮여 사방이 온통 어두웠지만 어느새 날씨는 다시 맑게 개었다.

"짐, 아주 훌륭한 해몽이야. 그럼 이 쓰레기들은 무슨 의미야?"

나는 뗏목 위에 흩어진 잎사귀와 쓰레기 더미, 부러진 노 등을 가리켰다. 짐은 쓰레기를 쳐다보고는 다시 나를 쳐다보았다. 조금 전까지 모든 것을 꿈이라고 믿고 얘기했던 터라 눈에 보이는 것들을 사실로 받아들이기 어려운 것 같았다. 그러나 이내 머릿속을 정리한 듯 짐은 미소도 짓지 않은 채 나를 똑바로 쳐다보며 말했다.

"이것들이 무슨 의미냐고? 그려, 가르쳐주지. 나는 너를 찾느라 힘이 다 빠져 잠들어버렸는데, 너를 잃을까 봐 가슴이 찢어지는 줄 알았어. 그래서 뗏목이나 나 자신은 어떻게 되든 신경 쓰지 않기로 했지. 그런데 한참 후에 눈을 떠보니 네가 살아 돌아와 있는 거여. 나는 너무나 감사해서 무릎 꿇고 눈물을 흘리면서 네 발에 입을 맞추었지. 그런데 너는 어떻게 거짓말을 해서 나를 놀릴까 하는 생각뿐이었던 거여. 거기 있는 건 분명 쓰레기여. 그리고 쓰레기란 친구의 머리에 진흙을 덮어씌워 창피하게 만든다는 뜻이여."

짐은 그렇게 말한 후 천천히 일어나더니 아무 말 없이 천막집 안으로 들어갔다. 더 이상 말이 필요 없었다. 나는 짐의 말을 듣고 비열한 짓을 한 것이 부끄러웠다. 그래서 짐이 나를 용서해준다면 짐의 발에 입이라도 맞출 수 있을 것 같았다.

결국 15분 뒤 나는 짐 앞에 가서 사과했다. 그리고 이후로도 그것을 결코 후회하지 않았다. 그 후부터 나는 두 번 다시 짐에게 천박한 장난을 하지 않았다. 이런 장난이 짐의 마음을 그토록 상하게 할 줄 알았다면 절대 하지 않았을 것이다.

16장

우리는 하루 종일 잠을 잤다. 밤이 되자 우리는 긴 행렬을 이루며 천천히 떠내려가는 엄청나게 크고 긴 뗏목을 약간 거리를 두고 따라갔다. 뗏목 네 귀퉁이에는 커다란 노가 붙어 있었고 30명은 타도 될 만큼 컸다. 뗏목 위에는 5개나 되는 큰 집이 서로 간격을 두고 세워져 있었고 중앙에는 모닥불이 타오르고 있었다. 네 모서리에는 깃발이 높이 꽂혀 있어 아주 위풍당당해 보였다. 이런 뗏목에 탈 수 있다면 대단히 멋진 일일 것이다.

우리는 큰 물줄기를 따라 커다란 만곡부 쪽으로 떠내려갔다. 밤에는 구름이 많이 끼고 무더웠다. 강폭은 매우 넓고 양쪽에는 울창한 숲이 벽처럼 둘러서 있었다. 숲이 어찌나 빽빽한지 불빛 하나 보이지 않았다. 우리는 카이로에 관한 이야기를 나누었다. 막상 그곳에 도착해도 과연 우리가 그곳이 카이로라는 것을 알 수 있을지 걱정이었다. 나는 아마 알 수 없을 것이라고 말했다. 전하는 얘기에 따르면 카이로에는 집이 열두 채밖에 안 된다고 했다. 따라서 그곳 사람들이 불을 전혀 켜놓지 않는다면 우리는 그 마을을 지나고 있다는 것조차 모를 수 있었다. 그러자 짐은 강 두 줄기가 거기서 만나 하나로 합쳐진다고 했으니 분명히 알 수 있을 것이라고 말했다. 나는 어쩌면 어느 섬 아래쪽을 지나가다 본류로 들어가고 있는 것으로 여기게 될지도 모른다고 말했다. 짐은 이 말을 듣고 불안해했고 나도 마찬가지였다.

이제 문제는 우리가 어떻게 카이로를 알아보느냐 하는 것이었다. 나는 불빛이 보이면 기슭으로 노를 저어 가서 사람들에게 아버지가 장삿배를 타고 뒤따라오는데 아직 장사에 서툴러 카이로가 어느 정도 남았는지 몰라서 알아보려고 왔다고 하면 되지 않겠느냐고 말했다. 짐은 좋은 생각이라며 맞장구를 쳤다. 그래서 우리는 축하의 의미로 담배를 한 대씩 피우며 불빛이 보이기만을 기다렸다.

젊은이들은 초조한 마음으로 뭔가를 알아내려고 할 때 끈기 있게 기다리지 못하게 마련이다. 이야기를 나누다가 깜깜한 밤이 되자 짐은 앞에 떠가는 큰 뗏목으로 몰래 헤엄쳐 가서 사람들 이야기를 엿들어보는 건 어떠냐고 말했다. 혹시 카이로에 놀러 가는 사람들이 거기에 대해 이야기하거나 위스키나 고기 등을 사려고 작은 배를 타고 강가로 갈지 모른다는 것이다. 짐은 검둥이치고는 정말 머리가 좋았다. 그는 필요할 때마다 좋은 생각을 떠올리는 것이었다.

나는 일어나 낡은 윗옷을 벗어던지고 강물에 뛰어들어 불빛을 따라 조심스럽게 뗏목으로 헤엄쳐 갔다. 다행히 노를 잡고 있는 사람

도 없었고, 달리 거리낄 것도 없었다. 나는 긴 뗏목을 따라 모닥불
이 피워진 가운데까지 헤엄쳐 뗏목 위로 올라갔다. 그리고 앞으로
걸어가 모닥불 바람막이 쪽에 있는 지붕용 판자 더미 속에 숨었다.
망보는 사람을 비롯해 거칠어 보이는 사람들이 13명 눈에 띄었다.
그들은 술 단지와 양철 컵을 들고 계속 술을 마셨다. 그중 한 사람
이 노래를 불렀는데, 거의 악을 쓰다시피 했다. 집 거실에서 부르기
에는 상스러운 가사였다. 그는 콧소리로 한 구절마다 끝부분을 길
게 뽑으며 노래를 불렀다. 한 소절이 끝날 때마다 다들 인디언 함성
처럼 소리를 질러댔고, 그는 다음 소절을 불렀다.

한 여인이 있었네.
우리 마을에 사는 여인이라네.
그녀는 남편을 정말 사랑했고,
다른 남자는 2배 이상 좋아했네.

노래도 좋아했네, 릴로, 릴로, 릴로,
리 투 리로, 리레…….
그녀는 남편을 정말 사랑했고,
다른 남자는 2배 이상 좋아했네.

그는 잘 부르지도 못하는 노래를 열네 소절이나 연이어 부르고

또 부르려고 하자 마침내 한 사람이 암소들이 웃다 죽을 노래라며 비아냥거렸다. 또 다른 사람은 "우리 좀 내버려두게."라고 소리쳤다. 또 한 사람은 일어나 저쪽으로 가서 좀 쉬는 게 좋겠다고 핀잔을 주었다. 사람들이 계속 놀려대자 마침내 그가 벌컥 화를 내며 욕을 퍼부었다. 아무라도 좋으니 나오라며 흠씬 두들겨 패주겠다고 하면서 말이다.

사람들이 벌떡 일어나 그에게 다가가려 하자 덩치 큰 사내가 먼저 나서서 소리쳤다.

"자네들은 나서지 말게. 내가 처리할 테니. 저놈은 내 밥이니까."

그는 공중으로 뛰어오르더니 발뒤꿈치를 세 번 바닥에 굴렀다. 그러고는 술이 주렁주렁 달린 사슴 가죽 코트를 벗어던지고 소리쳤다.

"내가 처리할 테니 모두 가만히 있어."

그는 리본이 달린 모자도 벗어던지고 떠들었다.

"저놈 숨통이 끊어질 때까지 내버려두란 말이야."

그는 다시 공중으로 뛰어올랐다가 발뒤꿈치를 구르더니 또다시 장황하게 늘어놓았다.

"나로 말할 것 같으면 무쇠 턱, 놋쇠 다리, 구릿빛 탄탄한 배를 가진 아칸소 들판의 시체 제조사. 사람들은 나를 두고 '급살' 혹은 '청소부'라고 부르지. 나를 키운 게 태풍이고, 나를 낳은 건 지진이야. 콜레라의 이복형제이자 수두는 외가 쪽 친척이지! 건강할 때는 악어 19마리와 위스키 1배럴(약 119리터—옮긴이)을 먹어치우고, 그렇지 않을 때도 방울뱀 한 부셸(1부셸은 약 28킬로그램—옮긴이)과 시체 하나를 먹어치우지! 아무리 단단한 바위도 한 번만 쳐다보면 둘로 쪼개지고 내가 한번 소리치면 천둥소리도 안 들리지. 다들 뒤로 물러나. 내가 힘 한번 쓸 테니. 피는 내 음료수, 죽어가는 자의 신음 소리는 내 음악이니까. 자, 나간다. 모두 숨죽이고 구경이나 하라고!"

그는 계속 떠벌리면서 머리를 흔들고 우악스러운 표정으로 작은 원을 그리며 빙빙 돌았다. 소매를 걷어 올리고 가끔씩 가슴을 치며 똑바로 서면서 "자, 다들 보라고!"라며 외쳤다. 그러고는 공중으로 뛰어오르더니 발뒤꿈치를 세 번 구르면서 떠들었다.

"나는 굶주린 살쾡이의 후예!"

그러자 이 소동을 일으킨 장본인이 챙이 축 처진 낡은 모자를 오른쪽 눈 위로 푹 눌러쓰고는 몸을 숙인 채 앞으로 나왔다. 그는 등을 구부리고 주먹을 뻗치며 원을 세 바퀴 돌았다. 그는 식식거리며 의기양양하게 나왔다. 그러고는 몸을 일으켜 세 번 펄쩍 뛰어오르더니 발뒤꿈치를 바닥에 부딪혔다. 사람들이 환호성을 지르자 이번에는 그가 떠벌렸다.

"슬픔의 왕국이 나가신다, 길을 비켜라! 모두 고개 숙이고 물러나. 자, 힘이 솟구치는구나. 나를 꽉 붙잡아라! 야호! 나는 죄의 자식, 나를 건드릴 자 누구냐. 여기 뿌연 유리가 있으니 맨눈으로 나를 쳐다볼 생각은 하지도 마라. 나는 경도 자외선과 위도 평행선을 후릿그물 삼아 대서양의 고래를 낚는 사람! 번갯불로 머리를 긁고 천둥소리를 들으며 잠잔다네. 겨울에는 멕시코만을 데워 목욕하고 더울 때는 춘추분 폭풍으로 몸을 식히지! 목이 타면 하늘의 구름을 스펀지처럼 빨아 마시고, 내가 배고파 헤매는 곳에는 기근이 닥치지. 모두 고개 숙이고 물러나! 내가 손으로 해를 가리면 어둠이 닥치고, 내가 달 모서리를 먹어치우면 계절이 바뀌지. 내가 몸을 흔들면 산사태가 일어나리라! 가죽을 눈에 대고 바라봐. 맨눈으로 보면 큰일 나지. 내 심장은 돌이요, 내장은 쇠보일러! 할 일 없을 때는 마을을 초토화하지만, 원래 내가 하는 일은 나라 전체를 파괴하는 것. 내 영토인 드넓은 미국 대륙의 사막에 내가 죽인 자들을 묻으리."

그가 다시 공중으로 뛰어올랐다가 발뒤꿈치를 세 번 구르자 모두 함성을 질렀다.

"모두 고개 숙이고 물러나, 재난의 왕자 납신다!"

이번에는 밥이라는 사내가 의기양양하게 나와 소리쳤다. 그러자 재난의 왕자가 더 큰 소리를 질러댔고, 급기야 두 사람은 한꺼번에 나와 으스대면서 인디언처럼 괴성을 질러댔다. 밥과 재난의 왕자는 서로에게 욕을 퍼부었다. 한 사람이 심한 욕을 퍼부으면 상대는 더 심한 욕을 해댔다. 밥이 재난의 왕자의 모자를 떨어뜨리자, 재난의 왕자는 모자를 집어 들더니 밥의 리본 달린 모자를 발로 차서 2야드 밖으로 날려버렸다. 밥은 모자를 집어 들고 "좋아, 이제부터 시작이다."라고 소리치더니 재난의 왕자에게 자기는 절대 잊어버리지도 않고, 용서하지도 않을 테니 항상 조심하는 게 좋을 거라고 했다. 살아 있는 동안 언젠가는 피를 봄으로써 대가를 치러야 할 거라고 떠들어댔다. 재난의 왕자도 그때가 오기를 간절히 바란다면서 두 번 다시 자기 앞을 막아서지 말라고 경고했다. 그러고는 이번에는 가족을 생각해 참겠지만, 네놈의 피바다 속에서 헤엄치기 전에는 결코 쉬지 않을 거라고 큰소리쳤다.

두 사람은 머리를 흔들어대면서 두고 보자고 으르렁거리면서도 서로에게서 점점 물러났다. 그때 체구가 작고 검은 구레나룻을 기른 남자가 뛰어들어 소리쳤다.

"겁쟁이들 같으니! 다 덤벼! 오늘 내가 너희 둘을 박살 내버릴 테니까!"

그러고는 남자는 밥과 재난의 왕자를 잡아 넘어뜨리고 일어나지도 못하도록 발길질을 해댔다. 2분도 못 되어 두 사람은 두 손을 싹싹 빌면서 살려달라고 애원했고, 다른 사람들은 환호성을 지르며 박수를 치고 웃어댔다.

"시체 제조사, 덤벼!"

"재난의 왕자, 다시 덤벼봐!"

"역시 꼬마 데이비가 최고야!"

잠시 인디언들의 난장판을 보는 것 같았다. 밥과 재난의 왕자는 어느새 코피가 터졌고, 눈은 시퍼렇게 멍들었다. 체구가 작은 데이비는 그들에게 자신들이 얼마나 비겁하고, 개나 검둥이랑 먹고 마실 수준도 안 되는 놈들인지 자백하라고 했다. 결국 두 사람은 침울하게 악수하면서 서로를 공경해왔고, 지난 일은 다 잊고 잘 지내자고 말했다. 두 사람은 강물에 얼굴을 씻었다. 그때 횡단수로를 건널 준비를 하라는 명령이 떨어졌다. 그러자 몇 사람은 앞으로 갔고, 다른 사람들은 노를 저으려고 뒤로 갔다.

나는 15분쯤 가만히 앉아 있다가 누군가 놔두고 간 파이프를 물고 담배를 피웠다. 횡단수로를 건너고 나서 사람들은 다시 가운데 모여 술을 마시고 이야기를 나누고 노래를 불렀다.

낡은 바이올린으로 연주를 하는가 하면 춤을 추는 사람도 있었다. 다른 사람들도 나룻배에서 흔히 즐기는 옛날식 브레이크다운을 췄다. 잠시 그러더니 다시 모여 술을 마셨다.

그들은 다 함께 목소리를 높여 '즐거워라, 뗏목 생활은 나의 즐거움'이라는 노래를 불렀다. 그러고 나서 돼지 종자가 어떻다느니, 사람들 습관이 제각각이라느니, 여자들이 어떻다느니, 각자 사는 방식이 다르다느니, 집에 불이 나면 이렇게 하라, 인디언은 이렇게 다루는 것이 좋다, 왕은 무슨 일을 하고 얼마나 많은 재산을 가졌는지, 고양이들끼리는 어떻게 싸우는지, 사람이 발작을 일으키면 어떻게 해야 하는지, 맑은 강물과 진흙으로 탁한 강물은 뭐가 다른지 등 끊임없이 이야기를 주고받았다.

에드라는 사람은 미시시피 강의 탁류가 오하이오 강의 맑은 강물보다 몸에 좋다고 했다. 그는 누런 미시시피 강물을 1파인트가량 담아두면 30분 뒤 바닥에 절반이나 4분의 1가량 진흙이 쌓이는데, 이러면 오하이오 강물이랑 다를 게 없다면서, 계속 물을 흔들어주고, 낮은 강물은 손으로 저어 흐리게 만들어야 한다고 했다.

재난의 왕자도 같은 생각이라며 영양분이 많은 미시시피 강의 진흙물을 마시면 배에서 옥수수가 자랄지도 모른다고 했다.

"묘지만 봐도 알 수 있어. 신시내티에 있는 묘지의 나무들은 크게 자라지 않는데, 세인트루이스 묘지의 나무들은 8백 피트까지 자라잖아. 죽은 사람들이 생전에 마신 물 때문에 그러는 거야. 신시내티의 시신들은 땅에 양분이 되지 못하지."

그들은 오하이오 강물이 왜 미시시피 강물과 섞이지 않는지에 대해서도 이야기했다. 에드는 오하이오 강 수위가 낮고 미시시피 강 수위가 높을 때면 미시시피 강 동쪽을 따라 백 마일 정도 맑은 물이 넓은 띠를 이룬다고 했다. 강가에서 4분의 1마일 정도 되는 이 맑은 강물 띠를 넘어가면 바로 누렇고 탁한 물이 흐른다는 것이었다.

그러고 나서 담배에 곰팡이가 슬지 않는 법을 얘기하더니 귀신 얘기로 넘어갔다. 저마다 들은 귀신 얘기를 했는데, 갑자기 에드가 이런 얘기를 했다.

"모두 직접 귀신을 보지는 못했나 봐? 내가 얘기해주지. 5년 전 이만한 뗏목을 타고 바로 이곳을 지나간 적이 있어. 달 밝은 자정 무렵 내가 선수의 오른쪽 노를 잡고 보초를 서고 있을 때였지. 그때 함께 보초를 선 사람이 딕 올브라이트라는 자였는데, 그가 갑자기 내 쪽으로 와서 하품을 하고 기지개를 켜는 거야. 그러더니 강물에 얼굴을 씻고 내 옆에 와서 앉아 파이프 담배를 피우더니 돌연 위쪽을 쳐다보며 묻는 거야. '저기 만곡부 너머가 벅 밀러 집 아냐?' 그래서 내가 '맞아, 그런데 왜?'라고 물었어. 그러자 딕이 파이프를 내려놓고 턱을 괴면서 '더 내려온 줄 알았지'라는 거야. 나도 무심결에 '내가 비번일 때 그렇게 생각한 적이 있어'라고 했지. 우리는 6시간씩 번갈아가면서 보초를 섰지. 내가 다시 말했어. '다른 사람들도 한 시간 정도는 뗏목이 전혀 안 움직이는 것 같대. 지금은 잘 떠내려가고 있지만.' 그러자 딕이 신음 소리 같은 것을 내면서 말하는 거야. '지난번에도 이런 적이 있어. 지난 2년 동안 만곡부 위쪽 물살이 멈춰버린 것 같아.'

그러면서 한두 번 일어나 멀리 바라보는 거야. 무심결에 나도 같이 봤지. 무의식적으로 다른 사람을 따라 하곤 하잖아. 그런데 조금 있으니 뗏목 오른쪽으로 검은 물체가 떠내려오는 거야. 내가 딕에게 '저게 뭐지?'라고 물으니까, 그가 퉁명스럽게 '뭐긴 뭐야? 빈 통이지'라는 거야. 그래서 내가 '빈 통? 네 눈으로는 망원경도 소용없겠다. 저게 어떻게 빈 통이냐?'라고 하니까, 딕이 '그래? 잘 모르겠다. 통인 줄 알았는데 아닌가?'라는 거야. 그래서 나도 '그럴 수도 있고, 아닐 수도 있겠다. 이렇게 멀리서는 뭔지 잘 모르겠어'라고 말했어.

우리는 딱히 할 일도 없어서 계속 강 주위만 쳐다보고 있었어. 그러다 내가 덕에게 '저거 봐! 점점 다가오고 있어'라고 말했는데도 덕은 아무 대꾸도 하지 않더라고. 나는 헤엄치다 지친 개가 아닌가 싶었지. 횡단수로가 가까워오니 말이야. 그런데 밝은 달빛 아래 떠내려오는 것은 진짜 통이었어.

그래서 내가 덕에게 물었지. '반 마일도 넘는 거리에서 어떻게 통인 줄 알아봤어?' 그러니까 '글쎄'라고 툭 내뱉는 거야. 내가 계속 물어보니까 그제야 덕이 '예전에도 본 적 있거든. 다른 사람들도 많이 봤어. 귀신 들린 통이래'라고 말하는 거야. 나는 다른 사람들을 불러서 함께 쳐다봤어. 덕이 한 얘기를 들려주면서 말이야. 통은 뗏목 옆에 떠 있으면서도 바짝 붙지는 않았어. 20피트 정도 다가오자 누군가 끌어 올려보자고 했는데 사람들이 거부했어. 덕은 저 통을 끌어 올린 뗏목에는 불운이 따른다고 했고, 선장은 그런 미신 따위는 믿지 않는다면서 저쪽 물살이 조금 더 세니까 곧 지나쳐 갈 거라고 했어.

그래서 우리는 다른 이야기도 하고 노래도 부르고 춤도 추며 놀았지. 보초 반장이 다른 노래를 요청했는데, 그때 마침 구름이 몰려오는 거야. 통은 여전히 옆에 떠 있고. 분위기가 가라앉으니 노래 부를 맛도 안 나고 박수도 치지 않으니 흐지부지된 거야. 다들 아무 말도 없이 있다가 어느 순간 동시에 말을 쏟아내곤 했어. 농담을 해도 웃는 사람이 없었어. 농담한 당사자도 웃지 않았으니까. 모두 말없이 통만 쳐다보다가 기분만 가라앉은 거지. 그런데 갑자기 주위가 온통 컴컴해지고 정적이 흐르더니, 곧 신음 소리처럼 바람이 불기 시작하고 천둥 번개가 번쩍이는 거야. 돌연 폭풍우가 몰려와서 뗏목 뒤로 가던 사람이 넘어지면서 발목을 삐고 말았어. 그 사람은 할 수 없이 누워 있게 되었지. 통은 계속 거기 있었고, 번개가 번쩍할 때마다 푸른빛에 비치는 통을 바라보았어. 통은 동이 틀 때쯤 사라졌어. 해가 떠 있을 때는 통이 보이지 않았지. 하지만 아무도 아쉬워하는 사람은 없었어.

그런데 다음 날 밤 9시 30분쯤 다시 노래를 부르며 놀고 있는데 또 통이 나타난 거야. 바로 그 뗏목 오른쪽에 말이야. 흥이 안 나는 것은 물론이고 사람들은 또다시 말없이 침울하게 통만 바라보았지. 다시 구름이 끼기 시작했어. 사람들은 보초 시간이 끝나도 안으로 들어가지 않고 계속 밖에 남아 있었어. 밤새 폭풍우가 몰아쳤고, 또 다른 사람이 넘어져 발목을 접질렸지. 동이 틀 때쯤 또다시 통은 사라졌고. 사람들 모두 하루 종일 말없이 시무룩하게 있었어. 그렇다고 술도 안 마시고 조용히 있었던 건 아니고 평소보다 더 마시기는 했어. 하지만 함께 모여서 마신 게 아니라 제각기 혼자 마셨지.

보초를 설 필요 없는 사람도 안에 들어가지 않았고, 노래를 부르기는커녕 말을 하는 사람도 없었어. 그렇다고 뿔뿔이 흩어져 있었던 것도 아니고 뗏목 선수 쪽에 모여 앉아 2시간 동안 한숨만 푹푹 쉬면서 말없이 눈은 한곳에 고정하고 있었던 거지. 그러면 어느새 통이 다시 나타나 떠 있고, 자정이 지나면 폭풍우가 몰아치고, 깜깜한 밤에 비가 쏟아지고 우박이 떨어지고 천둥이 치고 돌풍이 부는 거야. 번갯불이 번쩍하면 뗏목 위는 대낮처럼 환해지면서 저 멀리 우윳빛 파도가 세차게 이는 것까지 보였어. 통은 여전히 그 자리에 떠 있었고, 선장이 횡단수로를 건널 준비를 하라면서 선미의 노를 저으라고 명령해도 아무도 움직이지 않았어. 발목을 뺄까 봐 두려웠던 거지. 그때 갑자기 번쩍하면서 하늘이 쩍 갈라지는 것 같더니 벼락이 떨어져 비번 둘이 벼락에 맞아 그 자리에서 죽었고, 2명은 절름발이가 되었어. 어쩌다 그랬냐고? 발목을 뺀 거지.

번갯불이 번쩍번쩍하는 중에 동이 틀 때쯤 다시 통은 사라졌어. 그날 아침을 먹는 사람은 아무도 없었어. 모두 밥도 안 먹고 끼리끼리 모여 수군거렸어. 그런데 아무도 딕 올브라이트와 같이 있으려하지 않는 거야. 딕이 나타나면 모여 있다가도 다들 흩어지는 거야. 딕과 같이 노를 저으려고도 하지 않았어. 선장은 작은 배들을 뗏목 가운데 있는 움막 옆으로 끌어 올리라고 했어. 그러면서 시신을 절대 강둑에 묻지 말라는 거야. 강둑에 오른 사람이 다시 돌아온다는 말은 믿지 않는다면서 말이야. 선장 말이 옳았어.

밤이 되자 모두 통이 나타날까 봐 벌벌 떨었어. 통만 나타났다 하면 사고가 났으니 말이야. 모두 투덜거리고 있었는데, 그중에 딕을 죽여야 한다는 사람도 있었어. 딕이 예전에도 통을 본 적이 있다고 했기 때문이지. 그게 재수 없다는 거야. 누군가는 딕을 강둑으로 보내버리자고 했고, 통이 나타나면 모두 강둑으로 올라가자는 사람도 있었어.

떼를 지어 웅성거리고 있는데, 뱃전에서 통이 나타났다는 소리가 들려왔어. 망을 보던 사람의 목소리였지. 통이 흔들림도 없이 천천히 흘러오더니 늘 있던 자리에서 멈추는 거야. 모두 숨죽이고 바라보았지. 그러자 선장이 '자, 애들처럼 굴지 마. 이 통이 뉴올리언스까지 우리를 따라오지 않게 하려면 어떻게 해야겠어? 태워 없애버리면 되지 않겠어? 내가 건져 올리지'라는 거야. 그러고는 누군가가 말 한 마디 할 새도 없이 강물에 뛰어들었어.

선장은 헤엄쳐 가서 통을 밀고 뗏목 뒷전으로 왔어. 사람들이 우르르 그쪽으로 몰려갔지. 선장은 통을 끌어 올리자마자 깨부쉈어. 그런데 글쎄, 그 안에 아기가 들어 있는 거야. 벌거벗은 아기 말이야. 그 아기는 딕의 아이였어. 딕이 고백했지. '내 아기가 맞아요. 세상을 떠난 불쌍한 내 아기, 찰스 윌리엄 올브라이트'라더군. 딕은 얼마든지 근사한 말을 할 수 있고, 조금도 망설임 없이 말할 수 있는 사람이었어. 그런 그가 이렇게 말했어. 자기는 만곡부 위쪽에 살았는데, 어느 날 밤 너무 심하게 우는 애를 그만 실수로 목 졸라 죽이고 말았다는 거야. 거짓말인지도 몰라. 어쨌든 딕 말로는 너무 두려워 마누라가 오기 전에 죽은 아기를 통에 담아 묻어버리고 집을 떠났다는 거야. 그리고 북쪽으로 달아나다가 뗏목을 타게 되었고. 통이 자기를 따라다닌 게 벌써 3년째라더군. 그러면서 액운은 해마다 줄어들고, 이번에 넷이 불운을 당했으니 다시는 오지 않을 거라고. 딕은 하루만 더 기다려보라고 했지만 시달릴 대로 시달린 사람들은 참을 수 없었지. 그래서 딕을 둑으로 데려가 두들겨 패려고 했어. 그런데 갑자기 딕이 눈물을 흘리면서 아기를 품에 안고 강물에 뛰어든 거야. 그 뒤로 두 번 다시 딕과 그 불쌍한 찰스 윌리엄을 보지 못했어."

"눈물을 흘려? 누가? 딕, 아니면 그 아기?"

밥이 물었다.

"당연히 딕이지. 아기는 죽었다고 했잖아. 이미 죽은 지 3년이나 됐다고. 그런데 어떻게 눈물을 흘려?"

"좋아. 그건 그렇다 치고, 그럼 어떻게 통 속에 있었지? 그것만 말해봐."

데이비가 물었다.

"나도 잘 몰라. 아무튼 그랬어."

에드가 대답했다.

"그럼 통은 어떻게 했는데?"

재난의 왕자가 물었다.

"강물에 다시 던졌는데, 납덩이처럼 물속에 가라앉는 거야."

"에드, 그 아기가 목을 졸린 모습이었어?"

누군가 물었다.

"가르마가 있었냐고?"

또 누군가 물었다.

"그 통에 붙은 상표는 뭐였어?"

빌이라는 사내가 놀리듯 물었다.

"그 이야기를 증명할 서류 있어?"

지미도 비아냥거리듯 물었다.

"에드, 혹시 벼락을 맞아 죽은 게 너 아냐?"

이번에는 데이비가 놀려댔다.

"아냐, 벼락 맞은 두 사람이 다 에드일 거야."

밥이 이렇게 말하자 모두 어이없다는 표정을 지었다.

"에드, 약 좀 먹어야겠어. 얼굴빛이 안 좋아. 창백해."

재난의 왕자가 또 놀려댔다.

"에드, 그 이야기를 증명할 만한 거 없어? 통 마개라든가, 뭐 그런 걸 보여줘. 그러면 믿을게."

지미가 끼어들었다.

"이보게들, 우리 이렇게 하자. 우리 모두 총 13명이니까, 나는 이 야기의 13분의 1만 믿을게. 나머지는 알아서들 하라고."

그러자 화가 치민 에드는 욕설을 퍼부으며 다들 꺼지라고 말했다. 그가 뗏목 뒷전으로 가버리자 사람들은 더욱 큰 소리로 놀려댔고, 멀리까지 들리도록 크게 웃어댔다.

"수박이나 쪼개 먹자!"

재난의 왕자가 말했다. 그는 어둠 속에서 내가 숨어 있는 곳으로 오더니 손을 쑥 넣었다. 그의 손이 따뜻한 내 몸에 닿는 순간 그가 헉 소리를 내며 뒤로 넘어졌다.

"누가 랜턴 좀 가지고 와. 여기 소만 한 뱀이 있나 봐."

사람들이 랜턴을 들고 달려왔고, 모두 깜짝 놀란 표정으로 나를 내려다보았다.

"이 거지새끼, 썩 나오지 못해?"

"넌 누구냐?"

누군가 물었다.

"여기서 뭐 하는 거야? 당장 대답하지 않으면 강물에 던져버릴 테다."

"야, 어서 끌어내. 발목을 잡아당겨."

나는 두 손을 모아 싹싹 빌면서 나왔다. 사람들은 부들부들 떨고 있는 나를 살펴보았다. 재난의 왕자가 물었다.

"도둑놈 아냐! 나 좀 도와줘. 이놈을 던져버리게."

"이놈 머리부터 발끝까지 파란 페인트칠을 하고 던지자고."

체격이 우람한 밥이 말했다.

"그거 좋은 생각이야. 지미, 가서 페인트 좀 가져와."

밥이 붓을 들고 페인트칠을 할 기세였고, 다른 사람들은 손을 비비고 앉아 깔깔대고 있었다. 나는 너무 겁이 나서 그만 울음을 터뜨렸다. 울음이 효과가 있었는지 데이비가 나서서 말했다.

"어린애를 갖고 왜 그래? 이 애한테 손대는 녀석은 내가 페인트 칠을 해주마."

"애, 여기 불 옆으로 와봐. 무슨 일로 왔어? 얘기나 들어보자."

데이비가 말했다.

"얼마나 오래 거기 숨어 있었던 거야?"

"15초도 안 돼요."

내가 대답했다.

"그런데 벌써 옷이 다 말랐어?"

"몰라요. 저는 늘 그래요."

"그래? 이름이 뭐냐?"

나는 내 이름을 말하고 싶지 않고, 딱히 떠오르는 이름도 없어서 이렇게 말했다.

"찰스 윌리엄 올브라이트요."

사람들이 박장대소하자 나는 그렇게 대답하기를 잘했다고 생각했다. 웃다 보면 분위기가 부드러워지기 때문이다. 다 웃고 나자 데이비가 다시 물었다.

"찰스 윌리엄? 5년 만에 이렇게 클 리가 있나. 통에서 나올 때 이미 죽은 아기였는데. 자, 사실대로 말해봐. 잘못한 게 없으면 아무도 해치지 않으니까. 이름이 뭐야?"

"알렉 홉킨스요, 알렉 제임스 홉킨스."

"그래, 알렉, 어디서 온 거니?"

"만곡부 저쪽 장사 나룻배에서 왔어요. 아빠가 이 강에서 평생 장사를 하셨고, 저는 배에서 태어났어요. 아빠가 헤엄쳐서 이 뗏목에 가보라고 해서 왔어요. 카이로에 사는 조나스 터너 씨한테 할 말이 있는데, 대신 전해줄 사람이 있나 알아보라고요."

"이 녀석!"

"정말이에요. 아빠가……."

"너희 할머니가 그랬나 보구나!"

사람들 모두 웃음을 터뜨렸다. 사람들이 말하는 통에 나는 더 이상 말할 수가 없었다.

그러더니 데이비가 물었다.

"그래, 너무 무서워서 정신을 못 차리는구나. 솔직히 말해봐. 나룻배에 사는 게 맞아, 아니면 거짓말이야?"

"만곡부 장사 나룻배에 산다니까요. 하지만 나룻배에서 태어나지는 않았어요. 사실 처음 여행하는 거예요."

"이제야 똑바로 말하는구나. 그런데 여기는 왜 왔어? 뭘 훔치려고 왔니?"

"그건 아니에요. 맹세해요. 그냥 이 뗏목을 타보고 싶었어요. 애들이 원래 다 그렇잖아요."

"그래. 그럼 왜 숨어 있었지?"

"애들은 쫓아내니까요."

"그렇기는 하지. 뭘 훔칠까 봐 그런단다. 이번에는 그냥 보내줄 테니, 두 번 다시 이런 짓 하면 안 된다?"

"두 번 다시 안 그럴게요. 맹세해요."

"그래, 좋아. 둑까지 멀지 않으니 당장 뛰어내려. 또 한 번 이런 짓 했다가는 뱃사공 아저씨가 붙잡아 흠씬 패줄 거야."

나는 작별의 키스를 기다리고 말고 할 것도 없이 당장 강물에 뛰어들어 둑을 향해 헤엄쳐 갔다. 짐이 왔을 때쯤 뗏목은 이미 보이지 않았다. 우리 뗏목에 올라타자 애타게 그리던 집으로 돌아온 것처럼 마음이 편했다.

나는 짐에게 카이로까지 얼마나 남았는지 알아내지 못했다고 말했다. 짐은 굉장히 아쉬워했다. 이제 카이로 마을을 모르고 지나치지 않도록 열심히 살피는 것 외에는 아무 할 일이 없었다. 짐은 반드시 발견하고 말 것이라고 말했다. 마을을 발견하면 짐은 자유로운 몸이 되겠지만, 그렇지 못하면 다시 노예의 고장으로 가야 하며, 그렇게 되면 짐은 다시는 자유를 얻을 가망이 없기 때문이다. 그때였다. 짐이 갑자기 펄쩍 뛰면서 말했다.

"저기 카이로다!"

그러나 그건 마을이 아니라 도깨비불이거나 아니면 반딧불이였다. 짐은 다시 주저앉아 강기슭을 계속 바라보았다. 그러면서 자유주에 가까이 오니 온몸이 떨리고 뜨거울 정도로 가슴 벅차다고 했다. 짐의 말을 듣고 보니 나도 몸이 떨리고 가슴이 뜨거워졌다. 짐은 이제 거의 자유의 몸인 것이다.

그런데 갑자기 나는 이게 다 누구의 책임인가 하는 생각이 들었다. 모든 것이 내 책임이었다. 나는 왠지 그 생각을 떨쳐버릴 수 없었다. 어느 순간부터 그 생각이 나를 괴롭히기 시작하면서 마음이 편치 않아 가만히 앉아 있을 수 없었다. 지금까지는 내 행동에 대해 별다른 생각이 없었다. 그러던 것이 이제는 더 뚜렷해져서 머릿속에서 떠나지 않고 양심의 가책이 점점 더 나를 괴롭혔다. 짐이 주인한테서 도망친 것은 내 탓이 아니라고 위안해봤지만 헛일이었다. 오히려 그때마다 양심이 고개를 들면서 이렇게 말하는 것이었다.

'너는 그가 자유를 찾아 도망친 것을 이미 알고 있었잖아. 진작에 사람들에게 알렸어야지.'

이것은 외면할 수 없는 사실이었다. 특히 나를 괴롭힌 생각은 바로 이것이었다.

'왓슨 아주머니가 너에게 뭘 그렇게 심하게 대했다고 아주머니의 검둥이가 도망치고 있는 것을 눈앞에 보고서도 한마디도 하지 않는 거야? 그 가여운 아주머니가 너에게 뭘 어떻게 했다고 그렇게 비열하게 구는 거냐고? 왓슨 아주머니는 너에게 책과 예의범절을 가르쳐주려 했고, 자신이 아는 모든 방법을 동원해 네게 잘해주려고 했잖아. 실제로도 잘해주었고.'

나는 너무 슬프고 비참한 나머지 죽고 싶다는 생각까지 들었다. 그렇게 나 자신을 탓하면서 뗏목 위를 초조하게 왔다 갔다 하고 있으려니 짐도 내 옆에서 초조해하기 시작했다. 우리는 둘 다 안절부절못했다. 게다가 짐이 매번 펄쩍 뛰면서 "카이로다!"라고 소리칠 때마다 총알이 나를 꿰뚫는 기분이었다. 그것이 정말 카이로라면 나는 너무나 비참해서 죽어버릴 것 같았다.

내가 나 자신에게 이렇게 말하고 있는 동안 짐은 계속해서 큰 소리로 떠들어댔다. 짐은 자유주에 도착하면 맨 먼저 돈을 1센트도 쓰지 않고 저축할 것이며, 돈을 많이 모으면 왓슨 아주머니네 집에서 그다지 멀지 않은 농장에 있는 자기 마누라를 살 것이라고 했다. 그리고 둘이서 다시 함께 열심히 일해서 두 아이들도 사 오겠다고 했다. 만일 주인이 팔지 않는다면 노예 폐지론자를 데리고 가서 훔쳐 오기라도 할 것이라고 큰소리쳤다.

나는 그 말을 듣고 온몸이 얼어붙는 듯했다. 짐은 지금까지 이 정도로 대담한 말을 한 적이 없다. 이제 곧 자유로워진다고 어쩌면 이렇게도 사람이 변할 수 있을까? "하나를 주면 열 가지를 바란다."는 옛 속담은 하나도 틀린 말이 아니었다.

나는 이 모든 일이 내 생각이 부족해서 일어난 일이라고 생각했다. 여기 내가 도망치는 것을 도와준 거나 다름없는 검둥이가 있으며, 이제 그는 주저없이 자신의 아이들까지 훔쳐 오겠다는 말을 하고 있다. 내가 전혀 알지도 못하는 사람이며 나를 전혀 해한 적이 없는 사람의 소유인 아이들을 말이다.

짐의 말을 듣고 있자니 어쩐지 섭섭한 마음도 들었다. 갑자기 나는 짐이 천박한 인간이라는 생각이 들었다. 나는 아까보다도 더 심하게 양심의 가책을 느꼈다.

'이제 그만하자. 아직 늦지 않았으니까. 첫 불빛을 보면 강가로 달

려가서 고발하면 되지, 뭐.'

이렇게 생각하자 금세 마음이 가라앉고 깃털처럼 가벼워졌다. 모든 고민이 한순간에 사라졌다. 나는 날카로운 눈길로 불빛을 찾으며 나도 모르게 노래를 흥얼거렸다. 마침내 불빛 하나가 보였다. 그것을 본 짐이 소리쳤다.

"헉, 이제 살았다! 우린 이제 산 거여! 일어나서 춤이라도 추자. 드디어 카이로에 왔어. 난 다 안다니께."

"짐, 내가 카누를 타고 가서 보고 올게. 어쩌면 카이로가 아닐지도 모르잖아."

짐은 벌떡 일어나 카누를 준비한 후 낡은 윗옷을 바닥에 깔고 나에게 노를 건넸다. 내가 카누를 타고 막 떠나려는데 짐이 말했다.

"너무 기뻐서 이렇게 외치고 싶다니께. 모두 헉 덕분이라고 말이여. 네가 없었다면 나는 결코 자유의 몸이 될 수 없었을 거여. 헉, 네가 나를 자유의 몸으로 만들어줬어. 난 너를 절대 잊지 않을 거여. 넌 나의 가장 좋은 친구여! 이 늙은 나에게 너는 단 하나밖에 없는 친구라고."

나는 짐을 고발하려고 노를 저어 가다가 이 말을 듣고는 왠지 기운이 쏙 빠졌다. 나는 노를 천천히 저으며 여러모로 생각해보았지만 이렇게 하는 것이 잘하는 짓인지 도무지 확신할 수 없었다. 50야드(약 46미터—옮긴이)쯤 갔을 때 짐이 다시 나에게 말했다.

"자, 배신을 모르는 진실한 친구 헉이 나가신다! 늙은 짐과 한 약속을 결코 지키지 않은 적이 없는 유일한 백인 신사가 가신다."

짐의 말을 듣고 나는 갑자기 속이 안 좋아졌다. 하지만 이 일은 반드시 해야만 하는 일이니 이제 와서 그만둘 수 없다며 나 자신을 타일렀다. 그때 마침 총을 든 두 남자가 탄 배가 다가와 내 근처에 멈춰 섰다. 내가 멈추자 한 남자가 물었다.

"저기 있는 건 뭐지?"

"뗏목이에요."

"네가 저기 타고 있었던 거냐?"

"네."

"지금 몇 사람이 타고 있지?"

"한 사람요."

"실은 오늘 밤 검둥이 다섯 놈이 저기 저 강 너머로 달아났단다. 너와 같이 있는 사람은 백인이냐 검둥이냐?"

나는 바로 대답하지 않았다. 사실대로 말하려고 했지만 말이 나오지 않았다. 용기를 내보려고 했지만, 도저히 토끼만큼도 용기가 나지 않았다. 나는 점점 마음이 흔들리는 것을 느꼈다. 결국 나는 모든 것을 포기하고 이렇게 말했다.

"백인인데요."

"우리가 직접 확인해봐야겠구나."

"네, 그렇게 하세요. 사실 저쪽 강가 불빛 있는 곳까지 뗏목을 끌고 가려던 참이었는데, 아저씨들이 좀 도와주세요. 아빠가 많이 아프시거든요. 엄마와 메리 앤도 아프고요."

"이런, 우린 지금 아주 바쁘단다. 그래도 아프다니 가봐야겠지. 자, 노를 저으렴. 같이 가보자꾸나."

나는 노를 젓기 시작했다. 두 사람도 노를 열심히 저었다. 한두 번 노를 저었을 때 내가 말했다.

"분명히 아빠께서 아주 고마워하실 거예요. 뗏목을 끌어달라고 사람들에게 부탁하면 다들 가버리거든요. 그렇다고 저 혼자 할 수도 없고요."

"사람들 인심 한번 고약하네. 그런데 좀 이상하구나. 얘, 대체 네 아버지가 어떻게 아프길래 그러니?"

"그게, 저……. 별것 아니에요."

그러자 두 남자는 갑자기 노 젓기를 멈추었다. 뗏목에 거의 다다랐을 때 한 남자가 말했다.

"너 거짓말하는 거지? 네 아버지가 어떻게 아픈지 솔직히 말해봐. 그러는 게 좋을 거다."

"사실대로 말할 테니 제발 가지 마세요. 그저 아저씨들이 조금만 앞에서 끌어주시면 돼요. 밧줄을 주시면 제가 맬게요. 그러면 굳이 뗏목까지 안 가셔도 돼요."

그러자 한 남자가 소리쳤다.

"존, 돌아가자! 돌아가자고!"

두 남자는 노를 저어 뒤로 물러났다.

"야, 가까이 오지 마! 바람 부는 쪽으로 떨어져 있어. 제기랄, 바람이 병을 우리 쪽으로 옮기면 안 되는데. 네 아버지 천연두에 걸린 거지? 왜 솔직히 말하지 않는 거냐? 병을 퍼뜨릴 참이냐?"

"그게 아니라, 지금까지 만난 사람들한테 솔직히 다 말했는데, 그럴 때마다 도와주지 않고 가버려서 그만……."

내가 울먹이며 말했다

"딱하구나. 하지만 그럴 만도 하다. 정말 안됐다만 우리도 천연두라면 질색이란다. 절대로 혼자 뭍에 내리면 안 된다. 그러다간 전부 엉망이 될 거야. 20마일(약 32킬로미터―옮긴이) 정도 내려가면 강 왼쪽에 마을이 보일 거다. 그 시간이면 벌써 해가 떴을 테니, 거기 가서 도와달라고 부탁해보거라. 단 식구들 모두 오한과 열이 나서 누워 있다고 솔직하게 말해야 한다. 바보짓 하다 들키지 말고. 우리가 마음씨 착해서 일러주는 거야. 저기 저 불빛 있는 데는 올라가 봐야 소용없단다. 저건 그저 재목을 쌓아두는 곳이니까. 네 아버지 상태가 꽤 안 좋은 모양이구나. 여기 판자 위에 20달러짜리 금화를 놓아둘 테니 지나가면서 가져가거라. 너를 그냥 두고 가는 게 마음 아프다만, 천연두와 씨름하는 건 바보짓이지. 알겠니?"

"잠깐만, 파커! 나도 판자에 20달러를 놓아두마. 그럼 잘 가거라. 파커 아저씨가 하라는 대로 하면 별일 없을 게다."

"그래, 얘야. 잘 가거라. 혹시 도망친 검둥이를 보면 누구한테든 얘기해서 붙잡으렴. 아마 돈벌이가 될 거다."

"네, 안녕히 가세요. 되도록 도망친 검둥이를 잡아볼게요."

두 남자가 사라지자 나는 뗏목으로 옮겨 탔다. 일을 제대로 못했다고 생각하니 기분이 몹시 나쁘고 우울했다. 역시 나는 좋은 일을 하려고 해봤자 소용없다는 것을 알았다. 어릴 때부터 좋은 일을 할 기회가 없는 사람에게는 커서도 그런 기회가 주어지지 않는다. 위기가 다가올 때 자신을 지탱해주고 좋은 선택을 하도록 도와주는 것이 아무것도 없기 때문에 결국 굴복하고 마는 것이다. 하지만 잠시 생각해보니 과연 내가 바른 일을 해서 짐을 남의 손에 넘겨주었다고 해도 지금보다 더 기분이 좋을 것 같지는 않았다. 바른 일을 하기는 힘들고 그릇된 일을 하기는 쉽다. 그런데 그 결과가 같다면 굳이 바른 일을 하려고 애쓸 필요 없지 않은가? 그 순간 나는 생각이 막혀버렸다. 어떤 대답을 할 수도 없었던 것이다. 그래서 더 이상은 이런 일에 신경 쓰지 말고, 앞으로는 무슨 일이든 그때그때 가장 마음 편한 대로 하기로 결심했다.

나는 뗏목 위에 쳐놓은 천막집 안으로 들어갔다. 그런데 짐이 보이지 않았다. 주변을 둘러보았지만 짐은 어디에도 없었다.

"짐!"

내가 소리치자 짐이 대답했다.

"헉, 여기여. 그 사람들은 간 거여? 너무 큰 소리로 말하지는 마."

짐은 뗏목 뒤편의 노 밑에서 코만 내밀고 물속에 들어가 있었다. 두 사람이 이제 보이지 않는다고 말하자 짐은 그제야 뗏목 위로 올라왔다.

"조금 전에 네가 그 남자들과 나누는 이야기를 다 들었어. 그래
서 몰래 물속으로 들어가 숨은 거여. 사람들이 뗏목에 올라오면 기
슭으로 도망쳤다가 떠나면 다시 헤엄쳐 돌아올 생각이었거든. 정말
아주 멋지게 속이던데. 최고였어! 네 덕분에 내가 목숨을 건진 거
여. 나는 앞으로 평생토록 이 일을 잊지 않을 거여."

우리는 그들이 주고 간 돈에 대해 의논했다. 한 사람 앞에 20달
러면 꽤 큰돈이었다. 짐은 이 돈만 있으면 기선의 갑판석을 살 수도
있고, 자유주에서 가고 싶은 곳까지 얼마든지 갈 수 있다고 말했다.
그러면서 앞으로 남은 20마일을 뗏목으로 가기는 어려운 일이 아
니며, 어서 빨리 거기에 도착하면 좋겠다고 말했다.

해가 뜰 무렵 우리는 뗏목을 강가에 댔다. 짐은 뗏목을 잘 숨겨놓
느라 고생을 했다. 그다음 짐은 하루 종일 짐을 꾸리며 언제고 뗏목
여행을 그만둘 준비를 해두었다. 그날 밤 10시쯤 우리는 멀리 강
아래로 물이 굽이치는 쪽 마을의 불빛을 따라갔다. 나는 위치를 물
어보려고 마을 쪽으로 카누를 저어 갔다. 이내 한 사람이 보트를 타
고 강에 나와 주낙을 놓고 있는 것이 보였다. 나는 카누를 옆으로
대며 말했다.

"아저씨, 저 마을이 카이로인가요?"

"카이로라고? 천만에! 정신이 있는 거냐?"

"그럼, 저기가 어디죠?"

"궁금하면 네가 직접 가서 물어보렴. 그리고 지금부터 30초 후에도 이 자리에서 계속 귀찮게 굴면 혼내 줄 테니 그리 알아라."

나는 뗏목으로 돌아가 짐에게 그대로 전했다. 짐은 몹시 실망하는 눈치였다.

"걱정 마. 다음 마을이 카이로일지 모르잖아."

나는 짐을 달랬다.

날이 새기 전 우리는 또 하나의 마을을 지나가게 되었다. 나는 다시 마을로 가보려다가, 그 마을이 꽤 높은 곳에 있는 것을 보고는 가지 않았다. 짐이 카이로 근처에는 높은 지대가 없다고 말했기 때문이었다. 우리는 낮 동안 강둑 옆 모래톱에서 시간을 보내기로 했다. 나는 어쩐지 이상한 기분이 들었다. 짐도 마찬가지였다.

"그날 밤 안개 때문에 카이로를 지나쳤는지도 몰라."

"헉, 그 얘기는 이제 그만혀. 가여운 검둥이한테 무슨 좋은 운수가 오겄어. 난 아직도 그때 방울뱀 껍질을 만진 액운이 끝나지 않은 거 같다니께."

"짐, 내가 그 뱀 껍질을 발견하지 말았으면 좋았을걸. 내가 눈을 그쪽으로 돌리지만 않았어도."

"헉, 그게 뭐 네 잘못이여? 너도 몰랐잖여. 괜히 자신을 탓할 필요는 없는 거여."

날이 새고 보니 강변 가까이에는 정말 오하이오 강의 맑은 물이 흐르고 있었고, 저쪽에는 여전히 탁한 물이 흐르고 있었다. 결국 우리는 카이로를 지나치고 만 것이었다.

우리는 다시 의논했다. 육지에 올라가는 것은 위험하고 뗏목으로 강을 거슬러 올라갈 수도 없었다. 따라서 날이 어두워지기를 기다렸다가 카누를 타고 강 위쪽으로 올라가서 기회를 엿보는 수밖에 없었다. 결국 우리는 밤에 힘을 내 일할 수 있도록 버드나무 숲에 들어가서 하루 종일 자고 나서 어두워질 무렵에야 뗏목으로 돌아왔다. 그런데 이럴 수가! 카누가 보이지 않았다!

한동안 우리는 아무 말도 하지 못했다. 딱히 할 말이 없었다. 우리는 이 모든 액운이 방울뱀 껍질 때문이라는 것을 너무나 잘 알고 있었기에 더 이야기해봤자 소용없었던 것이다. 그 이야기를 하면 또 서로를 원망하는 것처럼 보여 더 나쁜 일을 당할지도 모를 일이었다. 우리가 더 이상 그 일에 대해 아무 말 하지 않을 때까지 이런 위기가 계속 일어날 것이 뻔했다.

우리는 의논 끝에 카누를 살 기회가 생길 때까지 뗏목으로 강을 내려가기로 했다. 주변에 사람들도 없어서 아버지 방식으로 카누를 빌릴 수도 없었다.

날이 어두워지자 우리는 뗏목을 타고 떠났다. 지금까지 뱀 껍질을 만진 일 때문에 우리에게 어떤 일이 일어났는지 다 보고도 아직도 뱀 껍질을 만지는 것이 어리석은 짓이라는 것을 믿지 않는 사람이 있다면, 이 책을 계속 읽어나가기를 권한다. 그래서 그 일로 인해 우리에게 또 무슨 일이 일어나는지 알고 나면 분명히 믿게 될 것이다.

대부분 강기슭의 뗏목이 늘어서 있는 곳 근처에 카누 파는 곳도 있다. 하지만 우리는 강가에 늘어선 뗏목을 찾지 못해 3시간 이상이나 더 내려가야 했다. 점점 깊어가는 밤은 안개만큼이나 심각했다. 우리는 강이 어떻게 생겼는지 알 수 없었고 거리도 전혀 가늠할 수 없었다.

밤이 깊어 고요해졌을 무렵 기선이 강을 거슬러 올라왔다. 우리는 기선이 볼 수 있도록 랜턴에 불을 켰다. 대개 거슬러 올라가는 기선은 우리 가까이에 오지 않고 강 가장자리로 나가서 모래톱을 따라 약한 물살을 지나간다. 그러나 이렇게 어두운 밤에는 수로를 정면으로 마구 밀며 돌진한다. 우리는 기선이 물을 치면서 올라오는 소리는 들었지만 바싹 다가올 때까지 그 모습이 보이지 않았다. 배는 우리 쪽으로 바로 올라왔다. 가끔 이런 식으로 기선이 뗏목에 닿지 않고 얼마나 가까이 지나갈 수 있는지 시험하는 경우도 있다. 그러다가 간혹 기선의 커다란 외륜이 노를 치고 지나가기도 한다. 그럴 때면 기선 선장은 얼굴을 내밀고서 잘난 척하며 씩 웃는다.

어쨌든 기선은 우리 쪽으로 다가왔다. 우리는 보통 때처럼 또 뗏목 옆을 아찔하게 지나가려나 보다고 생각했지만 기선은 전혀 피할 기미를 보이지 않았다. 배는 꽤 크고 속력도 제법 빨랐다. 배 둘레를 빛을 내는 개똥벌레들이 마치 먹구름처럼 감싼 채로 우리에게 몰려왔다. 그때 별안간 활짝 열린 기관실 문이 마치 붉게 달궈진 이

빨처럼 빛을 내면서 거대한 뱃머리와 방호를 바로 우리 머리 위에서 치켜들며 갑자기 나타났다. 우리에게 고함치는 소리, 엔진을 끄라는 요란한 종소리, 떠들썩한 욕지거리, 증기를 내뿜는 기적 소리 등이 들렸다. 우리는 반사적으로 제각기 양옆으로 물에 뛰어들었다. 그 순간 기선은 뗏목 정중앙으로 밀고 들어와 부숴놓고 말았다.

나는 물속으로 뛰어들자마자 강바닥으로 내려갔다. 30피트(약 9미터—옮긴이)나 되는 외륜이 그 위를 지나갈 것이기 때문이었다. 나는 보통 1분 정도 잠수할 수 있는데 이때는 1분 30초나 잠겨 있었다. 결국 가슴이 터질 것 같아 정신없이 물 위로 나왔다. 겨드랑이 밑까지 떠올라 코로 물을 뿜어내며 숨을 골랐다. 여전히 근처 물살은 매우 셌고, 뗏목 사공 따위는 신경도 쓰지 않는 기선은 엔진을 끈 지 10초쯤 뒤에 다시 엔진을 켰다. 하지만 짙은 어둠 속에서 소리만 들릴 뿐 모습은 보이지 않았다. 기선은 물을 저으며 강을 거슬러 올라가고 있었다.

나는 열 번 넘게 짐을 불렀다. 그러나 아무런 대답이 없었다. 나는 한참 동안 서서 수영을 하다가 몸에 걸린 널빤지를 붙들고 앞으로 밀면서 강가로 헤엄쳐 갔다. 그런데 물살이 왼쪽으로 흘러가고 있는데 내가 그것을 가로질러 가고 있다는 사실을 깨닫고는 곧 방향을 바꾸어 그쪽으로 헤엄쳐 갔다.

그곳은 2마일(약 3킬로미터—옮긴이) 이상 물살이 한쪽으로 비스듬히 치우쳐 흐르는 곳 중 하나여서 건너는 데 꽤 오래 걸렸다. 나는 무사히 강둑으로 올라갔다. 겨우 앞만 보일 정도였지만, 나는 4분의 1마일 이상이나 거친 땅을 더듬으며 걸어갔다. 그러다 갑자기 눈앞에 큰 통나무로 지은 옛날식 이층집이 보였다. 나는 재빨리 그곳을 지나가려 했지만 어느새 개 여러 마리가 나와 짖어대는 바람에 그 자리에서 꼼짝할 수 없었다. 나는 이럴 때는 움직이지 않는 것이 낫다는 것을 잘 알고 있었다.

17장

30초쯤 지나자 누군가 창문 안에서 소리쳤다.

"이놈들, 이제 그만들 짖어라! 거기 누구냐?"

"저예요."

"저라니, 누구?"

"아저씨, 조지 잭슨이에요."

"무슨 일이냐?"

"아무 일도 아니에요. 그냥 여기를 지나가려는데 개들이 나타나서 보내주지를 않네요."

"이 밤에 무슨 일로 돌아다니는 거냐?"

"돌아다니는 게 아니라 기선에서 강으로 떨어졌어요."

"기선에서 떨어졌다고? 누가 여기 불 좀 켜라. 네 이름이 뭐라고 했지?"

"조지 잭슨이요. 아저씨, 전 아직 어린애예요."

"그래, 사실이라면 두려워할 것 없다. 아무도 너를 해치지 않을 테니. 어쨌든 움직이지 마라. 그 자리에 가만히 있어. 누가 밥과 톰을 좀 깨우고 총을 가지고 와. 조지 잭슨, 너 누구랑 같이 있느냐?"

"아무도 없어요."

그러자 집 안에서 사람들이 움직이는 소리가 들리고 불이 켜졌다. 남자가 다시 소리를 질렀다.

"베시, 그 불 저리 치우지 못해! 너는 그렇게도 생각이 없냐? 현관문 뒤 바닥에 갖다 놓아. 밥, 톰이랑 준비 다 됐으면 각자 제 위치에 가서 서."

"준비됐습니다."

"조지 잭슨, 너 셰퍼드슨 집안에 대해 알고 있느냐?"

"아뇨, 처음 듣는데요."

"그래, 그럴 수도 있고 안 그럴 수도 있겠지. 자, 다 됐으니 앞으로 걸어오너라. 서두르지 말고 천천히. 혹 누가 함께 있다면 뒤에서 기다리라고 하고. 모습이 보이면 바로 쏘아버릴 테니까. 자, 천천히 걸어와. 그리고 네가 직접 문을 열어. 아주 천천히, 네가 들어올 수 있을 만큼만 여는 거야. 알겠니?"

나는 서두르지 않았다. 서두르고 싶어도 그럴 수가 없었다. 나는 한 번에 한 발짝씩 천천히 걸었다. 너무 조용해서 내 심장이 뛰는 소리만 들리는 듯했다. 개들도 사람과 마찬가지로 조용히 내 뒤를 따라왔다. 통나무로 만든 3단 층계에 이르니 안에서 문 자물쇠를 풀고 빗장을 빼고 쇠막대기를 뽑는 소리가 들렸다. 그래서 나는 손으로 문을 약간 밀었다. 그러자 누군가 안에서 말했다.

"됐어. 그 정도면 충분해. 머리 먼저 들이밀어."

나는 시키는 대로 했다. 그러면서도 한편으로는 그들이 내 머리를 뽑아버리는 것이 아닌가 불안했다.

집 안에는 마룻바닥에 촛불이 놓여 있고, 그곳에 모인 식구들 모두 나를 바라보고 있었다. 나도 15초쯤 그들을 바라보았다. 건장한 남자 3명이 내게 총을 겨누고 있었기 때문에 나는 너무 겁이 났다. 그중 머리가 희끗희끗하고 예순 살 정도 되어 보이는 남자가 가장 연장자인 듯했다. 나머지 2명은 서른 살 남짓으로 훤칠한 미남들이었다. 그리고 아주 상냥해 보이는 노부인과 그 뒤로 잘 보이지는 않았지만 젊은 여자 2명이 서 있었다. 노신사가 내게 말했다.

"좋아, 괜찮을 것 같군. 들어오너라."

내가 들어서자마자 노신사는 문에 자물쇠를 채우고 빗장을 질렀다. 그리고 젊은 두 남자에게 총을 들고 따라오라고 하고는 모두 다 같이 새 카펫을 깐 넓은 거실로 들어갔다. 모두 정면 창문에서 보이지 않는 구석에 모여 섰다. 옆으로는 창문이 없었다. 그들은 촛불을 들고 나를 자세히 들여다보더니 모두 입을 모아 말했다.

"얘는 셰퍼드슨 집안 애가 아니야. 셰퍼드슨 사람들과 전혀 닮지 않았어."

그러자 노신사는 나에게 무기가 있는지 몸수색을 할 테니 기분 나쁘게 생각지 말라며, 나쁜 의도가 아니라 그저 확인하는 것뿐이라고 했다. 그러고는 내 호주머니에 손을 넣지 않고 그저 두 손으로 겉만 훑었다.

"이제 됐다."

노신사는 이제 마음을 편히 갖고 어떤 사정인지 이야기해보라고 했다. 이때 노부인이 끼어들었다.

"여보, 이 불쌍한 애가 흠뻑 젖었네요. 배도 많이 고플 거예요."

"맞아, 레이첼. 내가 깜박했군."

그러자 노부인이 검둥이 여자에게 말했다.

"베시, 얼른 가서 이 가여운 아이가 먹을 것을 준비해오렴. 그리고 너희 중 누가 가서 벅 좀 깨우거라. 마침 저기 오네. 벅, 이 어린 손님을 데리고 가서 젖은 옷을 벗기고 네 옷 중 아무거나 갈아입혀라."

벅은 내 또래로 열서너 살 정도 되어 보였지만 몸집은 나보다 컸다. 그는 셔츠 한 장만 걸치고 있었고 머리카락은 몹시 헝클어져 있었다. 그는 하품을 하면서 한쪽 주먹으로 눈을 비비고 다른 한 손에 총을 들고 있었다.

"셰퍼드슨 집안 놈들이 온 게 아니야?"

"아니, 그게 아니었어."

"그래? 왔었다면 내가 한 놈 정도는 쏴 죽였을 텐데."

그 말에 모두 웃자 밥이 말했다.

"이봐 벅, 하마터면 놈들이 우리 머리 가죽을 전부 벗겨 갔을지도 몰라. 네가 이렇게 늦게 왔으니 말이야.”

 “아무도 나를 부르지 않았으니까 그렇지. 나를 안 깨웠잖아. 항상 그래. 내 솜씨를 발휘할 기회를 안 준다니까.”

 “벅, 걱정할 거 없다. 앞으로 기회는 얼마든지 있을 거다. 성급하게 생각할 필요 없어. 이제 가서 엄마가 시키는 대로 하거라.”

 노신사가 말했다.

 벅은 나를 2층 방으로 데리고 가서 올이 성긴 셔츠와 짧은 윗옷, 바지를 꺼내 주었다. 내가 옷을 갈아입는 동안 벅은 내 이름이 뭐냐고 묻더니, 내가 미처 대답하기도 전에 그저께 숲에서 어치새와 토끼 새끼를 잡은 이야기를 하기 시작했다. 그러고는 엉뚱하게 촛불이 꺼졌을 때 모세가 어디 있었는지 아느냐고 물었다. 나는 모르겠다고 대답했다. 그런 말은 들어본 적이 없기 때문이었다.

 “그럼, 한번 맞혀봐.”

 “그런 말을 들은 적이 없는데 어떻게 맞혀?”

 “그냥 대충 말해봐. 아주 쉬워.”

 “어떤 촛불인데?”

 “어떤 촛불이든 상관없어.”

 “모르겠어. 도대체 모세가 어디 있었다는 거야?”

 “어둠 속에 있었지. 어둠 속 말고 어디 있었겠어?”

 “아니, 넌 알고 있으면서 왜 나한테 물어보는 거야?”

 “나 참, 이건 수수께끼야. 모르겠어? 그런데 넌 언제까지 여기 있을 거니? 가지 말고 여기 있으렴. 얼마나 재미있는 일이 많은지 몰라. 게다가 지금 방학이거든. 너도 개를 데리고 있니? 난 한 마리 있는데, 강물에 나무토막을 던지면 들어가 물고 와. 난 일요일에 머리 빗질하는 걸 무지 싫어하는데 엄마는 늘 그걸 시킨단다. 설마 너는 그런 바보 같은 짓을 좋아하는 건 아니겠지? 이 낡은 바지를 입으라니, 난 더워서 싫어. 다 입었니? 자, 이제 가자."

아래층에 내려가니 옥수수빵과 식은 콘비프, 버터와 우유가 있었다. 나는 지금까지 이렇게 맛있는 것을 먹어본 적이 없다. 벅과 벅의 어머니, 그리고 다른 가족 모두 옥수숫대로 만든 파이프로 담배를 피웠다. 담배를 안 피우는 사람은 일하러 간 검둥이 하녀와 젊은 두 딸뿐이었다. 모두 담배를 피우면서 이야기를 나누었고, 나는 먹으면서 대답했다. 젊은 여자들은 누빈 이불로 몸을 감쌌고, 머리카락은 등 뒤로 길게 늘어뜨리고 있었다. 그들은 한꺼번에 내게 질문을 했고 나는 그들의 질문에 대답했다. 나와 가족은 아칸소 주 남쪽 끝의 작은 농장에 살았는데 집을 나간 누나 메리 앤이 결혼 후 소식이 없자 빌이 누이를 찾으러 나갔지만 그 역시 소식이 끊겼으며, 톰과 모트는 하늘나라로 가버렸고, 어머니마저 세상을 떠나고 결국 나와 아버지만 남게 되었는데 아버지마저 너무 고생을 많이 해 수척해지시더니 끝내 돌아가시고 말았다고 얘기했다. 그리고 그 농장은 우리 소유가 아니라서 물건을 챙겨 기선의 갑판석을 타고 강을 건너다가 그만 기선에서 떨어져 이곳까지 온 것이라고 이야기를 마무리했다. 그러자 모든 사람이 내가 원하는 만큼 언제까지 이 집에 머물러도 좋다고 했다.

그렇게 이야기하는 사이 어느새 새벽이 되어 모두 자러 갔고, 나는 벅과 같이 잠을 잤다. 아침에 눈을 떴을 때 나는 그만 내 이름을 잊어버린 걸 알고 너무나 난감했다. 한 시간 정도 누워서 이름을 기억하려고 애쓰다가 벅이 일어나자 그에게 말했다.

"벅, 너 글 쓸 줄 아니?"

"당연하지."

"아마 내 이름은 못 쓸걸."

"쓸 줄 아는지 못 쓰는지 내기할래?"

"좋아. 어디 써봐."

"G-e-o-r-g-e J-a-x-o-n. 어때? 맞지?"

"그러네. 정말 잘 쓰네. 난 못 쓸 줄 알았지. 내 이름은 공부를 하지 않고 쉽게 쓸 수 있는 그런 이름이 아니거든."

나는 혹시 누가 물어볼지 몰라서 몰래 종이에 이름을 적어두었다. 아마 곧 이 이름에 익숙해져 누가 물어봐도 줄줄 댈 수 있을 것이다.

아주 훌륭한 가족이었다. 집도 아주 근사했는데, 나는 그때까지 시골에서 이렇게 좋은 집을 본 적이 없다. 앞 현관문에는 쇠고리나 사슴 가죽 끈이 달린 나무 고리가 아닌, 도시의 집처럼 놋쇠 손잡이가 달려 있었다. 거실에는 침대도 없고 침대를 놓아둔 흔적조차 없었다. 도시에도 거실에 침대가 놓인 집이 많았다. 그리고 큰 벽난로 바닥에는 벽돌이 깔려 있었다. 그 위에 물을 붓고 다른 벽돌로 문질러서 그런지 깨끗하고 빨간 것이 아주 산뜻했다. 도시 사람들이 가끔 하듯이 스페인 갈색이라고 하는 빨간 물 페인트를 칠하기도 했다. 놋쇠 선반도 있었는데 큰 통나무를 올려놓을 수 있을 정도로 컸다.

벽난로 선반 가운데에는 시계가 있었는데, 유리 아랫부분에 도시가 그려져 있었다. 시계 가운데 둥글게 파인 곳은 태양 모양이었으며 그 뒤에서 시계추가 움직였다. 똑딱거리는 시계 소리가 아름다웠다. 간혹 행상인이 와서 시계를 깨끗하게 닦고 손을 보면 태엽이 다 풀릴 때까지 150번이나 계속해서 종을 치기도 했다. 이 집 가족은 아무리 많은 돈을 준다고 해도 이 시계를 팔려고 하지 않았다.

시계 양쪽에는 석고로 만든 화려한 색의 특이한 앵무새가 한 마리씩 놓여 있었다. 그리고 한쪽 앵무새 옆에는 사기로 만든 고양이가, 다른 한쪽 옆에는 사기로 만든 개가 놓여 있었다. 이것들을 누르면 찍찍 소리가 났는데, 입을 벌리는 것도 아니고 표정이 달라지는 것도 아니었다. 소리는 배 아래쪽에서 났다. 그 뒤에는 야생 칠면조 깃으로 만든 큰 부채가 2개 펼쳐져 있었다. 방 가운데 탁자 위에는 사과와 오렌지, 복숭아, 포도 등을 가득 담아놓은 예쁜 사기 바구니가 놓여 있었다. 과일은 가짜였는데 진짜보다 훨씬 빨갛고 노란 것이 먹음직스러워 보였다. 군데군데 껍질이 벗겨져 흰 석고

가 드러나 가짜임을 금방 알 수 있었다.

탁자에 덮인 기름천에는 빨갛고 파란 날개를 쫙 편 독수리가 그려져 있었고, 가장자리에도 빙 둘러 아름다운 그림이 있었다. 이것은 필라델피아에서 가져온 것이라고 했다. 탁자 네 귀퉁이에는 책 몇 권이 쌓여 있었다. 그중 한 권은 그림이 많은 커다란 가정용 성경책이었다. 또 한 권은 집을 나간 어떤 사람의 이야기를 쓴 《천로역정》이었는데, 집을 나간 까닭은 씌어 있지 않았다. 나는 가끔 이 책을 읽었다. 줄거리는 재미있었지만 너무 어려웠다. 또 《우정의 선물》이라는 책에는 아름다운 문구와 시가 가득했지만, 나는 시는 읽지 않았다. 또 헨리 클레이(1777~1852, 미국의 정치가—옮긴이)의 연설집과 건 박사의 《가정 의학》이라는 책도 있었다. 이 책에는 누가 병들거나 죽었을 때 어떻게 해야 하는지 씌어 있었다. 이 밖에도 찬송가 한 권과 다른 책도 많았다. 그리고 아주 훌륭한 등의자도 몇 개 있었다. 낡은 바구니처럼 중앙이 움푹 꺼진 그런 의자가 아니었다.

벽에는 그림이 걸려 있었다. 주로 워싱턴 장군과 라파예트 장군, 그리고 전쟁 그림과 하일랜드 메리의 그림, '독립선언서 서명'이라는 제목이 붙은 그림도 있었다. 크레용으로 그린 그림도 몇 점 있었는데, 이것은 겨우 열다섯 살 때 세상을 떠난 딸이 직접 그린 것이라고 했다. 그 그림은 내가 지금까지 본 어떤 그림과도 달랐다. 일반 그림들보다 검은색이 많았다. 그림 한 점은 검은색 드레스를 입은 날씬한 여성을 그린 것으로, 겨드랑이 아래를 허리띠로 졸라매서 잘록했고, 소매 중앙이 양배추처럼 부풀어 있었으며, 삽 모양의 커다란 모자에 검은 베일이 드리워 있었다. 또 희고 갸름한 발목에 검정색 띠를 둘러 십자가 모양으로 매고 끌처럼 아주 작은 검은색 덧신을 신고 수양버들 아래서 오른쪽 팔꿈치를 묘비석에 댄 채 수심에 빠져 있었다. 왼손은 흰 손수건과 손가방을 든 채 옆으로 늘어뜨리고 있었다. 그림 아래에는 "슬프도다, 이제 그대를 다시 만날 수 없는가."라는 글이 씌어 있었다.

또 한 점은 젊은 부인이 머리카락을 모두 정수리까지 빗어 올려 의자 등받이 모양의 머리빗으로 고정하고 손수건에 얼굴을 묻은 채 울고 있었는데, 한 손에는 발을 위로 치켜든 채 죽은 새를 들고 있었다. 그림 아래에는 "슬프도다, 그대의 아름다운 노랫소리를 이제 다시는 듣지 못하리라."고 씌어 있었다. 또 한 점은 젊은 부인이 창가에 앉아 달을 바라보며 두 뺨으로 눈물이 흘러내리는 모습이었다. 한쪽 손에 봉함을 뜯은 편지를 들고 있었는데 사각 봉투 가장자리에는 검은 봉랍 자국이 있었고 작은 갑이 달린 목걸이를 입에 물고 있었다. 그림 아래에는 "슬프도다, 그대는 정말 떠났는가. 아아, 정녕 떠나고 말았는가."라고 씌어 있었다. 모두 좋은 그림으로 보였지만 왠지 마음에 들지 않았다. 우울할 때 이런 그림을 보면 왠지 마음이 더욱 어수선했다. 이 소녀는 이런 그림을 계속 그리다가 세상을 떠났기 때문에 모두 그녀의 죽음을 슬퍼했다. 그림만 보아도 이 가족이 얼마나 슬퍼하는지 알 수 있었다.

하지만 나는 그런 성격이라면 그 소녀는 오히려 무덤 속에서 더 잘 지내지 않을까 하는 생각이 들었다. 이 소녀는 병들었을 때 가족이 최대의 걸작이라고 하는 그림을 그렸다고 한다. 또한 매일 밤마다 이 소녀는 그 그림을 완성할 때까지 살아 있게 해달라고 기도했는데 끝내 기도가 이루어지지 않았다고 한다. 길고 하얀 옷을 입은 젊은 여자가 다리 난간에서 막 뛰어내리려는 그림이었는데, 머리칼은 풀어헤쳐 등 뒤로 흘러내렸고, 얼굴을 들어 달을 바라보는 두 눈에서는 눈물이 흘러내렸다. 그리고 그림에는 가슴에 두 손을 포갠 팔, 또 앞으로 내민 두 팔, 달을 향해 쳐든 두 팔이 있었다. 팔이 여러 개인 이유는 어느 팔이 가장 잘 어울리는지 보고 필요 없는 팔은 나중에 모두 지울 생각이었는데, 앞에서도 말했듯이 그림을 완성하기 전에 그녀가 세상을 떠난 것이다. 가족들은 이 그림을 딸의 침대 위에 걸어놓았으며 매년 생일 때마다 그 위에 꽃을 걸었다. 그러나 보통 때는 작은 커튼으로 가려놓았다. 이 그림 속의 젊은 여인은 예쁘고 상냥한 얼굴이었지만 팔이 너무 많아서 거미 같아 보였다.

이 어린 소녀는 또 〈장로교회 신문〉에 실린 사망 기사나 사고 기사, 또는 사고를 당하고 고생하는 환자 이야기 등을 오려서 스크랩해두었다. 그리고 기사마다 자신이 직접 지은 시를 써놓았다. 아주 훌륭한 시였다. 다음에 옮겨놓은 시는 우물에 빠져 죽은 스티븐 다울링 보츠라는 소년에 대한 것이다.

고(故) 스티븐 다울링 보츠에게 바치는 시

어린 스티븐이 병을 앓았는가?

어린 스티븐이 세상을 떠났는가?

슬픈 마음은 더욱 괴로웠으며,

조문 온 사람들은 울었던가?

어린 스티븐 다울링 보츠의 운명은

그런 것이 아니었네.

슬픈 마음은 더욱 괴로웠지만

그것은 병 때문이 아니었네.

거룩한 그 이름을 더럽힌 것은

몸을 침범한 백일해나

붉은 반점이 참혹한

홍역 때문도 아니었네.

스티븐의 고수머리를 친 것은

부질없는 사랑이 아니었다네.

어린 스티븐을 쓰러뜨린 것은

위장병도 아니었네.

눈물을 삼키며 들으라,

어린 그의 운명 이야기를.

우리의 스티븐은 우물에 빠져서

이 세상을 떠났네.

우물에서 건져내 물을 토하게 했으나

오, 슬프다. 때는 이미 늦어

그의 영혼은 높이 날아갔네.

안락한 천국으로.

열네 살도 안 되었을 때 이런 시를 썼던 에멀린 그랜저포드가 지금까지 살아 있다면 무엇을 하고 있을까? 벅은 에멀린이 시를 술술 지어냈다고 했다. 도중에 멈추고 생각할 필요가 없었다는 것이다. 한 줄 쓰고 맞는 운이 생각나지 않으면 바로 지우고 다시 바로 한 줄을 썼으며, 이렇게 계속 써나갔다고 벅은 말했다. 소재에 별로 구애받지 않았지만 특히 슬픈 일은 무엇이든 시로 지었다고 한다. 남자나 여자가 죽거나 어린애가 세상을 떠날 때마다 에멀린은 시신이 식기 전에 시를 지으러 그 옆에 가 있었다는 것이다. 에멀린은 그것을 '추모시'라고 불렀다. 이웃 사람들은 누가 죽으면 가장 먼저 의사, 그다음 에멀린, 세 번째가 장의사 순서로 온다고 말했다고 한다. 장의사가 에멀린보다 빨랐던 것은 단 한 번밖에 없었으며, 그때 에멀린은 죽은 사람, 즉 휘슬러라는 이름에 맞는 운을 찾느라 지체했던 것이다. 그 뒤로 이 소녀는 다른 사람처럼 변했으며, 아무 불평도 하지 않았지만 자꾸만 야위어가더니 결국 오래 살지 못했다고 한다.

불쌍한 에멀린! 그 뒤부터 나는 이 소녀 생각이 나면 그녀가 쓰던 2층 방으로 올라가 낡은 스크랩북을 꺼내 읽곤 했다. 나는 이 집 가족은 물론 죽은 소녀까지 좋아하게 되어 묘한 감정으로 정이 들었다. 불쌍한 에멀린은 살아 있을 때 죽은 사람들을 위해 시를 썼는데, 에멀린 자신이 죽었을 때는 누구 하나 시를 써주지 않았다. 나는 그것이 옳지 않다는 생각이 들어 땀을 흘리며 시구를 한두 줄 써보았지만 잘되지 않았다. 가족들은 에멀린과 연관된 것들을 버리지 않고 간직하여 생전에 좋아하던 대로 깔끔하게 정리해두었고, 아무도 그 방에서 자지 않았다. 이 집에는 검둥이 하인들이 많았지만 이 방은 늙은 부인이 직접 관리했다. 부인은 이 방에서 주로 바느질을 하거나 성경을 읽었다.

앞에서 말한 거실 창문에는 아름다운 커튼이 쳐져 있었다. 흰 커튼에는 벽이 온통 덩굴로 뒤덮인 성이나 물을 마시고 있는 소의 그림이 그려져 있었다. 오래된 작은 피아노도 한 대 있었는데, 내 생각에는 그 속에 양철통이 몇 개 들어 있는 듯했다. 젊은 아낙네들이 부르는 '마지막 인연이 끊겼네'라는 노래나 '프라하의 전투'라는 연주처럼 아름다운 건 없다. 모든 방의 벽은 회칠을 했고 바닥마다 카펫이 깔려 있었으며 집 바깥벽 전체도 하얗게 칠이 되어 있었다.

이 집은 두 채를 하나로 연결한 것처럼 보였는데, 두 채 사이의 넓은 공간에는 마루를 깔고 지붕을 덮었다. 가끔 한낮에는 이곳에 식탁을 차렸는데, 참으로 시원하고 기분이 좋았다. 게다가 맛있는 음식이 풍족하니 이보다 좋은 곳이 없었다.

18장

알다시피 그랜저포드 대령은 신사 그 자체였다. 머리끝에서 발끝까지 어느 모로 보나 신사였으며 다른 가족들도 마찬가지였다. 대령은 흔히 말하는 좋은 집안 출신이었다. 더글러스 아주머니는 말과 똑같이 사람에게도 혈통이 매우 중요하다고 말했다. 더글러스 아주머니가 우리 마을에서 제일가는 귀족이라는 것을 부정하는 사람은 없었다. 아버지처럼 진흙탕 속의 한 마리 메기만도 못한 사람조차 늘 그렇게 말했다.

그랜저포드 대령은 키가 훤칠하게 크고 늘씬했으며 얼굴빛은 붉은 기 없이 칙칙하고 해쓱했다. 그는 아침마다 여윈 얼굴을 깨끗이 면도했다. 입술은 다시없이 얇고 콧구멍도 아주 좁은 편이었다. 높은 코와 짙은 눈썹, 그리고 더없이 까만 눈은 푹 꺼져서 말하자면 굴속에서 밖을 내다보고 있는 격이었다. 이마는 높고, 희끗희끗한 머리카락은 어깨까지 곧게 늘어뜨려 있었다. 손가락은 길고 가늘었다. 평생 동안 매일 깨끗한 셔츠를 입었고, 머리에서 발끝까지 완전히 격식을 갖춘 하얀 리넨 정장 차림은 눈이 부실 정도였다. 일요일에는 놋쇠 단추가 달린 연미복을 입었고, 짚고 다니는 마호가니 지팡이에는 은 손잡이가 달려 있었다.

그에게는 경박한 구석이라고는 조금도 없었고 큰 소리를 내는 법도 없었으며 언제나 친절했다. 누구라도 그것을 단박에 느낄 수 있었다. 그래서 믿음직스러운 것이었다. 그는 이따금 보기 좋은 미소를 지었다. 그러나 그가 깃대처럼 몸을 똑바로 세우고 눈썹 아래로 번갯불을 번쩍이는 듯할 때면 무슨 일인가 알아보기도 전에 먼저 나무 위로 기어오르고 싶어질 정도였다. 대령은 누구를 보고도 행실을 똑바로 하라고 말할 필요 없었다. 그 앞에서는 누구든지 점잖게 굴었기 때문이다. 그러면서도 모두 대령 가까이에 있고 싶어 했다. 그는 거의 언제나 맑은 햇빛 같은 사람이었다. 대령과 같이 있으면 맑은 날씨처럼 기분이 좋다는 것이었다. 가끔 그의 얼굴이 한 30초쯤 몹시 어두워지기도 했는데, 그게 다였다. 그러고 나서 일주일 동안 다시는 잘못되는 일이 없었다.

아침에 대령과 부인이 2층에서 내려오면 가족들 모두 자리에서 일어나 아침 인사를 했으며, 두 사람이 자리에 앉을 때까지 서 있었다. 톰과 밥은 술병이 놓인 찬장으로 가서 독한 약주 한 잔을 따라 대령에게 가져다주었다. 그러면 대령은 톰과 밥이 자기들 것까지 가지고 올 때까지 술잔을 들고 기다렸다. 이윽고 두 사람이 "아버지와 어머니께 저희의 의무를 다하겠습니다."라고 말하면 늙은 부부는 고맙다고 대답하고는 다 같이 술을 마셨다. 그리고 밥과 톰이 저마다 자기 술잔에 설탕을 넣고 위스키나 애플 브랜디를 조금 부어 나와 벅에게 주면 우리도 대령 부부를 축복하며 마셨다.

밥이 맏아들이고 그다음이 톰이었다. 둘 다 키가 훤칠한 미남이었으며, 딱 벌어진 어깨와 갈색 얼굴, 길고 검은 머리칼과 새까만 눈동자를 갖고 있었다. 그들은 아버지와 똑같이 하얀 리넨 정장을 머리에서 발끝까지 갖춰 입고, 챙 넓은 파나마모자를 쓰고 있었다.

다음에 샬롯 양이 있었다. 그녀는 스물다섯 살로 키가 크고 기품이 있으며 의젓했다. 평소에는 더없이 상냥했으나 한번 화나면 아버지와 마찬가지로 보는 사람이 꼼짝도 못하게 만드는 무서운 표정을 지었다. 어쨌든 아름다운 여자였다. 그 동생 소피아 양도 아름다웠으나 아름다움의 성격이 좀 달랐다. 그녀는 비둘기처럼 부드럽고 귀여웠으며 이제 겨우 스무 살밖에 되지 않았다.

대령 가족들은 저마다 검둥이 하인을 하나씩 갖고 있었는데 벅도 예외가 아니었다. 나는 무슨 일을 남에게 시키는 데 익숙하지 않아 내 검둥이 하인은 굉장히 편했지만, 벅의 검둥이 하인은 줄곧 쩔쩔매며 뛰어다녔다. 지금은 이것이 가족의 전부지만 전에는 더 있었다고 한다. 죽은 에멀린 외에도 아들 셋이 더 있었는데 총에 맞아 죽었다고 했다.

그랜저포드 대령은 많은 농장과 백 명이 넘는 검둥이를 데리고 있었다. 이따금 많은 사람들이 10~15마일(약 16~24킬로미터—옮긴이) 떨어진 곳에서 말을 타고 와서는 대엿새쯤 묵으면서 집 근처나 강가에서 축제를 벌이고, 낮에는 숲에서 춤과 야유회, 밤에는 집에서 무도회를 즐겼다. 손님들은 대부분 친척들이었다. 남자들은 총을 갖고 왔으며 모두 상당히 신분 높은 사람들이었다.

이 마을에는 또 다른 상류계급 가족이 살고 있었는데 바로 셰퍼드슨 가문이었다. 이 사람들도 그랜저포드 집안과 마찬가지로 품위 있고 혈통이 좋았으며, 돈도 많고 당당했다. 셰퍼드슨 집안과 그랜저포드 집안은 여기서 2마일(약 3킬로미터—옮긴이)쯤 강 위쪽에 있는 기선 나루터를 같이 쓰고 있기 때문에, 이따금 그랜저포드 가문 사람들과 그곳에 가면 훌륭한 말을 타고 있는 셰퍼드슨 가문 사람들을 보곤 했다.

어느 날 벅과 나는 집에서 멀리 떨어진 숲에서 사냥을 하고 있었다. 그때 갑자기 달려오는 말발굽 소리가 들렸다. 우리는 마침 길을 건너려던 참이었는데, 갑자기 벅이 소리쳤다.

"빨리! 숲으로 뛰어들어!"

우리는 숲으로 뛰어들어 나뭇잎 사이로 밖을 내다보았다. 이내 훌륭하게 생긴 청년이 능숙하게 말을 다루면서 군인 같은 모습으로 재빠르게 길을 달려왔다. 안장 머리에 총이 걸쳐 있었다. 나는 전에 이 사람을 본 적이 있다. 젊은 하니 셰퍼드슨이었다. 벅의 총소리가 귓전을 울리자 하니의 모자가 머리에서 떨어졌다. 하니는 총을 움켜쥐더니 우리가 숨어 있는 곳으로 곧장 말을 몰고 왔다. 우리는 곧

바로 숲을 달리기 시작했다. 숲은 울창하지 않았으므로 나는 어깨너머로 뒤를 돌아보며 총알을 피했다. 하니가 벅을 겨누는 것을 두 번 보았는데, 얼마 후 하니는 오던 길을 되돌아갔다. 보지는 못했지만 모자를 집어서 간 것 같았다. 우리는 집에 닿을 때까지 쉬지 않고 달렸다. 우리의 이야기를 듣고 늙은 대령의 눈이 한순간 빛났다. 나는 즐거워서 그런가 보다고 생각했다. 이어 그는 부드러운 표정으로 상냥하게 말했다.

"덤불 뒤에서 쏜 것은 마음에 안 드는구나. 어째서 길 한가운데로 나가지 않았느냐, 얘야?"

"아버지, 셰퍼드슨네 녀석들도 그렇게는 안 해요. 그놈들은 언제나 틈을 노리는걸요."

벅이 이야기하고 있는 동안 샬롯 양은 여왕처럼 고개를 쳐들고 코를 벌름거리며 눈을 빛냈다. 젊은 아들 둘은 불쾌한 모양이었으나 한 마디도 하지 않았다. 소피아 양은 처음에는 창백한 얼굴을 하고 있었으나, 하니가 부상당하지 않았다는 것을 알고는 얼굴빛이 좋아졌다.

조금 뒤 벅과 나무 아래 있는 옥수수 창고에 단둘이 있게 되었을 때 내가 물었다.

"벅, 넌 그 자식을 정말 죽이려고 했니?"

"물론이지."

"그 자식이 네게 어떻게 했길래?"

"그 자식이 어떻게 하긴. 아무 일도 없었어."

"그럼 왜 그 자식을 죽이려 했지?"

"무슨 이유가 있는 건 아니고, 다만 오랜 원한 관계가 있어."

"원한이 뭔데?"

"아니, 넌 어디서 온 거니? 원한이 뭔지도 몰라?"

"처음 듣는 말이야. 그게 뭐야?"

"원한이란 이런 거야. 어느 사나이가 다른 사나이와 싸움을 해서 그 사나이를 죽였다. 그럼 죽은 사나이의 형제가 그 사나이를 죽이게 되거든. 그래서 양쪽의 형제들이 서로 상대편을 죽이려 하고, 거기에 조카들이 가세해서 싸우다가 모두 살해되고 말지. 이렇게 모두 다 죽게 되어야 원한이라는 게 없어지는 거야. 하지만 간단하게 끝나는 것은 아니고 오랜 시일이 걸리지."

"벅, 그럼 이 원한은 오래 끌어온 거야?"

"30년 전이라던가 좌우간 뭐 그때쯤 일어난 일이야. 어떤 일 때문에 옥신각신하다가 소송을 했는데, 한쪽 사나이가 지자 그만 이긴 놈을 쏴 죽였단 말이야. 그 사나이로서는 당연한 일이었지. 누구든 그렇게 했을 거야."

"뭣 때문에 옥신각신했는데? 땅 때문에?"

"그럴지도 모르지. 난 잘 몰라."

"그럼 누가 먼저 총을 쐈니? 그랜저포드네 사람이니, 셰퍼드슨네 사람이니?"

"어휴 참, 내가 그런 걸 어떻게 알아? 아주 옛날 일이란 말이야."

"그럼 아무도 모른단 말이야?"

"아버지는 알고 계실 테고, 나이 든 사람들 중에는 아는 사람이 있을 거야. 그렇지만 맨 처음에 무엇 때문에 싸움이 시작됐는지는 아무도 몰라."

"벅, 그러면 지금까지 여러 사람이 죽었겠구나?"

"응, 장례를 여러 번 치렀어. 하지만 뭐 매일같이 죽이는 건 아냐. 아버지만 해도 몸속에 커다란 산탄 총알이 여러 개 박혀 있지만 원래 체중이 가벼운 분이라 전혀 신경 안 쓰셔. 밥 형은 칼에 여러 번 찔렸고, 톰 형도 한두 번 상처를 입었지."

"금년 들어 죽은 사람은 없니?"

"응, 우리가 한 놈 죽이고 그놈들이 한 사람 죽였어. 서너 달 전에, 열네 살 된 내 사촌동생 버드가 바보같이 무기도 없이 강 건너 숲을 가고 있었는데 말이야, 적적한 곳으로 접어들자 뒤에서 말발굽 소리가 들려오고, 볼디 셰퍼드슨 영감이 백발을 휘날리면서 총을 들고 따라오더란 말이야. 그런데 미련하게도 버드는 말에서 뛰어내려 수풀 속으로 달아나지 않고, 노인을 떼어버릴 수 있으려니 생각하고 말을 달리기 시작했지. 이 두 사람은 5마일(약 8킬로미터—옮긴이) 이상이나 그렇게 말을 몰았다는 거야. 결국 영감 쪽이 빨라서 따라잡게 되자 버드가 포기하고 말을 멈추더니 정면으로 맞섰다는 거야. 무슨 말인지 알겠지? 결국 영감은 버드를 쏴 죽였어. 하지만 영감은 오래 기뻐하고 있을 수 없었지. 그로부터 일주일도 못 돼서 우리 측에서 영감을 죽여버렸거든."

"비겁한 영감이었구나."

"천만에! 난 그렇게 생각지 않아. 셰퍼드슨 가문에는 비겁자가 없어. 단 한 사람도 말이야. 그랜저포드 가문에도 비겁자는 없어. 알겠니? 그 영감은 언젠가 그랜저포드 집안의 남자 셋을 상대로 30분이나 전력을 다해 싸워 최후의 승리를 거둔 적이 있어. 모두 말을 타고 있었지만, 영감은 말에서 내려 조그만 장작더미 뒤로 돌아가서 말을 앞에 세우고 총알을 피했어. 그랜저포드 집안사람들은 말을 탄 채로 영감의 둘레를 뛰어다니면서 총을 탕탕 쏴댔단 말이야. 영감도 마구 쏘고. 결국 영감과 말은 꽤 여러 군데 총을 맞고 다리를 절면서 집에 돌아갔고 그랜저포드 쪽은 말에 실려서 돌아왔어. 한 사람은 그 자리에서 죽었고, 또 한 사람은 그 이튿날 죽었거든. 그러니까 비겁자를 찾는다고 셰퍼드슨 집을 얼씬거린다면 그건 시간 낭비야. 그 집안은 그런 자식을 낳지 않는단 말이야."

다음 날인 일요일에 우리 모두 말을 타고 3마일(약 5킬로미터—옮긴이)가량 떨어진 교회에 갔다. 남자들은 모두 총을 가지고 갔고, 벅도 마찬가지였다. 교회에 이르자 그들은 총을 무릎 사이에 끼우기도 하고, 집기 편하게 벽에 기대놓기도 했다. 셰퍼드슨네 일가도 역시 그랬다. 설교는 늘 하는 것처럼 형제애니 뭐니 하고 따분한 이야기뿐이었지만, 집으로 돌아오면서 모두 들을 만했다고 이야기를 주고받았다. 신앙이라든가 선행이라든가, 관대함이라든가, 예정 조화라든가, 또 그 밖에 알지도 못할 이야기를 하는 터에 나는 그때까지 지내온 일요일 중에 그날이 가장 따분했다.

점심을 먹고 한 시간쯤 지나자 의자에 앉아서 자는 사람, 방에 누워서 자는 사람 등 모두 낮잠이 들어버려서 나는 무척 심심했다. 벅과 개도 양지바른 잔디밭에 누워 곯아떨어졌다. 나도 벅과 함께 쓰고 있는 방으로 올라가서 한잠 자야겠다고 생각했다. 그런데 그 아름다운 소피아 양이 우리 방 옆 자기 방 문가에 서 있다가 나를 방으로 끌고 들어가는 것이 아닌가! 그리고 조용히 방문을 닫더니 나보고 자기를 좋아하느냐고 물었다. 그래서 좋아한다고 했더니, 뭔가 자기를 위해서 해줄 수 있겠느냐, 또 그런 말을 누구에게도 하지 않을 수 있겠느냐고 물었다. 나는 그렇게 할 수 있다고 했다. 그러자 소피아 양은 실은 성서를 교회의 좌석에 놓인 두 권의 책 사이에 끼워놓고 왔다고 하면서, 아무도 모르게 교회에 가서 그 성서를 가져오고 아무에게도 말하지 말라고 부탁했다. 나는 그렇게 하겠다고 대답했다. 그래서 나는 조용히 집을 빠져나와 소리 없이 길을 건너 교회에 도착했다. 그곳에는 돼지 한두 마리밖에 없었다. 문이 잠겨 있지 않은 데다 돼지는 여름이 되면 바닥이 찬 판자 마루를 좋아하기 때문이었다. 생각해보니 인간은 가야 할 때만 교회에 가는데, 그게 돼지하고 다른 점인 듯했다.

나는 이상한 기분이 들었다. 무슨 일이 일어나고 있는 듯했다. 젊은 여자가 성서 때문에 그렇게 걱정한다는 것이 이상했다. 그래서 성서를 흔들어보니 '2시 30분'이라고 연필로 쓴 쪽지가 떨어졌다. 나는 성서를 뒤적여보았지만 이 쪽지 외에는 아무것도 없었다. 그러나 무슨 의미인지 전혀 짐작도 할 수 없었기 때문에 나는 쪽지를 다시 성서에 끼워 넣고 집으로 돌아와 2층으로 올라갔다. 소피아 양은 자기 방문 앞에서 기다리고 있었다. 그녀는 나를 보자 붙들어 끌고 들어가더니 문을 닫고 성서를 뒤적거렸다. 그러고는 쪽지에 씌어 있는 것을 읽고 매우 기뻐하면서 느닷없이 나를 끌어안는 것이었다. 그러고는 세상에서 제일 좋은 애라고 하면서 아무에게도 말하지 말라고 당부했다. 한참 동안 그녀의 얼굴이 새빨개지면서 눈동자를 빛냈는데, 굉장히 아름다워 보였다. 나는 크게 놀랐지만 숨찬 것이 조금 가라앉자 그녀에게 그 쪽지가 도대체 뭐냐고 물었다. 소피아 양은 나를 보고 그것을 읽었느냐고 되물었다. 내가 읽지 않았다니까 이번에는 글을 읽을 줄 아느냐고 물었다. 나는 인쇄체로 된 것만 읽을 수 있다고 대답했다. 그러자 그녀는 읽은 페이지를 표시한 것일 뿐 아무 의미 없다고 하면서 밖에 나가 놀아도 좋다고 했다.

나는 그게 무얼까 곰곰이 생각하면서 강으로 갔다. 어느새 내 검둥이 하인이 뒤따라오고 있었다. 집이 안 보이는 곳까지 오자 녀석은 잠깐 주위를 둘러보더니 내 옆으로 뛰어와서 말했다.

"조지 나리, 늪으로 내려가면 물뱀이 우글우글하는 것을 보여드릴게유."

그러고 보니 어제도 같은 말을 했던 기억이 떠올라 의아한 생각이 들었다. 일부러 가서 볼 정도로 물뱀을 좋아하는 사람이 있을 리 없지 않은가. 도대체 무슨 흉계를 꾸미고 있는 것일까? 그래서 내가 말했다.

"좋아. 그럼 앞장서 가봐."

반 마일(약 8백 미터—옮긴이)쯤 강을 끼고 가자 늪이 나왔다. 우리는 다시 반 마일쯤 발꿈치까지 적시면서 물을 건넜다. 그랬더니 바싹 마른 나무와 덤불과 덩굴 따위가 우거진 조그만 평지가 나왔다.

"조지 나리, 몇 걸음 더 헤치고 들어가보셔유. 그놈들이 거기 있을 테니께유. 전 예전에 봤기 때문에 이젠 보고 싶지 않아유."

그러고는 슬금슬금 걸어가더니 곧 나무 사이로 사라져버렸다. 나는 이곳저곳 들여다보다가 덩굴로 덮인 꼭 침실만 한 크기의 작은 빈터를 발견했다. 거기서 자고 있는 사람은 다름 아닌 내 오랜 친구 짐이었다!

나는 짐을 깨우면서 틀림없이 깜짝 놀랄 것이라 생각했는데, 그렇지 않았다. 반가운 나머지 울먹이긴 했지만 조금도 놀라지 않았다. 그날 밤 짐은 내 뒤를 헤엄치다가 내가 외치는 소리는 다 들었지만, 붙들려서 또 노예가 되기는 죽어도 싫었기 때문에 대답하지 않았다는 것이다.

"몸을 다쳐서 빨리 헤엄칠 수가 없었던 거여. 그래서 결국 너한테

서 멀리 떨어지게 됐지. 그러다 네가 뭍으로 올라가는 것을 보고 나
는 이제 너한테 소리를 치지 않아도 뭍에 올라가면 곧 뒤쫓아갈 수
있으리라 생각했어. 하지만 그 집을 보고 나는 걸음을 늦춘 거여.
그 집 사람들이 네게 뭐라고 하는 것 같았지만 알아들을 수 없더라
고. 나는 훨씬 뒤처져 있었으니께. 무엇보다도 그 개들이 무서웠어.
하지만 곧 주위가 조용해지길래 나는 네가 그 집으로 들어갔다는
것을 알았지. 그래서 나는 숲으로 들어가 날이 새기를 기다린 거여.
날이 새고 얼마 안 있어 들일을 나가는 검둥이 몇을 만났는데, 그들
이 나한테 이 늪지를 가르쳐주더라니께. 여기라면 물 덕분에 개들
도 뒤쫓아오지 못한다면서 말이여. 그리고 녀석들이 매일 밤 먹을
걸 가져다주면서 네가 어떻게 지내고 있는지 알려주었다니께."

"짐, 왜 좀더 빨리 나를 부르지 않았어?"

"그건 말이여, 우리가 아무것도 할 수 없는 상황에서 너를 방해
해봤자 아무 소용 없기 때문이여. 하지만 이젠 그렇지 않아. 그동안
틈틈이 냄비와 먹을 것도 장만해놓고, 밤에는 뗏목을 수리해놓았으
니께."

"뗏목이라니?"

"우리 뗏목 말이여."

"아니, 그럼 그 낡은 뗏목이 산산조각 나지 않았단 말이야?"

"물론이지. 한쪽 끝이 많이 부서지긴 했지만 뭐 대단한 건 아녀.
다만 물건들이 몽땅 없어져버렸지. 만일 우리가 그렇게 깊숙이 잠

수하지 않고, 그렇게 멀리 헤엄치지 않고, 그날 밤 그렇게까지 어둡지 않고, 그렇게까지 겁내지 않고, 또 그렇게까지 돌대가리만 아니었다면 분명히 뗏목을 찾았을 거여. 하긴 보았건 못 보았건 마찬가지지만 말이여. 왜냐하면 지금은 새것처럼 수리되었고 물건도 잔뜩 장만해두었으니께."

"하지만 짐, 어떻게 뗏목을 다시 손에 넣은 거야? 직접 찾으러 다닌 거야?"

"계속 숲에 숨어서 어떻게 뗏목을 찾겠어? 검둥이 녀석들 몇이 굽은 강기슭에서 나무뿌리에 걸린 뗏목을 발견하고는 개울로 끌고 올라와 버드나무 그늘에 감춰둔 거여. 그러고는 뗏목이 서로 자기 것이라고 옥신각신하는 소리가 내 귀에까지 들려온 거여. 그래서 내가 나서서 이 뗏목은 나와 백인 주인님인 헉의 것이라고 말했지. 그리고 너희가 백인 주인의 물건에 손대면 죽도록 얻어맞게 될 것이라고 말하면서 한 사람 앞에 10센트씩 준 거여. 그랬더니 녀석들은 신이 나서 좀더 많은 뗏목이 떠내려와서 자기네들을 부자로 만들어주면 좋겠다고 하더구먼. 아무튼 검둥이들이 나한테 아주 잘해주었어. 내가 부탁하는 건 뭐든지 두말 않고 들어주었거든. 특히 그 잭 녀석 말이여, 아주 좋은 녀석인 데다 머리도 좋더라니께."

"그래. 네가 여기 있다고 하지 않고, 따라오면 우글우글한 물뱀을 보여준다고 했어. 무슨 일이 일어나도 잭한테는 책임이 없지. 우리가 같이 있는 걸 본 적이 없다고 하면 그만이고, 또 사실 그렇기도 하고."

그다음 날 벌어진 일은 이야기하고 싶지 않다. 간략히 줄여서 이
야기하자면, 나는 해가 뜰 무렵 눈을 떴다가 돌아누워 한잠 더 자려
고 하는 참에 문득 집 안이 너무 조용하다는 것을 깨달았다. 아무도
일어나지 않은 성싶었다. 여태까지 이랬던 적이 없다.

다음 순간 나는 벅이 벌써 일어나 나가버린 것을 알았다. 나도 얼
른 일어나 아래층으로 내려갔으나 아무도 없고 사방이 쥐 죽은 듯
조용했다. 집 바깥도 마찬가지였다. 무슨 일인지 궁금해하는데 마
침 땔나무 쌓아둔 곳에서 잭을 만났다.

"어떻게 된 거야?"

"조지 나리는 아직 모르셔요?"

"응, 몰라."

"실은 말이죠, 소피아 아가씨가 도망을 쳤어유! 정말이어유. 정확
히 언제인지는 모르지만 한밤중에 도망쳤대유. 모두 그 하니 셰퍼
드슨이란 청년과 결혼하려고 도망친 거라고 생각하고 있어유. 가족
들은 30분 전에야 그 사실을 알았지 뭡니까유. 그보다 훨씬 더 전
인지도 모르지만유. 모두 당장 총과 말을 준비해 떠났어유. 그렇게
서두르는 건 지금까지 본 적이 없어유. 여자분들은 친척들에게 알
리러 갔고, 큰 나리와 젊은 나리들은 총을 들고 셰퍼드슨네 청년이
소피아 아가씨를 데리고 강을 건너기 전에 붙잡아서 죽이겠다고 하
면서 강 쪽으로 달려갔어유. 틀림없이 큰일이 벌어지고 말 거여유."

206

"벅은 나를 깨우지도 않고 나가버렸어."

"그야 당연하지유. 나리를 복잡한 일에 끌어들이고 싶지 않으셨을 테니께유. 벅 나리는 총에 총알을 넣으면서 셰퍼드슨네 녀석을 한 놈이라도 잡지 못하면 죽어버리겠다고 말했어유. 하긴 셰퍼드슨네 사람들도 우르르 몰려나올 테니께 기회만 있으면 벅 나리는 한 놈쯤은 너끈히 붙들어 가지고 돌아올 거여유."

나는 얼른 강기슭을 따라 달려갔다. 그때 멀리서 총소리가 들려왔다. 나는 기선 선착장 근처의 재목 창고와 장작더미가 보이는 곳까지 가서는 나무와 덤불을 헤치고 들어갔다. 그러고는 적당한 장소를 골라 총알이 미치지 못할 버드나무 가지에 올라가서 지켜보았다. 나무 앞에 4피트(약 122센티미터—옮긴이)쯤 쌓여 있는 장작 뒤에 숨으려 했는데 그러지 않은 것이 천만다행이었다.

재목 창고 앞 빈터에 말을 탄 사나이 네댓 명이 욕설을 퍼부으며 돌아다니고 있었다. 그들은 선착장 근처 장작더미 뒤쪽에 있는 2명의 소년들을 공격하려 했지만 뜻대로 되지 않는 형편이었다. 누구든 강 쪽에 있는 장작더미 밖으로 몸을 내밀면 총알이 날아왔다. 소년들은 장작더미 뒤에서 서로 등을 맞대고 웅크리고 앉아 각기 양쪽을 살폈다.

얼마 후에 사나이들은 장작더미 쪽으로 말을 몰기 시작했다. 그때 한 소년이 일어나 장작더미 위에서 총을 쏘아 사나이 한 명을 말에서 떨어뜨렸다. 그러자 나머지 사나이들은 모두 말에서 내려 부상당한 사나이를 데리고 재목 창고로 들어갔고, 그 순간 두 소년은 달리기 시작했다. 사나이들이 그것을 알아차렸을 때는 두 소년은 이미 내가 있는 나무까지 반쯤 와 있었다. 이것을 본 사나이들은 말에 뛰어올라 뒤쫓았다. 하지만 두 소년이 훨씬 먼저 뛰기 시작했으므로 그 둘은 결국 내가 올라가 있는 나무 바로 앞 장작더미 뒤에 숨었다. 소년들은 사나이들보다 한층 더 유리한 위치에 놓이게 됐다. 소년 중 하나는 벅이었고, 또 하나는 열아홉 살쯤 되어 보이는 빼빼 마른 친구였다.

사나이들은 한참 동안 날뛰다가 이윽고 말을 몰고 가버렸다. 그들이 사라지자마자 나는 벅에게 소리를 질러 그놈들이 갔다고 알려주었다. 벅은 처음에 내 목소리가 나뭇가지 사이에서 들려오자 무척 당황한 모양이었다. 그러다 나를 발견하고는 위에서 잘 보고 있다가 사나이들이 다시 나타나면 바로 알려달라고 했다. 그리고 그들이 뭔가 흉계를 꾸미고 있을 것이며 곧 돌아올 것이라고 말했다.

나는 나무에서 내려오고 싶었지만 그럴 용기가 없었다. 벅은 갑자기 울음을 터뜨리더니 욕설을 퍼부으면서 자기와 옆에 있는 사촌 조가 반드시 오늘의 복수를 하겠다고 말했다. 아버지와 두 형이 모두 저들의 손에 살해되었고 적도 두서너 명 죽었다는 것이었다. 셰퍼드슨 일가가 잠복하고 있다가 그들을 살해했다는 것이었다. 벅은 아버지와 형이 친척들을 기다렸어야 했다고 말하며 셰퍼드슨 쪽 사람들이 너무 많았다고 했다. 나는 하니와 소피아 양은 어떻게 됐느냐고 물었다. 그러자 벅은 두 사람 모두 무사히 강을 건너 이젠 안전하다고 말했다. 나는 그 말을 듣고 안심했다. 하지만 벅은 숲에서 하니에게 총알을 퍼부었던 그날 그놈을 죽이지 못한 게 한스럽다고 원통해했다. 나는 이제껏 벅이 그렇게 원통해하는 걸 본 적이 없다.

그때 별안간 "탕, 탕, 탕" 하고 서너 발의 총소리가 울려 퍼졌다. 방금 전 사나이들이 숲을 돌아 뒤에서 접근했던 것이다. 소년들은 둘 다 부상을 입고 강으로 뛰어들어 물살을 따라 헤엄쳐 갔다. 사나이들은 기슭을 따라 뛰어가면서 "저놈 잡아라. 당장 죽여!"라고 외치며 총을 쏘았다.

나는 너무나 놀라고 슬퍼서 하마터면 나무에서 떨어질 뻔했다. 그다음에 무슨 일이 벌어졌는지는 이야기하지 않겠다. 그런 이야기를 하면 또 기분이 나빠질 게 뻔하므로 이런 꼴을 보려고 그날 밤 강기슭으로 헤엄쳐 나왔나 하는 생각이 들었다. 아마도 나는 이 일을 평생 잊지 못할 것이다. 이후에도 나는 이 장면을 몇 번이나 꿈꿨는지 모른다.

나는 너무 무서워서 어두워질 때까지 나무 위에 그대로 있었다. 때때로 멀리 숲에서 총소리가 들려왔고 총을 가진 사나이들이 재목 창고 옆으로 말을 타고 달려가는 것도 두어 번 보았다. 그래서 그 소동이 아직도 계속되고 있다는 것을 알았다. 나는 두 번 다시 그 집 근처에 가지 않으리라고 결심했다. 어쩐지 이 일이 나 때문에 일어났다는 생각이 들었던 것이다. 그 쪽지는 소피아 양이 2시 30분에 하니와 만나 도망가기로 약속한 것이었다. 나는 벽 아버지에게 그 쪽지와 소피아 양의 이상스런 거동에 대해 이야기했어야 옳았다. 그렇게 했더라면 아버지는 딸을 가둬놓았을 것이고, 이런 무서운 일은 일어나지 않았을 것이다.

나는 나무에서 내려와 발소리를 죽여가며 강기슭을 따라 내려가다가 강가에서 시체 두 구를 발견했다. 나는 그들을 기슭으로 끌어올려서 얼굴에 천을 덮어주고 최대한 빨리 그 자리를 떠났다. 벽의 얼굴에 천을 덮으면서 그가 나에게 친절하게 대해주었던 일이 떠올라 눈물이 났다.

나는 집 근처로 가는 대신 숲을 지나 늪으로 향했다. 짐은 거기에 없었다. 그래서 나는 한시라도 빨리 뗏목을 타고 이 무서운 곳으로부터 멀리 달아나려고 개울이 있는 쪽을 향하여 버드나무 사이를 정신없이 헤치고 나아갔다. 그러나 뗏목은 어디로 갔는지 보이지 않았다. 나는 가슴이 철렁 내려앉아 숨도 쉬지 못할 정도였다. 나는 큰 소리로 짐을 불러보았다. 그랬더니 25피트(약 8미터—옮긴이)도 떨어지지 않은 곳에서 대답 소리가 들려왔다.

"누구여? 헉이여? 제발 조용히 혀. 그렇게 큰 소리로 떠들지 말라니께."

짐의 목소리였다. 그때까지 그렇게 반가운 소리를 들어본 적이 없다. 내가 강기슭을 달려가 뗏목에 올라타자 짐은 크게 기뻐하면서 나를 꼭 껴안았다.

"헉이여! 정말 다행이여! 나는 네가 정말로 죽은 줄만 알았다니께. 잭 녀석이 하는 말이 네가 집에 돌아오지 않은 걸 보니 분명 총에 맞아 죽은 게 틀림없다고 하지 않겠어. 그래서 나는 조금 전에 뗏목을 꺼내 개울 어귀로 나가려던 중이었어. 잭이 다시 와 네가 정말 죽었다고 알려주면 곧장 떠나려고 말이여. 아무튼 돌아왔으니 다행이여. 정말 잘 돌아왔어."

"그래, 참 다행이야. 그 사람들은 내가 죽어서 물에 떠내려갔다고 생각하고 더 이상 찾지 않을 거야. 저기 저쪽에 그들이 그렇게 생각하게 만들 것이 있거든. 짐, 빨리 뗏목을 타고 강으로 나가자. 어서 빨리!"

뗏목이 거기서 2마일(약 3킬로미터—옮긴이) 아래에 있는 미시시피 강 한가운데로 나올 때까지 나는 마음을 놓을 수가 없었다. 겨우 강 복판으로 나와서야 비로소 우리는 랜턴을 켜고는 다시 자유로워지고 안전해졌다고 생각했다. 그제야 나는 그 전날부터 아무것도 먹지 않았음을 깨달았다. 그러자 짐이 옥수수빵과 탈지유, 돼지고기와 양배추, 채소를 꺼냈다. 제대로 요리하니 세상에서 이보다 맛있는 음식이 없을 정도였다.

나는 먹고 이야기하면서 짐과 함께 유쾌한 시간을 보냈다. 나는 그 오랜 원한 관계에서 벗어난 것이 무척 기뻤고, 짐은 짐대로 늪에서 벗어난 것을 기뻐했다. 우리는 입을 모아 결국 뗏목처럼 살기 좋은 집이 없다고 말했다. 다른 곳은 너무 불편하고 답답해서 견딜 수 없지만 뗏목은 그렇지 않다. 뗏목 위에 있으면 얼마나 자유롭고 편하고 즐거운지 모른다.

19장

그 후 이삼 일은 시간이 마치 헤엄치듯 흘러갔다. 그만큼 조용히 지나갔다는 뜻이다. 이 근처는 미시시피 강에서도 강폭이 꽤 넓은 편이었다. 어떤 곳은 1.5마일이나 되는 곳도 있었다. 우리는 밤에는 뗏목을 타고 낮에는 쉬면서 잠을 잤다. 새벽이 되면 뗏목을 강가에 매어두었다. 대개 항상 모래톱 아래 있는 잔잔한 물가에 매어놓고 미루나무와 버드나무 가지로 덮어놓았다. 그러고 나서는 낚싯줄을 드리운 후 강물에서 수영을 하면서 기운을 되찾고 머리를 맑게 한 후 물이 무릎까지 오는 모래 강바닥에 앉아 해가 뜨기를 기다렸다. 그때는 아무 소리도 들려오지 않았다. 때때로 황소개구리 울음소리가 들려올 뿐 사방이 너무나 고요했다. 물 위로 저 멀리 바라보면 가장 먼저 흐릿한 선만 보이는데, 그것은 강 건너 숲이었다. 그러는 사이 하늘이 조금씩 밝아오면서 옅은 빛이 점점 넓게 퍼져 나갔다. 그러면 강 멀리서부터 훤해져 어느새 검은빛은 사라지고 잿빛으로 변한다. 그리고 아주 먼 강물 위를 흘러가는 검은 점들이 눈에

떼기 시작한다. 아마도 장삿배일 것이다. 길고 검은 선처럼 보이는 것은 뗏목인데 간혹 삐거덕거리며 노 젓는 소리와 소곤대는 사람들 목소리도 들려왔다. 주변은 그만큼 조용해서 멀리서 나는 소리까지 들려왔다. 그리고 수면에 일렁이는 줄무늬는 빠른 물살이 물에 잠긴 나무에 부딪혀서 나타나는 것이었다. 이윽고 물안개가 피어오르고 동쪽 하늘과 강이 붉어지기 시작하자 강 너머 아주 먼 기슭의 숲 언저리에 통나무집이 보였다. 꼭 장작더미 같았는데 엉성하게 대충 쌓아 올려서 개 정도는 능히 빠져나갈 수 있는 틈이 군데군데 있었다. 강 건너편에서는 시원한 바람이 불어오며 숲과 꽃을 지나온 탓에 좋은 향기를 풍겼다. 물론 간혹 죽은 생선 같은 것이 썩은 냄새를 풍길 때도 있었다. 그렇게 한참 지나면 이젠 정말 날이 밝아 세상 만물이 햇빛 속에서 웃고 새들이 힘차게 지저귀기 시작했다.

그 시간쯤이면 어느 정도 연기를 내도 사람들 눈에 잘 띄지 않기 때문에 우리는 낚싯줄에서 물고기를 건져내 아침 식사를 준비했다. 그러고는 쓸쓸한 강을 보면서 그저 하릴없이 있다가 얼마간 시간이 지나면 그만 꾸벅꾸벅 잠들고 말았다. 한참 만에 눈을 떠서 무엇이 잠을 깨웠는지 살펴보면 통, 통, 통 소리를 내며 강을 거슬러 올라오는 기선이 보였다. 그것도 강 건너편 멀리 있었기 때문에 외륜이 옆에 달려 있는지 뒤에 달려 있는지 정도만 겨우 분간할 수 있었다. 그 뒤 한 시간쯤은 아무런 소리도 들려오지 않고 아무것도 보이지 않았으며 적막만이 흘렀다.

그다음에는 저쪽으로 떠내려가는 뗏목이 보이고, 그 위에서 얼간이 녀석이 장작을 패고 있었다. 도끼의 날이 햇빛에 반사되어 번쩍번쩍 빛나곤 하는 것이었다. 처음에는 소리가 들리지 않다가 그 도끼가 다시 머리 위로 올라갔을 때 비로소 쩍 소리가 들려왔다. 소리가 강을 건너오기까지 그만큼의 시간이 걸리는 것이다. 이런 식으로 우리는 고요에 귀를 기울이며 하루를 조용히 보냈다.

한번은 짙은 안개가 낀 적이 있는데, 그때는 지나가는 뗏목이나 그 밖의 기선과 충돌하지 않도록 우리는 계속 양철 냄비를 두들겼다. 어떤 때는 작은 배나 뗏목이 아주 가까이 지나가서 그 위에 타고 있는 사람들이 말하는 소리나 외치는 소리, 웃음소리 같은 것을 들을 수도 있었다. 소리는 확실히 들리지만 모습은 전혀 볼 수 없어 마치 유령이 허공에서 지껄이고 있는 것 같아 으스스하기도 했다. 짐은 분명 유령이라고 주장했지만 나는 이렇게 대답했다.

"아니야. 유령이라면 '이런 염병할 안개 같으니라고'라고 말할 리 없잖아?"

밤이 되면 우리는 서둘러 강 한가운데로 뗏목을 몰고 나와서 물살에 떠밀려갔다. 그러고는 발을 강물에 담근 채 파이프로 담배를 피우며 온갖 이야기를 주고받았다. 모기가 없을 때는 낮이고 밤이고 벌거벗고 있었다. 벅네 집안사람들이 준 옷은 너무 좋은 것이어서 막 입기가 그랬고, 원래 옷 입는 것을 그다지 좋아하지 않았기 때문이다.

때때로 아주 오랫동안 그 넓은 강에 우리만 있을 때도 있었다. 강 저쪽 기슭이나 섬에서 불빛이 반짝일 때도 있었지만 그것은 오두막집 창에서 비치는 촛불이거나, 어쩌다 물 위에 하나둘 비치는 것은 뗏목이나 작은 배의 불빛이었다. 그런 배에서는 이따금 바이올린 소리나 노랫소리가 들려왔다.

뗏목 위의 생활은 여간 멋진 게 아니다. 머리 위에는 온통 별이 반짝이는 하늘이 있고, 우리는 뗏목 위에 누워 별을 쳐다보면서 저것들이 모두 만들어진 것인지 아니면 저절로 생겨난 것인지 토론했다. 짐은 만들어진 것이라고 했지만 나는 우연히 생긴 것이라고 우겼다. 저렇게 많이 만들려면 시간이 너무 오래 걸릴 것이라고 생각했던 것이다. 그러자 짐은 달이 별을 낳은 것이라고 주장했다. 나는 어쩐지 그 말이 일리 있는 것 같아 반박하지 않았다. 왜냐하면 개구리가 수많은 알을 까듯 달이라고 그렇게 못하랴 싶었던 것이다. 우리는 또 별똥별이 떨어지는 것을 보기도 했다. 짐은 그것을 보고 별이 골병들어 내버린 것이라고 했다.

밤중에 한두 번 어둠을 뚫고 기선이 달려가는 것을 본 적도 있다. 기선은 굴뚝에서 맹렬한 불꽃을 계속 내뿜어서 그 불꽃이 비가 오는 것처럼 강 위로 떨어지는 것이 여간 아름답지 않았다. 그러다 기선이 강굽이를 돌아서면 불빛도 사라지고 강은 다시 적막 속에 남겨졌다. 이렇게 기선이 사라져버린 뒤 한참 있어야 기선이 일으킨 물결이 우리에게 밀려와 한동안 뗏목이 출렁이곤 했다. 그다음에는 개구리 울음소리만 들릴 뿐 또다시 적막에 잠기는 것이었다.

밤이 깊어지면 기슭에 사는 사람들 모두 잠자리에 들어가 오두막 창문에 비치던 불빛마저 사라져 강기슭은 두서너 시간 동안 암흑에 묻힌다. 이 불빛은 우리에게 시계 역할을 했다. 첫 불빛은 아침을 의미했다. 그러면 우리는 뗏목을 기슭에 대고 쉴 곳을 찾았다.

어느 날 아침 해가 뜰 무렵이었다. 카누 한 척을 발견하고는 얼른 올라타 좁은 수로를 지나 강기슭까지 2백 야드를 저어 갔다. 나는 혹시 딸기라도 딸 수 있을까 싶어 사이프러스 숲의 개울을 1마일(약 1.6킬로미터―옮긴이) 정도 거슬러 올라갔다. 소가 다져놓은 듯한 오솔길로 접어들자 남자 둘이 달려오는 것이 아닌가. 누군가 쫓아오면 마치 우리를 잡으러 오는 것 같아서 짐과 나는 얼른 달아나려고 했다. 그런데 그 두 사람은 달려오면서 큰 소리로 살려달라고 외치는 것이었다. 그들은 나쁜 짓을 저지른 것도 아닌데 사람들과 개 떼에게 쫓기고 있다고 했다. 그들은 우리 카누에 올라타려 했지만 나는 막아섰다.

"안 돼요! 아직 개나 사람 소리가 들리지 않으니 일단 덤불을 헤치고 개울을 따라 올라가세요. 그러고 나서 물을 건너 우리 카누를 타세요. 그래야 개가 냄새를 맡고 따라올 수 없으니까요."

이렇게 해서 그 둘은 카누에 탔고 우리는 곧 뗏목을 매어놓은 모래톱으로 노를 저었다. 5분에서 10분쯤 지나자 멀리서 개 짖는 소리와 사람들 소리가 들려왔다. 그들이 개울 가까이 오고 있었지만 보이지는 않았다. 그 주변에 멈춰 서서 서성이는 모양이었다. 점점 배를 저어 가자 더 이상 아무 소리도 들리지 않았다. 숲의 개울을 1마일이나 벗어나 강으로 나왔을 때는 모든 것이 조용해진 후였다. 우리는 모래톱으로 카누를 저어 가서 버드나무 아래 숨었다. 그제야 안전해진 것이다.

대머리로 희끗희끗한 구레나룻을 기른 노인은 일흔 살은 넘은 것 같았다. 푹 주저앉은 낡은 중절모에 기름때가 찌든 파란 모직 셔츠와 장화 속에 쑤셔 넣은 해진 푸른 바지 차림이었다. 집에서 만든 멜빵은 한쪽만 바지에 달려 있었다. 그리고 팔에는 반짝거리는 놋쇠 단추가 달린 낡은 연미복 코트를 걸치고 있었다. 둘 다 몸집이 크고 뚱뚱했으며 두툼한 모직 천 가방을 들고 있었다.

또 서른 살쯤 되어 보이는 다른 한 사람 또한 초라한 행색이었다. 아침 식사를 마치고 우리는 잠시 쉬면서 이야기했다. 우리가 맨 처음 알게 된 사실은 그 둘이 서로 모르는 사이라는 것이었다.

"자넨 어쩌다 쫓기게 되었나?"

대머리 노인이 다른 한 사람에게 물었다.

"그게 말이에요, 저는 치석을 제거하는 약을 팔고 있었죠. 진짜 치석제요. 그런데 그게 치석과 함께 법랑질까지 벗겨지는 거예요. 하룻밤 능장을 부리다가 당신을 만나게 된 거예요. 당신이 누군가가 쫓아온다면서 도와달라고 하기에, 나도 곤란한 처지여서 함께 달아나게 된 것뿐이에요. 그런데 댁은 무슨 일이죠?"

"나는 거기서 한 일주일 동안 금주부활운동을 벌이면서 고주망태들을 혼쭐내고 있었지. 특히 여자들 호응이 좋았어. 하룻밤에도 5, 6달러씩 벌어들였거든. 한 사람 앞에 10센트씩 받았고 어린애와 검둥이는 무료였어. 잘되고 있었는데, 어찌 된 영문인지 어젯밤 내가 몰래 술을 마시면서 즐기고 있다는 소문이 퍼졌더란 말이야. 그리고 오늘 아침 검둥이 하나가 나를 깨우더니, 사람들이 곧 개를 끌고 나를 잡으러 올 거라는 거야. 나를 붙들어 몸에 타르를 칠하고 닭털을 묻혀 이리저리 끌고 다닐 거라고 하지 않겠나. 그래서 아침도 못 먹고 달아났지. 배고픈 게 문제야?"

"어때요? 우리 같이 장사 좀 해볼까요?"

"나쁠 건 없지. 그런데 자네 장기는 뭔가?"

"직업은 인쇄공인데 약도 좀 취급했고, 배우도 해봤어요. 주로 비극요. 기회가 있으면 최면술과 관상학에도 손을 대고, 기분 전환을 위해서는 노래나 지리를 가르치는 교사, 때로는 강연도 하지요. 닥치는 대로 이것저것 다 해요. 영감님은요?"

"젊었을 때는 한동안 의사를 했지. 안수(按手) 요법이 내 특기지. 암이라든가 중풍 같은 병을 고친단 말이야. 옆에서 귀띔해주는 사람이 있으면 점도 꽤 그럴싸하게 볼 줄 알아. 설교도 할 수 있고. 야외 집회도 했고 전도사 노릇도 해봤어."

잠시 침묵이 흘렀다. 이윽고 젊은이가 말했다.

"아, 빌어먹을!"

"갑자기 왜 그러나?"

"내가 이 따위 생활을 하고, 이런 사람들과 어울려 지낼 만큼 타락했다는 게 슬퍼서 그럽니다."

젊은이는 넝마 조각으로 눈언저리를 훔쳤다.

"빌어먹을! 여기 있는 사람이 뭐 어때서?"

대머리 영감은 꽤 거친 투로 내뱉었다.

"아니, 천만에요. 저한테 과분하지요. 단지 그처럼 높은 신분에 있던 내가 이렇게 천해진 것 때문입니다. 다 나 자신 때문이지요. 여러분을 탓하는 게 아니에요. 내가 문제죠. 냉정한 세상에서 한 가지만은 분명해요. 어딘가에 내가 잠들 무덤이 있다는 것. 세상은 여전히 흘러가고, 모든 것을 나로부터 빼앗아갔지요. 내가 사랑하던 사람들, 재산, 그 밖에 모든 것들을. 그러나 무덤만은 빼앗아가지 못할 거예요. 언젠가 그 속에 누워 모든 것을 잊고 상처 입은 마음을 쉴 수 있겠죠."

그가 계속 눈물을 훔쳤다.

"상처 입은 마음이라니! 대체 자네가 어떻다고 그러는 거야? 우리가 뭘 어쨌길래!"

"아니에요. 나는 여러분한테 뭐라고 하는 게 아니에요. 타락하게 된 것도 나 자신 때문이니까요. 그래요! 벌 받아 마땅하지, 마땅해. 나는 신음 소리도 낼 자격이 못되는 놈입니다."

"타락했다니, 뭐가 타락했다는 거야?"

"당신들은 절대 믿지 않을 거예요. 아무도 믿지 않으니까. 날 그냥 내버려둬요. 뭐 대단한 건 아니에요. 출생의 비밀 따위……."

"출생의 비밀? 그게 무슨 소리지?"

젊은이는 진지한 투로 말했다.

"믿을 만한 분들인 것 같아서 말씀드리는 건데, 본래 나는 공작이었소!"

그 말을 듣고 짐의 두 눈이 휘둥그레졌다. 나도 마찬가지였다. 하지만 대머리 영감은 되물었다.

"그게 정말인가?"

"그렇소. 브리지워터 공작의 장남인 내 증조부께서 자유를 만끽하며 살고자 지난 세기 말경 이 나라로 도망을 온 것이오. 그리고 여기서 결혼하고 아들을 하나 남기고 죽었소. 그즈음 그의 부친도 사망하여 그 둘째 아들이 작위와 재산을 차지하게 되었지요. 어린 상속자는 완전히 배제되었소. 나는 그 어린 상속자의 직계 자손이오. 그러기 때문에 나야말로 정당한 브리지워터 공작이란 말이오. 내가 그 높은 신분에서 전락해 외롭게 사람들한테 쫓기고, 냉정한 세상으로부터 모멸당하고, 넝마를 걸치고 피로에 지친 몸과 상처 입은 마음을 안고 뗏목 위의 악당들과 함께 지내게 된 것이오!"

짐은 그를 동정해 마지않았고 나 또한 그를 불쌍하게 여겼다. 우리는 그를 위로했지만 그는 그런 건 필요 없다고 했다. 그는 단지 우리가 자신의 신분을 인정해주면 족하다고 했다. 그래서 우리가 어떻게 하면 되냐고 하자 그는 자신한테 말할 때는 절을 해야 하고, '각하'라든가 '경(卿)'이라고 불러야 한다고 말했다. 그러더니 그냥 '브리지워터'라고 불러도 괜찮다고 했는데, 그것은 이름이 아니라 호칭이기 때문이라고 했다. 단 우리 중 한 사람이 식사 때 자신의 시중을 들어줬으면 좋겠고, 자기가 원하는 것은 무엇이든 들어주면 된다고 했다.

그건 별로 어려운 부탁이 아니었기 때문에 우리는 그렇게 해주었다. 이후 식사 때는 짐이 처음부터 끝까지 그의 옆에 서서 시중을 들며 이렇게 말했다.

"공작 각하, 이것 좀 드셔보시지요. 이것은 어떻습니까?"

공작은 매우 흡족해했다. 그러나 노인은 별로 입을 열지 않았고 공작에 대한 모든 것을 못마땅해하는 것 같았다. 그리고 속으로 무슨 궁리를 하는 성싶었다. 그러다 점심때가 지나자 그가 말했다.

"브리지워터, 당신이 정말 안됐기는 하지만, 그런 고생을 겪은 사람이 당신뿐만은 아니라오."

"그래요?"

"높은 지위에서 떨어진 게 당신 하나만이 아니란 말이오."

그러면서 이번에는 대머리 노인이 울기 시작했다.

"잠깐, 그건 또 무슨 소리요?"

"브리지워터, 당신을 믿어도 좋을까?"

노인은 다시 흐느끼는 듯한 소리로 물었다. 젊은이는 영감의 손을 잡고 마구 흔들며 대답했다.

"무덤까지 가져가겠다고 맹세하죠! 자, 당신의 비밀은 뭐요?"

"브리지워터, 내가 바로 죽은 걸로 알려진 프랑스 황태자일세!"

짐과 나는 눈이 휘둥그레져서 서로를 쳐다보았다. 그러자 공작이
말했다.

"당신이 누구라고요?"

"친구여, 이건 사실일세. 그대가 보고 있는 사람은 바로 가엾게도
실종된 황태자 루이 17세, 즉 루이 16세와 마리 앙투아네트의 아들
이란 말일세!"

"당신 나이에? 말도 안 돼! 차라리 옛날에 죽은 샤를마뉴 대제라
고 하시지. 적어도 육칠백 살은 되어 보이는데."

"그건 하도 고생을 해서 그런 거라네. 브리지워터, 고생이 백발과
대머리를 가져왔단 말일세. 여러분, 푸른 모직의 넝마와 가난을 걸
친 채 그대들 앞에 서 있는 이 사람이야말로 나라에서 추방되어 방
랑하며 고통받는 정당한 프랑스 국왕인 것이오."

노인이 우는 바람에 나와 짐은 어쩔 줄 몰랐다. 어쨌든 불쌍하기
는 했지만 이런 사람과 같이 있다는 것이 여간 자랑스럽지 않았다.
그래서 우리는 공작에게 해준 것처럼 이 노인도 위로해주었다. 그
러나 그는 다 소용없다며 이 험한 꼴을 보지 않고 어서 빨리 죽는
게 낫다고 떠들어댔다. 그러면서 자기를 신분에 맞게 대우해주고,
언제나 한쪽 무릎을 꿇고 '폐하'라고 부르며, 식사 때는 맨 먼저 시

중을 들어주고, 자기가 앉으라고 하기 전에는 절대 앉지 않는다면 조금은 마음이 편안해질 거라고 했다. 그래서 짐과 나는 그를 폐하라고 부르며 이런저런 일을 해주었다. 또 앉아도 좋다고 할 때까지는 그대로 서 있었다.

그러자 노인은 다시 명랑해졌다. 그러자 이번에는 공작 폐하가 불쾌한 기색을 보였다. 하지만 왕은 공작에게 매우 친근하게 굴면서 자기 아버지는 공작의 증조부와 다른 브리지워터 공작들을 신임했었고 때때로 입궐을 명했다고 했다. 그래도 공작이 오랫동안 못마땅한 얼굴을 하고 있자 끝내 왕이 말했다.

"아무래도 우리는 이 뗏목에서 꽤 오랫동안 같이 지내야 하는데 이렇게 서로 인상을 써봤자 뭐하겠나? 내가 공작으로 태어나지 않은 것이나 자네가 왕으로 태어나지 않았다는 것이 우리 탓은 아니지. 그러니 그런 걸 생각해서 뭐하겠는가? 주어진 환경에서 최선을 다한다, 이것이 내 좌우명이야. 우리가 여기 온 것도 나쁘지 않다는 말일세. 먹을 것은 얼마든지 있고 지내기도 편하지 않은가. 그러니 공작, 우리 이제 친구로 지내세!"

공작이 그의 제안을 받아들여 짐과 나는 매우 기뻤다. 거북했던 분위기가 사라지자 기분이 좋아졌다. 뗏목 위에서 옥신각신하면 견디기 힘들다. 뗏목 위에서는 무엇보다 한 사람도 빠짐없이 만족하고 서로 사이좋게 지내는 것이 가장 중요하기 때문이다.

어쨌든 이 두 거짓말쟁이가 왕도 공작도 아니고, 비열하기 그지없는 엉터리 사기꾼에 지나지 않는다는 것을 알기까지 그리 오래 걸리지 않았다. 그러나 나는 한 마디도 하지 않았고 그런 눈치도 보이지 않고 모른 척했다. 그러는 것이 가장 좋기 때문이었다. 이렇게 해두면 서로 다투지 않고 거북하지 않게 잘 지낼 수 있다. 평화가 유지된다면 두 사람을 왕이라든가 공작으로 부른다 해도 상관없었다. 짐에게 이런 이야기를 해봤자 소용없었기 때문에 나는 아무 말도 하지 않았다. 내가 아버지로부터 유일하게 배운 교훈은 이런 종류의 인간과 잘 지내려면 그들이 하는 대로 내버려두라는 것뿐이었다.

20장

그들은 우리에게 왜 뗏목을 감춰두는지, 왜 밤에만 강을 따라 내려가고 낮에는 쉬는지, 짐은 도망친 노예인지 등등 이것저것 캐물었다. 그래서 내가 말했다.

"천만에요! 도망친 검둥이가 남쪽으로 왜 가겠어요?"

그들도 그건 그렇다고 했다. 나는 아무래도 설명하고 넘어가는 게 좋을 것 같아서 이렇게 말했다.

"우리 집은 미주리 주의 파이크 카운티이고, 저는 그곳에서 태어났어요. 그런데 아버지와 동생 아이크와 나 말고 모두 세상을 떠났어요. 아버지는 뉴올리언스에서 44마일(약 71킬로미터─옮긴이)쯤 내려온 강기슭에서 작은 농장을 하는 벤 숙부네 집으로 가서 같이 살려고 했지요. 아버지는 가난한 데다 빚까지 정리하고 나니 겨우 16달러와 노예 짐밖에 남지 않았어요. 이걸로는 갑판석이라도 1천 4백 마일(약 2253킬로미터─옮긴이)을 여행할 수 없었지요. 그런데 강물이 불어나던 어느 날 아버지가 운 좋게도 이 뗏목을 건진 거예요. 그래서

226

우리는 이걸로 뉴올리언스까지 가려고 했어요. 하지만 아버지의 운도 오래가지 못했어요. 어느 날 밤 뗏목 앞쪽 귀퉁이가 기선에 부딪혔지 뭐예요. 모두 강으로 뛰어들었는데 짐과 나는 무사히 다시 떠올랐지만 아버지는 취해 있었고 아이크는 겨우 네 살이어서 결국 두 사람은 떠오르지 못했어요. 그 후 며칠 동안 우리는 갖은 고생을 다했어요. 사람들이 수시로 뗏목으로 다가와 도망친 검둥이라며 짐을 데려가려는 거예요. 그래서 낮에는 강을 내려가지 않기로 했어요. 밤에는 귀찮게 구는 사람이 없으니까요."

그러자 공작이 말했다.

"낮에도 강을 탈 수 있는 방법을 생각해보자. 하지만 오늘은 가지 말자. 대낮에 저 마을을 지나가는 건 위험하니까."

저녁이 되자 하늘이 어두워지면서 비가 올 것처럼 멀리 지평선쪽에 번개가 번쩍거렸고 나뭇잎이 바람에 흔들렸다. 날씨가 좋지 않을 징조였다. 그러자 공작과 왕은 잠자리를 살펴보려고 천막집 안으로 들어갔다. 짚으로 만든 내 침대는 옥수수 껍질로 만든 짐의 것보다 훨씬 나았다. 옥수수 껍질로 만든 침대는 줄기가 살을 찔러 아팠고, 마치 낙엽 더미 위를 구르는 것처럼 바삭거리는 소리 때문에 잠을 잘 수가 없었다. 공작이 먼저 내 침대를 차지하겠다고 하자 왕은 가만히 있지 않았다.

"이보게, 신분 차이라는 게 있지 않은가? 왕이 옥수수 껍질 침대에서 잔다는 게 말이 되느냐 말일세. 공작 자네가 옥수수 껍질 침대를 쓰는 게 이치에 맞네."

짐과 나는 또다시 둘이 다투지나 않을까 걱정했다. 그러나 뜻밖
에도 공작이 순순히 말했다.

"압박과 설움 속에서 항상 진창에 처박히는 게 내 운명이지요. 일
찍이 불운은 고귀한 내 영혼을 파멸시키고 말았답니다. 굴복하고
순종하는 것이 내 운명이죠. 어차피 외로운 신세, 기꺼이 참고 견디
리라."

우리는 그제야 안도했다.

이윽고 주위가 어두워지자 우리는 출발했다. 강 한가운데로 나가
자 왕은 마을에서 한참 떨어진 곳에 도달할 때까지 불을 켜지 말라
고 했다. 조금 뒤 멀리 불빛이 모여 있는 곳이 보였다. 바로 문제의
그 마을이었다. 우리는 반 마일 정도 떨어진 마을을 무사히 지나치
고 4분의 3마일가량 내려가 랜턴을 켰다.

밤 10시쯤 되자 천둥과 번개를 동반한 비바람이 거세게 몰아쳤
다. 그러자 왕은 우리에게 날씨가 좋아질 때까지 잘 살펴보라고 말
하고는 공작과 둘이 천막집으로 들어가 버렸다. 나는 자정까지 당
번을 서기로 했지만 남는 침대가 있었다 해도 천막집에는 들어가지
않았을 것이다. 이런 폭풍우는 자주 있는 것이 아니다. 말하자면 천
재일우의 기회였다. 폭풍우는 무섭게 휘몰아쳤다. 몇 초마다 번개
가 번쩍이면서 반 마일 이내의 사나운 물결을 비추었다. 섬들과 거
센 바람에 맞서 몸부림치는 나무들이 빗줄기 때문에 뿌옇게 보였

다. 와르릉, 쾅쾅, 우지끈 쾅, 천지가 뒤집히는 것 같았다. 한바탕 천둥이 치고 나면 이번에는 번개가 번쩍하며 천지를 대낮처럼 환하게 밝혔다. 때때로 사나운 파도가 나를 덮쳤지만 옷을 벗고 있어서 상관없었다. 물속에 가라앉은 나무들도 방해가 되지는 않았다. 번갯불이 끊임없이 환하게 밝혀주었기 때문에 뗏목 머리에 충돌하지 않도록 피할 수 있었다.

자정이 되자 어찌나 졸리는지 견딜 수 없었다. 그러자 짐이 2시까지 자기가 망을 보겠다고 했다. 짐은 언제나 내게 매우 친절했다. 나는 천막집 안으로 들어갔지만 왕과 공작이 다리를 대자로 뻗고 있어서 자리가 없었다. 그래서 다시 밖으로 나와 천막집 옆에 누웠다. 날씨가 따뜻해서 비는 문제가 되지 않았고 파도도 그렇게 높지 않았다.

밤 2시쯤 또 파도가 사나워졌다. 짐은 나를 깨우려다 아직은 괜찮다 싶어 그대로 두었다. 하지만 잘못 생각한 것이었다. 갑자기 세찬 파도가 덮쳐 나는 물살에 휩쓸리고 말았다. 그걸 보고 짐은 깔깔대며 웃었다. 그렇게 잘 웃는 검둥이도 없을 것이다.

이번에는 내가 당번을 보고 짐이 잠을 잤다. 마침내 폭풍우가 조금씩 잦아들었다. 강기슭 너머에 통나무집 등불이 보이기 시작했다. 나는 짐을 깨우고 뗏목을 다시 적당한 장소에 감추었다.

아침 식사를 마치자 왕은 손때가 시커멓게 묻은 트럼프 한 벌을 꺼내 공작과 한 판에 5센트씩 걸고 '세븐업' 게임을 한참 했다. 그러다 트럼프 놀이가 싫증 났는지 둘은 소위 '유세(遊說) 계획'이라는 걸 수립하자고 했다. 공작은 가방에서 전단지를 잔뜩 끄집어내더니 큰 소리로 읽기 시작했다. 하나는 어느 날 어느 곳에서 '파리에서 온 유명한 아르망 드 몽탈방 박사'가 입장료 10센트로 '골상학 강연'을 하고, '한 장에 25센트로 성격 분석표를 제공한다'고 씌어 있었다. 공작은 이 사람이 바로 자신이라고 했다. 또 하나의 전단에는 '런던 드루리 레인 왕립극장 전속 배우이며 세계적으로 명성이 높은 셰익스피어 비극 전문 명배우 개릭 2세'라고 씌어 있었다. 그 밖의 전단지에도 다양한 별명이 있었는데, '마법 지팡이'로 땅속의 물이나 황금을 찾아내기도 하고, '마녀의 주술을 없애기'도 하는 등 아주 놀라운 일을 한 것으로 씌어 있었다. 이윽고 공작이 말했다.

"하지만 내가 가장 좋아하는 건 연극이랍니다. 폐하, 폐하께서는 무대에 서본 적이 있습니까?"

"아니."

"그렇다면 지금은 전락한 폐하, 사흘 안에 무대에 오르게 해드리지요. 맨 처음 도착하는 마을에서 회관을 빌려 〈리처드 3세〉의 칼싸움이나 〈로미오와 줄리엣〉의 발코니 장면을 공연합시다. 어떠십니까?"

"브리지워터, 돈만 된다면 뭐든 못하겠나. 하지만 나는 연기에 문외한이고 연극을 본 적도 거의 없다네. 부왕이 궁전에서 연극 공연을 열었을 때 나는 아직 어린애였어. 자네가 나를 가르칠 수 있겠나?"

"누워서 떡 먹기지요."

"좋아! 나도 요새 뭔가 새로운 것을 해보고 싶어서 근질근질하던 참이었어. 지금 당장 시작하세."

그러자 공작은 로미오와 줄리엣에 대해 세세하게 설명해주면서, 자기는 지금까지 로미오 역할을 해왔으니 왕은 줄리엣 역을 맡는 것이 좋겠다고 했다.

"그러나 공작, 그렇게 꽃다운 아가씨 역을 대머리에 흰 구레나룻이 난 노인이 하는 건 여간 꼴불견이 아닐 텐데."

"걱정할 필요 없어요. 촌놈들은 그런 것 신경도 안 쓰니까요. 그리고 의상을 입으면 전혀 달라 보일 겁니다. 줄리엣은 자기 전에 발코니에 나와서 달빛을 감상하는 겁니다. 잠옷과 주름 잡힌 나이트캡을 쓰고서요. 의상은 여기 있습니다."

그는 리처드 3세와 상대 배우가 입는 중세 갑옷이라며 커튼용 천으로 만든 옷을 두서너 벌 꺼냈다. 또 희고 긴 무명 잠옷과 주름 잡힌 나이트캡도 꺼냈다. 왕은 만족해했다. 공작은 책을 꺼내 과장된 몸놀림으로 걸으면서 연기했다. 자기 대사를 다 읽고 나서 책을 왕에게 건네면서 맡은 역할의 대사를 외우라고 했다.

강의 만곡부에서 아래쪽으로 3마일(약 5킬로미터—옮긴이)쯤 내려간 곳에 작은 마을이 있었다. 점심을 먹고 나서 공작은 낮에도 짐이 안전하게 강을 내려갈 수 있는 방법이 있다고 말했다. 그리고 이 마을에 들어가서 그 준비를 하고 오겠다고 했다. 그러자 왕도 무슨 좋은 방법이 있는지 가보고 오겠다고 하는 것이었다. 마침 커피가 떨어져서 짐은 나한테도 같이 가서 사 오라고 했다.

마을에 가보니 길에 나다니는 사람 하나 없이 거리가 텅 비어 있었다. 마치 일요일처럼 쥐 죽은 듯이 고요했다. 뒤뜰에서 병든 검둥이가 햇볕을 쬐고 있었는데, 이 검둥이 말로는 어린아이와 노인과 환자를 빼놓고는 한 사람도 남김없이 모두 2마일(약 3킬로미터—옮긴이) 가량 떨어진 숲속의 야외 집회에 갔다는 것이다. 왕은 그곳이 어디냐고 묻더니 거기에 가서 한밑천 잡아야겠다며 나한테도 같이 가자고 했다.

공작은 인쇄소부터 찾아보자고 말했다. 우리는 곧 목공소 2층에 있는 허름한 인쇄소 하나를 발견했다. 그런데 목수도 인쇄공도 모두 집회에 갔는지 아무도 없었고 문에 자물쇠도 잠겨 있지 않았다. 그곳은 온통 지저분하게 흐트러진 데다 잉크가 여기저기 묻어 있었고 벽에는 말이라든가 도망간 검둥이를 손으로 그린 전단지가 잔뜩 붙어 있었다. 공작은 윗옷을 벗고 이제 됐다고 했다. 그리고 왕과 나는 야외 집회 쪽으로 출발했다.

한 30분쯤 걸어서 집회장에 도착했다. 몹시 더운 날씨여서 우리는 온통 땀범벅이 되었다. 그곳에는 이미 20마일(약 32킬로미터—옮긴이) 인근에서 온 사람들이 천 명쯤 모여 있었다. 숲 곳곳에는 말과 짐마차가 매여 있었고, 말들은 짐마차 여물통에서 여물을 먹으면서 연신 발을 굴러 파리를 쫓고 있었다. 나무를 기둥으로 삼고 나뭇가지를 지붕으로 삼은 오두막에서는 레모네이드와 생강과자, 수박과 갓 딴 옥수수 등을 쌓아놓고 팔았다.

설교는 이것과 비슷한 더 넓은 오두막에서 진행되었는데, 많은 사람들이 모여 있었다. 의자는 두꺼운 통나무를 잘라 만들었는데 둥근 쪽으로 구멍을 뚫고 다리를 끼워 넣었다. 의자 등받이는 없었다. 설교사들은 집 안의 한쪽 끝 높은 단 위에 서 있었다. 여자들은 햇볕을 가리는 모자를 쓰고 리넨 드레스와 면으로 지은 겉옷을 입고 있었다. 무명베 셔츠만 입은 사내아이도 있었고, 맨발로 다니는 아이도 있었다. 어떤 할머니는 뜨개질을 하고 있었고, 청년들은 여자들에게 수작을 걸기도 했다.

첫 번째 오두막에서는 목사가 찬송가를 가르치고 있었다. 목사가 두 소절을 부르면 다 같이 따라 불렀는데, 사람들이 워낙 많은 데다 힘차게 불러서 듣기 좋았다. 그다음 목사가 또 두 소절을 부르면 일동이 따라 불렀다. 분위기가 무르익자 사람들은 점점 고무되어 더 크게 불렀다. 급기야 신음하듯 외치는 사람도 있었다. 그러자 목사도 설교에 한층 열을 올렸다. 그는 두 팔과 온몸을 흔들며 강단 끝에서 다른 끝으로 기운차게 왔다 갔다 하며 설교했다. 그러더니 성경을 높이 쳐들고 흔들면서 외쳤다.

"이것이 바로 모세가 광야에서 보여주었던 놋뱀이니라! 놋뱀을 본 자는 살지어다!"

그러면 사람들이 화답했다.

"할렐루야, 아멘!"

다시 설교가 계속되자 사람들은 외치고 울부짖으며 목사의 말끝마다 "아멘!"이라고 외쳤다.

"오, 회개하는 자여, 오너라! 죄에 물든 자여, 오너라! 오너라! 병든 자여, 상처 입은 자여, 오너라! 불구의 몸을 가진 자여, 다리를 저는 자여, 장님이여, 오너라! 가난한 삶에 지친 자여, 오너라! 피로 더럽혀지고 괴로워하는 모든 자, 학대받아 지친 영혼은 오너라! 마음을 깨끗이 하는 물은 값이 없느니라. 천국의 문은 열려 있으니, 오, 들어가 쉬어라! 아멘! 주께 영광 있으라! 할렐루야! 영광 있으라!"

대충 이런 식이었다. 외치는 소리와 울음소리와 부르짖는 소리가 뒤섞여 목사가 무슨 말을 하는지 알아들을 수 없었다. 군중들이 일어나 눈물을 흘리면서 사람들을 헤집고 회개석으로 갔다. 회개자들이 맨 앞줄 의자에 모여 앉아 정신이 나간 사람처럼 노래하고 외치며 밀짚 위에 몸을 던지며 뒹굴었다.

마흔 살쯤 되어 보이는 뚱뚱한 검둥이 여자가 제일 가관이었다. 다른 백인 회개자들도 그녀를 어떻게 할 도리가 없었다. 한 사람이 그녀에게서 빠져나가기 무섭게 그녀는 다른 사람을 부둥켜안는 것이었다. 그다음 그녀는 다른 사람들처럼 밀짚에 엎드려 뒹굴면서 손가락으로 흙바닥을 헤치며 '할렐루야'를 외쳐댔다.

어느새 왕도 앞으로 나가 사람들 사이에서 소리를 질러댔다. 왕의 목소리는 다른 누구보다 컸다. 그가 설교대 앞으로 나아가자 목사가 그에게 신앙 고백을 해달라고 부탁했다. 그는 자신이 해적이며 인도양에서 40년 동안 해적질을 했다고 말했다. 지난봄 싸움을 하다가 부하들을 대거 잃고 새로운 부하를 모집하러 돌아왔는데, 마침 어젯밤 고맙게도 도둑을 맞아 빈털터리가 되는 바람에 기선에서 내려 오늘 여기에 오게 되었다고 터무니없는 소리를 지껄였다. 덧붙여서 자기가 이렇게 되어 매우 기쁘다고 했다. 이처럼 은혜를 입어본 적이 일찍이 없다고 했다. 왜냐하면 이제 새로운 사람으로 거듭나 생전 처음으로 행복을 느꼈기 때문이라는 것이었다. 또한 왕은 지금은 비록 가난하지만 다시 인도양으로 돌아가 부하 해적들을 회개시키며 남은 삶을 살겠다고 했다. 자기는 인도양의 해적을 모두 알고 있으니 자기만큼 그들을 잘 선도할 사람은 없다는 것이었다. 지금은 한 푼도 없어 인도양까지 가는 데 오랜 시일이 걸리겠지만 어떤 방법을 써서라도 갈 것이고, 해적들을 설득하면서 이렇게 말하겠다고 했다.

"내게 고맙다고 하지 마시오. 내 덕분이라고 생각하지 마시오. 파크빌 야외 집회의 사랑하는 형제들과, 해적으로서는 일찍이 가져본 적이 없는 참된 친구들, 그리고 존경하는 목사님 덕분입니다."

그러더니 왕은 느닷없이 울음을 터뜨렸다. 그러자 모든 사람들이 따라 울었다. 그때 누군가 "저분을 위해 헌금합시다!"라고 큰 소리로 외쳤다. 그러자 대여섯 명이 나서서 모금을 하기 시작했다. 이번에는 누군가 또 "그에게 모자를 들고 다니게 하라!"고 크게 외쳤다.

그러자 모두 호응했고 목사도 기꺼이 동의했다.

왕은 모자를 들고 군중 사이를 돌아다녔다. 눈물을 훔치면서 모두 그 먼 곳에 있는 불쌍한 해적들까지 생각해주시다니 정말 고맙다면서 사람들을 축복하고 칭찬하며 감사의 인사를 보냈다. 예쁜 처녀들이 눈물을 흘리면서 다가와 당신을 기억하기 위해 키스하고 싶다고 했다. 그는 모두 허락하면서 그중 몇 명은 끌어안고 대여섯 번이나 키스를 했다. 누군가 일주일 동안 왕을 자기 집으로 초대하고 싶다고 했다. 그러자 다른 사람들도 모두 자기 집에서 묵는다면 더없는 영광이겠노라고 했다. 하지만 왕은 오늘이 야외 집회 마지막 날이니 그렇게 할 수는 없고, 지금 당장 인도양으로 돌아가 하루빨리 해적들의 영혼을 구해야 한다고 말했다.

일을 마치고 뗏목으로 돌아와 돈을 계산해보니 전부 87달러 75센트였다. 게다가 숲을 지나 돌아올 때 짐마차 아래 있던 3갤런(약 11리터―옮긴이)들이 위스키 통도 훔쳐 왔다. 왕은 지금까지 전도 사업을 숱하게 해봤어도 오늘처럼 수입이 많았던 적은 처음이라고 했다. 그리고 야외 집회에서 사람들을 속이는 데는 해적을 교화시킨다는 것이 이교도를 전도한다는 것보다 훨씬 효과가 크다고 말했다.

공작은 왕이 돌아오기 전까지는 자기가 사업으로 한몫 챙겼다고 우쭐해하고 있었다. 그러나 왕의 이야기를 듣고는 꼬리를 내렸다. 그는 인쇄소에서 농부들에게 종마를 선전하는 광고 전단을 인쇄해주고 4달러를 벌었으며, 또 신문 광고를 청탁받아 선불로 내면 4달러에 해주겠다고 해서 그것도 챙겼다. 신문 구독료는 1년에 2달러 인데 선불 조건으로 한 사람당 50센트씩 세 건의 구독 신청을 받았 다고 했다. 그 사람들은 전례에 따라 장작과 양파로 지불하겠다고 했지만 공작은 이 공장을 인수한 지 얼마 되지 않아 겨우 손해 안 볼 정도로 싸게 주는 대신 현금으로 받겠다고 말했다는 것이다.

또 공작은 3구절로 된 짧은 시를 지었다고 했다. 시 제목은 '냉정 한 세상이여, 이 상처 입은 마음을 찢어라'로 매우 부드럽고도 애달 픈 내용인데, 아무 대가 없이 그 시를 당장 인쇄할 수 있도록 조판 해주었다고 했다. 대강 이렇게 해서 9달러 50센트를 벌었는데, 그 만하면 일당으로 괜찮은 편이라고 했다.

그러더니 공작은 자기가 직접 인쇄했지만 우리를 위해 한 것이 라서 대금을 청구하지 않겠다며 작은 전단지를 보여주었다. 그것은 막대기에 보따리를 꿰어 어깨에 걸쳐 멘 도망친 검둥이를 그린 전 단지였다. 그림 아래에는 '현상금 2백 달러'라고 인쇄되어 있었다. 내용은 모두 짐에 관한 것이었다. 그 검둥이는 지난겨울 뉴올리언 스로부터 40마일(약 64킬로미터—옮긴이) 아래에 있는 세인트자크의 농 장에서 도망쳐 북쪽으로 갔으며, 그를 붙잡아 오는 사람에게 현상 금을 주겠다는 내용이었다. 공작이 말했다.

"이제부터는 낮에도 얼마든지 뗏목을 타고 갈 수 있어. 누가 가까 이 오면 재빨리 짐의 손발을 밧줄로 묶어 천막집에 가두는 거야. 그 러고는 상류에서 이 검둥이를 붙잡았는데 돈이 없어 기선 대신 이 조그만 뗏목을 빌려 타고 상금을 받으러 내려가는 길이라고 말하면 돼. 수갑과 쇠사슬을 채우면 더 그럴듯하겠지만, 그것들은 돈이 없다는 말과 맞지 않거든. 그러니 밧줄이 딱이야. 모두 무대 위에서 하는 것처럼 연기해야 돼."

우리 모두 공작이 꽤 근사한 생각을 해냈다며, 이젠 낮에 이동해도 아무 걱정 없겠다고 좋아했다. 공작이 인쇄소에서 한 짓으로 그 조그만 마을에 큰 소동이 일어날 게 뻔했으므로 우리는 그것을 피하려면 밤새 몇 마일쯤은 내려가야겠다고 생각했다. 그 뒤로는 마음만 먹으면 언제든지 낮에도 떳떳하게 뗏목을 몰 수 있다.

우리는 가만히 숨어서 10시가 될 때까지 기다렸다가 뗏목을 띄우고 나가 마을이 전혀 보이지 않을 때까지 등불을 켜지 않았다. 새벽 4시쯤 짐이 당번을 교대하러 나를 깨우더니 말했다.

"헉, 우리가 앞으로 더 많은 왕들을 만날까?"

"아니, 그렇지 않아."

"그럼 다행이여. 한둘은 모르지만 그 이상은 정말 피곤혀. 지금 왕은 술주정뱅이에다 공작도 더 나을 게 없으니 말이여."

짐은 왕에게 프랑스 말을 들려달라고 졸랐지만 왕은 이 나라에 너무 오래 있었고 또 고생을 너무 심하게 해서 다 잊어버렸다고 했다는 것이었다.

21장

해가 떴는데도 우리는 쉬지 않고 강을 내려갔다. 얼마 후 왕과 공작은 초췌한 모습으로 나와 강물에 뛰어들어 한바탕 헤엄을 치고 나서야 웬만큼 기운을 차리는 듯했다. 아침 식사 후 왕은 뗏목 한구석에 앉아 구두를 벗고 바지를 걷어 올린 다음 편한 자세로 두 다리를 물속에 담그고 파이프 담배에 불을 붙이더니 〈로미오와 줄리엣〉의 대사를 외우기 시작했다. 그리고 웬만큼 외우자 공작과 둘이 연습을 했다. 공작은 말 한 마디 한 마디 되풀이해서 왕에게 가르쳐주었다. 한숨을 쉬거나 손을 가슴에 얹는 것까지 연습을 시키고 나니 제법 근사하게 할 수 있었다. 그래도 공작은 못마땅한지 이렇게 말했다.

"그렇게 송아지 같은 소리로 '로미오!' 하지 말고 부드럽고 나긋나긋하고 애처로운 목소리로 '오, 로미오!' 이렇게 하란 말이에요. 알겠어요? 줄리엣은 어리고 예쁜 소녀니까 수나귀처럼 울지 않는단 말이에요."

그러고 나서 공작이 떡갈나무 가지로 긴 칼을 만들더니 둘이 칼 싸움을 연습했다. 공작은 자칭 리처드 3세였다. 둘이 서로 나무칼을 치면서 뗏목 위를 이리저리 뛰어다니는 모습이 꽤 그럴싸했다. 그러다 왕이 발을 헛디뎌 강으로 떨어지자 두 사람은 칼싸움을 멈추고 앉아 쉬면서 미시시피 강을 따라 떠돌면서 겪은 모험담을 늘어놓았다.

점심을 먹고 나서 공작이 말했다.

"자, 카페 왕, 최상급 연극으로 만들어야 하니, 뭔가 좀 덧붙여 보는 것이 어떨까 싶군요. 그러니까 앙코르에 답할 간단한 뭔가가 필요하단 말이지요."

"브리지워터 경, 앙코르가 뭔가?"

공작은 왕에게 설명하고 나서 말했다.

"나는 스코틀랜드 춤으로 앙코르에 답하면 되고, 당신은 가만있자, 그렇지! 당신은 〈햄릿〉의 독백을 하면 되겠군요."

"햄릿?"

"햄릿의 독백 말이에요. 셰익스피어의 작품 중에서 가장 유명한 거요. 정말 근사해. 틀림없이 감격의 도가니로 몰아넣을 거야. 하지만 내가 가진 대본에는 그 부분이 없어요. 한 권밖에 없으니. 하지만 기억을 더듬어 한 마디씩 맞춰가면 될 거예요. 잠깐 기억을 좀 더듬어보지요."

그는 이렇게 말하더니 뗏목 위를 터덜터덜 걸으며 생각에 잠기는 듯했다. 처절한 표정을 짓기도 하고 눈썹을 추켜올린 채 한 손으로 이마를 짚고는 뒷걸음질을 치기도 했다. 신음 소리 비슷한 것을 내기도 하고 한숨을 쉬기도 하더니 급기야 눈물까지 짜내는 시늉을 했다. 정말 볼 만했다. 그러더니 결국 기억해냈다. 그는 우리에게 잘 들으라고 하고는 한쪽 발을 앞으로 쑥 내밀고 두 손을 높이 들며 머리를 젖히더니 하늘을 우러러보았다. 굉장히 멋진 폼이었다. 그러고는 미친 사람처럼 격렬한 표정으로 이를 악물고 날뛰더니 대사를 하는 내내 소리를 지르고 근처를 왔다 갔다 하고 가슴을 내밀고 야단법석을 떨었다. 내가 그때까지 본 중에 가장 멋진 연기였다. 공작이 왕에게 가르치는 동안 나는 햄릿의 독백을 쉽게 외울 수 있었다.

사느냐? 죽느냐?
길고 긴 삶의 고통은
바로 이 가슴 쥐어뜯는 주저에서 비롯되느니
버넘 숲이 던시내인 언덕에 오기 전까지
이 무거운 짐을 견뎌낼 자는 누구냐?
사후의 공포가
대자연이 주는 두 번째 선물인
죄 없는 잠을 죽이고,
우리가 미지의 운명으로 향하기보다
잔인한 운명의 화살을 쏘게 했도다.

우리가 망설이는 건 이 때문이다.

문을 두드려 던컨 왕의 잠을 깨워라.

그럴 수만 있다면 얼마나 좋으랴.

누가 견딜 수 있는가!

한밤중 교회의 묘지가 그 엄숙한 검은 옷을 입고 입을 벌린 채 기다리고 있을 때,

세상의 비난과 경멸, 압제자의 비행,

오만한 자의 무례, 법의 느린 집행,

상심 끝에 빚어지는 죽음을

견딜 자는 누구인가?

일찍이 어떤 나그네도 되돌아온 일이 없는 미지의 나라가

이 세상에 두려움을 전하고,

그리하여 본래 결심은

가엾은 고양이처럼

두려움으로 시들해지고,

지붕 위에 드리운 구름도,

모두 이 때문에 길을 잘못 들어서

실행의 명분을 잃는다.

죽음은 내가 가장 바라는 것

자, 아름다운 오필리아여! 마음을 풀지어다!

그 무거운 대리석 같은 입술을 열지 말고

수녀원으로 갈지어다, 어서!

왕은 이 대사가 마음에 들었는지 금방 외웠다. 그는 마치 이 역할을 위해 태어난 것 같았다. 연기가 거의 완성되어가자 그는 흥분한 나머지 미친 듯이 날뛰며 대사를 읊었는데 정말 훌륭했다.

우연한 기회에 공작은 연극 전단지를 인쇄했다. 그 뒤 2, 3일 동안 강을 내려가는 우리의 뗏목에서는 언제나 칼싸움과 공작이 '리허설'이라고 부르는 연습만이 되풀이되고 있었다. 어느 날 아침 아칸소 주 남쪽에 다다랐을 때, 커다란 만곡부에 조그만 마을이 눈에 들어왔다. 그래서 우리는 거기로부터 4분의 3마일(약 1킬로미터—옮긴이) 정도 위쪽의 삼나무가 우거진 개울 어귀에 뗏목을 매어놓았다. 그리고 짐을 제외한 나머지 세 사람은 카누를 타고 흥행 여부를 알아보려고 마을로 들어갔다.

마침 운이 좋았다. 그날 오후에 서커스가 열려서 마을 사람들은 낡아서 건들거리는 각양각색의 마차와 말을 타고 모여들었던 것이다. 서커스는 어둡기 전에 떠난다고 하니 우리에게는 더없이 좋은 기회였다. 공작이 그 마을의 회관을 빌렸고, 우리는 여기저기 다니며 전단지를 붙였다. 전단지에는 다음과 같이 씌어 있었다.

셰익스피어 재공연!
깜짝 놀랄 구경거리

오늘 밤만 공연!

세계적으로 유명한 비극 배우 출연
런던 드루리 레인 왕립극장의 데이빗 개릭 2세
런던 피커딜리의 푸딩 레인 화이트채플,
헤이마켓 왕립극장 및 왕립대륙극장의
에드먼드 킨 2세

이들 명배우가 출연하는 셰익스피어의 백미
〈로미오와 줄리엣〉의 발코니 장면!

로미오……개릭 2세
줄리엣……킨 2세
그 외 극단 단원 총 출연!
새 의상, 새 무대장치, 새로운 연출

이 밖에도
〈리처드 3세〉의
스릴 있고 웅장하며 등골 오싹한 칼싸움 공연!

리처드 3세……개릭 2세

리치먼드……킨 2세

또한

각별한 은혜에 보답하는 뜻에서

〈햄릿〉의 불후의 독백

그 이름도 빛나는 킨 2세의 특별 공연!

파리에서 장장 3백 회 연속 흥행과

유럽 지역 공연 선약으로 인해

오늘 밤만 단 1회 공연!

입장료 25센트, 어린이와 하인은 10센트

우리는 거리를 돌아다녔다. 점포와 집들은 모두 낡아서 쓰러질 것 같았다. 판자 건물에는 페인트를 칠한 흔적도 없었고, 강이 범람해도 물에 잠기지 않도록 지면에서 약 3, 4피트(약 1미터—옮긴이) 높여 놓았다. 집 주변의 조그만 뜰에는 겨우 나팔꽃과 해바라기 정도만 있었고 잿더미, 쭈그러진 헌 장화, 깨진 병 조각, 누더기, 쓰다 버린 양철통 따위가 뒹굴고 있었다. 담은 온갖 종류의 판자 조각으로 만들어져 있었으며 못질도 제각각이었다. 게다가 한쪽으로 죄 기울어져 있었다. 문에는 돌쩌귀가 한쪽만 있었고 그것마저도 가죽이었다. 그래도 어떤 담에는 흰 페인트를 칠했던 흔적이 남아 있었는데,

공작은 아마도 콜럼버스 시대에 칠했던 것으로 보인다고 말했다. 집 뜰에는 대부분 돼지들이 들어와 사람들이 그놈들을 몰아내고 있었다.

가게는 전부 거리를 따라 늘어서 있었다. 집에서 손수 만든 하얀 차양이 가게 앞에 쳐져 있었는데, 마을 사람들은 이 차양 기둥에다 말을 매어두었다. 차양 아래에는 빈 포목 상자가 놓여 있었고, 할 일 없는 청년들이 하루 종일 거기에 닭처럼 올라앉아 커다란 칼로 상자를 깎거나 담배를 씹기도 하고, 또 하품을 크게 하거나 기지개를 켜기도 했다. 아무튼 변변찮아 보이는 녀석들이었다. 그들 대부분은 우산만큼 폭이 넓은 노란 밀짚모자를 쓰고 있었고 윗옷이나 조끼는 입지 않았다. 그들은 자기네끼리 서로 빌이라든가 벅, 행크, 조, 앤디 따위의 이름을 부르며 아주 느릿느릿한 말투로 대화하면서 걸핏하면 욕지거리를 했다. 차양 기둥마다 건달 하나가 기대앉아 있을 정도였다. 게다가 모두 두 손을 바지 주머니에 찔러 넣고는 남에게 씹는 담배를 빌려줄 때나 자기 몸 어딘가를 긁을 때 외에는 주머니에서 손을 빼는 법이 없었다. 줄곧 이런 말만 들렸다.

"행크, 담배 한입만 줘."

"안 돼, 한 번 씹을 것밖에 없어. 빌에게 달라고 해!"

그러면 빌은 한입 줄 때도 있고, 또는 있어도 없다고 할 때도 있었다. 이들 중에는 1센트는커녕 담배 한 개비도 없는 녀석들도 있었다. 이런 놈들은 으레 담배를 꿔서 피웠고 친구에게 늘 이런 투로 말했다.

"잭 한 대만 꿔주라. 조금 전에 벤 톰슨에게 한 대 남은 걸 줘버렸거든."

물론 거짓말이었다. 다른 지역에서 온 사람이라면 혹시 이런 수작에 걸려들지 모르지만 잭은 이렇게 받아넘겼다.

"그 녀석한테 한 대를 줘? 차라리 네놈의 여동생이 기르는 고양이의 할멈에게 췄다고 하시지. 야, 레이프 버크너, 여태까지 꿔 간 거나 갚아. 그러면 한 갑이든 두 갑이든 이자 없이 꿔줄 테니."

"그때 갚았잖아……."

"그래 갚긴 했지, 여섯 대쯤? 그것도 꿔 가기는 가게에서 파는 좋은 담배를 가져가고서는 싸구려 담배로 갚았지."

가게에서 파는 담배는 납작하고 거무스름한 꼭지가 있었지만 이 건달패들은 대개 담배 생잎을 그대로 꼬아 씹고 있었다. 한 대 빌려줄 때는 칼로 자르는 대신 이로 물고 손으로 잡아당겼다. 간혹 담배를 빌려 간 녀석이 이로 물어뜯은 나머지 부분을 주면 담배 주인은 비꼬는 투로 말했다.

"야, 인마! 네가 물고 있는 쪽을 주고, 너는 꼭지나 가져!"

마을의 큰길이고 작은 길이고 간에 모두 진창길이었다. 어떤 곳은 타르처럼 새까만 진흙이 1피트(30센티미터—옮긴이)나 쌓인 곳도 있었다. 대개는 2, 3인치(5~7센티미터—옮긴이) 깊이였다. 어디를 가도 진흙투성이의 암퇘지와 새끼돼지가 몰려와 사람이 지나다니는 길 가운데 털썩 누워버리곤 했다. 그러고는 새끼가 젖을 빨 동안 암퇘지는 마치 당연한 권리인 양 행복한 듯이 눈을 감고 귀를 쫑긋거렸다. 그러면 건달 하나가 이렇게 소리 질렀다.

"이놈의 돼지! 저리 비키지 못해! 타지, 저놈들을 물어라!"

결국 암퇘지는 양쪽 귀를 물고 늘어진 개 한두 마리를 질질 끌면서 꽥꽥거리며 달아났다. 뒤이어 개 40마리가 몰려오면 모든 건달들이 일어나 구경하면서 좋다고 웃어댔다. 그들은 마치 이런 소란을 즐기는 듯했다. 하릴없이 빈둥거리다 개싸움이 일어나면 모두 일어나 모여들었다. 개싸움만큼 이들에게 신나는 짓거리도 없었다. 주인 없는 개에다 테레빈유를 끼얹고 불을 붙인다든가, 꼬리에 양철 냄비를 매달아 개가 죽어라 뛰어다니는 것을 볼 때도 그랬다.

강둑에 있는 어떤 집은 지붕이 강 쪽으로 기울어져 금방이라도 쓰러져 물속으로 떨어질 것 같았다. 이런 집에는 대개 사람이 살지 않았다. 또 어떤 집은 둑 한쪽이 무너져 집이 허공에 떠 있었다. 거기에는 아직 사람들이 살고 있었는데 언제 무너질지 몰라 매우 위험했다. 때로는 4분의 3마일(약 1킬로미터―옮긴이) 정도가 한꺼번에 무너져 모두 물에 잠긴 적도 있다. 이런 마을은 강물이 기슭을 자꾸 침식해 들어오기 때문에 끊임없이 뒤로 물러나지 않으면 안 된다.

점심때가 가까워오자 마차와 말들이 꾸역꾸역 모여들어 거리가 혼잡해지기 시작했다. 시골에서 온 가족들은 모두 제각기 점심을 싸 와서 마차에서 먹었다. 위스키를 마시는 사람도 많아 세 군데에서 동시에 싸움이 벌어지기도 했다. 그때 누군가 큰 소리로 말했다.

"저기 보그스 영감이 온다! 월례 행사처럼 술 마시고 법석을 피우러 시골서 올라왔구먼."

건달들 모두 기쁜 표정이었다. 이 패들은 보그스 영감을 놀려먹는 데 재미를 붙인 것 같았다. 그중 하나가 말했다.

"오늘은 누구와 한바탕할까? 20년 동안 벼르던 놈들을 다 처치했다면 저 영감도 이름깨나 날렸을 텐데 말이야."

그러자 다른 녀석이 말했다.

"보그스 영감이 나를 해치우겠다고 하면 좋겠는데. 그러면 아마족히 천 년쯤은 살걸."

보그스 영감은 인디언처럼 소리를 지르면서 말을 몰고 왔다.

"길을 비켜라! 내가 나가신다. 자, 이제부터 관(棺) 값이 오를 거야!"

이미 취한 영감은 안장 위에서 계속 몸을 휘청댔다. 쉰 살이 넘어보였고 시뻘건 얼굴이었다. 이곳저곳에서 그에게 야유를 퍼붓고 욕지거리를 해대며 비웃자 그도 말대답을 했다.

"네놈들을 차례로 해치워야겠지만, 오늘은 늙은 셔번 대령을 죽이러 이 마을에 왔기 때문에 그럴 틈이 없다. 고기 요리를 먼저 먹고 후식은 마지막에 먹는 것이 내 신념이라고! 그러니 너희들은 다음 차례야."

보그스 영감은 나를 보더니 다가와서 말했다.

"인마! 넌 어디서 굴러온 놈이냐? 너도 죽을 준비는 돼 있겠지?"

그는 이렇게 말하고는 저쪽으로 가버렸다. 나는 무서웠다. 그러자 옆의 남자가 말했다.

"저 영감은 제정신이 아니야. 취하면 항상 저래. 그래도 아칸소 주에서 가장 착한 바보 영감이야. 늘 취해 있지만 남에게 해를 끼친 적은 한 번도 없거든."

보그스 영감은 말을 몰고 거리에서 제일 큰 가게 앞으로 가서 차양 아래로 머리를 들이밀고 소리쳤다.

"셔번, 이리 나와! 빨리 안 나와! 네놈이 사기 쳐먹은 사람과 붙어 보자. 이 나쁜 놈아. 내 오늘은 널 가만 안 둘 테다!"

영감이 실컷 욕하는 동안 거리는 그 욕설을 듣고 웃고 떠드는 사람들로 가득 찼다. 이윽고 옷을 잘 차려입은 50대 중반의 거만하게 생긴 셔번 대령이 가게에서 나오자 떠들던 구경꾼들이 길을 터주었다. 대령은 매우 침착하게 보그스 영감에게 다가가 천천히 말했다.

"이런 행패도 이제 진저리가 난다. 오늘 1시까지는 참겠다. 1시까지야, 알겠나? 그 후에 단 한 번이라도 나에 대해 입을 뻥긋했다간 그냥 두지 않을 테니 그리 알아!"

말을 끝내고 셔번 대령은 다시 가게 안으로 들어갔다. 구경꾼들은 엄숙한 표정을 지었고 웃지도 않았다. 그러나 보그스 영감은 여전히 목청을 돋워 셔번 대령에게 욕하면서 말을 몰고 거리 저쪽으로 달려갔다. 그러나 다시 되돌아와서 가게 앞에 말을 세우고 고함을 치기 시작했다. 몇몇이 그를 둘러싸고 그만하라고 말렸지만 소용없었다. 15분만 있으면 1시가 되니 그 전에 집으로 돌아가라고 사람들이 말렸지만 막무가내였다. 보그스 영감은 온갖 악담과 욕설을 퍼붓고 모자를 진흙탕에 내동댕이치고 말발굽으로 마구 짓밟았다. 그러더니 곧 백발을 휘날리면서 또다시 거리 저쪽으로 말을 몰고 가버렸다. 사람들 모두 전력을 다해 영감을 말에서 끌어 내려 술이 깰 때까지 가둬두려고 했지만 헛수고였다. 그는 또 거리를 달려와서는 셔번 대령에게 악담을 퍼부었다. 그때 누군가 말했다.

"영감 딸을 데리고 와! 빨리! 딸의 말이라면 들을지도 몰라. 영감을 달랠 수 있는 건 딸밖에 없어."

그러자 누군가 딸을 찾으러 달려갔다. 길을 계속 걸어가는데 5분인가 10분쯤 지나자 보그스 영감이 다시 나타났다. 말은 타지 않고 모자도 쓰지 않고, 친구들에게 양팔을 부축받고 비틀거리며 내가 있는 쪽으로 거리를 가로질러 왔다. 아까의 그 허세는 온데간데없이 불안해 보였다. 그때 누군가 소리를 질렀다.

"보그스!"

셔번 대령이었다. 그는 오른손에 권총을 들고 침착하게 거리 한가운데 서서 총구를 허공으로 향하고 있었다. 바로 그때 젊은 여자가 두 남자와 같이 달려왔다. 보그스 영감을 부축하고 있던 두 남자는 뒤돌아보더니 셔번 대령의 권총을 보고 황급히 길가로 몸을 피했다. 셔번 대령은 천천히 총신을 수평으로 내렸다. 권총의 공이는 세워져 있었다. 보그스 영감은 두 손을 들고 소리쳤다.

"아이고, 제발 쏘지 마시오!"

그러나 "탕!" 하고 첫 번째 총소리가 울렸다. 보그스 영감은 허공으로 손을 휘저으며 뒤로 비틀거렸다. 또다시 "탕!" 하고 두 번째 총소리가 나자 그는 두 팔을 벌린 채 뒤로 자빠졌다. 그러자 젊은 여자가 비명을 지르며 달려와 영감을 붙들고 울부짖었다.

"우리 아버지를 죽였어요. 저 사람이 아버지를 죽였어!"

구경꾼들은 몰려들어 목을 길게 빼고 들여다보려고 엎치락뒤치락 법석이었다.

"물러나! 바람이 통하도록 해줘야 해!"

안쪽에 있던 사람들이 소리를 질렀다.

셔번 대령은 권총을 땅바닥에 내던지더니 뒤돌아 천천히 걸어가 버렸다.

사람들은 보그스 영감을 작은 약방으로 옮겨 갔다. 구경꾼들이 주위를 둘러싸고 그 뒤를 따라갔다. 나는 뛰어가서 가게 안이 잘 보이는 창으로 들여다보았다. 사람들은 보그스 영감을 마루에 눕히고 커다란 성서를 그의 머리에, 또 한 권의 성서는 그의 가슴 위에 펼쳐놓았다. 영감의 셔츠를 찢어놨기 때문에 어디에 총알을 맞았는지 볼 수 있었다. 영감은 여러 번 숨을 몰아쉬었다. 숨을 들이마실 때마다 가슴 위에 놓인 성서가 올라갔다 내려갔다 하다가 얼마 안 가서 멈췄다. 숨을 거둔 것이다. 그러자 사람들은 울며 아우성치는 딸을 아버지로부터 떼어놓았다. 딸은 열여섯 살쯤 되어 보이는 아주

귀엽고 상냥하게 생긴 소녀였는데, 겁에 질려 얼굴이 창백했다.

곧 사람들이 몰려와 약방 안을 들여다보려고 밀치락달치락하며 소란을 피웠지만, 안에 있던 사람들은 꼼짝도 하지 않았다. 그러자 뒤에 온 사람들이 불평 섞인 고함을 질렀다.

"이봐, 너희는 실컷 봤잖아! 언제까지 거기 앉아 있을 거야? 우리도 볼 권리가 있다고!"

이렇게 욕지거리가 오가자 나는 싸움이라도 일어날까 봐 거기서 빠져나왔다. 거리는 사람들로 가득 차 있었고 모두 흥분한 상태였다. 총 쏘는 광경을 목격한 사람들은 전후 상황을 설명하느라 열을 올리고 있었고, 많은 사람들이 그 주위에 모여 목을 길게 빼고 귀를 기울이고 있었다. 긴 머리에 커다랗고 하얀 실크해트를 쓴 빼빼 마른 사나이가 끝이 구부러진 지팡이로 땅바닥에 보그스 영감과 셔번 대령이 서 있던 곳을 표시했다. 사람들은 그가 하는 동작을 하나라도 놓칠세라 찬찬히 지켜보며 알았다는 듯 고개를 끄덕였다. 사내는 약간 허리를 굽혀 손으로 허벅지를 짚고 땅에 표시한 것을 살펴보았다. 그러더니 셔번 대령이 서 있던 곳에 서서 얼굴을 찌푸리며 모자챙을 눈까지 내리고 크게 소리쳤다.

"보그스!"

그런 다음 지팡이를 높이 들었다가 천천히 수평으로 내리고 "탕!" 하고 소리치더니 뒤로 비틀거리면서 또 한 번 "탕!" 하고 소리치면서 뒤로 나자빠졌다. 사건을 목격한 사람들은 지금 재연한 모습이 실제와 똑같다고 말했다. 그러자 몇몇 사람들이 술병을 꺼내 사나이에게 권했다.

얼마 후 누군가가 셔번 대령을 사형에 처하자고 말했다. 그러자 채 1분도 안 되어 모두 그래야 한다고 입을 모았다. 모두 미친 사람들처럼 고함을 지르며 닥치는 대로 빨랫줄을 끊어서 그것으로 그의 목을 매달아야 한다고 소리치며 우르르 몰려갔다.

22장

사람들은 인디언처럼 소리를 지르면서 미친 듯이 셔번 대령의 집으로 몰려갔다. 누구라도 길을 비켜주지 않으면 밟아 뭉개버릴 기세로 살기등등했다.

어린애들은 비명을 지르며 달아났고 길거리로 난 창문마다 여자들이 얼굴을 내밀고 있었다. 나무란 나무에는 모두 검둥이 꼬마들이 올라가 있었고, 담 위로도 남녀 검둥이들이 목을 빼고 내다보다가 폭도들이 가까이 오자 이내 뿔뿔이 흩어졌다. 아녀자들은 당장이라도 죽을 듯이 울부짖었다.

그들은 무리를 지어 셔번 대령 집의 끝이 뾰족한 나무 울타리 앞으로 몰려갔는데, 너무 시끄러워서 자기 목소리조차 들리지 않을 정도였다. 20야드(약 18미터—옮긴이) 정도 되는 작은 뜰이었다. 누군가 외쳤다.

"울타리를 뽑아버려!"

그러자 모두 울타리 말뚝을 뽑고 부수며 야단법석을 떨었다. 마침내 울타리는 무너지고 성난 폭도들은 물결처럼 집 안으로 밀려들었다.

그때 셔번 대령이 연발 장총을 들고 작은 현관 지붕 위로 모습을 드러냈다. 그는 아무 말도 하지 않고 침착한 태도였다. 갑자기 아우성이 뚝 그치고 사람들이 멈춰 섰다.

셔번 대령은 말없이 서서 사람들을 내려다보았다. 소름 끼칠 정도로 적막이 흘렀다. 그가 천천히 군중을 훑어보자 그와 시선이 마주친 사람들 모두 안절부절못하고 눈을 내리깔았다. 그러자 셔번 대령은 미소를 지었다. 그러나 그 웃음은 모래가 든 빵을 씹을 때 짓는 그런 웃음이었다.

이윽고 그가 침착하면서도 비웃는 투로 말했다.

"나를 사형에 처하겠다니 참 웃기는 노릇이군. 네놈들에게 그럴 담력이라도 있나? 어쩌다 이 고장에 굴러든 불쌍하고 버림받은 아낙네들이나 붙잡아서 타르를 바르고 새털을 붙여 학대할 뱃심이 있다 해서 사내인 나한테까지 그럴 수 있다고 생각하나? 어림도 없지. 지금은 대낮이고 네 녀석들에게 등을 돌리고 있지 않으니, 네까짓 것들은 천 명이 몰려와도 나는 눈 하나 깜짝하지 않는다.

내가 네 녀석들을 모를 것 같나? 배 속까지 훤히 꿰뚫고 있지. 나는 서부에서 태어나 남부에서 자랐고 북부에서도 살아본 적이 있어. 그래서 인간들에 대해서는 웬만큼 잘 알고 있지. 보통의 인간들은 비겁해. 북부에서는 자기를 짓밟으려는 사람을 두고 보다가 집으로 돌아가서는 그것을 참고 이겨낼 겸허한 정신을 내려달라고 기도하지. 하지만 남부에서는 한 사나이가 혼자 대낮에 남자들이 잔뜩 타고 있는 역마차를 멈춰 세우고 모든 승객들의 돈을 빼앗지. 지방 신문들이 때때로 대범한 자라고 하고 너희도 그렇게 생각하지만, 솔직히 말하면 다 엇비슷하지 특출하게 대범한 것은 아니야.

너희 배심원들은 어째서 살인범을 잡아도 교수형에 처하지 않는지 알아? 그것은 범인의 친구 놈들이 어둠 속에서 자신에게 총을 쏠까 봐 두렵기 때문이야. 그 친구 놈들은 틀림없이 그런 짓을 하고도 남을 테니까. 그래서 배심원들은 항상 무죄를 내리는 것이지. 그러면 진짜 사나이가 복면을 쓴 비겁자 백 명을 거느리고 밤에 악당들을 처단하러 가지.

너희의 잘못은 첫째, 진짜 사나이를 데리고 오지 않았다는 데 있다. 그리고 두 번째 잘못은 복면을 쓰고 밤에 오지 않았다는 것이다. 너희는 반쪽짜리 사나이만 데리고 왔다. 저기 있는 벅 하크니스가 그런 놈이지. 네 녀석들은 벅이 충동질을 하지 않았더라면 떠들기만 하고 말았을 거야.

너희는 여기 오고 싶어서 온 게 아니야. 평범한 인간은 시끄럽거나 위험한 일을 싫어하는 법이지. 따라서 너희도 마찬가지야. 그런데 저기 저 벅 하크니스 같은 반쪽짜리 사내가 '그놈을 사형에 처하자!'고 외치니까 자기만 뒤로 빠지면 비겁한 놈이라는 소리를 들을까 봐 저 반쪽짜리 사내의 옷자락을 붙들고 큰일 한번 저질러보겠

답시고 큰소리치며 그 대단한 기세로 여기까지 밀려온 것이지. 세상에서 제일 비참한 게 바로 오합지졸이야. 군대도 마찬가지. 군대는 타고난 용기로 싸우는 것이 아니라 상관들로부터 빌린 용기로 싸우는 거야. 그러나 사내다운 사내가 없는 오합지졸은 비참하기 그지없어! 차라리 꼬리를 내리고 집으로 돌아가서 처박히는 게 낫지. 진짜 사형을 하고 싶다면 어둠 속에서 복면을 하고 사내다운 사내를 데리고 와! 자, 이제 어서 꺼져! 그 반쪽짜리 사내를 데리고 어서 가버리란 말이다."

이렇게 말하면서 셔번 대령은 총의 공이를 세우고 왼팔에 걸었다. 그러자 사람들은 돌연 물러서더니 뿔뿔이 흩어져 도망갔다. 벅하크니스도 두려운 표정으로 달아났다. 나라도 더 있을까 하다가 그만두었다.

나는 서커스를 하는 곳으로 가서 감시인이 자리를 뜰 때까지 뒤에서 서성거렸다. 그리고 그가 자리를 뜨자 재빨리 천막 밑으로 기어들었다. 20달러짜리 동전과 잔돈이 있었지만 집에서 멀리 떨어져 모르는 사람들과 지내면 언제 돈이 필요할지 몰라 그냥 갖고 있는 편이 낫다고 생각했다. 항상 준비성이 있어야 하기 때문이다. 나는 다른 방도가 없을 때 돈을 내고 서커스를 구경하겠지만 꼭 그러고 싶지 않았다.

서커스는 정말 근사했다. 모두 말을 타고 입장했는데 참으로 훌륭했다. 남자와 여자가 각각 짝을 지어 등장했는데, 남자들은 셔츠와 속바지만 입고 등자도 없는 안장에 올라타고 신발도 신지 않고 두 손을 편하게 무릎 위에 올려놓고 있었다. 한 20명쯤 되는 것 같았다. 여자들은 모두 아리따운 얼굴들이었다. 그녀들은 진짜 여왕처럼 보였으며, 수많은 다이아몬드로 장식한 수백만 달러짜리로 보이는 휘황찬란한 옷을 입고 있었다. 실로 대단한 광경이었다. 나는 그때까지 그렇게 아름답고 찬란한 장면을 본 적이 없다.

곧이어 한 사람씩 말 안장에 올라서더니 부드러운 물결처럼 넘실거리면서 천천히 원을 그렸다. 남자들도 말 위에 선 채로 천막 밑으로 머리를 들었다 내렸다 하면서 빙빙 돌았다. 여자들의 장미꽃 같은 드레스가 허리께에서 비단처럼 부드럽게 하늘거려 마치 예쁜 양산 같았다.

모두 춤을 추면서 점차 빨리 원을 그렸다. 처음에는 한쪽 다리만 허공에 쳐들고 가다가 발을 바꾸었는데, 그럴 때마다 말은 더욱더 머리를 숙이고 달렸다. 단장은 한가운데 기둥을 빙빙 돌면서 채찍을 휘둘렀다. 어릿광대는 단장 뒤에서 익살을 떨었다. 그러다 모두 말고삐를 놓았다. 여자들은 손을 허리에 얹고 남자들은 팔짱을 꼈다. 그러자 말이 앞발을 들고 몸을 세웠고 한 사람씩 원 안으로 뛰어내려 우아하게 인사하더니 무대 뒤로 사라졌다. 열광한 구경꾼들 모두 우레와 같은 박수갈채를 보냈다.

서커스 단원들은 처음부터 끝까지 환상적인 묘기를 선보였다. 그동안 어릿광대는 관객들이 웃다가 숨이 넘어갈 정도로 익살을 부렸다. 단장이 뭐라고 한마디만 하면 어릿광대는 곧 배꼽이 빠질 것처럼 우스운 대답을 연신 쏟아냈는데, 그렇게 기발한 대답이 어쩜 그렇게 술술 나오는지 도저히 이해할 수 없었다. 1년이 걸려도 나는 그런 생각을 못할 것 같았다.

그런데 갑자기 술주정뱅이 하나가 나타나 자기도 누구보다 말을 잘 탄다고 하면서 무대로 올라가려 했다. 단원들이 그를 막았지만 막무가내로 떼를 쓰는 바람에 서커스가 잠시 중단되었다. 그러자 흥분한 관객들은 그 주정뱅이에게 야유를 퍼붓기 시작했고 주정뱅이도 화가 나서 날뛰었다. 관객들은 쫓아내라고 소리쳤다. 몇몇 남자 관객들이 객석에서 무대로 몰려갔고 여자들은 여기저기서 비명을 질렀다. 일이 커지자 단장이 나섰다. 그는 이 사람이 더 이상 말썽을 부리지 않겠다고 약속하면 말을 한 번 태워주겠다고 했다. 모두 한바탕 웃으며 그렇게 해보자고 했고, 드디어 술주정뱅이는 말에 올라탔다. 그러나 그가 올라타자마자 말은 서커스 단원 둘이 고삐를 붙들고 있는데도 날뛰며 무대 안을 이리저리 껑충껑충 돌아다녔다. 주정뱅이는 말의 목을 끌어안고 매달렸지만 말이 껑충거릴 때마다 양다리를 허공으로 솟구치며 허우적거렸다. 관객들 모두 일어나 눈물까지 흘릴 정도로 박장대소했다. 단원이 필사적으로 잡았지만 말은 고삐를 뿌리치고 무서운 속력으로 원 주위를 달리기 시작했다. 주정뱅이는 납작 엎드려 말의 목에 매달렸지만 한 발이 땅에 닿을 정도로 내려왔고, 다음에는 다른 쪽 다리가 땅에 닿을 만큼 내려왔다. 구경꾼들은 웃다가 거의 죽을 지경이었다. 그러나 나는 조금도 우습지 않았다. 그 주정뱅이가 말에서 떨어져 죽지나 않을까 겁이 났다. 그는 얼마 후 간신히 안장에 올라앉아 고삐를 잡았다. 그런데 다음 순간 안장 위에 올라서더니 아직도 무섭게 달리는 말의 고삐를 놓는 것이었다. 그러고는 남자는 전혀 취하지 않은 것처럼 편안하게 말을 몰더니 입고 있던 옷을 벗어던지기 시작했다. 그 동작이 어찌나 빠른지 공중은 온통 그가 벗은 옷으로 가득 찬 것 같았다. 옷은 전부 열일곱 벌이었다. 남자는 어느새 체격이 미끈하고 잘생긴 남자로, 여태껏 처음 보는 화려하고 멋진 차림으로 탈바꿈했다. 그는 미친 듯이 뛰는 말을 채찍질해 더욱 속력을 내며 한두 바퀴 더 돌고 나서 나는 듯이 말에서 뛰어내려 관객들에게 인사를 하고는 가벼운 걸음걸이로 대기실로 사라졌다. 관객들 모두 즐거움과 놀라움에 탄성을 지를 뿐이었다.

그제야 자기가 속았다는 것을 알아차린 단장은 얼빠진 사람처럼 어리둥절해했다. 그 주정뱅이는 서커스 단원이었다. 자기 혼자 그 장난스러운 각본을 꾸미고는 아무에게도 알리지 않은 모양이었다. 나도 그렇게 속은 것이 어처구니없었고, 비록 천 달러를 준다 해도 그 단장처럼 되고 싶지 않았다. 나는 아직 이보다 더 근사한 서커스를 본 적이 없다. 아무튼 정말 재미있는 서커스였다. 또 봐도 열광할 것이다.

그날 밤 우리는 연극을 상연했다. 관객은 12명뿐이어서 겨우 비용을 뽑을 정도였다. 그나마도 관객들이 시종 낄낄대고 비웃기만 해서 공작은 불같이 화를 냈다. 잠들어버린 어린아이 하나를 제외하고는 모두 연극이 끝나기 전에 나가버렸다. 그러자 공작은 이런 아칸소의 바보들은 셰익스피어를 감상할 자격이 없으며, 그들이 좋아하는 것은 저급한 코미디로, 아마 그것도 어쩌면 너무 수준이 높을지 모르겠다고 했다. 그리고 이제 그들의 취향을 알 만하다고 했다.

이튿날 아침 그는 커다란 포장지와 검정 페인트를 구해 여러 장의 포스터를 만들어서 거리마다 붙였다. 문구는 이랬다.

대저택 공연!
단 사흘 밤만 공연!

런던 및 유럽 대륙 각 극장 소속
세계적으로 명성 높은 비극 배우
데이빗 개릭 2세!
에드먼드 킨 2세!

피가 끓고 용솟음치게 만드는 비극
〈국왕의 기린〉
일명 전대미문의 걸작!

입장료 50센트

그리고 맨 끝에 가장 큰 글씨로 이렇게 적혀 있었다.

여자와 어린이는 입장 불가

그리고 공작은 이렇게 말했다.

"이렇게 해도 안 모여든다면, 나는 아칸소를 포기하겠어."

23장

공작과 왕은 하루 종일 분주하게 움직이며 무대와 커튼, 그리고 조명으로 사용할 초를 준비했다. 그날 밤 극장은 그야말로 순식간에 관객으로 꽉 찼다. 더 이상 들어올 자리가 없자 공작은 입구를 떠나 뒤로 돌아와서 무대에 모습을 드러냈다. 그는 커튼 앞에 서서 이 연극에 대한 짧은 연설을 읊었다. 그는 이 연극이 일찍이 유례가 없을 정도로 피가 끓게 만드는 비극이라고 허풍을 떨었다. 그러고는 주인공을 맡은 에드먼드 킨 2세에 관해 자랑을 늘어놓았다. 이렇게 해서 관객들의 기대를 한껏 높여놓고 드디어 막을 올렸다. 그러자 벌거벗은 왕이 네 발로 무대 위를 기어 나왔다. 몸에는 온통 갖가지 희한한 색깔로 동그라미와 선을 비롯한 다양한 무늬가 그려져 있었다. 그 모습은 정말 우스꽝스러웠다. 관객들은 뒤로 넘어갈 정도로 웃어댔다. 왕이 한 바퀴 돌고 나서 무대 뒤로 엉금엉금 사라지려고 하자 관객들은 환호하며 소리를 지르고 손뼉을 치고 발을 구르고 폭소를 터뜨리면서 야단법석이었다. 그래서 왕은 다시 무대로 나왔다. 왕이 바보같이 뛰어다니는 장면을 보고 정말이지 웃지 않을 수 없었다.

그러고 나서 공작은 커튼을 내리고 관객들에게 절을 하면서 런던에서 급박한 공연이 잡혀 있어 이 위대한 비극은 내일 밤과 모레 밤, 두 번밖에 공연할 수 없으며, 드루리 레인 왕립극장의 입장권도 벌써 매진되었다고 말했다. 그리고 또다시 인사를 하더니 공연이 마음에 드신다면 아무쪼록 친구분들께도 많이 추천해달라고 부탁했다. 그러자 20명가량 되는 사람들이 일어나더니 소리를 질렀다.

"뭐라고? 벌써 끝났단 말이야? 겨우 이게 다야?"

공작은 그렇다고 했다. 그러자 대소동이 벌어졌다. 한 사람도 빠짐없이 속았다고 소리 지르며 일어나 두 비극 배우가 있는 무대로 몰려가려고 했다. 그러자 몸집이 우람하고 근사하게 차려입은 사내가 의자 위에 뛰어올라 소리쳤다.

"잠깐 기다리시오. 신사 여러분! 할 말이 있소."

관객은 멈칫하고 귀를 기울였다.

"우리는 속았소. 감쪽같이 속았어요. 하지만 우리는 이 거리에서 웃음거리가 되어서는 안 됩니다. 죽을 때까지 이 일로 사람들 입에 오르내려서는 안 됩니다. 그러니 조용히 집으로 돌아갑시다. 그러고는 근사한 연극이었다고 선전해 다른 친구들도 보게 하는 겁니다. 그러면 모두 같은 입장이 됩니다. 제 생각이 어떻습니까?"

"옳소! 판사님 말씀이 옳소!"

모두 소리쳤다.

"그럼 됐습니다. 우리가 사기를 당했다는 사실을 절대 입 밖에 내지 맙시다. 자, 그럼 집으로 돌아가서 사람들에게 이 연극을 보라고 권합시다."

이튿날 마을에는 이 연극이 대단히 훌륭했다는 소문 이외는 어떤 소리도 들리지 않았다. 그래서 그날 밤도 극장은 초만원이었다. 우리는 관객을 또다시 속여먹었다. 그런 다음 나는 왕과 공작과 함께 뗏목으로 돌아와 저녁 식사를 했다. 한밤중이 되자 공작과 왕은 짐과 나에게 뗏목을 강 한복판으로 몰고 가서 아래쪽으로 내려가 마을에서 2마일(약 3킬로미터—옮긴이)쯤 떨어진 곳에 감춰두라고 말했다.

사흘째 되는 날 밤에도 공연장은 사람들로 꽉 찼는데, 이번에는 처음 보는 사람들이 아니고 어제와 그저께 왔던 사람들이었다. 나는 공작과 함께 입구에 서 있었다. 그런데 입장하는 사람들 모두 주머니가 불룩하거나 윗옷 속에도 무언가를 감추고 있었다. 아무리 봐도 향료 같지는 않았다. 썩은 달걀이라든가 썩은 양배추 냄새가 났다. 또 마치 64마리의 죽은 고양이가 입장하는 것 같았다. 사람들을 뚫고 안으로 잠시 들어가 보니 괴상망측한 냄새가 진동해 도저히 견딜 수가 없었다.

더 이상 사람들을 입장시킬 수 없게 되자 공작은 한 사나이에게 25센트를 주며 잠깐 입구에 서 있어달라고 부탁하고는 건물 뒤편으로 갔다. 나도 그를 뒤따라갔다. 모퉁이를 돌아서 어두운 곳에 이르자 공작이 말했다.

"자, 어서 여길 빠져나가자. 일단 마을을 벗어나면 그다음에는 악마가 쫓아온다고 생각하고 뗏목을 향해 뛰어!"

나는 그가 시키는 대로 했고 그도 역시 그렇게 했다. 둘이 나란히 도착하자마자 뗏목은 어둡고 조용한 강을 미끄러져 내려가기 시작했다. 아무도 입을 열지 않았고 뗏목은 강 한가운데로 흘러가고 있었다. 나는 불쌍하게도 왕이 지금쯤 관객들에게 곤욕을 치를 것이라고 생각했는데, 느닷없이 천막에서 왕이 기어 나왔다.

"그래, 공작, 오늘 밤에는 어땠나?"

그는 아예 마을에 가지도 않았던 것이다.

우리는 마을로부터 10마일(약 16킬로미터—옮긴이)쯤 내려갈 때까지 등불을 켜지 않았다. 그쯤 도착해서야 비로소 불을 켜고 저녁을 먹었다. 왕과 공작은 마을 사람들을 골탕 먹인 경과를 이야기하면서 배꼽이 빠져라 웃었다.

"등신 같은 놈들! 나는 첫날 구경꾼들이 아무 소리 않고 딴 놈들을 끌어들일 줄 알았어. 그리고 사흘째는 보복하려고 잔뜩 벼르고 있으리라는 것도 알았지. 오늘 밤은 그놈들이 우리를 골탕 먹일 차례였지. 그놈들이 얼마나 준비했을지 궁금해. 아마 야유회를 즐길 수도 있었을 거야. 먹을 걸 잔뜩 가지고 왔으니 말이야."

두 악당은 사흘 동안 465달러를 벌어들였다. 나는 그때까지 이렇게 쉽게 돈이 쌓이는 것을 본 적이 없다.

둘이 코를 골며 잠들자 짐이 말했다.

"헉, 너는 저 두 왕족이 하는 짓을 어떻게 생각하는 거여? 너도 깜짝 놀랐지?"

"아니, 놀라긴……."

"놀라지 않았단 말이여?"

"놀랄 게 뭐 있어. 왕족이라서 그러는 거야. 왕이란 작자들은 원래 다 그래."

"하지만 헉, 저 왕들은 악당이여. 진짜 악당들이라니께."

"내 말이 그 말이야. 왕이란 작자들은 모두 악당들이지."

"그런 거여?"

"그럼. 왕에 관한 이야기를 읽어보면 알 거야. 헨리 8세를 봐. 그놈에 비하면 이 사람들은 주일학교 선생 정도밖에 안 돼. 찰스 2세, 에드워드 2세, 리처드 3세, 그 외에도 한 40명 더 있어. 게다가 또 옛날 색슨족의 일곱 왕들도 마찬가지야. 지독하다는 말이 무색하지. 정말이지 전성기 때 헨리 8세를 봤어야 돼. 정말 대단했어. 매일 같이 결혼과 이혼을 밥 먹듯이 하고 이튿날 아내 목을 싹둑 잘랐거든. 달걀을 주문하듯이 손쉽게 해치웠다니까. 그가 '넬 그윈을 대령하라'고 명령하면 신하는 데리고 올 수밖에 없지. 그러면 이튿날 아침에 '목을 쳐라'고 하는 거야. 그러면 신하는 목을 잘랐지. 또 '제인 쇼를 대령해라'고 하고선 역시 이튿날 아침 '목을 쳐라'고 하면 신하가 목을 치지. '페어 로저먼을 불러라'고 하면 페어 로저먼을 데려오지. 그러나 이튿날이면 또 '이 계집의 목을 쳐라' 이러는 거야. 그렇게 매일 밤 그녀에게 이야기를 하라고 했어. 천 하루 동안의 이야기를 한 권의 책으로 묶어서 《최후의 심판일 이야기》라는 제목을 붙였지. 아주 그럴듯한 이름이야.

짐, 너는 왕을 잘 모르지만 나는 잘 알아. 그리고 이 돼먹지 못한 늙은 왕과 공작은 내가 역사책에서 본 것들 가운데 제일 깨끗하단 말이야. 아까 말한 그 헨리란 놈은 이 나라를 상대로 전쟁을 일으키려고 했어. 그가 어떻게 했는지 알아? 신사답게 미리 예고해서 상대방에게 싸울 준비를 할 시간을 주었는지 알아? 천만에! 느닷없이 보스턴 항에 있던 배에 실은 차(茶)를 바다에 쓸어 넣고 독립선언서를 내동댕이치면서 내게 대항할 놈이 있으면 나오라고 한 거야. 그게 그놈의 방식이지. 결코 기회를 주지 않아. 그는 심지어 자기 아버지 웰링턴 공작도 의심했어. 그래서 어쨌는지 알아? 마치 고양이처럼 맘지 포도주 통에 넣고 물속에 집어던진 거야. 사람들이 깜박 잊고 돈을 놓고 가면 어떻게 했는지 알아? 제 돈처럼 다 써버렸어. 뭔가 일을 하기 위해 그놈과 계약하고 선금을 지불했을 때 거기 앉아서 지켜보지 않으면 그놈이 어떻게 할지 알아? 엉뚱한 짓을 한다고. 입만 열면 거짓말을 나불대는 거야. 헨리라는 놈은 그런 벌레 같은 놈이야.

헨리라면 우리보다 더 지독하게 그 마을 사람들에게 사기 쳤을걸. 그렇다고 우리 왕이 양처럼 선량하고 얌전하다는 뜻은 아냐. 다만 옛날의 그 왕들에 비하면 아무것도 아니라는 얘기야. 왕들은 원래 그런 족속이라 어쩔 수 없다는 거지. 워낙 자라길 그렇게 자랐으니까."

"하지만 헉, 여기 있는 왕들은 정말 지독하다니께."

"그놈이 그놈이야, 짐. 그렇지만 제 놈들이 아무리 지독해도 우리로선 어떻게 할 수 없어. 역사책에도 그렇게 씌어 있으니까."

"그래도 공작이란 자는 조금 나은 것 같긴 혁."

"그래, 공작은 좀 달라! 그러나 뭐 큰 차이는 없어. 술 취한 사람이 본다면 둘 다 별로 구분이 안 될 거야."

"아무튼 헉, 난 저들에게 완전히 질렸다니께."

"나도 그래. 하지만 어쨌든 저들을 태운 건 우리잖아. 그러니까 저들이 어떤 놈들이라는 걸 잊지 말고 으레 그러려니 하자. 때때로 난 왕이 없는 나라가 어떤지 이야기 좀 들어보고 싶어."

짐에게 그들이 진짜 왕이나 공작이 아니라고 말해봐야 무슨 소용이 있을까? 아무 소용 없을뿐더러 아까도 말했듯이 진짜 왕인들 이들과 별반 다르지 않다.

나는 이내 잠들었다. 당번 시간이 되었는데도 짐은 나를 깨우지 않았다. 짐은 때때로 그랬다. 내가 눈을 떴을 때 해가 떠오르고 있었고 짐은 양 무릎 사이에 머리를 파묻고 넋두리를 하고 있었다. 나는 모르는 척했다. 왜 그런지 알고 있었기 때문이다. 멀리 있는 아내와 애들 생각이 나고 집과 고향이 그리워 그런 것이다. 그때까지 그는 한 번도 집을 떠나본 적이 없었다. 그가 가족을 소중히 여기는 점은 백인과 다를 바 없었다. 이상하게 생각할 수 있지만 나는 당연하다고 생각했다. 그는 밤이 되어 내가 잠들었다 싶으면 곧잘 이렇게 탄식하며 흐느꼈다.

"가엾은 엘리자베스! 불쌍한 조니! 정말로 보고 싶구만. 다시는 너희를 만날 수 없겠지. 다시는……."

그는 정말 착한 검둥이였다. 이번에는 불쑥 짐에게 부인과 아이들 이야기를 물어보았다. 그러자 그는 이렇게 대답했다.

"지금 내가 마음이 아픈 이유는 조금 전에 저쪽 강기슭에서 철썩하고 무언가를 때리는 소리가 들려서 그런 거여. 그 소리를 들으니 엘리자베스에게 심하게 했던 일이 생각나서 그려. 겨우 네 살이었는데, 성홍열에 걸려 죽을 고비를 넘기고 가까스로 목숨을 구했지. 그런데 어느 날 그 애가 내 옆에 서 있길래 문 좀 닫으라고 말했어. 그런데 그 애가 문을 닫으려고 하기는커녕 우두커니 서서 나를 보고 생글생글 웃기만 하는 거여. 나는 화가 나서 다시 한번 큰 소리로 말했지. '내 말 안 들려? 어서 문을 닫으라니께!' 그런데도 그 애는 여전히 서서 웃고만 있는 거여. 나는 결국 화가 머리끝까지 뻗쳐서 그 애의 뺨을 한 대 후려쳤어. 그랬더니 그 자리에 푹 쓰러지더라고. 그러고 나는 방으로 갔다가 조금 뒤에 돌아왔는데, 그 애는 열린 문 앞에 서서 고개를 숙이고 눈물만 뚝뚝 흘리고 있질 않겠어. 나는 도저히 참을 수가 없어서 다시 한번 따끔하게 혼내려고 했는데, 때마침 불어온 바람에 문이 쾅 닫혔어. 그런데도 그 애는 꼼짝도 않는 거여. 그 순간 나는 숨이 콱 막혔지. 그때의 기분을 뭐라고 표현해야 할까? 그 왜 있잖여, 도대체 말로 표현을 못하겠네. 나는 몸을 부들부들 떨면서 조용히 방에서 나와 가만히 문을 열고는 그 애 뒤에 얼굴을 바싹 갖다 대고 힘껏 목청을 돋워 '왁!' 하고 소리를 질렀어. 그런데도 그 애는 꼼짝도 안 하는 거여. 헉, 나는 그 애를 끌어안고 울음을 터뜨리고 말았어. 그러고는, '하느님, 이 짐을 용서하지 마셔유. 이 몸은 죽을 때까지 용서받지 못할 거여유!'라고 말했지. 그 애는 귀머거리였던 거야. 병으로 아무것도 듣지 못하는 귀머거리에다 벙어리가 되었던 거여. 그런 가엾은 애를 그토록 모질게 때렸으니!"

24장

이튿날 날이 저물자 우리는 버드나무가 서 있는 강 한가운데의 조그만 모래톱 언저리에 뗏목을 매었다. 공작과 왕은 양쪽 기슭의 두 마을에서 또다시 돈벌이를 할 궁리를 했다. 짐은 공작에게 될 수 있으면 몇 시간 내로 끝내달라고 말했다. 밧줄에 묶여 천막 속에서 온종일 있으려니 죽을 만큼 괴롭다고 했다. 알다시피 우리가 짐을 혼자 두고 외출할 때는 그를 묶어놓아야 했다. 왜냐하면 누가 와서 묶여 있지 않은 짐을 본다면 도망친 검둥이로 오인할 것이기 때문이다. 그러자 공작은 그렇기도 하겠다며 다른 방법을 찾아봐야겠다고 말했다.

머리가 비상한 공작은 곧 좋은 방법을 찾아냈다. 그는 짐을 리어왕으로 분장하자고 했다. 커튼용 천으로 만든 긴 옷을 입히고 하얀 말의 털로 만든 가발과 구레나룻을 씌우고는 분장용 파란색 페인트로 짐의 얼굴과 손과 귀와 목둘레를 모두 칠했다. 그렇게 하니까 마치 9일쯤 전에 물에 빠져 죽은 시체 같았다. 짐은 더할 나위 없이 무시무시한 몰골로 변했는데 그런 꼴은 정말이지 일찍이 본 적이 없다. 그러고 나서 공작은 판자에 다음과 같이 적었다.

아랍인 정신병자. 제정신일 때는 온순함.

그리고 판자를 나무토막에다 못으로 박아 천막집 앞에 세워놓았다. 짐은 만족해했다. 매일 몇 시간씩 묶인 채로 무슨 소리가 날 때마다 부들부들 떠는 것보다는 훨씬 좋다고 했다. 공작은 짐에게 마음 편히 있으라면서 누구든 다가오면 천막에서 뛰어나와 소란을 피우면서 산짐승처럼 울부짖으라고 했다. 그러면 사람들은 혼비백산해서 뒤도 돌아보지 않고 달아날 것이라고 말했다. 나도 그럴듯하다고 생각했다. 그러나 보통 사람이라면 짐이 짐승처럼 울부짖을 때까지 기다릴 리 없다. 왜냐하면 짐은 그저 시체처럼 보이는 것이 아니라 그 이상이었기 때문이다.

이 악당들은 또다시 그 '전대미문의 걸작'을 상연하고 싶어 했다. 그렇지만 어쩌면 지금쯤 여기까지 소문이 퍼졌을지도 모른다고 판단했다. 근사한 계획이 딱 떠오르지 않자 공작은 마침내 한두 시간 쉬면서 머리를 짜내 이 마을에서 돈벌이할 궁리를 하자고 했다.

반면 왕은 아무런 계획 없이 옆 마을로 가서 하느님이 이끄는 대로 믿고 따르자고 말했다. 유익한 방향으로 인도해줄 거라고 했지만 내 생각에는 악마의 인도일 것 같았다. 우리 모두 이전 마을에서 옷을 사두었다. 왕은 그때 산 옷을 입고 나에게도 새 옷으로 갈아입으라고 했다. 물론 나는 그렇게 했다. 왕은 아래위를 다 새까만 옷을 입었는데 품위 있어 보였다. 나는 그때까지 옷차림에 따라 사람이 그렇게 달라 보인다는 사실을 몰랐다. 그때까지 그는 정말로 천한 늙은이처럼 보였는데, 새 양복을 입고 새로 장만한 실크해트를 벗어 들고 웃으면서 인사하는 모습을 보니, 방금 노아의 방주에서 걸어 나온 사람처럼 선량하고 의젓하며 경건한 모습이 마치 제사장 같았다. 짐은 카누를 손질하고 나는 노를 준비했다. 마을에서 3마일(약 5킬로미터—옮긴이)가량 떨어진 위쪽 기슭에 큰 기선 한 척이 정박해 벌써 2시간째 화물을 싣고 있었다. 왕이 말했다.

"이렇게 양복을 차려입었으니 세인트루이스나 신시내티 같은 대도시에서 온 것처럼 행세해야겠어. 허클베리, 저 기선을 향해 노를 저어라. 저걸 타고 마을로 가자."

기선을 타는 거라면 두 번씩이나 명령할 필요 없었다. 우리는 마을에서 반 마일(약 8백 미터—옮긴이)가량 떨어진 위쪽 강둑의 물살이 약한 곳으로 카누를 저어 갔다. 얼마 지나지 않아 사람 좋아 보이는 순박한 시골 청년이 앉아 있는 통나무 앞에 이르렀다. 더운 날씨 때문에 그는 이마에 흐르는 땀을 훔치고 있었고, 그의 옆에는 커다란 여행 가방 2개가 놓여 있었다.

"카누를 기슭에 대라."

왕이 명령하더니 청년에게 물었다.

"이보게, 젊은이 어디로 가는 길이오?"

"저 기선을 타러요. 뉴올리언스에 갑니다."

"그럼, 여기 타게. 아, 잠깐 기다리게. 내 하인이 그 가방을 들어줄 테니까. 냉큼 뛰어나가 저분을 도와드려라, 아돌퍼스."

아돌퍼스란 나를 두고 하는 말이었다. 나는 명령을 따랐고 우리는 다시 출발했다. 젊은이는 고마워하며 이런 날씨에 가방을 들고 다니려니 정말 고역이라고 했다. 그는 왕에게 어디로 가는 길이냐고 물었다. 왕은 강을 따라 내려오는 길이며 아침에 다른 마을에 갔다가 지금은 강 위쪽 어느 농장에 사는 옛 친구를 찾아가는 길이라고 대답했다. 그러자 청년이 말했다.

"처음 당신을 뵈었을 때 저는 속으로 이렇게 생각했습니다. '분명 윌크스 씨다. 틀림없어. 좀더 일찍 왔더라면 좋았을걸'이라고 말입니다. 하지만 곧 '아니다. 그 사람이 아니야. 윌크스 씨라면 카누를 타고 강을 올라올 까닭이 없어'라고 생각했죠. 어때요? 당신은 윌크스 씨가 아니죠?"

"내 이름은 블로젯, 알렉산더 블로젯이라고 하오. 알렉산더 블로젯 목사라고들 부르지요. 하느님의 가난한 종이니까. 그건 그렇고, 윌크스 씨를 만나지 못한 건 정말 안됐소. 만나지 못해서 무슨 문제라도 있는 거요? 그런 일이 없기를 바라지만, 설마 그분이 손해를 보시는 건 아니겠지요?"

"아니에요. 금전적인 손해는 없어요. 그분은 어차피 다 받게 되어 있으니까요. 다만 동생인 피터 씨의 임종을 못 지켜 안타깝지요. 하긴 그분이 어떻게 생각할지는 모르겠군요. 피터 씨는 생전에 형제들을 만날 수 있다면 이 세상 모든 걸 줘도 아깝지 않다고 말했어요. 돌아가시기 전 3, 4주일 동안은 늘 그 이야기만 했답니다. 어렸을 때 헤어진 뒤로는 한 번도 만나지 못했거든요. 윌리엄이란 동생은 귀머거리에다 벙어리인데 지금 서른에서 서른다섯 살쯤 되었다더군요. 여기 온 것은 피터 씨와 조지 씨 두 분뿐이었는데, 조지 양반은 작년에 부부가 다 돌아가셨어요. 그래서 지금 남은 사람은 하비 씨와 윌리엄 씨 두 분뿐인데 아까 말했듯이 임종을 지키지 못했지요."

"통지는 했소?"

"그럼요. 한 달인가 두 달 전에 피터 씨가 앓아눕자마자 알렸지요. 당신께서 아무래도 이번에는 어려울 것 같다고 해서요. 피터 씨는 나이가 많은 데다 조지 씨의 딸들은 너무 어려서 빨간 머리 메리 제인 외에는 말 상대가 없어요. 그래서 조지 부부가 세상을 뜨고 난 뒤로는 쓸쓸해하시면서 삶의 의욕을 잃은 듯 보였지요. 그래서 하비 씨를 무척 만나고 싶어 했고 윌리엄 씨도 마찬가지였지요. 왜냐하면 피터 씨는 유언장을 쓸 생각이 없었기 때문이에요. 그래서 하비 씨 앞으로 편지를 남겼는데, 그 편지에는 재산 목록과 조지 씨의 딸들에게 잘 나눠주라는 내용이 있답니다. 조지 씨는 유산 없이 돌아가셨거든요. 어쨌든 유산을 어떤 식으로 나눠 줬으면 좋겠다는 이야기를 썼다는 거예요. 그 편지도 주위 사람들이 간신히 쓰게 한 거랍니다."

"하비 씨는 왜 못 오시는 거요? 어디 살기에?"

"영국 셰필드에서 목사로 있다는데 이 나라에는 아직 와본 적이 없어요. 게다가 한가한 사람도 아니고. 어쩌면 그 편지를 못 받았는지도 모르고요."

"거참, 안됐군그래. 형을 만나보지도 못하고 세상을 떠났다니, 참 불쌍한 양반이군. 젊은이는 뉴올리언스에 간다고 했소?"

"예, 하지만 거기가 목적지는 아니에요. 다음 주 수요일에 기선을 타고 큰아버지가 계시는 리우데자네이루에 갈 겁니다."

"꽤 긴 여정이군. 하지만 멋진 여행이겠군. 나도 가고 싶어지네. 그런데 그 메리 제인이란 아가씨가 맏딸이오? 다른 딸들은 몇 살이나 됐소?"

"메리 제인이 열아홉 살이고, 수전이 열일곱 살, 조애너는 열네 살쯤 됐죠. 막내 조애너는 자선 일을 하는데 언청이예요."

"참으로 불쌍한 아이들이군. 이처럼 냉정한 세상에 그렇게 외로운 처지가 되다니."

"그래도 그 애들은 괜찮은 편이에요. 피터 씨에게는 친구가 많아서 그들이 딸들을 돌봐줄 거예요. 침례교 홉슨 목사님, 롯 하비 집사님, 벤 러커 씨, 애브너 섀클퍼드 씨, 레비 벨 변호사와 의사인 로빈슨 씨와 이들의 부인들, 그리고 미망인 버틀리 부인도 있고요. 그 외에도 많지만 지금 말한 사람들과 가까이 지냈고, 피터 씨가 영국에 보낼 편지를 쓸 때 간간이 이 사람들 이야기도 적은 모양이에요. 그러니까 하비 씨가 여기 오시면 누가 친구인지는 금방 알 겁니다."

왕은 계속 젊은이에게 질문을 했고, 젊은이는 자기가 아는 것을 죄 털어놓았다. 그 마을 사람들에 대한 모든 것, 월크스 집안에 대한 모든 것, 무두질장이였던 피터, 목수였던 조지, 비국교도 목사인 하비 등 그들의 직업을 비롯하여 미주알고주알 하나부터 열까지 모두 이야기했다.

"그런데 젊은이는 왜 기선 선착장까지 걸어가지 않는 거요?"

"대형 기선이라 저쪽에는 정박하지 않을지도 몰라서요. 짐이 많으면 서지 않고 그냥 가거든요. 신시내티에서 오는 기선은 서는데 저건 세인트루이스에서 오는 배거든요."

"월크스 씨는 유복했소?"

"그럼요, 상당하죠. 집도 여러 채 있고 땅도 많아요. 현금이 3, 4천 달러 정도 된다더군요."

"언제 죽었다고 했소?"

"아직 말씀 안 드렸군요. 어젯밤이었어요."

"그럼 내일이 장례식인가?"

"내일 정오쯤이에요."

"거참, 안됐군그래. 그러나 언젠가는 모두 이 세상을 떠나게 마련이니 죽음에 대한 준비를 해두어야지. 암, 그래야지!"

"옳은 말씀입니다. 그게 제일 중요하지요. 우리 어머니도 항상 그렇게 말씀하신답니다."

기선에 도착하니 화물을 거의 다 실었는지 곧 출발했다. 왕은 기선에 탄다는 말을 하지 않아 나 또한 타지 않았다. 기선이 떠나자 왕은 1마일쯤 더 강 위쪽 외진 곳까지 가라고 하더니 강기슭에 오르며 말했다.

"자, 넌 곧 뗏목으로 돌아가서 공작과 함께 여행용 새 가방을 2개만 가지고 오너라. 공작이 거기에 없으면 무슨 수를 써서라도 찾아서 데리고 와야 한다. 그리고 좋은 옷 아끼지 말고 가장 근사하게 차려입고 오란다고 해. 그럼 어서 가거라!"

나는 그가 무슨 흉계를 꾸미는지 눈치챘지만 아무 말도 하지 않았다. 내가 카누를 감춰놓고 공작을 데리고 오자 둘은 통나무에 앉아 이야기를 했다. 왕은 영국 사람 말투를 흉내 내려고 애를 쓰고 있었는데, 처음 하는 것치고는 꽤 잘했다. 나도 해보려고 했지만 도저히 흉내조차 낼 수 없었다. 그는 정말로 흉내를 잘 냈다.

"브리지워터, 넌 벙어리와 귀머거리 역을 맡는 게 어때?"

그러자 공작은 자기에게 맡겨만 달라고 했다. 예전에 무대에서 농아 역을 해본 적이 있다고 했다. 그리고 둘은 기선이 오기를 기다렸다.

이윽고 한낮이 지나갈 무렵 조그만 기선 두 척이 왔다. 하지만 둘은 더 먼 상류에서 오는 것이 아니라며 타지 않았다. 드디어 큰 기선이 오자 둘은 손을 흔들며 태워달라고 소리를 질렀다. 기선에서 보트를 내려주자 우리는 배에 올랐다.

그 배는 신시내티에서 출발한 것이었다. 뱃사람들은 우리가 불과 4, 5마일(약 8킬로미터—옮긴이)밖에 가지 않고 곧 내린다고 하자 몹시 화가 나서 욕지거리를 하면서 내려주지 않겠다고 으름장을 놓았다. 그러자 왕이 천연덕스럽게 말했다.

"보트를 태워서 내려주는 데 한 사람당 각각 1마일에 1달러씩 지불하면 어떤가?"

그러자 선원들은 기분이 풀려 승낙했다. 그리고 마을에 이르자 보트를 내려서 우리를 내려주었다. 보트가 육지에 가까이 다가가자 20여 명의 사람들이 몰려왔다. 왕이 그들에게 말했다.

"여러분 가운데 나에게 피터 윌크스 씨네 주소를 알려줄 분 안 계십니까?"

사람들은 얼굴을 서로 마주보면서 '어때? 내 말이 맞지?'라는 표정으로 고개를 끄덕였다. 그러자 한 사나이가 친절하고 상냥하게 말했다.

"유감스럽게도 우리가 할 수 있는 것은 윌크스 씨가 어젯밤까지 사셨던 곳을 말씀드리는 겁니다."

그러자 갑자기 야비한 왕은 그 사나이한테 쓰러지면서 턱을 그의 어깨에 걸치고 들먹이며 말했다.

"아아, 하늘도 무심하시지! 가엾은 동생을 이제 다시는 볼 수 없게 되었구나! 두 번 다시 못 보게 되다니. 이건 너무 가혹해."

그리고 그는 울면서 돌아서더니 두 손으로 공작에게 벙어리와 대화하는 척했다. 그러자 공작은 갑자기 들고 있던 가방을 떨어뜨리더니 울음을 터뜨리며 그 자리에 쓰러지는 것이 아닌가! 나는 지금까지 이 두 사기꾼처럼 지독한 놈들을 본 적이 없다.

그러자 마을 사람들이 모여들어 두 사람을 동정하고 위로의 말을 해주면서 여행용 가방을 언덕 위까지 들어다 주는 등 친절을 베풀었다. 그들은 둘이 자기들에게 기대어 울도록 해주며 형제가 운명할 때의 모습을 자세히 들려주었다. 왕은 그것을 일일이 손짓으로 공작에게 알려주었는데, 그들은 마치 12사도를 잃어버리기라도 한 것처럼 무두장이의 죽음을 슬퍼했다. 그때까지 이런 광경을 본 적이 있다면 정말이지 나는 백인이 아니라 검둥이다. 나는 인간으로 태어난 것이 새삼 부끄러웠다.

25장

이 소문은 삽시간에 온 마을에 퍼졌다. 여기저기서 사람들이 달려왔다. 윗옷을 허겁지겁 입으며 달려오는 사람도 있었다. 우리는 마을 사람들에 둘러싸여 걸어가게 되었는데 마치 군대가 행진하는 것처럼 거창했다. 집집마다 창문과 뜰에서 구경하는 사람들로 가득 찼다. 그리고 번번이 담장 너머로 물었다.

"저 두 양반이 맞대요?"

그러자 군중과 함께 개선장군처럼 행진하던 사람이 대답했다.

"맞아, 틀림없는 그 양반들이야."

윌크스네 집에 이르자 그 앞길은 사람들로 북적거렸고, 문 앞에는 조카딸 셋이 서 있었다. 메리 제인은 빨간 머리였지만 그래도 어쨌든 매우 아름다운 아가씨였는데, 숙부들을 보고 기뻐서 얼굴과 눈빛이 반짝였다. 왕이 두 팔을 활짝 벌리자 메리 제인은 뛰어가 그 품에 안기고 언청이 막내는 공작에게 달려와 안겼다. 마을 사람들 대부분, 아니 적어도 여자들은 숙부와 조카딸이 이처럼 다시 만나 기뻐하는 것을 보고 같이 울었다.

　그러자 왕은 다른 사람들이 눈치 못 채게, 그러나 나는 봤지만, 공작을 팔꿈치로 쿡쿡 찔렀다. 주위를 둘러보다가 방 한구석에 놓인 관을 보았던 것이다. 관은 2개의 의자 위에 놓여 있었는데 왕과 공작은 서로의 어깨를 감싸고 한 손은 눈두덩에 대고서 천천히 엄숙하게 관 앞으로 다가갔다. 모두 물러나면서 길을 열어주며 "쉿!" 하자 떠드는 소리와 소란스러운 분위기가 딱 그쳤다. 남자들은 모두 모자를 벗고 머리를 숙였다. 바늘 하나가 떨어져도 소리가 들릴 정도로 조용했다. 관 앞에 이르자 둘은 허리를 굽혀 안을 들여다보고는 뉴올리언스까지 들릴 만큼 큰 소리로 울음을 터뜨렸다. 그러고 나서 서로 목을 끌어안고 턱을 상대의 어깨에 올린 채 3, 4분 정도 대성통곡을 했다. 나는 두 사내가 그토록 눈물을 흘리는 모습을 본 적이 없다. 게다가 다른 사람들까지 울어대는 통에 방 안은 그야말로 눈물바다였다. 그러고 나서 한 사람은 관의 이쪽으로 또 한 사람은 관의 저쪽으로 가더니 무릎을 꿇고 이마를 관 위에 대고 기도하는 시늉을 했다. 그러자 모인 사람들 모두 목 놓아 울었다. 가엾은 조카딸들도 대성통곡했다. 여자들이 딸들에게 다가가 엄숙한 표정으로 이마에 키스를 했다. 그들은 손을 그녀들의 머리에 얹고 눈물을 흘리며 천장을 바라본 후에 훌쩍거리며 밖으로 나갔고, 다음 여자가 차례로 그렇게 하는 것이었다. 나는 이렇게 메스꺼운 광경은 처음 보았다.

한참을 그러더니 이윽고 왕이 자리에서 일어나 조금 앞으로 나아가 울먹이는 소리로 말했다. 그는 자기와 이 불쌍한 동생은 형제를 잃고 4천 마일(약 6천 4백 킬로미터―옮긴이)이란 먼 길을 허둥지둥 달려와서도 형제의 생전 모습을 보지 못해 참으로 가슴이 아프지만, 이처럼 여러분이 친절한 동정과 신성한 눈물로 우리 형제의 슬픔을 위로해주어서 큰 시련이 포근하고 고결한 시련으로 바뀌었다고 헛소리를 지껄였다. 그리고 그에 대해 자기와 동생은 충심으로 감사하게 여기고 있으며, 말이란 것이 너무나 하찮고 냉정해서 그런 마음을 말로 표현하기란 참으로 어렵다며 듣기만 해도 메슥거리는 소리를 늘어놓았다. 그러고는 경건하게 "아멘!"이라고 외치더니, 금방이라도 목이 멜 것처럼 흐느끼기 시작했다.

왕의 연설이 끝나자마자 사람들 중 누군가 찬송가를 부르기 시작했다. 그러자 모두 큰 소리로 합창했다. 교회에서 부르는 것 같아서 내 마음까지 편안해졌다. 음악이란 정말로 좋은 것이다. 그처럼 터무니없고 시시한 수작 끝에 음악이 이처럼 분위기를 새롭게 정화시키고 진솔하게 만들다니 놀라웠다.

왕은 또다시 수작을 부리기 시작했다. 이 집안의 친구가 되시는 몇몇 분께서는 오늘 밤 함께 식사를 하고 고인을 추모하는 뜻에서 밤을 새워주시면 감사하겠다, 저기 누워 있는 불쌍한 동생이라면 어느 분을 부를지 자기는 잘 알고 있다, 편지에 써 보내곤 했는데 그 이름을 불러보겠다, 그분들은 흡슨 목사님, 롯 하비 집사님, 벤

러커 씨, 애브너 섀클퍼드 씨, 레비 벨 변호사, 로빈슨 의사 선생님
과 이분들의 부인 그리고 미망인 버틀리 부인이라고 했다.

홉슨 목사와 로빈슨 의사는 아랫마을로 함께 사냥을 나가고 없었
다. 다시 말해 의사는 환자를 저승에 보내고, 목사는 하늘나라로 가
는 참다운 길을 가르쳐주러 갔던 것이다. 그리고 벨 변호사는 루이
빌에 일을 보러 가고 없었다. 그러나 그 밖의 사람들은 여기에 있었
기 때문에 모두 왕과 악수하고 인사를 나눴다. 그들은 또한 공작하
고도 악수를 했는데, 아무 말도 하지 않고 다만 공작이 온갖 시늉을
하며 말 못하는 어린애처럼 "어어, 어으어."라고 하면 얼간이처럼
미소를 짓고 머리를 끄덕끄덕했다.

그런 식으로 왕은 자꾸만 헛소리를 늘어놓았다. 마을 사람들과
개 이름까지 들먹이면서 지금 어떻게 지내느냐고 그럴듯하게 묻기
도 하고, 또 언제 일어난 아무 일은 어찌 되었는지 온갖 사소한 일
까지 캐물었다. 하다못해 조지와 피터의 가족에게 일어났던 일까지
지껄여댔다. 동생 피터가 편지에 써 보냈기 때문에 그 모든 것을 알
고 있다고 했지만, 그건 새빨간 거짓말이었다. 그 이야기는 모두 우
리가 카누로 기선에 데려다 준 그 젊은 얼간이한테 들은 것이었다.

그러자 메리 제인은 삼촌이 남긴 유서를 왕에게 주었는데, 왕은
그것을 받아 흐느끼는 목소리로 큰 소리로 읽었다. 유서에는, 집과
금화 3천 달러는 조카딸들에게, (굉장히 번창하고 있는)피혁 공장
과 집 몇 채와 토지(약 7천 달러 상당), 그리고 금화 3천 달러는 하

비와 윌리엄 형제에게 남긴다고 적혀 있었다. 또한 6천 달러를 숨겨놓은 지하실의 위치도 적혀 있었다. 그러자 이 두 사기꾼은 지하실에 가서 그 6천 달러를 가져와 모든 일을 공평하게 처리하자고 말하며 나에게 촛불을 들고 따라오라고 했다. 우리는 지하실로 내려가 문을 닫고 돈 자루를 찾아 마루에 쏟아놓았다. 모두 누런 금화여서 휘황찬란했다. 왕은 눈이 휘둥그레지더니 공작의 어깨를 치면서 말했다.

"정말 굉장한데! 아니, 굉장한 정도가 아니지. 어때? 그 빌어먹을 '전대미문의 걸작' 따위와는 비교도 안 되지? 안 그래?"

공작은 그렇다고 맞장구를 쳤다. 그들은 금화를 손으로 수북이 들어 올렸다가 마루 위에 떨어뜨렸다. 왕이 말했다.

"이렇게 떠들고 있을 때가 아니지. 우리는 죽은 부자의 형제로 상속인 역할을 해야 해. 이것은 정말 하느님의 섭리를 믿었기 때문에 일어난 기적이야. 그렇게밖에 생각할 수 없어. 수많은 일을 해봤지만 정말 별수 없었거든."

아무리 욕심이 많아도 이렇게 많은 돈더미를 횡재했다면 만족해야 할 것이다. 그러나 이들은 어쨌든 계산을 해야 한다며 돈을 헤아리기 시작했다. 그런데 415달러가 부족했다. 그러자 왕이 말했다.

"빌어먹을! 도대체 415달러는 어떻게 된 거야?"

그들은 조바심을 내면서 주변을 마구 뒤졌다. 이번에는 공작이 말했다.

"어쩌면 그 자식이 중병에 걸려서 잘못 계산했는지도 몰라. 아무래도 그런 모양이야. 그러니까 그냥 덮어두고 아무 말 하지 말자고. 그 정도는 없어도 되잖아."

"그러지, 뭐. 그 정도쯤이야 없어도 상관없지. 내가 지금 염두에 두고 있는 건 유산을 어떻게 나누느냐 하는 거야. 알겠어? 우리는 지금부터 아주 정직하고 솔직하고 공정해야 해. 이 금화를 가지고 위로 올라가 사람들 앞에서 다시 헤아려야 한단 말이지. 그렇게 해야 의심을 받지 않을 거 아냐? 그런데 죽은 사람이 6천 달러라고 했는데 이렇게 부족하면 우리 입장이 난처해진단 말이야!"

"잠깐, 그럼 부족한 건 우리가 채워 넣자."

공작이 말했다. 그러고는 자기 주머니에서 금화를 꺼냈다.

"거참, 좋은 생각이네. 공작, 네 모가지 위에 있는 대가리는 굉장히 영리한 것 같아. 예의 그 '전대미문의 걸작'이 또다시 우리를 살려주는군."

그러더니 왕도 금화를 꺼내 올렸다. 둘은 가진 돈을 모두 털어서 정확하게 6천 달러를 채웠다. 공작이 말했다.

"또 한 가지 좋은 생각이 떠올랐어. 위로 올라가서 이 돈을 다시 헤아린 다음 이걸 몽땅 그 딸들에게 줘버리는 거야."

"옳거니, 그래! 공작, 너를 껴안아 주고 싶어! 그토록 기발한 생각을 할 사람이 너 말고 누가 있겠나! 확실히 비상해! 우리를 의심할 테면 해봐라 이거야! 이것으로 의심은 깨끗이 사라질 테니까!"

우리가 올라가자 사람들은 탁자 주위로 모여들었다. 왕은 금화를 세어 3백 달러씩 쌓았다. 20개의 멋진 3백 달러짜리 돈더미가 세워졌다. 모두 부러운 듯 그것을 보면서 입맛을 다셨다. 그러자 그들은 6천 달러를 자루에 다시 넣고 나서 또 한바탕 연설을 시작했다. 왕은 크게 숨을 들이쉬고 가슴을 내밀며 말했다.

"친애하는 여러분, 지금 저기 누워 있는 불쌍한 동생은 슬픔에 잠긴 우리, 살아 있는 사람들에게 아낌없이 주고 떠났습니다. 생전에 귀여워해주고 또 보호해주던 아버지와 어머니를 먼저 보낸 이 불쌍한 어린 양들을 위해 많은 재산을 남겨주었습니다. 그렇습니다. 그리고 동생이 어떤 사람이었는지를 잘 알고 있는 우리는 그가 윌리엄과 내가 언짢아할까 봐 조카들에게 좀더 많이 남겨주지 못한 것이 아닐까 하는 생각이 들었습니다. 그렇지 않겠습니까? 제 생각으로는 의심할 여지가 없습니다. 이런 동생의 뜻을 저버리는 형제들이란 도대체 어떤 인간들일까요? 만일 그렇다면 이건 동생이 애지중지하던 불쌍하고도 사랑스러운 어린 양의 몫을 강탈하는 것입니다. 이건 그야말로 강탈입니다. 그런 숙부들이 어디 있겠습니까? 내가 아는 윌리엄도, 저는 그를 잘 알고 있습니다만, 윌리엄은……. 아 참, 그에게 물어봅시다."

왕은 뒤돌아서서 공작에게 한동안 손짓을 했다. 공작은 멍한 표정으로 왕을 쳐다보다가 갑자기 그 뜻을 알았다는 듯이 기쁜 표정을 지으며 "아어 어어."라고 하면서 왕에게 달려들어 한 열다섯 번쯤 껴안았다. 그러자 왕이 말했다.

"여러분도 느끼셨겠지만 윌리엄이 어떻게 생각하는지는 의심의 여지가 없습니다. 자, 메리 제인, 수전, 조애너, 이 돈을 받아라. 한 푼도 남기지 말고. 이것은 숙부가 기쁜 마음으로 너희에게 주는 선물이다."

그러자 메리 제인은 왕에게, 수전과 언청이는 공작에게 각각 달려들어서, 내가 일찍이 본 적이 없을 만큼 힘껏 끌어안고 키스를 했다. 사람들 모두 눈물이 그렁그렁한 채 다가와 두 사기꾼의 손을 붙잡고 말했다.

"어쩜 이리도 훌륭하실까! 어쩜 이리도 마음이 넓으실까!"

그러고 나서 모두 고인에 대해 이야기했다. 사람들은 그가 매우 어진 사람이었으며 그런 분이 돌아가셨다는 건 참으로 안타까운 일이라고 했다. 얼마 후에 억센 턱을 가진 몸집이 큰 사나이가 밖에서 사람들을 헤치고 들어와 우두커니 서서 귀를 기울이며 주위를 둘러보았다. 이 사나이에게 아무도 말을 걸지 않은 이유는 모두 왕의 말에 정신이 팔려 있었기 때문이다. 왕은 그때 마침 이런 말을 했다.

"여러분은 모두 고인의 친구분들이었습니다. 그러므로 오늘 여기에 초대받은 것입니다. 그러니 내일도 한 분도 빠짐없이 참석해주시기 바랍니다. 피터는 여러분 모두를 존경했고 사랑했습니다. 따라서 고인의 장례 잔치는 모든 사람들을 불러 모아 성대하게 치러야 합니다."

왕이 흥분해서 헛소리를 늘어놓으며 계속 '잔치'라고 하자 참다 못한 공작이 쪽지에 "이 머저리야, '잔치'가 아니라 '장례식'이라고 해야지."라고 써서 사람들의 머리 위로 손을 뻗어 건넸다. 왕은 쪽지를 읽고 나서 주머니에 쑤셔 넣더니 계속 말했다.

"불쌍한 윌리엄, 보시는 바와 같이 그는 괴로움 속에서도 마음씨가 비단결 같습니다. 장례식에 모든 분들을 한 사람도 빠짐없이 부르라고 하네요. 그리고 후하게 대접해야 한다는군요. 그러나 그런 건 염려하지 않아도 될 것입니다. 저도 같은 생각이니까요."

이어서 왕은 침착하게 이야기를 계속하다가 또다시 '장례식'을 '잔치'라고 말했다. 마침내 세 번째 말했을 때 그는 이렇게 덧붙였다.

"제가 '잔치'라고 했는데 이것은 흔히 사용하는 말이 아닙니다. 일반적으로는 장례식이라고 하지요. 하지만 원래 잔치라는 말이 올바른 표현입니다. 영국에서는 이미 오래전부터 장례식이라는 말을 사용하지 않습니다. 영국에서는 오늘날 이것을 잔치라고 합니다. 잔치란 말이 옳은 표현입니다. 왜냐하면 잔치(orgy)란 말은 '바깥의, 문 밖의'라는 뜻을 가진 그리스어 '오르고(orgo)'와 '심다, 메우다'는 뜻의 히브리어 '지숨(jeesum)'이 결합된 단어에서 파생되었기 때문입니다. 그러므로 잔치는 공개적인 또는 공적인 장례식이란 뜻입니다."

정말 어처구니없는 거짓말이었다. 그러자 억센 턱의 사나이가 크게 웃음을 터뜨렸다. 사람들 모두 깜짝 놀라 "아니, 의사 선생님!"이라고 소리쳤고, 애브너 새클퍼드가 의사에게 물었다.

"아니, 로빈슨 씨, 아직 소식 못 들으셨군요. 이분은 하비 윌크스 씨예요."

왕은 애써 웃음 지어 보이더니 오른손을 내밀며 말했다.

"오, 당신이 우리 불쌍한 동생과 친하게 지냈던 의사 선생님이시군요? 저는……."

"손 치우시오! 당신은 지금 영국인 흉내를 내고 있소. 그것도 아주 엉터리로. 당신이 피터 윌크스의 형이라고? 천만에! 당신은 사기꾼에다 협잡꾼이야."

의사의 말에 모든 사람들이 깜짝 놀랐다. 그들은 의사를 둘러싸고 그를 진정시키려고 애썼다. 하비 윌크스 씨가 사람들의 이름을 모두 알고 있을 뿐만 아니라 개들의 이름까지도 다 알고 있다고 설명했다. 또한 하비 윌크스 씨의 기분을 상하게 하지 말아달라고, 그리고 불쌍한 아이들의 마음이 상하지 않게 해달라고 부탁했다. 그러나 소용없었다. 의사는 더욱 화를 내며 협잡꾼이나 사기꾼이 아니라면 영국인처럼 가장하고 영국 억양을 이처럼 엉성하게 흉내 낼 수는 없다고 말했다. 불쌍한 조카딸들은 왕을 붙들고 울고 있었는데, 의사가 그녀들에게 말했다.

"나는 너희 아버지의 친구였고, 너희의 친구이기도 하다. 그러므로 친구로서, 또 너희를 보호하고 불행으로부터 지켜주고 싶은 정직한 사람으로서 일러두겠다. 엉터리 라틴어와 히브리어를 지껄이는 이 무식한 뜨내기 사기꾼을 상대해서는 안 된단다. 속이 시커먼

놈들이야. 어디선가 주워들은 이름과 얘기를 듣고 여기 와서 사기를 치는 거야. 너희는 그의 말을 곧이곧대로 믿고 여기 있는 어리석은 사람들에 둘러싸여 속고 있는 거야. 메리 제인 윌크스, 너는 내가 사심 없는 사람이라는 걸 알고 있지? 그러니 내 말을 들어라. 어서 이 악당을 내쫓아야 해. 알겠니?"

그러자 메리 제인은 똑바로 섰다. 정말 아름다운 모습이었다.

"이것이 제 대답입니다."

그녀는 돈 자루를 왕에게 주며 말했다.

"자, 이 6천 달러를 받으세요. 그리고 저와 제 동생들을 위해 원하시는 곳에 투자해주세요. 영수증 같은 건 필요 없습니다."

그리고 나서 그녀는 한쪽 팔로 왕을 끌어안았다. 수전과 언청이는 다른 쪽 손을 끌어안았다. 그러자 사람들 모두 손뼉을 치고 마루를 쿵쿵 구르는 등 폭풍처럼 환호했다. 그러자 의사가 말했다.

"그럼 좋다. 나는 이 일에서 손을 떼겠다. 그러나 너희에게 말해두는데 오늘 일을 생각할 때마다 가슴을 칠 때가 반드시 올 거다."

그리고 그는 밖으로 나갔다.

"좋소이다, 선생! 환자가 생기면 사람을 보내 모시러 가리다."

왕은 조롱하듯 말했다. 그러자 사람들 모두 깔깔거리며 정말 그럴듯한 대꾸라고 칭찬했다.

26장

  사람들 모두 돌아가고 나서 왕은 메리 제인에게 손님용 방은 어디냐고 물었다. 메리 제인은 방이 하나 있는데 그것은 윌리엄 숙부께서 쓰시고, 그것보다 약간 큰 자기 방은 하비 숙부가 쓰시는 게 좋겠다고 했다. 그리고 자기는 동생들 방에서 간이침대를 쓰면 된다고 했다. 또 짚요가 깔려 있는 작은 다락방도 하나 있다고 했다. 그러자 왕은 나를 가리키며 그 방에서 자기 하인이 자면 되겠다고 했다.

  메리 제인은 우리를 2층으로 데리고 가서 방을 보여주었다. 수수하고 깨끗한 방이었다. 그녀는 혹시 하비 숙부가 불편하시다면 자기 방에 있는 옷가지와 자질구레한 물건들을 밖에 내놓겠다고 했다. 그러자 왕은 그럴 필요 없다고 했다. 여러 벌의 옷이 벽에 걸려 있었고 그 위에는 무명베로 만든 커튼이 마룻바닥까지 길게 드리워 있었다. 방 한구석에는 낡은 가죽 트렁크가, 다른 쪽 구석에는 기타 케이스, 그리고 또 여자애들이 방을 아름답게 치장하기 위해 장식하는 온갖 소소한 장난감과 소품이 진열되어 있었다. 왕은 이런 것들이 있어 오히려 더욱 가정적이고 편안한 기분이 든다고 말했다. 공작의 방은 매우 작았지만 그래도 괜찮은 편이었고, 또 내가 쓸 다락방도 그랬다.

그날 밤 아주 성대한 만찬이 열렸다. 낮에 왔던 남자와 여자들 모두 참석했다. 나는 왕과 공작 뒤에 서서 시중을 들었고, 검둥이들도 다른 손님들의 시중을 들었다. 메리 제인은 수전과 나란히 앉아 비스킷이 딱딱하다느니, 설탕을 많이 넣어서 잼이 너무 달다느니, 이렇게 맛도 없고 질긴 닭요리는 처음 먹는다느니 하면서, 여자들이 생색을 내려고 할 때 으레 하는 빈말을 늘어놓았다. 그러나 모든 손님들은 음식이 더할 나위 없다는 것을 알기 때문에 이렇게 말했다.

"아니, 어쩌면 비스킷을 이렇게 노릇노릇하게 잘 구웠을까?"

"세상에! 이렇게 맛 좋은 피클을 어떻게 만들었지?"

사람들은 저녁 식사에 초대받은 손님들이 으레 지껄이는 입에 발린 말들을 했다.

만찬이 끝나고 나는 언청이와 부엌에서 남은 음식으로 저녁을 먹었고, 다른 자매들은 검둥이 하인들과 함께 식탁을 치웠다. 언청이가 영국에 대해 이것저것 물어보는 바람에 순간순간 나는 살얼음판 위에 서 있는 것처럼 아슬아슬한 기분이 들었다.

"너 국왕을 본 적 있니?"

"누구요? 윌리엄 4세요? 물론이죠. 우리 교회에 다니셨는데요."

난 윌리엄 4세가 벌써 오래전에 죽었다는 사실을 알고 있었지만 모른 척 대답했다. 그러자 그녀가 다시 물었다.

"정말? 항상 오셨어?"

"그럼요, 항상 오셨어요. 폐하의 가족석은 우리 자리 반대쪽, 그러니까 설교단 맞은편이었어요."

"국왕은 런던에 계시는 줄 알았는데."

"그럼요! 런던에 계시죠."

"그런데 넌 셰필드에 살잖아?"

나는 아차 싶었다. 그래서 적절히 둘러댈 말을 찾기 위해 닭뼈가 목에 걸린 시늉을 하고 나서 말했다.

"아, 그건 말이죠, 셰필드에 계실 때는 꼭 우리 교회에 오셨거든요. 국왕께서는 여름에 해수욕하러 셰필드에 오신답니다."

"그게 무슨 소리야? 셰필드에는 바다가 없는데."

"누가 해안에 있다고 그랬어요?"

"네가 방금 그랬잖아?"

"저는 그런 말 안 했는데요."

"그랬어."

"안 했어요."

"그랬다니까."

"그런 말은 한 마디도 안 했어요."

"그럼 뭐라고 했어?"

"해수욕을 하러 올 때라고 했잖아요. 그렇게 말했죠?"

"그랬지. 하지만 셰필드에는 바다가 없는데, 어떻게 해수욕을 하지?"

"혹시 콩그레스 광천수 아세요?"

"그럼."

"그걸 구하려면 꼭 콩그레스로 가야 하나요?"

"그렇지는 않지."

"그러니까 윌리엄 4세가 해수욕을 하러 꼭 바다에 가야 한다는 법은 없지요."

"그럼 어떻게 해수욕을 하지?"

"그건 말이죠, 여기 사는 사람들이 콩그레스 광천수를 얻는 것과 마찬가지로 통에 물을 넣어서 싣고 오는 거예요. 셰필드 궁전에는 목욕탕이 있는데, 국왕께서는 바로 그 물로 뜨거운 목욕을 하는 것을 좋아하시거든요. 그런데 바닷가에는 그렇게 많은 물을 데울 시설이 없어요."

"그렇구나, 이제 이해되네. 처음부터 그렇게 말했으면 시간 낭비할 일 없었을 거 아냐."

이 말을 듣고서야 나는 비로소 위기를 모면했다는 사실을 깨닫고 마음이 놓였다. 그런데 또 그녀가 물었다.

"너도 교회에 가니?"

"그럼요. 꼬박꼬박 가요."

"어디 앉아?"

"어디긴요? 우리 가족석이죠."

"누구네 가족석?"

"당연히 우리 가족석이죠. 하비 숙부의 가족석이요."

"숙부? 숙부께서는 왜 좌석이 필요하지?"

"그야 앉아야 하니까요. 당연한 거 아니에요? 자리에 앉아야죠."

"무슨 말이야? 숙부께서는 설교단에 계시는 거 아냐?"

제기랄! 나는 그가 목사라는 사실을 깜빡 잊고 있었다. 또다시 위기에 빠졌다는 사실을 깨닫고 나는 다시 한번 닭뼈가 목에 걸린 시늉을 하면서 또 하나의 계책을 생각해냈다.

"잘 모르시는군요. 교회에 목사가 한 분밖에 없는 줄 아세요?"

"왜? 뭐하러 몇 사람씩 있는데?"

"뭣 때문이냐고요? 국왕 앞에서 설교하는데 어떻게 한 사람만 있겠어요? 아가씨처럼 말하는 사람 처음 봐요. 그 교회에는 목사가 열일곱 분이나 계세요."

"열일곱 분이나? 굉장하구나! 그분들이 차례로 설교를 한다면, 난 하느님의 은혜를 받지 못한다 해도 끝까지 듣지 못할 거야. 다 듣자면 족히 일주일은 걸릴 거 아냐?"

"무슨 소리예요? 열일곱 분이 모두 한날 한꺼번에 설교하는 줄 아세요? 하루에 한 분만 하시는 거예요."

"그래? 그럼 나머지 열여섯 분은 뭘 하는데?"

"특별한 일이 있는 건 아니에요. 헌금 바구니를 돌리거나 하지요. 그렇지만 딱히 하는 일이 없어요."

"그래? 그럼 무엇 때문에 있는 거야?"

"격식이죠. 아가씨는 잘 모르는군요."

"그런 시시한 건 알고 싶지도 않아. 그런데 영국에서는 하인들을 어떻게 대우하니? 미국에서 검둥이를 대우하는 것에 비해 나은가?"

"그렇지 않아요! 영국의 하인은 사람 취급도 못 받아요. 개보다 못하죠."

"미국처럼 휴가는 없니? 크리스마스라든가 새해, 또는 독립기념일 같은 때."

"하하, 그것만 봐도 아가씨가 영국에 가본 적이 없다는 걸 알겠어요. 이것 봐요, 언청, 아니 조애너 아가씨, 영국에서 하인들은 1년 내내 쉬는 날도 없을뿐더러 서커스나 연극 구경, 그리고 검둥이들이 하는 쇼도 구경 못 한답니다."

"교회도 못 가니?"

"네, 교회도 안 가요."

"하지만 아까 넌 항상 교회에 간다고 했잖아?"

나는 또 위기에 빠졌다. 내가 그 영감의 하인이란 사실을 잊고 있었던 것이다. 다음 순간 나는 정신없이 시종은 보통 하인들과 달라서 싫든 좋든 교회에 가서 가족과 함께 앉아 있어야 한다고 설명했다. 그러나 이번에는 잘 먹혀들지 않아 언청이는 이해할 수 없다는 표정이었다.

"정말이야? 지금까지 한 말 다 거짓말이지?"

"아뇨, 진짜예요."

"전부?"

"그럼요. 거짓말은 하나도 없어요!"

"이 책에 손을 얹고 맹세해봐."

나는 그녀가 내민 사전에 손을 얹고 거짓말은 한 마디도 하지 않았다고 맹세했다. 그러자 언청이는 조금 흡족한 표정을 지었다.

"좋아. 어느 정도는 믿을게. 앞으로도 믿고 싶구나."

그때 메리 제인이 수전과 같이 부엌에 들어오더니 말했다.

"뭘 못 믿겠다는 거야? 조! 네가 이 아이에게 그런 말을 하는 건 옳지 못해. 더욱이 이 아이는 다른 나라 사람이고 굉장히 먼 곳에서 가족과 떨어져 오지 않았니? 네가 이런 대우를 받는다면 넌 어떨 것 같아?"

"언니는 항상 그래. 아무도 기분 상한 사람이 없는데 갑자기 나타나서 그 사람 편을 든단 말이야. 난 이 아이에게 별말 안 했어. 이해할 수 없는 말을 하길래 납득이 안 간다고 했을 뿐이야. 정말 아무 말도 하지 않았다고. 그런 것쯤은 얘도 이해할 수 있다고 생각해. 안 그래?"

"작은 일이든 큰일이든 마찬가지야. 이 애는 우리 집에 손님으로 온 외국 사람인데 그렇게 말하면 못써. 네가 이 아이 입장이라면 기분이 어떻겠니? 그러니까 너도 남의 기분을 상하게 해서는 안 돼."

"하지만 언니, 이 애는……."

"이 애가 뭐라고 하든 그건 중요한 게 아니야. 너는 이 애에게 친절하게 대해주어야 해. 이 애가 먼 나라에서 가족과 떨어져 있다는 생각이 들지 않도록 해야지."

나는 마음속으로 중얼거렸다.

'나는 정말 이 착한 아가씨들의 돈을 그 늙은 사기꾼들이 가로채는 것을 보고만 있어야 하는가?'

다음에는 수전이 나섰다. 그녀는 마치 무덤 속에서 울리는 소리처럼 언청이를 엄하게 나무랐다.

나는 또 마음속으로 생각했다.

'이런 아가씨들의 돈을 그놈들이 가로채려 하다니.'

다음에는 또 메리 제인이 특유의 상냥하고 부드러운 목소리로 잔소리를 했는데, 결국 가여운 언청이는 어찌할 바를 모르고 그만 울음을 터뜨렸다.

"이제 미안하다고 사과해."

결국 언청이는 두 언니가 시키는 대로 했다. 참으로 상냥한 사과였다. 그래서 나는 그녀가 또 그렇게 사과한다면 수천 번이라도 더 거짓말을 하고 싶었다.

나는 마음속으로 이렇게 생각했다.

'이 아가씨들의 돈을 그놈들이 도둑질하는 것을 못 본 척하다니.'

언청이가 내게 사과를 하자 세 사람 모두 나를 편하게 해주려고, 또 친구들과 함께 있는 것처럼 즐겁게 지낼 수 있도록 마음 써주었다. 그래서 내 자신이 더더욱 비열하고 천박하게 느껴져서 스스로에게 말했다.

'세 아가씨를 위해 무슨 수를 써서라도 그 돈을 숨겨야겠다.'

그래서 나는 그녀들에게 잠을 자러 가겠다고 말하고 서둘러 부엌을 나왔다. 정말로 자려고 그런 것은 아니었다. 나는 방에서 혼자 골똘히 생각했다.

그 의사를 몰래 찾아가서 그놈들이 사기꾼이라고 일러바칠까? 아니, 그건 안 된다. 내가 밀고했다고 의사가 말하면 왕과 공작은 나를 가만두지 않을 거다. 메리 제인에게 몰래 말하면 어떨까? 아니, 그것 역시 위험하다. 메리 제인은 틀림없이 내색할 것이고, 그러면 그 녀석들은 당장 눈치채고 돈을 가지고 곧장 내빼고 말 것이다. 또 메리 제인이 사람들에게 도움을 청하면 일이 해결되기도 전에 나까지 말려들 것이 분명하다. 그렇게 되면 곤란하니까 방법은 딱 한 가지다. 내가 그랬다는 것을 그 두 사람이 눈치채지 못하도록 감쪽같이 그 돈을 훔쳐내야 한다. 그들은 지금 여기서 크게 한탕했다고 흥분해 있는 데다 이 집과 이 마을을 실컷 우려먹을 때까지 여기를 떠날 리가 없으므로 충분한 시간이 있는 셈이다. 아무도 모르게 그 돈을 훔쳐서 감추어두었다가 강 아래쪽으로 멀리 내려갔을 때 메리 제인에게 편지를 써서 숨긴 장소를 알려주면 된다. 할 수만 있다면 오늘 밤에 실행하는 것이 좋을 것이다. 그 의사도 그렇게 말하고 갔지만 실제로 손을 뗄 리가 없고, 또 그러니 언제 그 두 악당을 쫓아낼지 모른다.

나는 그들의 방을 뒤지기로 했다. 2층 복도는 어두웠지만 공작의 방은 바로 찾았다. 나는 두 손으로 더듬어 돈을 찾기 시작했다. 그러나 곧 왕의 성격으로 보아 그 돈을 남에게 맡겨두었을 리 없다고 깨달은 나는 다시 왕의 방으로 가서 뒤지기 시작했다. 그런데 촛불이 없어서 여간 힘든 게 아니었다. 또 그렇다고 불을 켤 수도 없었다. 그래서 나는 또 한 가지 방법을 생각해냈다. 숨어서 그들의 말을 엿듣는 것이었다.

바로 그때 2층으로 올라오는 발소리가 들려서 나는 침대 밑으로 숨으려고 했다. 그런데 침대가 있으리라고 생각했던 곳은 비어 있었다. 대신 메리 제인의 옷을 덮은 커튼이 손에 닿길래 옷 뒤에 숨어서 꼼짝 않고 가만히 기다렸다.

그들은 방에 들어와서 문을 닫았다. 공작은 맨 먼저 무릎을 꿇고 침대 밑을 확인했다. 나는 조금 전에 침대를 못 찾은 것이 참으로 다행이라고 여겼다. 남의 눈을 피하려고 숨을 때는 으레 침대 밑으로 들어가게 마련이었다. 자리에 앉자 왕이 먼저 말했다.

"도대체 뭔데? 어서 말해봐! 2층에 있으면 그들이 우리 얘기를 할 것 아냐? 그러느니 차라리 아래층에 내려가 밤을 새우면서 같이 곡을 하는 편이 낫다고."

"아무래도 마음을 놓을 수가 없어요. 그 의사 놈이 마음에 걸려서 말이에요. 앞으로 계획이 뭐예요? 나한테 좋은 생각이 하나 떠올랐는데 그거 어때요?"

"뭔데? 어서 말해봐."

"새벽 3시쯤 돈만 챙겨서 떠나자고요. 더구나 저절로 굴러 들어온 거나 마찬가지인데 꾸물댈 게 뭐 있어요? 안 그래요? 우리 머리에 툭 떨어진 격이니 이쯤에서 달아나는 게 좋겠어요."

나는 크게 낙심했다. 한두 시간 전쯤이라면 그렇지 않았겠지만 지금은 너무 실망이 컸다. 왕은 흥분해서 말했다.

"아니, 뭐라고? 그래서 나머지 재산을 포기하자는 말이야? 등신처럼 8, 9천 달러나 되는 재산을 그냥 내팽개치자고? 게다가 내다 팔 수 있는 물건들이 천지인데도 말이야?"

공작은 금화 자루만으로도 충분하니 더 이상 깊이 말려들고 싶지 않으며, 부모 잃은 아이들의 재산을 모조리 빼앗고 싶지는 않다고 말했다. 그러자 왕이 말했다.

"무슨 소리를 하는 거야? 우리가 훔치는 건 오직 이 돈뿐이야. 우리가 가진 것을 사는 놈만 손해를 보는 거지. 왜냐하면 우리가 정당한 소유주가 아니라는 사실이 밝혀지면, 물론 그건 우리가 달아난 뒤에 곧 밝혀지겠지만, 매매는 무효가 되고 재산은 원래 주인한테 돌아간다고. 즉 집은 고아들에게 돌아오는 거라고. 그럼 됐잖아. 젊고 건강하니까 잘 살아갈 수 있어. 고생하지는 않을 거야. 안 그래?

생각해봐. 그보다 더 어렵게 사는 사람이 수천수만 명이야. 그러니까 이 집 애들은 불만을 품거나 불평할 것도 없어."

왕에게 설득된 공작은 결국 자신의 주장을 굽히고, 그렇다면 좋다, 그 의사가 얼쩡거리는 한 여기에 오래 있는다는 건 매우 어리석은 짓이라고 했다. 그러나 왕이 또 말했다.

"그 돌팔이 의사 놈! 그 녀석은 신경 쓸 필요 없어. 마을의 얼빠진 놈들 모두 우리 편이니까. 그러면 되는 거야."

말을 마치고 그들은 아래층으로 내려가려 했다. 그때 공작이 말했다.

"돈을 숨겨놓은 데가 아무래도 안전하지 않을 것 같아."

나는 귀를 쫑긋 세웠다. 돈을 어디에 숨겼는지 알아낼 수 있을 것 같았기 때문이다.

"어째서?"

왕이 물었다.

"메리 제인은 이제 곧 상복으로 갈아입을 거야. 방을 정리하는 검둥이는 먼저 이 옷을 궤짝에 넣어 정리할 거야. 돈을 보고 조금이라도 욕심이 나지 않는 검둥이가 이 세상에 한 사람이라도 있을 거라고 생각해?"

"자네는 정말 영특하다니까."

왕은 내가 있는 곳에서 2, 3피트(약 1미터―옮긴이)도 채 떨어지지 않은 커튼 밑을 더듬었다. 나는 몹시 떨렸지만 죽은 듯이 꼼짝 않고 벽에 바싹 달라붙어 있었다. 그러면서 그들에게 발각되면 뭐라고 변명할지 궁리했다.

왕은 내가 미처 그런 생각을 끝내기도 전에 돈 자루를 꺼냈다. 그는 내가 있다는 사실을 전혀 눈치채지 못한 것 같았다. 그들은 깃털 이불 아래에 있는, 짚요의 터진 틈을 비집고는 1, 2피트 정도 깊숙이 돈 자루를 집어넣더니 이제 됐다고 말했다. 검둥이는 깃털 이불을 가지런히 정돈할 뿐 짚요는 1년에 한두 번밖에 들추지 않으니 괜찮을 거라고 했다.

그러나 내가 이미 다 알아버렸다. 나는 그들이 계단을 반도 내려가기 전에 돈 자루를 꺼냈다. 그러고는 어둠 속을 더듬어 다락방으로 올라갔다. 그리고 기회를 봐서 돈 자루를 집 안보다 밖에 감춰놓는 것이 낫겠다고 생각했다. 두 사람은 돈 자루가 없어진 사실을 알면 분명히 온 집 안을 샅샅이 뒤질 것이다. 나는 옷을 입은 채로 잠자리에 들었지만 이 일을 빨리 해치워야 한다는 생각에 잠이 오지 않았다.

이윽고 왕과 공작이 올라오는 소리가 들렸다. 그래서 나는 짚요에서 내려와 턱을 사다리에 걸치고 무슨 일이 일어나는지 기다려보았다. 그러나 아무 일도 없었다. 나는 주위가 잠잠해지고 새벽이 될 때까지 기다렸다가 사람들이 일어나기 전에 사다리를 타고 내려왔다.

27장

나는 두 사람의 방문 앞까지 몰래 가서 귀를 기울였다. 코 고는 소리가 들렸다. 나는 까치걸음으로 걸어서 무사히 아래층까지 내려 왔다. 아무 소리도 들리지 않았다. 식당 문틈으로 들여다보니 시신을 지키는 남자들 모두 의자 위에서 곯아떨어져 있었다. 시신이 놓인 거실 쪽 문이 열려 있었기 때문에 두 방이 모두 들여다보였는데, 방에는 촛불이 하나씩 켜져 있었다. 들어가 보니 거실 문도 열려 있었고, 거실에는 피터 씨의 시신 외에는 아무도 없었다. 나는 안으로 들어갔다. 앞문은 잠겨 있었고 열쇠도 없었다. 바로 그때 등 뒤의 계단을 내려오는 발소리가 들려왔다. 나는 거실로 뛰어 들어가 황급히 주위를 살펴보았으나 돈 자루를 감출 곳은 관 속밖에 없었다. 관 뚜껑이 1피트(약 30센티미터─옮긴이)가량 열려 있어서 수의를 입고 홑이불을 덮은 고인의 얼굴이 보였다. 나는 돈 자루를 시신의 포개진 두 손 밑에 밀어 넣었다. 시신의 손이 너무 싸늘해서 등골이 오싹했다. 그러고는 방에서 얼른 나와 문 뒤에 숨었다.

들어온 사람은 메리 제인이었다. 그녀는 조용히 관 앞에 다가가서 무릎을 꿇고 안을 들여다보더니 손수건을 얼굴로 가져갔다. 내게는 등을 보이고 있었지만 그녀가 울고 있는 것이 분명했다. 나는 그곳을 조심조심 빠져나와 식당을 가로질러 갔다. 밤샘하는 사람들이 나를 보지나 않았을까 싶어 문틈으로 안을 들여다보았다. 그러나 사람들은 여전히 꼼짝도 하지 않고 있었다.

나는 발소리를 죽이고 다락방으로 돌아가 침대에 누웠다. 위험을 무릅쓰고 결행했는데 마음이 오히려 무거웠다. 그 돈 자루가 그대로 있으면 참으로 다행이다. 그래야만 멀리 강을 내려갔을 때 메리 제인에게 편지를 써서 그녀가 관을 파내고 금화를 찾을 수 있기 때문이다. 그러나 그렇게 될 것 같지 않았다. 그 돈이 관 뚜껑을 닫고 못질을 할 때 발견된다면, 왕은 또 그것을 차지하고 다시는 도둑 맞지 않으려고 할 것이 분명했다. 그렇게 되면 돈은 끝내 그 악당의 차지가 되고 말 것이다. 나는 지금 당장 다시 내려가서 돈 자루를 꺼내 와야겠다고 생각했지만 그만두었다. 조금 있으면 밤샘하는 남자들이 눈을 뜰 것이고, 6천 달러를 손에 쥔 채 붙잡히기라도 하면 큰일이었다. 나는 그럴 수는 없다고 생각했다.

마침내 아침이 되어 아래층으로 내려가니 거실 문은 닫혀 있었고 시신 옆에서 밤샘하던 사람들도 보이지 않았다. 남은 사람은 가족들과 미망인 버틀리 부인, 그리고 우리뿐이었다. 무슨 일이 일어났나 싶어 사람들의 얼굴을 살펴보았으나 아무런 낌새도 찾을 수 없었다.

정오가 되자 장의사와 조수가 와서 방 한가운데 놓인 몇 개의 의자 위에 관을 올려놓았다. 그러고는 집 안에 있는 의자를 모두 방 한가운데 옮겨 와 줄지어 놓았다. 또 이웃에서도 의자를 빌려 왔으므로 현관과 거실, 그리고 식당까지 온통 의자로 꽉 차게 되었다. 관 뚜껑은 어젯밤처럼 열려 있었지만 사람들이 많아 그 속을 들여다볼 수 없었다.

사람들이 모여들기 시작했다. 사기꾼들도 조카딸들과 함께 관 앞에 자리 잡고 앉았다. 조용하고 엄숙한 가운데 한 30분 동안 사람들은 일렬로 서서 천천히 걸어 나가 고인의 얼굴을 들여다보았으며, 어떤 사람들은 눈물을 흘렸다. 조카딸들과 사기꾼들은 머리를 숙이고 손수건을 얼굴에 대며 훌쩍거렸다. 들리는 소리라고는 마루를 스치는 발소리와 코를 푸는 소리뿐이었다. 인간은 교회를 제외하고는 다른 어떤 곳보다 장례식 때 유달리 코를 많이 풀었다.

사람들이 가득 모여들자 검은 장갑을 낀 장의사는 부드럽고 차분한 걸음걸이로 왔다 갔다 하면서 마지막 처리를 했다. 그는 고양이처럼 아무 소리도 내지 않고 능숙하게 사람과 물건을 정리해나갔다. 입을 꼭 다물고 고개를 끄덕이며 손짓으로 사람들에게 의사를 전달하거나 늦게 온 사람들에게 자리를 안내하고, 또 통로를 열어주기도 했다. 그러고 나서 그는 한쪽 벽 앞에 앉았다. 나는 지금까지 이 남자처럼 차분하고 부드럽게 움직이며 모든 일을 소리 없이 처리하는 사람을 본 적이 없다. 그는 마치 햄 덩어리처럼 무표정한 얼굴이었다.

방에는 사람들이 빌려 온 풍금도 있었다. 하지만 상태가 좋지 않았다. 준비가 끝나자 젊은 여자가 풍금을 치기 시작했는데 끼끽거리는 소리에 체할 것만 같았다. 어쨌든 모두 합창을 시작했다. 내 생각에는 고인이 되어 듣지 못하는 피터 씨만 제대로 된 사람 같았다. 그다음 흡슨 목사가 일어나 진중하고도 장엄하게 설교를 시작했다. 바로 그때 일찍이 들어보지 못한 요란한 소리가 지하실에서 들려왔다. 그것은 개 한 마리가 벌이는 소동이었는데 시간이 지나도 조용해질 기미가 보이지 않았다. 그래서 목사는 관 앞에 선 채 기다려야 했다. 정말 난감한 일이었다. 모두 어떻게 해야 좋을지 모르는 눈치였다. 그러자 곧 다리가 긴 장의사가 목사를 향해 염려 말고 자기에게 맡겨달라는 손짓을 해보였다. 장의사는 허리를 굽히고 사람들 사이를 빠져나가 벽을 따라서 미끄러지듯 걸어갔다. 그러는 동안에도 개 짖는 소리는 더욱 커져갔다. 마침내 장의사가 지하실로 내려가는 모양이었다. 그리고 2초쯤 지나자 "탁!" 하고 둔탁한 소리가 들리고 개는 한두 번 비명을 질렀다. 이윽고 소란이 멈추고 사방은 쥐 죽은 듯이 조용해졌다. 목사는 다시 엄숙한 표정을 지으면서 설교를 계속했다. 몇 분쯤 지나서 또다시 벽을 따라 미끄러지듯 그 장의사의 등과 어깨가 나타났다. 그는 조용히 거실 벽을 따라 돌더니 허리를 펴고 사람들의 머리 위로 목사를 향해 고개를 쭉 내밀고 두 손으로 입을 가린 채 거칠지만 속삭이는 투로 말했다.

"개가 쥐를 잡았습니다."

그러고 나서 장의사는 허리를 굽히고 또 벽을 따라 미끄러지듯이 조용히 자기 자리로 돌아갔다. 무슨 영문인지 알고 싶었던 사람들 모두 만족했다. 사소한 일로 존경과 호감을 사는 것이었다. 그래서 장의사는 마을에서 가장 인기 있는 사람이었다.

장례식의 설교는 매우 훌륭했지만 너무 길어서 지루했다. 다음에는 왕이 나서더니 여전히 허튼소리를 늘어놓았다. 마침내 연설이 끝나자, 장의사는 망치를 들고 관을 향해 조심조심 다가갔다. 나는 안절부절못하며 숨을 죽이고 그를 쳐다보았다. 장의사는 부드럽게 관 뚜껑을 끌어다가 단단히 못질을 했다. 그러자 또 새로운 걱정거리가 생겼다. 금화가 관 속에 그대로 들어 있는지 알 수가 없었던 것이다. 누군가가 몰래 그 돈 자루를 꺼내 갔으면 어쩌나? 메리 제인에게 편지를 써야 하나, 말아야 하나? 메리 제인이 관을 파냈는데도 돈이 없다면 나를 어떻게 생각할까? 이런 생각도 들었다. 나는 수배자가 되어 결국 감옥에 갈지도 모른다. 그러니 나는 아무것도 모르는 체하고, 편지는 쓰지 않는 게 낫지 않을까? 아무튼 일이 정말 복잡하게 됐다. 잘하려 했던 일이 수백 배나 더 나쁜 결과를 초래한 셈이다. 나는 자포자기하는 심정으로 내버려둘 수밖에 없었다.

우리는 피터 윌크스 씨를 매장하고 집으로 돌아왔다. 그러나 나는 마음이 놓이지 않아 악당들의 얼굴을 계속 훔쳐보았다. 도무지 가만히 있을 수가 없었던 것이다. 그러나 그들의 얼굴에서는 아무 것도 알아낼 수 없었다.

그날 저녁 왕은 모든 사람들에게 인사를 했다. 그는 아첨을 떨고 친근하게 굴면서, 영국의 교인들이 몹시 기다리고 있어서 서둘러 재산을 정리하고 돌아가야겠다고 말했다. 왕은 급히 떠나게 되어 몹시 섭섭하다고 했고, 사람들도 더 오래 머물렀으면 하지만 돌아가야 하는 입장을 충분히 이해한다고 했다. 왕은 자기와 윌리엄은 조카딸들을 영국에 데리고 가겠다고 했다. 마을 사람들 모두 기뻐하면서, 그러면 옆에서 보살펴줄 친척들이 있어서 좋을 거라고 했다. 이 말을 듣고 조카딸들도 매우 기뻐했다. 너무나 기쁜 나머지 처리해야 할 문제가 많다는 사실을 모두 잊어버린 듯했다. 그녀들은 왕에게 빠른 시일 안에 재산을 처분해달라고 했고, 자기들은 언제든지 출발할 채비를 하겠다고 했다. 불쌍한 세 자매의 기뻐하고 행복해하는 모습을 보면서 그녀들이 바보처럼 속아 넘어가는 것이 마음 아팠지만, 그렇다고 내가 나서서 사태를 바꿀 마땅한 방법도 없었다.

왕은 곧 집과 검둥이들과 남은 전 재산을 경매에 붙이겠다는 전단지를 붙였다. 날짜는 장례식 이틀 후였지만 원한다면 언제라도 개인적으로 살 수 있다고 했다. 장례식을 치른 이튿날 점심때부터 기뻐하는 처녀들에게 충격적인 사건이 벌어졌다. 두 명의 검둥이 매매상이 왔는데, 왕이 3일 만기 어음을 받고 검둥이들을 상당한 가격에 팔아치운 것이었다. 두 아들은 강 상류의 멤피스로, 어미는 강 하류의 뉴올리언스로 팔려갈 처지에 놓였다. 불쌍한 세 자매와 검둥이 하인들은 가슴이 터질 듯 슬퍼했다. 서로 부둥켜안고 우는 모습을 보는 나도 견딜 수가 없을 정도였다. 처녀들은 이렇게 가족이 흩어진다든가 다른 마을로 팔려갈 거라고는 꿈에도 생각지 못했다고 했다. 이 불쌍한 처녀들과 검둥이 하인들이 서로 목을 끌어안고 울던 광경은 영원히 잊을 수 없을 것이다. 한두 주일 뒤에 이 매매는 무효가 되어 검둥이들이 집으로 돌아올 거라는 사실을 몰랐다면, 나는 더 이상 참지 못하고 뛰쳐나가서 악당의 짓을 폭로했을 것이다.

그 사건은 마을에서도 큰 문제가 되어 여러 사람이 화를 내며 달려와 어머니와 자식을 생이별시키는 건 말도 안 되는 일이라고 목소리를 높였다. 사기꾼들도 일이 이렇게 되자 조금 움찔했다. 그러나 늙은 악당은 공작의 권고를 듣지 않았다. 반면 공작은 굉장히 불안해했다.

이튿날인 경매 당일 날이 밝자 왕과 공작이 다락방으로 올라와 나를 깨웠다. 그들의 표정으로 보아 무슨 일이 일어난 것 같았다. 왕이 나에게 말했다.

"그저께 밤에 내 방에 왔지?"

"아니요, 폐하."

우리 일당만 있을 때는 그를 꼭 이렇게 불렀다.

"그럼, 어젯밤과 낮에는?"

"안 갔어요, 폐하."

"맹세코? 거짓말은 아니겠지?"

"맹세해요, 폐하. 사실이에요. 메리 제인 양이 폐하와 공작에게 그 방을 보여줬을 때 말고는 근처에도 간 적이 없는걸요."

그러자 공작이 물었다.

"그럼 누군가 그 방에 들어가는 걸 본 적은 없니?"

"아니요, 각하. 없는데요."

"잘 생각해봐!"

나는 한참 동안 생각하는 척하다가 뭔가 떠오른 듯 말했다.

"검둥이들이 그 방에서 나오는 것을 몇 번 봤어요."

둘은 깜짝 놀라며 뜻밖이라는 표정을 짓더니 다시 그럴 수도 있겠다는 표정을 지었다. 공작이 말했다.

"뭐라고? 모두 한꺼번에?"

"아뇨, 한꺼번에 나오는 걸 본 건 꼭 한 번뿐이었어요."

"그게 언제였는데?"

"장례식 날 아침요. 그날 늦잠을 잤으니까 그리 이른 시각은 아니었을 거예요. 사다리를 타고 내려가다가 보았어요."

"그래? 그다음에는 어떻게 하던? 그놈들이 뭘 했지?"

"뭐 별다른 건 없었어요. 또 제가 보기에는 이상한 것도 없던데요. 다만 발소리를 죽이고 가길래 청소 같은 걸 하러 들어갔다가 폐하께서 아직 주무셔서 그냥 조용히 나가려고 까치발로 살금살금 나가는 줄로만 알았어요."

"이것 참, 야단났군!"

왕이 소리쳤다. 둘은 어처구니없다는 듯 넋을 놓고 있었다. 잠깐 동안 그들은 선 채로 골똘히 생각하면서 머리를 긁적거리더니 갑자기 공작이 약간 귀에 거슬리는 웃음소리를 내며 말했다.

"검둥이들에게 깨끗이 털렸다니 어이없군. 그놈들이 이 고장을 떠나면서 그처럼 슬퍼했던 것도 다 연극이었어. 깜박 속았지 뭐야. 나뿐만이 아니라 우리 다 속았어. 이젠 검둥이들이 연기를 못한다는 소리는 하지 마! 그놈들이 그처럼 그럴듯하게 연극을 했으니 모두 감쪽같이 속아 넘어가지 않았겠어? 그러고 보니 그 검둥이들에게 연극을 시키면 한밑천 잡을 수도 있을 것 같아. 내게 돈과 극장이 있다면 말이야. 그런데도 그놈들을 헐값에 팔았으니……. 게다가 그 헐값은 아직 우리 수중에 들어오지도 않았단 말이야. 그래, 그 헐값, 아니 어음은 어디 있나?"

"어디 있긴, 현금으로 바꾸려고 은행에 넣었지. 딴 데 있을 리가 있어?"

"그래? 그럼 됐어. 그나마 다행이군."

나는 겁먹은 소리로 물었다.

"뭐가 잘못되었나요?"

그러자 왕은 나를 보면서 호통을 쳤다.

"네놈이 참견할 일이 아니야! 넌 입 닥치고 네 할 일이나 해. 할 일이 있다면 말이야! 이 마을에 있는 동안은 그걸 잊지 말도록 해. 알겠나?"

그리고 공작에게 말했다.

"아무한테도 말하지 말자고. 말하면 안 돼."

다락방을 내려가면서 공작이 다시 킬킬거리며 말했다.

"빨리 팔아 한밑천 잡는다고? 흥, 아주 그럴듯한 장사로군그래."

그러자 왕은 으르렁거리듯 쏘아붙였다.

"잘해보려고 그런 거야. 빈손으로 돌아간다고 해서 누구의 책임 도 아니야."

"흥, 내 충고대로 했다면 그놈들도 아직 여기 있을 테고, 우리는 벌써 여기를 떴을 게 아니오?"

왕은 변명을 해대다가 갑자기 화살을 나한테 돌렸다. 검둥이 놈들이 방에서 나오는 것을 보고 왜 바로 알리지 않았느냐, 아무리 멍청해도 무슨 일이 있다는 것쯤은 눈치채야 할 것이 아니냐며 나에게 화풀이를 했다. 그러더니 다시 한동안 자기 탓을 하더니, 이 모든 것이 그날 아침 늦잠을 자는 바람에 일어난 일이라며 두 번 다시 그런 실수는 하지 않겠다고 다짐하는 것이었다.

결국 그들은 입씨름을 하면서 방을 나갔다. 나는 모든 것을 검둥이들한테 뒤집어씌우기는 했지만 그들에게는 전혀 해가 될 게 없었으므로 더할 나위 없이 기뻤다.

28장

이윽고 일어날 시간이 되어 나는 사다리를 타고 내려갔다. 처녀들이 쓰는 방을 지나가는데 열린 문으로 낡은 가죽 가방 옆에 앉아 있는 메리 제인이 보였다. 가방은 열려 있었고, 메리 제인은 그 가방에 물건들을 챙겨 넣고 있었다. 그녀는 영국으로 떠날 준비를 하고 있었다. 그런데 갑자기 그녀가 손을 멈추더니 가운을 무릎에 놓고 두 손으로 얼굴을 감싸며 울기 시작했다. 나는 마음이 아팠다. 누구나 그런 마음이 들 것이다. 그래서 나는 방으로 들어가 그녀에게 말했다.

"메리 제인 아가씨, 당신은 힘들어하는 사람을 보면 가만있지 못하지요? 나도 그래요. 무슨 일로 그러는지 이야기해보세요."

그러자 메리 제인이 말했다. 짐작대로 검둥이들 때문이었다. 그녀는 영국으로 떠나는 즐거운 여행도 자기에게는 아무 의미 없다고 했다. 검둥이 모자가 생이별해서 다시는 만나지 못하게 되었다는 것을 생각하면 영국에 가서도 결코 행복할 수 없다는 것이었다. 그러고는 더욱 슬프게 울면서 두 손을 들어 올리며 말했다.

"엄마와 아들이 다시는 서로 못 만나게 됐으니 어쩌면 좋지?"

"그들은 곧 다시 만나게 될 거예요. 그것도 2주일 이내로! 난 알아요."

맙소사! 나는 무심코 엉뚱한 소리를 하고 말았다. 그러자 메리 제인은 갑자기 내 목을 끌어안더니 방금 한 말을 다시 해보라며 다그쳤다.

나는 생각 없이 말하는 바람에 곤란한 입장에 놓이게 되었다. 그래서 잠깐 생각할 여유를 달라고 했다. 메리 제인은 자리에 앉아서 내 이야기를 들으려고 했다. 아름다운 그녀의 얼굴에는 초조함과 함께 앓던 이를 빼낸 것 같은 편안함이 깃들어 있었다. 나는 한참을 생각했다. 이런 곤경에 처했을 때 사실대로 말하는 사람은 상당한 위험에 처하게 된다는 생각이 들었다. 그러나 이유는 알 수 없지만 이런 때는 거짓을 말하기보다 사실을 말하는 편이 낫고, 또 사실상 더 안전할 것 같다는 생각도 들었다. 그래서 나는 이런 것을 명심해 두었다가 나중에 깊이 고민해봐야겠다고 생각했다. 아주 이상하고 특별한 일이기 때문이다. 나는 여지껏 이런 경험이 한 번도 없었지만 마음속으로 이렇게 되뇌었다.

'좋다, 사실대로 말해보자. 단지 화약통 위에 앉아 불을 붙이는 격이지만, 내가 어디로 튀어나갈지 시험해보자.'

이윽고 나는 입을 열었다.

"메리 제인 아가씨, 이 마을에서 그리 멀지 않은 곳에 한 사나흘 정도 지낼 만한 곳이 있어요?"

"있어! 로스로프 씨 댁. 그런데 왜?"

"이유는 아직 묻지 말아주세요. 어떻게 2주일 이내에 검둥이들을 이 집에서 만날 수 있는지 아가씨에게 말하고, 그 사실을 내가 증명한다면, 로스로프 씨 집에 나흘 동안 가 있을 수 있어요?"

"나흘? 1년이라도 가 있을게!"

"그럼 됐어요. 말만으로도 충분히 믿을 수 있어요. 사람들이 성서를 두고 맹세하는 것보다 훨씬 더 믿을 만해요."

내가 이렇게 말하자 그녀는 빙긋 웃으면서 아름다운 얼굴을 붉혔다. 나는 말했다.

"괜찮으시다면 문을 잠글게요."

나는 문을 잠그고 그녀 앞에 앉아 말했다.

"소리를 내면 안 돼요. 조용히 앉아서 남자들처럼 용기를 갖고 내 말을 들어주세요. 나는 사실대로 이야기해야 하고 또 그것은 너무 엄청난 일이어서 듣기가 매우 괴롭겠지만, 어쩔 수 없는 일이니까 기운 내서 들어주세요. 메리 아가씨! 아가씨의 숙부들은 사실 사기꾼들, 정확하게는 교활한 사기꾼들이에요. 지금 가장 엄청난 사실을 말했으니 나머지 이야기는 비교적 편한 마음으로 들을 수 있을 거예요."

이 말을 듣고 그녀가 깜짝 놀란 것은 말할 필요도 없다. 하지만 나는 힘든 고비를 넘겼기 때문에 곧장 이야기를 계속했다. 메리 제인의 눈은 내가 이야기하는 동안 점점 불타오르는 듯했다. 나는 기선을 타러 가던 도중에 그 젊은 얼간이를 만난 얘기부터 시작해서, 메리 제인이 현관문 앞에서 왕의 가슴에 안겼을 때 그가 예닐곱 번키스한 것에 이르기까지 하나도 빠짐없이 낱낱이 들려주었다. 그러자 메리 제인은 저녁노을처럼 얼굴을 붉히더니 이렇게 말했다.

"짐승 같은 놈! 1분도, 아니 1초도 지체하지 말고 그놈에게 타르를 끼얹고 깃털을 붙여서 강물에 던져버려야 해!"

"물론이죠! 그렇지만 로스로프 씨 댁에 가기 전에 그렇게 하겠다는 말씀인가요? 아니면……."

"아! 내가 무슨 생각을 하고 있담?"

그녀는 자리에 앉더니 이렇게 말했다.

"내 말은 신경 쓰지 말아줘. 미안해. 신경 쓰지 않을 거지?"

그러고는 비단 같은 손을 내 손 위에 얹었다. 나는 가슴이 터질 것 같았다.

"내가 이렇게 흥분할 줄은 몰랐어. 자, 이야기를 계속하렴. 다시는 흥분하지 않을 테니까. 어떻게 하면 좋을지 가르쳐줘. 하라는 대로 할게."

"저 두 사기꾼들은 날강도 같은 놈들인데 난 어쩔 수 없이 당분간 저놈들과 함께 여행을 해야 해요. 그 이유는 말하고 싶지 않아요. 그리고 아가씨가 그놈들의 정체를 폭로하면 나는 그들의 손아귀에서 벗어날 수 있지만, 아가씨가 모르는 한 남자가 아주 비참한 꼴을 당하게 돼요. 그래서 그 남자를 구해야 해요. 그러니까 아직 그 두 놈의 정체를 폭로하면 안 돼요."

이야기하는 동안 나는 좋은 생각이 떠올랐다. 나하고 짐이 사기꾼의 손아귀에서 벗어날 수 있는 방법, 즉 그들을 여기 감옥에 처넣고 우리만 이 마을을 떠날 수 있을 것 같았다.

그러나 사람들의 질문에 답변할 수 있는 사람이라고는 나밖에 없는데 낮에 뗏목을 움직이는 건 위험했다. 그래서 나는 그날 밤 아주 늦게까지 이 계획을 실행하지 않기로 했다. 그래서 나는 말했다.

"메리 제인 아가씨, 우리가 어떻게 해야 할지 말씀드릴게요. 그러면 아가씨는 로스로프 씨 댁에 오래 머물지 않아도 돼요. 그 집까지 거리는 얼마나 돼요?"

"4마일(약 6킬로미터—옮긴이)쯤 돼. 여기서 더 안으로 들어가는 시골이거든."

"그래요? 그거 잘됐네요. 그럼 당장 거기로 가서서 오늘 밤 9시나 9시 30분까지 숨어 있다가 집까지 데려다 달라고 하세요. 갑자기 볼일이 생각났다고 말하고요. 11시 전에 돌아오시면 이 창문 앞에 촛불을 켜두세요. 내가 11시가 넘어도 나타나지 않으면, 이 마을을 떠났다고 아시면 돼요. 그러니까 모든 일이 잘됐다고 생각하시면 돼요. 그러면 아가씨는 집을 나와 온 마을에 제가 한 얘기를 퍼뜨려서 두 사기꾼을 감옥에 처넣으세요."

"그거 참 좋은 생각이구나. 그렇게 할게."

"그런데 내가 도망가지 못하고 그놈들과 함께 붙잡히면, 아가씨가 이런 사실을 알려준 사람이 바로 나라고 변호해주셔야 해요."

"물론이지! 그러고말고. 손가락 하나 다치지 않게 할게."

이렇게 말하는 메리 제인의 콧구멍은 한결 커 보였고 눈도 반짝 거렸다.

"내가 이곳을 떠나면 저 악당들이 아가씨의 숙부가 아니라는 사실을 증명할 수 없겠죠. 하지만 여기 있다 하더라도 그걸 증명할 수는 없어요. 내가 할 수 있는 일은 다만 그들이 사기꾼이라는 것을 맹세하는 것뿐이에요."

그때 좋은 생각이 떠올랐다.

"나보다 더 근사하게 이 일을 해낼 사람이 생각났어요. 그 사람은 나처럼 의심받지 않고 사기꾼들을 고발할 수 있을 거예요. 그 사람들을 찾을 방법을 가르쳐드리지요. 연필과 종이를 주세요. 자, '브릭스빌, 전대미문의 걸작'이라고 씌어진 이 쪽지를 꼭 간직하세요. 재판소에서 그 두 사람에 관해 뭔가 알아보려고 할 때는 브릭스빌에 사람을 보내서 '전대미문의 걸작'을 공연한 놈을 붙들었다고 하고 누구든 증언할 사람이 없느냐고 물으면 돼요. 그러면 아가씨가 눈한 번 깜짝할 사이에 그 동네 사람들 모두 이리로 몰려올 거예요. 그것도 잔뜩 화가 나서 말이에요."

나는 이제야 모든 것이 정리되었다고 판단한 뒤 이렇게 말했다.

"경매 문제는 내버려둬도 괜찮아요. 산 물건의 대금을 하루 안에 지불할 필요는 없으니까요. 악당들은 돈을 받기 전까지는 여기를 떠날 리 없고, 경매는 무효가 될 테니 그놈들은 동전 한 닢 못 건질 거예요. 검둥이들도 마찬가지로 법적으로 근거가 없으니 곧 돌아올 거고요. 그놈들은 아직도 검둥이를 팔고 받은 어음을 현금으로 바꾸지 못했어요. 메리 아가씨, 지금 저놈들은 정말 된통 걸린 거예요."

"그렇다면 난 어서 아래층으로 가서 아침을 먹고 바로 로스로프 씨 댁으로 가야겠다."

"안 돼요. 아침 먹지 말고 지금 당장 가세요."

"그건 왜?"

"내가 왜 아가씨에게 그곳으로 가라고 하는지 아세요?"

"글쎄, 잘 모르겠는데. 별 생각 없었어. 왜지?"

"왜라뇨? 아가씨 얼굴 때문이죠. 아가씨의 얼굴보다 읽기 좋은 책은 없어요. 사람들은 아가씨의 얼굴에서 책을 읽는 것처럼 속마음을 읽어낼 수 있단 말이에요. 아가씨는 그 숙부라는 놈들이 아침 인사를 하러 올 때 아무 일도 없는 것처럼 얼굴을 마주 대하고, 그리고 또……."

"알았어! 알겠어! 바로 갈게. 하지만 동생들을 두고 가도 될까?"

"동생들 걱정은 안 하셔도 돼요. 잠깐만 고생하면 되니까요. 세 분이 함께 가버리면 그놈들이 무슨 일이 일어났구나 하고 눈치챌지도 몰라요. 그놈들도 동생들도, 또 마을 사람들도 만나지 마세요. 마을 사람들이 숙부님들은 안녕하시냐는 인사를 하면 아가씨 얼굴은 틀림없이 이상하게 변할 거예요. 그러니까 나한테 맡기고 떠나세요. 전 수전 아가씨에게 숙부들한테 대신 인사를 전하라고 하고 아가씨가 잠깐 기분 전환을 위해 몇 시간 쉬러 갔다고 하든가, 아니면 친구를 만나러 나갔으니 오늘 밤이나 내일 아침에 돌아온다고 할게요."

"친구 만나러 갔다는 말은 해도 좋지만, 그 녀석들에게 인사 같은 건 전하지 말았으면 해!"

"그래요? 그럼 그 말은 안 할게요."

그건 아무래도 좋으니 메리 제인에게 그렇게 하겠다고 대답해도 무방했다. 사람들이 살아가는 길을 가장 평탄하게 만들어주는 것들이 바로 이처럼 사소한 일들이다. 메리 제인의 기분을 좋게 해주기 위해서, 또 돈 드는 일도 아니므로 나는 그렇게 대답한 것이다. 그러고 나서 말했다.

"하나 더 말할 것이 있어요. 금화요."

"아, 그건 그들이 갖고 있어. 그 둘에게 맡겼다니 나도 참 어리석었어."

"아니에요. 그놈들에게는 금화가 없어요."

"그럼 누구에게 있지?"

"그걸 알면 얼마나 좋겠어요. 그런데 난 몰라요. 그놈들한테 그걸 훔쳐서 내가 가지고 있었어요. 아가씨에게 돌려주려고 일단 어디다 숨겨놓았어요. 그렇지만 그 돈이 거기 그대로 있을 것 같지 않아요.

메리 제인 아가씨, 정말 미안해요. 그렇지만 나는 최선을 다했어요. 정말이에요. 나는 자칫하면 붙들릴 뻔했고, 그래서 얼떨결에 감추느라고 한 것이 그만 그런 곳에다 감추게 됐고, 그러고 나서는 달아나지 않을 수가 없었어요. 그런데 그 숨긴 장소가 좋은 곳이 아니었어요."

"아니, 왜 자신을 탓하지? 그러지 마라. 그건 좋지 않은 행동이야. 그리고 또 나도 그렇게 못할 거야. 어쩔 수 없어서 그렇게 한 거잖아? 그건 너의 실수가 아니야. 대체 어디다 감췄는데 그러니?"

나는 그녀가 슬픈 기억을 되새기게 하고 싶지 않았다. 게다가 관 속의 고인이 가슴 위에 돈 자루를 올려놓은 채 누워 있는 모습을 떠올리게 할 수 없었다. 그래서 잠깐 말을 끊었다가 마침내 말했다.

"메리 제인 아가씨, 아가씨가 이해해주고 언짢게 생각하지 않는다면 가르쳐드릴게요. 쪽지에 써드릴 테니 로스로프 씨 댁으로 가는 도중에 읽으세요. 지금 읽지 마시고요. 그래도 괜찮겠어요?"

"그럼, 괜찮고말고."

그래서 나는 종이에 다음과 같이 썼다.

"돈 자루를 관 속에 넣었어요. 아가씨가 밤늦게 관 앞에서 울고 있을 때 금화는 거기 들어 있었어요. 저는 그때 문 뒤에 숨어 있었는데 아가씨가 너무 가여워서 마음이 아팠답니다."

메리 제인이 한밤중에 혼자 그 방에서 울고 있을 때, 악마 같은 두 놈이 한 지붕 아래서 이 여자를 모욕하고 도둑질을 하고 있었다고 생각하자 눈물이 났다. 쪽지를 접어서 건네주자 그녀의 눈에도 눈물이 맺혔다. 그녀는 내 손을 꼭 잡고 말했다.

"잘 있거라. 나는 네가 말한 것을 절대로 어기지 않고 그대로 따를게. 앞으로 너를 다시 못 만나더라도 나는 절대로 너를 잊지 않을 거야. 항상 너를 생각하며 너를 위해 기도할게."

그녀는 이렇게 말하고 방을 나갔다.

그녀가 나를 위해 기도한다니! 내가 어떤 사람인지 더 정확히 알았다면 메리 제인은 좀더 자기 성품에 맞는 행동을 했을 것이라고 생각한다. 하지만 기도는 기도대로 했을 것이다. 그만큼 착한 여자였다. 일단 결심하면 유다를 위해서라도 기도할 수 있는 용기를 가진 사람이었다. 절대 뒤로 물러설 사람이 아니었다. 다른 사람들은 어떻게 말할지 모른다. 그러나 내 생각에 메리 제인은 내가 지금까지 보아온 어느 아가씨보다 용기가 있었다. 이렇게 말하면 아첨하는 것처럼 들릴지 모르나 이건 절대 아첨이 아니다. 게다가 아름답고 착하기로는 어떤 아가씨와도 비교할 수 없다. 나는 그때 그녀가 그 문을 열고 나간 이후로 다시는 그녀를 만나지 못했다. 그러나 나는 수없이 그녀를 생각했고 나를 위해 기도하겠다던 그녀의 말을 얼마나 많이 떠올렸는지 모른다. 내가 하느님께 기도해서 그녀에게 조금이라도 도움이 된다면, 나는 무슨 일이 있더라도 기도를 드렸을 것이다.

메리 제인은 뒷문으로 빠져나간 모양이었다. 집에서 나가는 것을 본 사람이 아무도 없었기 때문이다. 나는 수전과 언청이를 만나 이렇게 물었다.

"당신들이 가끔 방문하는, 강 건너 사는 분들 이름이 뭐죠?"

"몇 집 있지만 주로 프록터 씨네에 가지."

"맞아요. 잊어버릴 뻔했네. 메리 제인 아가씨가 급한 일이 있어서 그 집에 갔어요. 나보고 전해달라고 하던데요. 그 집에 환자가 생겼다나."

"그게 누군데?"

"글쎄, 잊어버렸어요. 이름이 뭐랬더라……."

"혹시 해너 아냐?"

"맞다, 바로 그 해너가 아프다나 봐요."

"지난주에 봤을 때만 해도 괜찮았는데! 많이 아프대?"

"그런가 봐요. 집안사람들이 밤새 못 잤다고 그러던데. 아무튼 오래 견디기 어렵다나 봐요."

"왜 그럴까? 도대체 어디가 아픈 건데?"

그럴듯한 생각이 나지 않아서 얼결에 떠오르는 대로 말해버렸다.

"볼거리래요."

"볼거리? 말도 안 돼! 볼거리 환자를 무슨 밤새 간호해?"

"몰라요. 그렇지만 그 볼거리는 밤을 새워서 간호했다나 봐요. 좀 다르다네요. 새로운 병이라고 그러던데."

"무슨 새로운 병이래?"

"다른 병도 같이 왔다고 그러던데요."

"다른 병이라니?"

"글쎄, 홍역과 백일해, 단독증과 황달, 뇌막염에, 또 있는데 기억이 안 나네요."

"어머나! 그런 걸 볼거리라고 하다니?"

"메리 제인 아가씨가 그랬어요."

"아니 근데, 어째서 그런 걸 볼거리라고 하지?"

"어째서라니요? 볼거리니까 볼거리라고 하는 거겠죠. 처음 발병한 게 볼거리라는 거예요."

"그건 정말 말이 안 돼. 발가락을 돌에 부딪치고, 독약을 먹고, 우물에 빠지고, 목뼈가 부러지고, 머리가 깨진 사람이 죽었을 때, 누가 이 사람이 죽은 이유를 묻는다면, 멍청이가 아닌 다음에야 누가 발가락을 돌에 부딪쳤기 때문이라고 대답하겠어? 합당한 말이 아니잖아. 그런 말이 어디 있어! 근데 다른 사람들에게 옮는 병이래?"

"옮냐고요? 맞아요. 어둠 속에서 써레질을 하면 모두가 걸려드는 것과 같은 거죠. 하나의 써렛발에 걸려들지 않은 사람이라도 다른 날에는 걸려든단 말이에요. 그러니 써레를 완전히 치우지 않는 한 써렛발에서 빠져나올 수 없어요. 이런 종류의 볼거리는 말하자면 써레와 같아요. 게다가 변변찮은 써레와는 달라서 일단 걸리면 끝장이죠. 헤어나올 수 없어요!"

"끔찍해라. 내가 하비 숙부에게 가서……."

언청이가 말했다.

"그래, 그게 좋겠어요. 나 같아도 그렇게 할 거예요. 지금 당장이라도."

"그런데 넌 왜 그 얘기를 하비 숙부께 하지 않지?"

"생각을 좀 해보세요. 숙부님은 하루라도 빨리 영국으로 돌아가야 하지 않아요? 하지만 그분들이 먼저 출발해버리고 아가씨들끼리 그 먼 여행을 하게 할 정도로 비열한 분들이라고 생각하는 건 아니죠? 당연히 기다려주겠죠. 그런데 하비 숙부는 목사지요? 그렇다면 목사가 기선의 사무원 몰래 메리 제인 아가씨를 기선에 태울 거라고 생각해요? 그렇게 하지 않으리라는 건 아가씨들도 잘 알지요? 그럼 어떻게 할 것 같아요? 아마 이렇게 말할 거예요. '매우 안된 일이지만, 우리 교회 일은 잘되기를 바라면서 여기에 더 머무를 수밖에 없구나. 조카가 무서운 유행성 볼거리에 걸린 것 같으니, 그 애가 감염되지 않았다는 것이 판명되기까지 한 석 달 동안은 여기에서 기다릴 수밖에.' 물론 상관없어요. 하비 숙부께 이야기하는 편이 좋다고 생각한다면요."

"우리 모두 곧 영국에서 근사한 생활을 하게 될 텐데, 언니가 볼거리에 감염됐는지 기다리며 여기서 따분하게 시간을 보내야 한단 말이야? 넌 바보 같은 소리만 하고 있구나."

"그래요. 하지만 이웃 사람한테라도 이야기해야 할 것 같은데요."

"아니, 그게 다 무슨 소리야? 넌 태어나기를 멍청하게 태어난 것

같구나. 그런 말을 해서 무슨 소용 있어. 아무에게도 말하지 마. 그
게 제일 좋아."

"듣고 보니 그러네요. 맞아요! 아가씨 말이 옳아요."

"하비 숙부께는 걱정하지 않도록 언니가 잠깐 외출한 걸로 하는
편이 좋겠다."

"그래요. 메리 제인 아가씨도 그렇게 말했어요. 자기 대신 하비
숙부와 윌리엄 숙부에게 좋게 말하고 아침 인사를 하고, 그리고 강
건너의 누구라더라, 피터 숙부와 매우 친하게 지내시던, 이름이 뭐
라더라, 거기 간다고 전해달라고 말했는데. 왜, 그 부잣집이요."

"앱소프 씨 댁 말이야?"

"맞아요. 그런 이름은 딱 질색이에요. 난 어찌 된 영문인지 이름
을 반밖에 못 외우겠어요. 아무튼 메리 제인 아가씨가 말했어요. 돌
아가신 피터 숙부께서 다른 누구보다 그 댁이 이 집을 사는 것을 기
뻐하시리라 생각하므로 부디 경매에 오셔서 이 집을 사달라고 부
탁하러 간다고 했어요. 집을 사러 온다고 할 때까지 거기 있을 것이
고, 그러고 나서 그리 피곤하지 않으면 집으로 돌아올 거고 아무리
힘들어도 내일 아침까지는 돌아온다고 말했어요. 그리고 또 프록터
씨네에 대해서는 아무 말도 하지 말라고 했어요. 앱소프 씨네 얘기
만 전해달라고 했어요. 그 사람들에게 집을 사라고 권유하러 가는
것은 틀림없는 사실이에요. 메리 제인 아가씨가 직접 말했어요."

"알았어."

아가씨들은 숙부들에게 아침 인사를 하고 이 얘기를 전하려고 나갔다.

모든 것이 잘됐다. 영국에 가고 싶은 아가씨들은 아무 말도 안 할 것이다. 왕과 공작은 메리 제인이 로빈슨 의사와 만날 수 있는 집에 머물러 있는 것보다 경매 일로 어디 갔다는 사실을 더 좋아할 것이다. 나도 기분이 좋았다. 꽤 멋지게 일을 처리했다는 생각이 들었기 때문이다. 톰 소여라도 이처럼 근사하게 처리하지는 못했을 것이다. 물론 톰이라면 좀더 멋진 꾀를 생각해냈겠지만, 나는 그런 머리를 타고나지 못해서 이보다 더 솜씨 있게 처리할 수 없었다.

그들은 오후 늦게까지 마을 광장에서 경매를 진행했다. 왕은 험상궂은 표정을 짓고 공공연하게 경매인들 옆에 서서 가끔 성서의 구절을 중얼거리며 마치 선량한 신사인 척 위선을 떨기도 했다. 공작은 별의별 수단을 다 써서 "으어, 으, 어어!" 하고 돌아다니며 사람들 동정을 끌어내려 했다.

마침내 경매도 마무리되어 묘지 옆의 작은 땅뙈기를 제외하고는 모두 팔렸다. 그런데 그들은 이것까지도 팔아치우려고 했다. 나는 이 왕처럼 철저하게 사람을 속이고 이용하면서 온갖 것을 닥치는 대로 마구 집어삼키려는 인간을 일찍이 본 적이 없다.

한창 그러는 중에 기선이 들어왔다. 그리고 한 2분쯤 지나자 한 무리의 사람들이 소리 지르고 웃고 떠들면서 밀려왔다. 그리고 큰 소리로 외쳤다.

"여기 경쟁 상대가 나타났다! 피터 윌크스 노인의 상속자요. 그러니 상속자는 각각 두 패가 됐다! 내기를 합시다! 어느 편이 진짜인지 말이오."

29장

 그들이 데리고 온 사람들은 점잖고 풍채 좋은 노신사와 오른팔에
붕대를 감아 목에 건 잘생긴 젊은이였다.

 사람들이 어찌나 떠들썩하게 웃고 지껄여대는지 도무지 정신을
차릴 수가 없었다. 이건 보통 심각한 문제가 아니었다. 사태가 이쯤
되면 공작과 왕은 완전히 긴장할 것으로 생각했다. 아니, 겁을 먹고
새파랗게 질릴지도 모른다.

 그러나 공작은 무슨 일이 일어났는지 전혀 모르겠다는 듯, 마치
우유가 끓어넘치는 주전자처럼 행복하고 만족스럽게 "으어, 으, 어
어!" 소리를 내며 돌아다니고 있을 뿐이었다. 왕은 한심하다는 듯한
표정으로 새로 온 사람들을 바라보며 이 세상에 이런 사기꾼과 악
당이 있다니 심장 속에서 복통이 일어날 노릇이라는 표정을 짓고
있었다. 정말 그는 멋지게 이 사태에 대응했다. 마을 유지 여럿이
왕의 곁에 와서 자기들은 그의 편이라고 말했다. 그러자 새로 온 노
신사는 아주 난처한 표정을 지었다. 한참 이야기를 듣다 보니 그 노

인의 발음이야말로 정말 영국식이라는 것을 알 수 있었다. 왕도 흉내를 곧잘 냈지만 그래도 노신사를 따를 수는 없었다. 노신사의 발음을 그대로 전할 수도 흉내 낼 수도 없지만, 어쨌든 그는 사람들에게 이렇게 말했다.

"이런 일이 일어나리라고는 상상도 못했소. 내가 여러분의 질문에 대답할 만큼 충분한 준비가 되어 있지 않다는 점을 솔직히 인정하오. 왜냐하면 동생과 나는 뜻하지 않은 재난을 만나서 동생은 팔뼈가 부러지고, 짐은 모두 어젯밤 이곳인 줄 잘못 알고 강 위쪽의 다른 마을에 부렸기 때문이오. 나는 피터 윌크스의 형인 하비이고, 여기 이 사람은 피터의 막냇동생 윌리엄이오. 하지만 윌리엄은 말할 줄도 들을 수도 없을뿐더러 손도 하나밖에 쓸 수 없는 형편이어서 손짓도 마음대로 못합니다. 말씀드린 대로 하루나 이틀 후에 짐이 도착하면 우리 신분을 증명할 수 있을 거요. 그러므로 그때까지는 더 이상 아무 말도 하지 않고 여관에서 기다리겠소."

그렇게 말하고 노인과 새로 온 벙어리가 사라지자 왕은 껄껄 웃으며 말했다.

"팔이 부러졌다고? 거참, 변명치고는 그럴싸하군! 손으로 의사를 표시해야 하는데 아직 그 훈련이 안 된 사기꾼으로서는 충분히 꾸며낼 만한 구실이야. 그리고 또 짐을 잃어버렸다고! 그것도 그럴듯하군. 이런 상황에서는 정말 교묘한 수법이야."

왕은 또다시 크게 웃었다. 다른 사람들 모두 웃었다고 하고 싶지만 사실대로 말하자면 네댓 사람, 어쩌면 대여섯 사람은 웃지 않았다. 그들 중의 한 사람은 그 의사였고, 또 한 사람은 조금 전에 배에서 내려 의사에게 낮은 목소리로 말하던, 천으로 만든 구식 가방을 들고 때때로 왕을 보면서 고개를 끄덕이는 날카로운 눈빛의 신사였다. 그 사람은 바로 루이빌에 갔다던 레비 벨 변호사였다. 또 한 사람은 어디선가 나타나 노신사가 하는 말을 유심히 듣고 있던 사람으로, 지금은 왕의 말에 귀 기울이는 몸집이 크고 우악스럽게 생긴 남자였다. 왕이 말을 마치자 이 사나이가 물었다.

"당신이 정말 하비 윌크스라면 한 마디 묻겠는데, 언제 이 마을에 왔소?"

"장례식 전날 왔소."

"그날 몇 시요?"

"좀 늦었소. 그러니까 해 지기 한두 시간쯤 전이오."

"어디서 뭘 타고 왔소?"

"신시내티에서 수전 파월 호를 타고 왔소!"

"그렇다면 당신은 왜 그날 아침에 카누를 타고 핀트 지역으로 올라온 거요?"

"난 그날 아침에 거기 있지 않았소."

"거짓말!"

그러자 몇 사람이 그 남자에게 다가가 노인이며 목사인 점잖은 사람에게 버릇없이 말해서 되겠느냐고 나무랐다.

"저놈이 목사라고? 저놈은 사기꾼이고 거짓말쟁이요. 그날 아침에 저놈은 그곳에 있었어. 내가 거기 살기 때문에 똑똑히 기억한단말이오! 틀림없이 이놈이오! 이놈이 팀 콜린스와 사내아이와 함께카누를 타고 왔소."

그러자 의사가 말했다.

"하인즈, 그럼 그 사내아이를 알아볼 수 있겠나?"

"글쎄, 그럴 것 같기도 하지만 잘 모르겠어요. 어, 저기 있네. 저놈이에요, 저놈!"

그 남자가 손으로 가리킨 것은 다름 아닌 나였다. 그러자 의사가말했다.

"여러분, 나는 새로 나타난 두 사람이 사기꾼인지 아닌지는 모르지만, 이 두 사람이 사기꾼이거나 내가 백치이거나 둘 중의 하나는분명합니다. 따라서 이 사건에 대한 조사가 끝날 때까지 이 두 사람을 마을에서 떠나지 못하게 해야 합니다. 나를 따라오게, 하인즈. 여러분도 모두 이 두 사람을 여관으로 데리고 가서 아까 그 두 사람과대질합시다. 그러면 모든 것이 명명백백하게 드러날 것입니다."

왕의 편을 드는 사람들은 못마땅해했지만 다른 사람들에게는 매우 재미있는 구경거리였다. 해가 저물 무렵이었지만 모두 여관으로따라왔다. 의사는 나에게 매우 친절하게 대해주었지만 잠시도 내손목을 놓지 않았다.

우리 모두 여관의 큰 방으로 들어가서 촛불을 켜고 새로 나타난 두 사람도 불렀다. 맨 먼저 의사가 입을 열었다.

"이 두 사람에게 심하게 하고 싶지는 않지만, 내 생각에는 이 두 사람이 사기꾼으로 보입니다. 그리고 혹시 우리가 모르는 공범이 있을지도 모릅니다. 그렇다면 그놈들이 피터 윌크스가 남긴 금화를 가지고 도망칠지도 모르지요. 그리고 이 두 사람이 사기꾼이 아니라면 그 돈을 회수해서 두 사람이 진짜라는 것이 판명될 때까지 우리가 보관해두는 데 반대하지 않을 것입니다. 어떻습니까? 그렇게 하는 것이."

모두 그의 말에 동의했다. 나는 이 사람들이 처음부터 우리 일당들을 옭아매고 있다고 생각했다. 그러나 왕은 애석하다는 표정으로 말했다.

"여러분, 저는 이 부끄러운 사건에 대한 공정하고 철저한 조사를 거부할 생각이 추호도 없습니다. 저에게 그 돈이 있다면 지금 당장이라도 내놓겠지만 유감스럽게도 금화는 저에게 없습니다. 제 말이 거짓이라고 생각되면 사람들을 보내서 찾아보십시오."

"그렇다면 어디에 있다는 거요?"

"그걸 모르겠습니다. 조카딸이 나에게 돈을 보관하라고 했을 때 나는 그걸 침대의 짚요 속에 숨겨두었답니다. 왜냐하면 이 마을에 며칠밖에 머물 수 없으니 은행에 맡길 필요 없다는 생각이 들었고, 둘째는 이곳 검둥이들의 습성을 모르니 영국 하인들처럼 정직할 것으로 믿고 침대에 두면 안전할 것이라 생각했기 때문입니다. 그런데 검둥이들이 그 이튿날 아침 내가 아래층에 있을 때 그걸 훔친 겁니다. 나는 그들을 팔아버릴 때까지 까맣게 모르고 있었죠. 정말 그놈들은 돈을 챙겨 깨끗이 사라진 겁니다. 여러분! 여기 있는 내 하인이 그걸 증언할 겁니다."

의사와 몇몇 사람들은 코웃음을 쳤다. 나는 그것을 보고 왕을 믿지 않는 사람이 많다는 것을 알았다. 한 남자가 내게 검둥이들이 훔치는 것을 봤느냐고 물었다. 나는 훔치는 것을 보지는 못했고, 다만 그들이 방에서 몰래 빠져나와 황급히 가는 것을 보았으며, 그때는 주인이 깰까 봐 그러는 것으로 대수롭지 않게 생각했다고 대답했다. 사람들이 내게 한 질문은 이것뿐이었다. 그런데 의사가 갑자기 나를 향해 돌아서더니 이렇게 물었다.

"그럼 너도 영국인이니?"

나는 그렇다고 대답했다. 그러자 의사와 몇 사람이 웃으며 소리쳤다.

"거짓말하지 마라!"

그때부터 그들은 이것저것 조사하기 시작했다. 그들은 오랫동안 캐물었다. 저녁도 먹지 않고, 아니 저녁 식사 얘기는 아예 입에 올리지도 않았다. 이런 난리법석은 그야말로 처음이었다. 그들은 왕을 조사하다가 다시 노신사를 조사했다. 편견을 가졌거나 지능이 낮은 사람들이 아니라면 누구나 이 노신사의 말이 진실이며 왕은 거짓말을 하고 있다는 것을 알 수 있었다.

이윽고 모두 나에게 알고 있는 대로 털어놓으라고 다그쳤다. 슬쩍 옆을 보니 왕이 무섭게 눈을 흘기며 나를 노려보고 있었다. 나는 곧 내가 어떻게 이야기해야 할지 깨달았다. 나는 셰필드의 이야기부터 시작하여 거기서 어떻게 살았고, 영국에서 윌크스 집안사람들이 어떻게 지냈는지 이것저것 이야기했다. 하지만 그리 길게 이야기하지도 않았는데 의사가 웃음을 터뜨렸다. 그러자 레비 벨 변호사가 말했다.

"앉아라, 이 녀석아! 나 같으면 그런 말도 안 되는 소리는 안 하겠다. 너는 거짓말에 익숙하지 못하구나. 거짓말하는 데도 훈련이 필요하거든. 근데 넌 아주 어색해."

이 칭찬은 맘에 안 들었지만 어쨌든 나는 더 이상 이야기하지 않아도 되어 마음이 놓였다. 의사가 내게 뭔가를 또 물으려다가 고개를 돌리더니 이렇게 말했다.

"레비 벨, 자네가 처음부터 마을에 있었다면……."

이 말에 왕이 끼어들며 오른손을 내밀더니 말했다.

"아, 당신이 우리 불쌍한 동생의 오랜 친구로군요. 편지에서 여러 번 이야기하더군요."

변호사는 만면에 웃음을 띠며 왕과 악수를 했다. 그리고 방 한쪽에 가서 낮은 목소리로 의사와 이야기를 주고받았다. 이윽고 변호사가 큰 소리로 외쳤다.

"이러면 되겠습니다. 내가 법원의 명령서를 받아서 당신 동생의 것과 함께 보내겠습니다. 그러면 모든 것을 알 수 있을 것입니다."

그러자 사람들이 여러 장의 종이와 펜을 가져왔다. 왕은 자리에 앉아서 고개를 갸울이고는 혀를 지그시 깨물면서 뭔가를 썼다. 다음에는 사람들이 공작에게 펜과 종이를 주었다. 공작은 비로소 당황한 표정으로 뭔가를 썼다. 그러자 변호사가 새로 나타난 노신사에게 말했다.

"당신도 동생과 함께 한두 줄 쓰시고 서명하십시오."

노신사는 펜을 받아 글씨를 썼다. 그런데 아무도 그의 글을 읽을 수 없었다. 변호사는 깜짝 놀라서 말했다.

"아니, 이게 어떻게 된 거지?"

변호사는 주머니에서 낡은 편지를 몇 통 꺼내 노신사의 필적과 편지의 글씨를 대조하더니 말했다.

"이 낡은 편지는 하비 윌크스 씨가 보낸 것입니다. 그리고 여기 이 두 사람의 필적이 있습니다. 이제 누구라도 이 사람들이 이 편지의 주인이 아니라는 건 명백합니다."

그러자 왕과 공작은 변호사에게 당한 것을 깨닫고 넋이 나간 표정을 지었다. 변호사는 계속 말했다.

"그리고 여기에 노신사의 필적도 있습니다. 그런데 누가 봐도 이 신사의 필적도 이 편지의 필체와 전혀 다르다는 것을 쉽게 알 수가 있습니다. 사실 이분이 쓴 것들은 글씨라고 하기도 어렵습니다. 자, 여기 있는 편지를 보십시오."

그러자 노신사가 입을 열었다.

"죄송하지만, 설명을 좀 드려야겠군요. 내 글씨는 여기 있는 동생 외에는 아무도 알아볼 수 없습니다. 그래서 내가 쓴 글씨를 내 동생이 항상 다시 옮겨 적는답니다. 즉 당신이 가진 것은 동생의 필적이지 내 글씨가 아닙니다."

"거참! 이럴 수가 있나. 그렇다면 제가 윌리엄의 편지도 몇 통 가지고 있으니 혹시 동생분께서 한두 줄 써주시면 비교해서……."

"동생은 왼손으로는 글씨를 못 씁니다. 오른손을 쓸 수만 있다면 자기 편지와 함께 내 편지도 썼다는 것을 보여드릴 수 있을 겁니다. 여기 두 편지를 비교해보시오. 분명 같은 필적일 거요."

변호사는 두 편지를 비교해보고 나서 말했다.

"그런 것 같군요. 아주 똑같다고는 할 수 없어도 매우 비슷해요. 전에는 이렇게까지 비슷하다고는 미처 생각지 못했습니다. 이제 우리는 거의 해결 단계에 온 것 같군요. 일단 한 가지는 증명되었습니다. 여기 이 두 사람은 절대 윌크스 씨가 아니라는 점입니다."

변호사는 왕과 공작을 쳐다보며 말했다.

그런데도 이 고집쟁이 바보 영감은 항복하려 들지 않았다. 그는 공정한 감식이 아니라고 주장하며, 자신의 동생 윌리엄은 천하의 몹쓸 장난꾸러기여서 이미 이럴 줄 알고 펜을 종이에 대는 순간 그 지독한 장난기를 발동한 것이라는 둥 흥분해서 마구 지껄여댔다. 그러면서 자신도 그 말을 진짜로 믿는 것 같았다. 그러자 새로 온 노신사가 그의 말을 가로막으며 말했다.

"좋은 생각이 있소이다. 여기 어느 분이든 내 동생, 고인이 된 피터 윌크스의 입관을 도와주신 분이 계십니까?"

"있지요. 저와 애브 터너가 도왔어요. 애브 터너도 여기 있어요."

누군가 대답했다. 그러자 노신사가 왕에게 말했다.

"어쩌면 이분들이 피터의 가슴에 어떤 문신이 새겨져 있는지 말씀해주실 수 있을 것 같군요."

사태가 이렇게 되자 왕은 다시 한번 긴장하지 않을 수 없었다. 아무튼 너무나 갑작스럽게 부딪쳐 우물쭈물하다가는 흐르는 강물에 깎인 강둑처럼 한순간에 무너져버릴 것이다. 게다가 아무런 예고도 없이 이런 난관에 부딪히면 누구라도 손을 들지 않을 수 없는 일이다. 왜냐하면 왕은 고인의 가슴에 어떤 문신이 새겨져 있는지 알 턱이 없기 때문이다. 순간 왕의 얼굴이 하얗게 질렸다. 물을 끼얹은 듯이 조용해지고 너 나 할 것 없이 모두 몸을 약간 내밀고 왕을 주목했다. 나는 이제 꼼짝없이 항복할 거라고 생각했다. 그런데 믿어지지 않겠지만 왕은 항복하지 않았다. 왕은 이렇게 질질 끌다가 모두 지쳐서 사람들이 모두 돌아가고 나면 공작과 함께 몰래 도망치려는 심산인 것 같았다. 왕은 계속 앉아 웃음까지 머금고 말했다.

"음! 매우 어려운 문제로군요. 그러나 나는 동생의 가슴에 새겨진 문신이 어떤 것인지 말할 수 있소. 작고 가느다란 푸른 화살이 하나 새겨져 있는데, 너무 작아서 자세히 살펴봐야 할 거요. 자, 어떻소?"

나는 이처럼 교활하고 뻔뻔한 늙은이를 본 일이 없었다. 그러나 새로 온 노신사는 애브 터너와 그의 친구를 돌아보며 이번에야말로 왕을 굴복시킬 수 있다는 듯이 눈을 빛내며 말했다.

"자, 두 분은 이 남자가 하는 말을 들으셨겠지요? 피터 윌크스의 가슴에 그런 표시가 있었습니까?"

그러자 두 사람은 입을 모아 말했다.

"그런 것은 못 보았는데요."

"좋아요. 그러면 두 분이 본 것은 작고 희미한 P와 B였나요? 이것은 피터가 어릴 때 쓰던 이름의 머리글자랍니다. 그리고 W가 있었죠? 또 글자 사이에 선이 그어져 있었죠? P-B-W, 맞습니까?"

노신사는 이렇게 말하면서 종이에 그대로 적어 보여주었다.

"자, 두 분이 본 것은 바로 이것이지요?"

그러자 두 사람은 또다시 입을 모아 대답했다.

"아니요, 못 봤어요. 우리는 문신을 보지 못했습니다."

그러자 사람들 모두 화가 나서 고함을 지르기 시작했다.

"이놈 저놈 다 사기꾼이다. 물에 처넣어라! 강물에 빠뜨려 죽여라! 막대에 묶어서 매달아라!"

사람들이 일시에 큰 소리로 떠들어댔다. 그러자 변호사가 탁자 위에 뛰어올라 외쳤다.

"여러분! 한 마디만 하겠습니다. 아직 한 가지 방법이 남아 있습니다. 가서 무덤을 파내고 시신을 확인해봅시다."

사람들은 이 말을 듣고 모두 동의하며 곧바로 출발하려고 했다. 그러자 변호사와 의사가 다시 큰 소리로 말했다.

"잠깐 기다리시오! 이 네 사람과 이 아이도 같이 데리고 갑시다!"

"그럽시다! 그 문신이 없다면 이놈들 모두 혼내 줍시다."

모두 그러자고 외쳤다. 나는 덜컥 겁이 났다. 그러나 어쩔 수 없었다. 우리 다섯 사람은 모두 붙잡혀 곧장 1.5마일(약 2킬로미터—옮긴이) 하류에 있는 묘지로 끌려가게 되었다. 아직 밤 9시밖에 되지 않아서 마을 사람들 모두 따라 나왔다.

우리가 머물던 집 앞을 지나가면서 나는 메리 제인을 마을 밖으로 보낸 것을 후회했다. 지금 상황에서 내가 신호만 하면 분명 메리 제인이 집에서 뛰어나와 나를 구해주고, 두 악당들의 정체를 밝혀 줄 수가 있을 것이기 때문이다.

우리는 강변길을 서로 밀치고 당기며 살쾡이처럼 거칠게 아래쪽으로 걸어갔다. 그렇지 않아도 무서운데 하늘은 컴컴해지고 번갯불이 번쩍거리며 바람마저 사납게 불어와 나뭇가지마저 흔들리기 시작했다. 여태껏 경험해본 적이 없는 공포에 정신마저 아득해졌다. 모든 것이 내 생각과는 전혀 다르게 흘러갔다. 여유 있게 상황을 지켜보다가 다급해지면 메리 제인에게 구해달라고 부탁할 작정이었는데, 지금은 온 세상을 아무리 둘러보아도 삶과 죽음을 가를 그 문신 이외에는 아무것도 없었다. 이 사람들이 문신을 발견하지 못한다면……

나는 견딜 수가 없었다. 그런데도 뾰족한 생각이 전혀 나지 않았다. 날이 점점 어두워졌으므로 이 군중 틈에서 도망치기에는 안성맞춤이었다. 그러나 건장한 하인즈가 내 손목을 꽉 붙잡고 있었다. 마치 거인 골리앗의 손에 붙잡힌 것 같았다. 그는 흥분해서 나를 끌다시피 하며 성큼성큼 걸어갔기 때문에 나는 거의 뛰다시피 걸어야 했다.

사람들은 물밀듯이 묘지로 몰려갔다. 피터 씨의 무덤에 이르자 삽은 필요한 것보다 수백 개나 더 많았다. 그러나 램프를 가져온 사람은 아무도 없었다. 결국 사람들은 때때로 번쩍이는 번갯불에 의지해 무덤을 파헤치기 시작했다. 그동안 사람을 보내 반 마일 정도 떨어진 가장 가까운 집으로 가서 램프를 빌려 오라고 했다.

사람들은 정신없이 무덤을 계속 파 내려갔다. 사방은 칠흑같이 어두워지더니 마침내 폭우가 쏟아지면서 바람이 거세게 몰아치고 번개와 천둥까지 쳤다. 하지만 사람들은 무덤 파기에 열중한 나머지 조금도 아랑곳하지 않았다. 그 많은 얼굴, 무덤에서 날아오는 삽 가득한 흙 등이 모두 한꺼번에 보이는가 하면, 다음 순간에는 암흑 속에 잠겨 아무것도 보이지 않았다.

드디어 사람들이 관을 꺼내 뚜껑에 박힌 못을 뽑기 시작했다. 그러자 또다시 서로 비집고 들어가서 구경하려고 엎치락뒤치락하다가 대소동이 벌어졌다. 동서고금에 다시없는 진풍경이었다. 암흑 속에서 벌어지고 있는 이런 상황들로 인해 참으로 무시무시한 공포를 느꼈다. 게다가 하인즈가 내 팔을 힘껏 잡아당기고 비트는 터에 손목이 몹시 아팠다. 하인즈는 내가 곁에 있다는 것조차 깨끗이 잊어버린 듯 흥분해서 숨을 헐떡였다.

갑자기 번갯불이 온 세상을 하얗게 비추자 누군가 소리쳤다.

"저게 뭐야? 시신의 가슴 위에 돈 자루가 있다!"

그러자 하인즈도 다른 사람과 마찬가지로 소리를 지르더니 내 손을 놓고 그것을 보려고 허겁지겁 사람들 틈으로 비집고 들어갔다. 나는 이때다 싶어 얼른 그 자리에서 도망쳤다. 내가 어둠 속을 달려가는 모습을 본 사람은 아무도 없었다.

길에는 오직 나밖에 없었다. 달린다기보다 날아간다고 할 정도로 나는 쏜살같이 뛰었다. 앞을 분간할 수 없는 암흑과 때때로 번쩍거리는 번갯불과 장대처럼 쏟아지는 비와 휘몰아치는 바람과 천지가 뒤집히는 듯한 천둥소리 외에는 아무것도 없는 곳을 전력을 다해 달렸다.

마을에 이르렀지만 폭풍우 속에 나다니는 사람은 없었으므로 나는 골목길을 찾을 것도 없이 곧장 큰길을 달려갔다. 마침내 우리가 머물던 집 앞에 이르자 나는 눈을 크게 뜨고 바라보았다. 집 안은 어두웠다. 웬일인지 나는 슬퍼지며 맥이 빠져버렸다. 그런데 바로 그때 메리 제인의 방에서 불빛이 비치는 게 아닌가! 그 순간 내가슴이 터질 것처럼 부풀어 올랐다. 나는 다시 달렸다. 집이며 모든 것이 내 뒤의 어둠 속에 숨어버리는 것 같았다. 메리 제인은 정말 내가 만난 사람 중에 가장 훌륭하고 누구보다 용기 있는 처녀였다.

모래톱이 보이는 강어귀에 이르러 나는 빌려 탈 만한 배를 열심히 찾았다. 그러다 첫 번째 번갯불이 번쩍일 때 나는 묶여 있지 않은 배 한 척을 발견해 그것을 타고 강가를 떠났다. 그것은 밧줄에 매인 카누였다. 모래톱은 강 한가운데 제법 멀리 떨어져 있었지만 나는 1초도 쉬지 않고 노를 저었다. 마침내 뗏목에 이르렀을 때는 기진맥진해 쉬고 싶었지만 그럴 여유가 없었다. 나는 뗏목으로 뛰어오르자마자 큰 소리로 외쳤다.

"짐, 어서 나와 뗏목을 띄워! 하늘의 도움으로 놈들을 떼어냈어!"

짐은 너무 기쁜 나머지 두 팔을 벌리고 뛰어나왔다. 그러나 번갯불이 번쩍하는 순간 짐의 모습을 보고 나는 심장이 멎을 만큼 놀라 벌렁 나자빠지며 뗏목에서 떨어지고 말았다. 나는 짐이 늙은 리어왕이자 익사한 아랍인으로 분장했다는 것을 깜박 잊고 있었던 것이다. 나는 넋이 나갈 만큼 놀랐다. 그러자 짐은 나를 강물에서 건져 올리더니 왕과 공작을 떼어놓고 온 것을 몹시 기뻐하며 나를 껴안았다.

"짐, 축하는 나중에 아침 먹으면서 하자고! 지금은 당장 뗏목의 밧줄을 풀고 빨리 달아나야 해!"

우리는 순식간에 강을 따라 내려갔다. 짐과 나는 아무도 괴롭히는 사람이 없는 거대한 강 위에서 다시금 자유를 되찾은 것이 참으로 기뻤다. 나는 펄쩍펄쩍 뛰면서 발뒤꿈치로 바닥을 쳤다. 세 번쯤

쳤을 때 어디선가 귀에 익은 소리가 들려왔다. 나는 숨을 죽이고 귀를 기울였다. 다음 번갯불이 물 위로 번쩍 비쳤을 때 보니, 과연 이쪽으로 다가오는 사람들이 있었다. 그놈들이었다! 그들은 작은 배를 타고 있는 힘을 다해 노를 저어 달려오고 있었다. 바로 왕과 공작이었다.

　나는 뗏목 위에 풀썩 주저앉고 말았다. 그리고 내가 할 수 있었던 것은 단지 울음을 참는 것뿐이었다.

30장

떳목에 올라타자 왕은 내 멱살을 잡고 말했다.

"혼자 도망치다니, 요 쥐새끼 같은 놈! 우리랑 같이 있기 싫다 이 거지, 응?"

"아닙니다, 폐하. 그렇지 않아요. 제발 이것 좀 놔주세요, 폐하!"

"그럼 왜 그랬어! 바른 대로 말하지 않으면 네놈 창자를 후벼팔 테다."

"사실대로 말할게요. 저를 붙잡고 있던 남자가 잘해주더라고요. 나 같은 아들이 있었는데 작년에 죽었다면서요. 계속 그 얘기를 하면서 이런 위험한 상황에 처한 나를 보니 가슴이 아프다고 말했어요. 그래서 사람들이 돈 자루를 보고 관 쪽으로 우르르 몰려갔을 때 제 손을 놓아주며 작은 소리로 이렇게 말했어요. '자, 어서 도망쳐! 여기 있다가는 교수형에 처해질 거야!' 그래서 정신없이 도망쳤지요. 거기 있어 봐야 별수 없을 것 같아서요. 제가 할 수 있는 일도 없고, 거기 있다가 목매달리기 싫었어요. 그래서 마구 달려 카누를 집어 타고 뗏목까지 와서 짐한테 지금 당장 도망가지 않으면 마을 사람들이 내 목을 매달 거라고 했지요. 그리고 폐하와 공작님은 지금쯤 죽었을 거라며 짐과 몹시 슬퍼하던 참이었어요. 그런데 폐하와 공작님이 오는 것을 보고 얼마나 기뻤는지 몰라요. 짐한테 물어 보세요."

짐이 사실이라고 하자 왕은 입 닥치라면서 내 멱살을 잡고 물속에 처넣어 죽이겠다고 했다.

"말은 그럴싸하군!"

그러자 공작이 말했다.

"그 애를 놔줘! 이 늙은 얼간이 놈아! 당신은 뭘 잘했다고 그래? 풀려났을 때 이 아이를 찾기나 했어?"

그제야 왕은 손을 놓더니 그 마을과 마을 사람들을 모두 저주하기 시작했다. 그러자 공작이 말했다.

"자기 자신이나 실컷 저주하시지. 그래도 싸니까 말이야. 그 엉터리 파란 화살 문신으로 뻔뻔하게 고비를 넘긴 것 말고는 뭐 하나 제대로 한 게 없잖아. 하긴 그건 잘했지. 덕분에 살아났으니까. 그렇지 않았더라면 우리는 그 영국 놈들의 짐이 도착할 때까지 유치장에 갇혀 있었을 것이고, 그다음에는 교도소에 수감됐겠지! 그런데 그 거짓말로 마을 녀석들이 묘지로 끌고 갔고 돈 자루가 우리에게 큰 친절을 베풀어주었지. 흥분한 녀석들이 그것을 보려고 몰려가지 않았다면 오늘 밤 우리 셋은 나란히 밧줄을 목에 걸고 영원히 잠들었을 거야."

두 사람은 생각에 잠겨 잠시 입을 다물었다. 마침내 왕이 얼빠진 표정으로 말했다.

"그런데 우리는 그 돈을 검둥이가 훔쳤다고 생각했잖아."

이 말에 나는 움찔했다.

"그래, 그렇게 생각했지."

공작은 비꼬듯이 신중하게 말했다.

30초가량 지나자 왕이 느릿느릿 말했다.

"아무튼 나는 그렇게 생각했어."

공작도 같은 어조로 말했다.

"천만에! 그렇게 생각한 건 나야."

왕은 격앙된 투로 말했다.

"이봐, 브리지워터. 그게 무슨 소리야?"

그러자 공작이 쌀쌀맞게 대답했다.

"내가 할 소리야. 당신이야말로 무슨 소리를 하는 거야?"

"빌어먹을! 난 몰랐어. 아마 넌 자느라 몰랐겠지."

왕은 빈정거리며 말했다.

그러자 공작이 날카롭게 말했다.

"이봐, 그런 소리 집어치워. 내가 그렇게 멍청한 줄 알아? 그 돈을 누가 관 속에 넣었는지 내가 모를 것 같아?"

"암, 그럴 테지. 바로 네놈 짓이니까!"

"거짓말쟁이 같으니!"

공작은 왕에게 달려들었다. 왕은 비명을 질렀다.

"이 손 놔! 내 목에서 손 떼! 지금 한 말 모두 취소할게!"

"좋아. 그럼, 실토해보시지. 언젠간 나 몰래 마을로 돌아가 그 돈을 파내서 혼자 독차지하려고 했지?"

"잠깐! 그럼 한 가지만은 솔직하게 대답해줘. 네가 정말 거기에 넣지 않았단 말이야? 그렇다고 하면 네 말을 믿고 내가 했던 말을 다 취소할게."

"이 늙어빠진 악당 놈아! 내가 넣지 않았어. 너도 내가 넣지 않았다는 걸 잘 알잖아."

"그래, 그럼 너를 믿지. 하지만 하나만 더 대답해. 화내지 말고. 너는 그 돈을 훔쳐내 다른 곳에 숨길 생각을 한 적이 있어 없어?"

공작은 잠시 침묵하다가 말했다.

"내가 그런 생각을 했다 한들 무슨 상관이야! 어쨌든 난 그렇게 하지 않았어. 그런데 너는 그런 생각을 하고 실제로 그렇게 했어!"

"내가 그런 짓을 했다면 나는 정말 죽일 놈이야. 물론 그럴 생각이 없지 않았어. 하지만 누군가 선수를 친 거야!"

"거짓말! 네가 했지? 실토해. 그렇지 않으면……."

왕은 멱살을 잡힌 채 헐떡거리며 말했다.

"그만해! 다 말할게!"

그 말을 듣고 나는 마음이 한층 놓였다. 공작은 멱살 잡은 손을 놓으며 말했다.

"또 한 번만 아니라고 거짓말해봐! 강물에 처넣을 테니! 거기 꿇어앉아 젖먹이처럼 훌쩍거리고 있으라고. 그게 네놈에게 딱 어울리니까. 너처럼 무엇이든지 꿀꺽하는 타조 같은 놈은 처음 봐. 그것도 모르고 아비처럼 믿었다니! 그 많은 불쌍한 검둥이 놈들이 억울하게 죄를 뒤집어쓰고 있는데도 한 마디도 하지 않다니. 뻔뻔스러운 놈! 부끄러운 줄 알아. 그런 터무니없는 말을 믿다니 내가 정신 나갔지. 그 많은 부족분을 왜 그렇게 채워 넣자고 했는지 이제 알겠어. 내가 '전대미문의 걸작'으로 번 돈까지 몽땅 차지하려고 한 거지? 이 나쁜 놈아!"

왕은 겁에 질려 계속 코를 훌쩍거리며 말했다.

"하지만 부족분을 채워 넣자고 한 건 너였잖아."

그러자 공작이 소리쳤다.

"닥쳐! 네놈 말은 더 이상 듣고 싶지 않아. 이제 너도 그 결과가 어떻게 됐는지 잘 알겠구나. 그놈들은 그 돈을 고스란히 차지했어. 우리 돈 한두 푼 빼고 몽땅 가져가 버렸다고. 가서 자빠져 잠이나 자. 그리고 앞으로 두 번 다시 나한테 부족분이니 뭐니 들먹이면 가만두지 않겠어."

왕은 천막집으로 들어가 울분을 달래려고 술을 마시기 시작했다. 얼마 뒤 공작도 술병을 들고 마시기 시작했다. 30분가량 지나자 두 사람은 언제 그랬냐는 듯이 다시 살갑게 굴었고, 취기가 오를수록 정이 두터워지는지 나중에는 서로의 팔을 베고 코를 골며 잠들었다. 두 사람은 기분이 풀렸지만 왕은 돈 자루를 감추려 했던 것을 부정하지 않겠다는 약속을 잊지는 않았다. 나는 마음이 편하고 홀가분했다. 두 사람이 코를 골기 시작하자 나는 짐에게 자초지종을 들려주었다.

31장

　우리는 발각될까 봐 두려워 어떤 마을도 들르지 않고 며칠 밤낮
을 쉬지 않고 강을 내려갔다. 남부에 들어서자 날씨도 따뜻했으며,
집으로부터 꽤 멀리 와 있었다. 스페인 이끼가 기다란 잿빛 턱수염
처럼 가지에 늘어져 있는 나무도 보였다. 스페인 이끼를 본 건 처음
이었는데, 그 때문에 숲이 장엄하고도 음산해 보였다. 사기꾼들은
그제야 안심이 되는지 또다시 사기 칠 궁리를 했다.

　두 사람은 우선 금주에 대한 강연을 했으나 둘이서 실컷 술을 마
실 만큼도 못 벌었다. 또 다른 마을에서는 춤 교습소를 차렸지만 두
사람 다 캥거루보다 춤을 못 추어 첫 공연을 하자마자 마을 사람들
에게 쫓겨났다. 또 한 번은 웅변을 해보려고 했으나 얼마 떠들기도
전에 청중들이 모두 들고일어나 마구 욕을 퍼붓는 바람에 두 사람
은 도망치고 말았다. 그것 말고도 전도, 최면술, 의술, 점쟁이 등 닥
치는 대로 뛰어들었으나 전혀 재미를 못 보았다. 마침내 두 사람은
빈털터리가 되어 뗏목 위에서 어슬렁거리며 반나절씩이나 생각에

잠기곤 했다. 그 모습이 몹시 우울하고 절망스러워 보였다.

이윽고 기분이 좀 나아졌는지 두 사람은 천막집 속에서 머리를 맞대고 두세 시간이나 나지막이 수군거렸다. 짐과 나는 불안했다. 지금까지 해왔던 것보다 몇 배나 더 나쁜 짓을 꾸미고 있을 게 뻔했기 때문이다. 이런저런 궁리 끝에 어느 집이나 상점을 털거나 위조화폐를 만들 계획일 거라고 판단했다. 짐과 나는 덜컥 겁이 나서 그런 일에는 절대로 관여하지 말고 그럴 기미가 조금이라도 보이면 바로 도망치자고 약속했다.

어느 날 아침 파이크스빌이라는 작은 마을에서 2마일(약 3킬로미터─옮긴이)가량 아래쪽에 떨어진 적당하고 안전한 장소를 찾아내 뗏목을 숨겼다. 왕은 마을로 가서 '전대미문의 걸작'에 대한 소문이 퍼졌는지 알아보고 올 테니 그동안 뗏목에서 꼼짝도 하지 말고 있으라고 말했다. 나는 속으로 이렇게 말했다.

'도둑질할 집을 찾아보겠다는 거로군. 도둑질을 끝내고 돌아와 짐과 나와 뗏목이 없어진 걸 알면 깜짝 놀랄 거다. 우리를 찾느라고 고생 좀 할걸.'

왕은 자기가 정오까지 돌아오지 않으면 모든 일이 잘된 것으로 알고 나와 공작 둘이 마을로 들어오라고 했다. 우리는 남아서 기다렸다. 공작은 안절부절못하고 왔다 갔다 했다. 조그마한 일에도 신경질을 냈고, 자꾸만 트집을 잡았다. 무슨 큰일을 꾸미고 있는 게 분명했다.

정오가 되어도 왕이 돌아오지 않자 나는 오히려 기뻤다. 어쨌든 변화가 생긴 것이고, 그것이 바로 절호의 기회가 될지도 모르기 때문이다. 공작과 나는 마을로 들어가 왕을 찾으러 돌아다니던 중 싸구려 술집에서 잔뜩 술에 취한 왕을 발견했다. 건달패들이 빙 둘러서서 그를 놀려대고 있었다. 왕은 온갖 욕설을 하면서 그들을 위협하려고 했지만 걷지도 못할 정도로 취해서는 어쩌지도 못하고 있었다. 공작은 왕에게 욕설을 퍼붓기 시작했고 왕은 또 왕대로 욕을 해댔다. 두 사람이 서로 싸우는 동안 나는 몰래 거기서 빠져나와 발로 모래를 튀기며 강변길을 달렸다. 지금이야말로 절호의 기회였다. 저 두 사람이 나와 짐을 다시 만날 일은 거의 없을 것이다. 숨이 끊어질 듯 차올랐지만 나는 너무 기뻐서 뗏목에 닿자마자 외쳤다.

"짐! 밧줄 풀어! 이제 우리는 해방이야."

그러나 짐은 아무 대답도 없었고 천막집 안에도 없었다. 짐이 사라진 것이다. 나는 큰 소리로 외치며 숲을 뛰어다녔으나 가엾은 짐은 어디에도 보이지 않았다. 나는 주저앉아 울음을 터뜨렸다. 참을 수가 없었다. 하지만 언제까지나 이러고 있을 수만은 없었다. 그래서 나는 앞으로 어떻게 해야 할까 생각하며 한길을 걷다가 한 사내아이를 만났다. 내가 이러이러한 차림새의 낯선 검둥이를 봤느냐고 물었더니 그 아이가 대답했다.

"봤어."

"어디서?"

"여기서 2마일(약 3킬로미터—옮긴이)쯤 떨어진 사일러스 펠프스 씨네 집에서. 도망친 검둥이라던데? 사람들이 붙잡았대. 너 지금 그놈을 찾는 거야?"

"아니! 나도 한두 시간 전에 숲에서 그놈을 만났는데, 그놈이 나더러 소리를 지르면 창자를 후벼팔 테니 꼼짝 말고 있으라는 거야. 너무 무서워서 계속 거기에 있었어."

"이젠 괜찮아. 사람들이 그놈을 잡았으니까. 남부에서 도망쳐 왔다나 봐."

"잘됐네. 큰돈 벌었겠는걸."

"그럼. 현상금이 2백 달러래. 길 가다 횡재한 셈이지."

"그렇구나. 내가 조금만 더 컸더라도 2백 달러를 벌 수 있었는데. 어쨌든 맨 먼저 그놈을 본 것은 나였으니까. 그런데 누가 잡았대?"

"처음 보는 영감인데 현상금을 받으려면 강 상류까지 가야 하는데 그럴 시간이 없다면서 40달러만 받고 넘겼어. 말이 돼? 나 같으면 7년이 걸려도 제대로 받겠는데."

"나도 그래. 그런데 그 영감이 그렇게 싸게 팔아넘긴 걸 보면 그만한 값어치가 없는 거 아냐? 뭔가 수상해."

"아니야. 그렇지 않아. 내가 전단지를 봤거든. 거기에 검둥이의 모습이 사진처럼 자세히 그려져 있었어. 뉴올리언스의 농장에서 도망쳤대. 수상한 일이 뭐 있겠어? 그나저나 씹는 담배 좀 있니?"

없다고 하자 사내아이는 그냥 가버렸다. 나는 뗏목으로 돌아와 천막집 속에 앉아 궁리했다. 그러나 방법이 떠오르지 않았다. 머리가 아프도록 고민했지만 이 곤경을 빠져나갈 방도가 떠오르지 않았다. 이 긴 여행 동안 우리가 그 악당들에게 베풀어준 대가를 얻기는 거녕 물거품이 되어버렸다. 짐을 속여 겨우 푼돈 40달러를 받고서 일생 동안 전혀 모르는 사람들 틈에서 노예로 살게 하다니 말이다.

나는 짐이 어차피 노예로 살아야 한다면 가족이 있는 곳에서 생활하는 편이 수천 배는 나을 것이라고 생각했다. 그래서 톰 소여에게 편지를 써서 왓슨 아주머니께 짐이 어디 있는지 알려주어야겠다고 생각했다. 그러나 잠시 후 나는 두 가지 이유로 이 생각을 접었다. 왓슨 아주머니가 배은망덕한 짐을 괘씸하게 여겨 당장 강 아래쪽 먼 마을로 팔아넘길지도 몰랐다. 설령 그렇지 않아도 사람들이 은혜를 모르는 검둥이라고 멸시하게 될 것이므로, 짐은 결국 평생 수치심 속에서 살게 될 것이다. 그리고 또 나는 어떻게 될까? 허클베리 핀이 검둥이의 도망을 도왔다는 소문이 온 마을에 퍼지면, 나는 그 마을 사람들 앞에서 부끄러운 나머지 무릎을 꿇고 신발을 핥아야 할지도 모른다. 인간은 나쁜 짓을 했다 하더라도 마땅히 대가를 치르려고 하지 않는다. 숨길 수 있는 동안은 부끄럽게 생각지 않는다. 내 심정이 바로 그랬다. 이 문제를 생각할수록 나의 양심은 괴로웠고, 나 자신이 점점 더 사악하고 비열하게 느껴졌다. 그러다 결국 이런 생각도 들었다. 나에게 아무런 해도 끼치지 않은 불쌍한 여자의 검둥이를 훔치는 동안 하느님께서는 죽 지켜보고 있었으며 더 이상 용서할 수 없다는 것을 보여주는 것 같았다. 이런 생각이 들자 나는 너무 두려워 쓰러질 것 같았다. 그래서 나는 본래 돼먹지 못한 놈이니 그다지 가책을 받을 것 없다고 스스로를 달래보기도 했다. 그러나 내 마음은 자꾸만 이렇게 말했다.

'주일학교가 있지. 너는 거기에 갈 수가 있었어. 거기에 다녔다면, 검둥이에게 그런 짓을 하면 지옥의 유황불 속에 던져진다는 것을 배웠을 거야.'

나는 몸이 부들부들 떨렸다. 그래서 지금의 내가 아닌 좀더 착한 아이가 되게 해달라고 기도해봐야겠다고 결심했다. 나는 무릎을 꿇었다. 그러나 아무 말도 나오지 않았다. 어째서 나오지 않는 것일까? 하느님을 속일 수가 없었다. 나 자신도 속일 수가 없었다. 어째서 말이 나오지 않는지 너무나 잘 알고 있었다. 내 마음이 올바르지 않기 때문이었다. 나는 죄를 짓지 않겠다고 하면서도 마음속으로는 가장 나쁜 죄에 매달려 있었다. 입으로는 옳고 깨끗한 척하며 그 검둥이의 주인에게 그가 어디 있는지 편지로 알려야 한다고 말하지만 마음속으로는 그렇게 생각지 않는다는 것을 하느님께서 알고 계시는 것이다. 거짓으로 기도할 수는 없다는 것을 깨달았다.

내 마음은 온통 고민에 빠져 어찌할 바를 몰랐다. 그러다 마침내 한 가지 생각이 떠올랐다. 왓슨 아주머니께 편지를 쓰는 거다. 그러고 나서 기도가 나오는지 안 나오는지 시험해보는 것이다. 그러자 놀랍게도 내 마음은 갑자기 깃털처럼 가벼워졌고 고민은 순식간에 사라졌다.

나는 두근거리는 마음으로 종이와 연필을 꺼내 편지를 썼다.

왓슨 아주머니께

도망친 당신의 노예 짐이 파이크스빌에서 2마일 떨어진 아래쪽 마을에 있습니다. 펠프스 씨가 붙잡아두고 있으니 당신이 보상금을 보내주시면 풀어줄 것입니다.

헉 핀

나는 난생처음으로 죄 사함을 받은 듯해 마음이 편했다. 그리고 이제는 기도할 수 있으리라 생각했다. 그러나 바로 기도를 드리지 않고 편지를 놓고 앉아 생각에 잠겼다. 이렇게 되어서 얼마나 다행인가. 하마터면 나는 지옥에 떨어질 뻔했다고 생각했다. 그리고 또 생각했다. 강을 내려가며 여행하던 때의 짐의 모습이 떠올랐다. 낮이나 밤이나 달밤에도 폭풍우 속에서도 우리는 서로 이야기를 주고받으며 노래하고 웃으면서 뗏목을 타고 내려왔다. 생각해보니 나는 짐에 대해 좋지 않게 생각했던 적이 없었다. 오히려 그 반대였다. 곤히 잠든 나를 깨우지 않고 내 몫까지 불침번을 서던 짐의 모습이 눈앞에 어른거리는 것이었다. 내가 안개 속에서 돌아왔을 때 그렇게도 반가워하던 짐. 두 집안이 서로 반목하던 북쪽 마을의 늪지에서 재회했을 때의 모습. 그리고 늘 나를 착한 아이라고 부르며 귀여 위해주었고, 나를 위한 일이라면 무엇이든 해주었던 짐, 항상 선량하던 짐, 마지막으로 뗏목 위에 천연두 환자가 있다고 둘러대며 짐을 구해주었던 일이 생각났다. 짐은 굉장히 기뻐하며 나에게 이 세상에서 사귄 친구 중 가장 훌륭하고 둘도 없는 친구라고 말했다. 이런 생각을 하며 주위를 둘러보는데 문득 편지가 눈에 들어왔다.

아슬아슬한 순간이었다. 나는 종이를 집었다. 둘 중 하나를 선택해야 하는 기로에서 나는 덜덜 떨렸다. 숨을 죽이고 잠시 생각한 끝에 스스로에게 말했다.

"좋아, 나는 지옥으로 가겠어."

나는 편지를 찢어버렸다. 그것은 끔찍한 생각이었고 무서운 말이었지만 이미 입 밖에 내뱉고 말았다. 나는 한번 내뱉은 이상 마음을 바꿀 생각이 없었다. 다 지워버리고 다시 한번 나쁜 짓을 하자, 천성이 그렇고 그런 식으로 자라왔으니 착한 행동은 내게 어울리지 않는다고 중얼거렸다. 우선 다시 짐을 빼낼 방법을 생각해보자. 그보다 더 나쁜 짓이라도 하자. 결심을 굳힌 이상 끝까지 밀어붙여야 한다.

다음으로 나는 어떻게 할지 여러 가지 방법을 궁리했다. 그러다 드디어 적당한 계획 하나를 생각해냈다. 나는 강 아래쪽에 있는 나무가 울창한 섬을 둘러보고 나서, 밤이 이슥해지자 뗏목을 타고 섬으로 가서 적당한 곳에 뗏목을 감추어놓고 잠을 잤다. 그러고는 동이 트기 전에 일어나 아침을 먹고 가게에서 산 옷으로 갈아입은 다음 다른 옷과 그 밖의 물건들을 꾸려서 카누를 타고 강가로 갔다. 드디어 펠프스 농장으로 여겨지는 곳 아래쪽에 상륙해 짐 꾸러미를 숲에 잘 숨겨두었다. 그리고 카누는 필요할 때 찾아 쓰려고 강가의 작은 증기 제재소에서 4분의 1마일(약 4백 미터—옮긴이)가량 아래쪽에 돌을 채워 물속에 가라앉혔다.

그런 다음 길을 걸어가는데 제재소 앞에 '펠프스 제재소'라는 간판이 붙어 있었다. 나는 거기서 2, 3백 야드(약 184~274미터—옮긴이) 떨어진 농가 앞에서 눈을 크게 뜨고 주위를 살펴보았다. 날이 꽤 밝았는데도 아무도 보이지 않았다. 하지만 상관없었다. 나는 이 근방의 지리를 익히고 싶을 뿐이었다. 나는 강 아래쪽이 아니라 이 마을 쪽에서 온 것으로 보일 생각이었다. 그래서 그냥 살펴보기만 하고 곧바로 마을로 갔다. 그런데 어이없게도 마을에 도착해 처음 만난 사람이 공작이었다. 그는 '전대미문의 걸작'을 공연한다는 전단지를 붙이고 있었다. 사흘 밤만 공연한다는 것까지 먼젓번과 같았다. 이토록 뻔뻔스러운 놈들이라니! 나는 피할 겨를도 없이 공작과 마주쳤다. 그는 깜짝 놀라며 말했다.

"이게 누구야! 어디서 오는 길이지?"

그는 반가운 한편 뭔가 궁금한 표정으로 물었다.

"뗏목은 어디 있어? 잘 숨겨두었니?"

"뭐라고요? 내가 물어보고 싶은데요."

그러자 공작은 표정이 굳어지면서 말했다.

"나한테 묻다니, 무슨 소리야?"

"어제 그 술집에서 폐하를 보았을 때 술이 깨려면 몇 시간은 걸릴 것 같아서 마을을 쏘다니며 시간을 보내려고 했어요. 그러자 한 사내가 다가와서 10센트를 줄 테니 배에 양을 싣고 강을 건너가는 일을 도와달라기에 따라갔지요. 남자는 나한테 밧줄을 잡으라고 하고 자기는 양 뒤로 가서 배 안으로 몰아넣으려고 했어요. 그런데 양이 나보다 힘이 세서 밧줄을 놓치고 말았어요. 우리는 달아나는 양을 쫓아갔지만 개도 없어서 양이 지칠 때까지 그 근방을 쫓아다녀야 했어요. 어두워진 다음에 겨우 잡아서 강을 건넜죠. 그런데 돌아와 보니 뗏목이 없는 거예요. 무슨 문제가 생겨서 도망갔나 보다고 생각했지요. 그런데 이 세상에 하나뿐인 내 검둥이 노예까지 데리고 가버렸으니 나는 낯선 곳에서 빈털터리로 어떻게 살아갈지 걱정하며 울다가 숲에서 잠들었어요. 그런데 뗏목은 어디 있어요? 그리고 짐은, 불쌍한 우리 짐은요?"

"뗏목이 어디 있는지 내가 어떻게 알아. 저 멍청한 늙은이가 장사를 해서 40달러를 손에 넣은 모양이야. 내가 술집에서 놈을 봤을 때는 이미 건달들과 노름을 해서 술값 빼고는 몽땅 잃은 뒤였어. 어제 밤늦게 영감을 데리고 돌아갔는데 뗏목이 없길래, 요 망할 자식이 우리 뗏목을 훔쳐서 강 아래쪽으로 달아나버렸나 했지."

"내가 왜 내 검둥이를 버리겠어요? 유일한 노예인 데다 전 재산인데요."

"그 생각은 못했어. 사실 우리는 놈을 우리 검둥이라고 생각했거든. 정말 그렇게 생각했지. 그놈 때문에 우리가 여간 고생했어야지. 어쨌든 뗏목도 없고 빈털터리라 다시 한번 '전대미문의 걸작'을 공연하지 않을 수 없었어. 그때부터 지금까지 술 한 모금 못 마시고 화약봉처럼 바짝 말라서 정신없이 돌아다녔고. 그 10센트는 어디 있지? 내놔."

나는 돈이 꽤 있었으므로 그에게 10센트를 주었다. 하지만 내 전 재산인데 어제부터 아무것도 못 먹었으니 먹을 것 좀 사달라고 부탁했다. 그러나 공작은 아무 말도 하지 않았다. 그러더니 나에게 바짝 다가서며 말했다.

"그 검둥이가 혹시 우리 얘기를 하지는 않겠지? 그랬단 봐라. 산 채로 껍질을 벗겨버릴 테니까."

"어떻게 얘기하겠어요? 짐은 도망친 게 아닌가요?"

"저 멍청한 늙은이가 팔아치워서는, 나랑 나누지도 않고 다 날려버렸다니까."

"팔았다고요? 내 검둥이예요. 그러니 판 돈도 내 거라고요. 짐은 지금 어디 있어요? 내 검둥이 돌려줘요."

나는 울음을 터뜨렸다.

"아무리 그래 봐야 돌려받을 수 없어. 울어봐야 소용없어. 너 설마 우리를 신고하려는 건 아니겠지? 아무래도 너를 못 믿겠어. 네가 우리를 신고한다면……."

공작은 여기까지 말하고는 입을 다물었는데, 그가 그처럼 험상궂은 표정을 짓는 것을 처음 보았다. 나는 훌쩍거리며 말했다.

"그럴 생각은 없어요. 그럴 시간도 없고요. 당장 가서 내 검둥이를 찾아야 하니까요!"

공작은 난처한 표정을 짓고 펄럭거리는 전단지를 팔뚝에 걸치고 서서 이마를 찡그리고 생각에 잠겼다. 이윽고 그가 말했다.

"좋은 방법을 알려주지. 우리는 사흘 동안 이 마을에 있을 거야. 네가 신고하지 않겠다고 약속하고 그 검둥이 입도 막아준다면 검둥이가 있는 곳을 가르쳐주마."

내가 약속하자 공작이 말했다.

"농부인 사일러스 펠……."

공작은 갑자기 입을 다물었다. 사실대로 말해주려다 다시 생각해보고 마음이 변한 게 분명했다. 정말 그랬다. 그는 나를 믿지 않았고, 사흘 동안 나를 어디론가 보내기로 결정한 것 같았다. 다시 그가 말했다.

"그 검둥이를 산 사람은 에이브럼 포스터, 에이브럼 G. 포스터라는 남자야. 여기서 40마일(약 65킬로미터─옮긴이)쯤 떨어진 라파옛 가에 살고 있지."

"알았어요. 사흘 동안은 걸어가야 하니까 점심 먹고 바로 출발해야겠어요."

"그건 안 돼! 지금 당장 떠나도록 해. 지체하지 말고 도박하는 데도 기웃거리지 말고 입을 꼭 다물고 걷기나 해. 그렇게만 하면 우리 사이에 성가신 일은 없을 거야. 알겠니?"

내가 바라던 바였다. 나는 이 계획을 목표로 도박을 했던 것이다. 나는 자유롭게 내 계획을 실행하고 싶었다.

"자, 당장 가라고! 포스터 씨를 만나면 말하고 싶은 대로 지껄여도 좋아. 잘하면 짐이 네 검둥이라는 걸 믿게 할 수 있을지도 모르지. 증명서 같은 걸 요구하지 않는 바보도 있다니까. 적어도 이 남부에는 그런 바보들이 있다고 들었어. 포스터 씨에게 그 전단지와 현상금은 모두 거짓이라고 해. 왜 그랬는지 설명하면 믿을 거야. 자, 그럼 어서 떠나. 놈에게는 네 마음대로 이야기해. 단, 거기 도착하기 전까지는 절대 입을 열어서는 안 된다."

나는 곧장 시골 마을 쪽으로 걸어갔다. 뒤를 돌아보지는 않았으나 공작이 나를 뚫어지게 쳐다보고 있는 것만 같았다. 그러나 언제까지나 지켜보고 있지는 못할 것이다. 나는 1마일쯤 걸어가다가 숲으로 들어갔다. 그러고는 펠프스 씨 집이 있는 곳으로 향했다. 두 사람이 달아날 때까지는 짐의 입을 막아야 했으므로 지체하지 말고 곧바로 계획을 실행하기로 했다. 저런 족속들과 더 이상 엮이고 싶지 않았다. 나는 이미 질리도록 보아왔으니 이젠 인연을 끊고 싶었다.

32장

펠프스 씨 집에 도착해 보니 마치 일요일처럼 조용했다. 햇볕이 뜨겁게 내리쬐는 가운데 일꾼들은 모두 밭으로 나가고, 딱정벌레와 파리가 날아다니는 소리만 희미하게 들려왔다. 마치 모든 사람들이 죽어 사라진 듯 적막한 분위기였다. 바람에 나뭇잎이 흔들리는 소리가 아주 먼 옛날에 죽은 영혼이 속삭이는 소리 같았다. 이런 소리를 들으면 꼭 영혼이 자기 이야기를 하는 것 같아서 마음이 우울하고 그만 나도 죽어서 모든 게 끝났으면 좋겠다는 생각이 들게 마련이었다.

펠프스 씨 농장은 흔히 볼 수 있는 작고 초라한 목화 농장이었다. 2에이커(약 8천 제곱미터—옮긴이)가량의 땅 옆으로 길게 나무 울타리가 쳐져 있었는데, 거기에 울타리를 넘거나 혹은 여자들이 말을 탈 때 발판으로 쓸 수 있는 통나무 계단을 만들어놓았는데 마치 길이가 제각각인 원통을 세워놓은 것 같았다. 넓은 마당에는 군데군데 볼품없는 풀밭이 있었는데 마치 털이 다 빠진 낡은 모자처럼 맨땅이

드러나 있었다. 백인이 사는 커다란 2층 통나무집은 나무 사이 갈라진 틈새에 진흙과 회반죽을 발랐는데, 진흙에는 오래전 하얀 칠을 한 듯 줄무늬가 나 있었다. 통나무로 만든 부엌은 넓었으며 벽은 없고 지붕만 있는 복도로 안채와 이어져 있었다. 부엌 뒤에는 통나무로 지은 훈제실이 있었고 그 옆에는 검둥이들이 사는 자그마한 통나무집 세 채가 나란히 있었다. 그리고 뒤뜰 울타리 아래쪽에 통나무집 한 채와 맞은편으로 조금 떨어진 곳에 몇 채의 헛간들이 또 있었다. 작은 통나무집 옆에는 잿물통과 비누를 만들 때 쓰는 큰 솥이 있었고 부엌 옆 벤치에는 물동이와 바가지가 놓여 있었다. 햇볕을 쬐며 자는 사냥개 한 마리, 그리고 여기저기에 아무렇게나 딩굴며 잠든 몇 마리의 사냥개, 구석에 그늘을 드리운 나무 세 그루, 울타리 한쪽에 자리 잡은 까치밥나무와 구스베리 관목 숲, 울타리 바깥쪽에는 채소밭과 수박밭, 그리고 거기서부터 목화밭이 시작되었고 밭 저쪽은 숲이었다.

나는 빙 돌아서 잿물통 옆의 울타리 계단을 넘어 부엌으로 갔다. 조금 있으니 물레 돌아가는 소리가 울음소리처럼 높아졌다 낮아졌다 했다. 그 소리를 들으니 정말 죽고 싶은 생각이 들었다. 이 세상에 둘도 없는 쓸쓸한 소리였다.

나는 뾰족한 계획도 없이 때가 오면 하느님이 나에게 올바른 계시를 해주리라 믿으며 걸어갔다. 하느님이 올바른 길로 인도해준다는 사실을 경험으로 알고 있었기 때문이다.

부엌까지 절반쯤 갔을 때 먼저 사냥개 한 마리가 다가오더니 뒤이어 다른 개들이 일어나 나에게 다가왔다. 나는 걸음을 멈추고 놈들과 마주 보고 섰다. 맹렬하게 짖어대는 꼴이라니! 15초도 되지 않아 15마리의 개가 나를 둘러싸고 나를 향해 목과 코를 쳐들고서 으르렁거렸다. 나는 마치 바퀴살이 개들로 이루어진 바퀴통처럼 되었다. 사방의 울타리와 모퉁이에서 수많은 개들이 떼로 모여든 것 같았다.

바로 그때 검둥이 여자가 손에 밀방망이를 들고 부엌에서 뛰어나오면서 소리 질렀다.

"저리 가! 티지! 스폿! 저리 안 가!"

그녀가 고래고래 소리 지르며 한 마리씩 후려갈기자 녀석들은 차례로 달아났다. 그러더니 그 절반가량이 다시 돌아와 꼬리를 흔들며 친하게 굴었다. 정말 개란 짐승은 악의라고는 없는 동물이다.

그 여자의 뒤를 따라 삼베옷 하나만을 걸친 조그만 검둥이 계집애 하나와 사내아이 둘이 나왔다. 그 아이들은 여느 아이들처럼 어머니 옷자락에 매달려 수줍게 나를 내다보고 있었다. 뒤이어 약 마흔다섯에서 쉰 살 사이로 보이는 백인 여자가 모자도 쓰지 않고 손에 물레 막대기를 들고 집 안에서 달려 나왔다. 그 뒤를 그녀의 어린 백인 아이들이 지금 검둥이 아이들이 하던 것과 똑같은 짓을 하며 따라 나왔다. 그녀는 나를 보더니 몸을 가누지도 못할 정도로 웃어대며 말했다.

"드디어 네가 왔구나, 맞지?"

"네, 부인."

나는 생각할 겨를도 없이 대답해버렸다. 그녀는 나를 꽉 끌어안더니 두 손을 으스러지게 잡고 흔들었다. 눈물이 흘러 뺨을 적셨고, 그러고도 성에 안 차는 듯 말을 쏟아냈다.

"생각보다 엄마를 안 닮았구나. 하지만 뭐 어떠니? 이렇게 만나다니 정말 기쁘구나. 정말이지 깨물어주고 싶을 정도야. 얘들아, 이 아이가 너희 사촌 톰이란다! 인사하렴!"

하지만 아이들은 머리를 숙이고 손가락을 입에 물더니 어머니 뒤에 숨어버렸다. 그녀가 말했다.

"리즈, 어서 빨리 톰에게 따뜻한 아침 식사를 차려줘. 배에서 아침 먹었니?"

나는 그렇다고 대답했다. 그러자 그녀는 내 손을 잡고 집 안으로 들어갔다. 아이들이 졸졸 따라왔다. 그녀는 나를 커다란 의자에 앉히더니 자기는 내 앞에 있는 작고 낮은 의자에 앉아 내 두 손을 꼭 쥐며 말했다.

"자세히 좀 보자. 그 긴 세월 동안 얼마나 보고 싶었는지 아니? 이제야 너를 만나는구나! 우리는 그저께부터 너를 기다렸단다. 왜 이렇게 늦었지? 배가 암초에라도 걸렸니?"

"예, 마님. 배가……."

"마님이라니, 무슨 소리야? 샐리 이모라고 불러야지. 그래 어디서

좌초를 당했는데?"

그 배가 강을 올라와야 하는지 내려가야 하는지 몰랐기 때문에 나는 뭐라고 대답할 수가 없었다. 그러나 나는 뭐든 본능적으로 처리하는 편이어서 그냥 뉴올리언스 방면 어딘가에서 올라왔다고 했다. 그러나 그쪽의 모래톱 이름을 몰랐기 때문에 별 도움은 못 되었다. 이름을 하나 지어내든지 아니면 이름을 잊어버렸다고 하든가, 아니면⋯⋯. 이때 문득 좋은 생각이 떠올랐다.

"좌초한 게 아니에요. 잠깐 지체했을 뿐이에요. 기관의 실린더헤드가 터졌거든요."

"어머나! 다친 사람은 없니?"

"검둥이가 하나 죽었어요. 그 외 다친 사람은 없고요."

"그나마 다행이구나. 사람이 크게 다칠 뻔하지 않았니. 2년 전에 사일러스 이모부가 낡은 랠리 룩 호를 타고 뉴올리언스에서 강을 올라오다가 기관의 실린더헤드가 터지는 바람에 한 사람이 다리 불구가 되었단다. 아마 그 뒤에 죽었을 거야. 침례교 신자였지. 바통루즈에 그 사람의 가족과 잘 아는 사람이 살았는데 사일러스 이모부의 친구거든. 옳지, 이제야 기억나는구나. 그 사람은 정말 죽었다고 했어. 괴사된 다리를 절단해야 했고, 결국 온몸이 시퍼렇게 변해서 죽었다더구나. 영광스러운 부활을 기대하며 죽었대. 네 이모부는 너를 마중하러 매일 마을로 나갔단다. 오늘도 한 시간 전쯤 나갔는데 곧 돌아오실 거야. 오다가 혹시 못 봤니? 조금 늙수그레하고……."

"아뇨, 샐리 이모. 아무도 못 봤어요. 배가 마침 새벽녘에 도착했거든요. 너무 아침 일찍 오기가 뭣해서 짐을 배에 놔두고 마을 구경도 하고 시골 쪽도 조금 걸어다니다가 뒷길로 해서 왔어요."

"누구에게 짐을 맡겼니?"

"그냥 놔뒀어요."

"저런, 도둑맞으면 어쩌려고."

"잘 숨겨두었으니 괜찮을 거예요."

"어떻게 그렇게 일찍 배에서 아침을 먹었니?"

아슬아슬한 고비에 맞닥뜨려 나는 이렇게 대답했다.

"서성이고 있으니까 선장이 뭍에 도착하기 전에 뭣 좀 먹어두어야 한다면서 선원 식당에 데리고 가서 먹게 해주었어요."

나는 상대의 이야기가 귀에 들어오지 않을 정도로 불안했다. 아까부터 아이들을 살피면서 어디 구석으로 살짝 데리고 가서 내가 누구인지 물어보고 싶었지만 펠프스 부인이 계속 지껄여대는 통에 그럴 수가 없었다. 마침내 펠프스 부인이 등골이 오싹한 말을 했다.

"어머나, 나만 떠들고 있었네. 언니나 다른 집안사람들 이야기도 못 듣고. 자, 일은 뒤로 미루고 우선 네 얘기부터 해다오. 아무거나 좋으니 다 이야기해주렴. 모두 어떻게 지내는지, 무얼 하는지 빠짐없이 얘기해보렴. 한 사람씩 차례대로 말이야. 어떻게 지내는지, 내게 뭘 전하라고 했는지 생각나는 대로 말해봐."

나는 제대로 걸렸다 싶었다. 이때까지는 하느님이 내 편이었으나 이제 나는 꼼짝달싹할 수 없었다. 더 이상 이야기를 계속하는 것은 소용없는 짓이었으므로 이제는 두 손을 들고 항복할 때다. 나는 다시금 진실을 둘러싼 모험을 감행해야 했다. 그때였다. 내가 사실대로 말하려고 하는데 펠프스 부인이 나를 침대 뒤로 끌고 가면서 말했다.

"네 이모부가 돌아오셨어! 좀더 머리를 숙이렴. 옳지, 됐어. 이젠 안 보이는구나. 여기에 꼭 숨어 있어야 해. 장난을 좀 쳐야지. 너희도 조용히 해."

곤경에 처했지만 걱정한들 무슨 소용 있겠는가. 다만 가만히 있다가 벼락이 떨어지면 재빨리 피하는 수밖에 달리 방법이 없었다.

나는 노신사를 흘깃 한 번 보았을 뿐 침대에 가려 제대로 볼 수 없었다. 펠프스 부인이 달려가서 말했다.

"그 애가 왔나요?"

"아니."

"도대체 그 애는 어떻게 된 걸까요?"

"나도 모르겠소. 정말 걱정이군."

"걱정 정도가 아니에요. 나는 미칠 지경이에요. 그 애가 온 건 분명한데, 길이 어긋난 거 아니에요? 자꾸만 그런 예감이 들어요."

"아니, 샐리, 길이 어긋나다니 말이 되는 소리요?"

"하지만 어떻게 해요? 언니가 뭐라고 하겠어요! 그 애는 틀림없이 왔어요! 잘못 보고 놓친 거예요! 그 애는…….”

“그렇잖아도 걱정되는데, 나를 더 괴롭히지 마시오. 나도 도대체 영문을 모르겠소. 정말 어찌할 바를 모르겠어. 하지만 그 애가 오지 않은 것은 분명해. 왔는데도 내가 못 봤을 리 없으니까. 샐리, 정말 큰일이오. 배에서 무슨 일이 일어난 걸 거야, 틀림없이!”

“사일러스, 저쪽을 좀 보세요. 저기 누가 오고 있잖아요?”

펠프스 씨는 침대 머리맡 쪽 창문으로 달려갔다. 그러자 부인은 침대 끝에서 몸을 굽혀 나를 끌어냈다. 남편이 창에서 고개를 돌려 이쪽을 보자 부인은 마치 집이 활활 타고 있는 것처럼 큰 소리로 웃어젖혔다. 나는 땀을 뻘뻘 흘리며 그 옆에 서 있었다. 노신사는 눈을 동그랗게 뜨고 말했다.

“아니, 이게 누구야?”

“누구 같아요?”

“전혀 모르겠소. 누구요?”

“톰 소여예요.”

놀라고 말고 할 것도 없었다. 하마터면 나는 그 자리에 주저앉을 뻔했다. 그러나 그럴 새도 없이 노신사가 달려와 내 손을 꽉 붙잡고 마구 흔들었다. 그동안 부인은 춤을 추듯이 온 집 안을 뛰어다니며 큰 소리로 웃어댔다. 그리고 두 사람은 시드와 메리를 비롯해 다른 식구들에 대해 쉴 새 없이 물어보기 시작했다.

그러나 두 사람이 아무리 기뻐해도 나만큼 기쁘지는 않았을 것이다. 나는 내가 누구인지 확인하자마자 다시 태어난 것같이 기뻤다. 두 사람은 2시간 동안이나 나를 놓아주지 않고 이야기를 시켰다. 나는 너무 지껄여서 나중에는 턱이 움직이지 않을 정도였다. 나는 우리 집, 아니 톰 소여네 집과 가족 6명의 일을 실제보다 더 많이 이야기해주었다. 그리고 나는 화이트 강 어귀에서 기관 실린더 헤드가 어떻게 폭발했으며, 그것을 고치는 데 왜 사흘씩이나 걸렸는지도 이야기해주었다. 두 사람은 어째서 사흘이나 걸리는지 모르니 아주 그럴듯하게 속일 수 있었다. 기관의 실린더헤드 대신 못대가리라고 했어도 마찬가지였을 것이다.

　나는 한편으로는 마음이 놓였지만 다른 한편으로는 상당히 불안했다. 톰 소여로 행동하기는 쉽고도 재미있었다. 그러나 얼마 뒤 기선이 오는 소리가 들리자 초조해지기 시작했다. 나는 톰 소여가 저 배에 타고 있으면 어쩌나, 톰 소여가 갑자기 나타나 내가 가만히 있으라고 눈짓을 하기 전에 큰 소리로 내 이름을 부르면 어쩌나 걱정스러웠다. 아니, 그런 일은 결코 일어나서는 안 되지. 정말 안 돼. 나는 한길에 나가 톰을 기다리기로 했다. 그래서 두 사람에게 마을로 나가 짐을 가지고 와야겠다고 말했다. 노신사는 같이 가자고 했으나, 나는 혼자 마차를 몰고 가면 되니 걱정 말라고 했다.

33장

나는 마차를 타고 마을로 갔다. 절반쯤 갔을 때 맞은편으로 마차한 대가 오는 것이 보였다. 마차에 타고 있는 사람은 틀림없이 톰소여였다! 나는 마차를 세우고 톰이 가까이 오기를 기다렸다. 내가 "정지!"라고 외치자 톰의 마차가 내 옆에 섰다. 그러자 톰은 입을 가방만큼이나 크게 벌리더니 이내 목마른 사람처럼 침을 두어 번 꿀꺽 삼키면서 이렇게 말했다.

"나는 네게 한 번도 나쁜 짓을 한 적이 없어. 너도 알지? 그런데 왜 이 세상에 다시 돌아와 나를 따라다니는 거야?"

"나는 돌아온 게 아니야. 난 저세상으로 간 적이 없으니까."

내 목소리를 듣고 톰은 그제야 조금 정신을 차린 것 같았다. 하지만 그래도 완전히 믿는 것 같지는 않았다. 톰은 말했다.

"나를 속이지 마. 나도 너를 속이지 않을 테니까. 너 정말 귀신 아니야?"

"절대 아니야."

"그래? 하지만 나는 도무지 이해가 되지 않아. 그럼 넌 죽지 않았던 거니?"

"죽긴 왜 죽어. 다만 죽은 것처럼 다른 사람들을 속였을 뿐이야. 못 믿겠으면 이리 와서 나를 만져봐."

톰은 내 말대로 해보고는 나를 다시 만난 것을 굉장히 기뻐했다. 그는 이런 놀라운 모험이야말로 자기가 가장 좋아하는 것이라면서 그 자리에서 모든 이야기를 듣고 싶어 했다. 그러나 나는 그것은 당분간 미루자고 하며 톰의 마부에게 기다려달라고 하고 한쪽으로 가서 이러저러한 곤경에 빠졌는데 어떻게 하면 좋겠느냐고 물었다. 톰은 잠시 자기를 가만 내버려두라고 말했다. 그리고 한참 생각하더니 마침내 입을 열었다.

"좋은 수가 있어. 내 가방을 네 것처럼 네 마차에 싣는 거야. 그리고 짐을 찾아오는 시간에 맞춰 천천히 마차를 몰고 집으로 돌아가. 나는 다시 마을로 나갔다가 네가 도착한 지 15분이나 30분쯤 뒤에 그 집에 도착할게. 나를 아는 척하면 안 돼."

"알았어. 하지만 한 가지 문제가 있어. 그 집에서 노예 검둥이 하나를 구해야 해. 짐 말이야. 왓슨 아주머니네 늙은 짐."

"뭐라고? 하지만 짐은……."

톰은 말을 하다 말고 다시 생각에 잠겼다. 나는 말했다.

"네가 무슨 말을 하려는지 알아. 비열한 짓이라고 말하려는 거지? 괜찮아. 나는 비열한 놈이니까 짐을 훔칠 거야. 넌 그냥 모른 척하기만 하면 돼. 그렇게 해줄 거지?"

그러자 녀석은 눈을 반짝이며 말했다.

"내가 도와줄게!"

이 말을 듣고 나는 총 맞은 것처럼 정신이 아찔했다. 이렇게 놀라운 말은 난생처음 들었다. 그리고 동시에 톰 소여를 한참이나 잘못 평가하고 있었음을 깨달았다. 나는 상상할 수가 없었다. 톰 소여가 노예 도둑질을 하다니!

"제길! 농담하지 마."

"농담 아니야."

"그럼 좋아, 농담이든 아니든 도망친 검둥이 이야기가 나오면 너는 아무것도 모르는 척해. 나도 그렇게 할 테니까."

톰은 가방을 내 마차에 실어주고 오던 길을 다시 돌아갔다. 나는 집으로 마차를 돌렸다. 하지만 너무 기쁘고 생각할 것이 많아서 천천히 가야 한다는 사실을 깜박 잊고 말았다. 그래서 그렇게 먼 거리를 다녀왔다고는 도저히 믿을 수 없을 만큼 빨리 도착해버렸다. 노신사는 문 앞에 서 있다가 나를 보고 깜짝 놀라며 말했다.

"세상에! 그 노새가 이렇게 빨리 달리다니. 시간을 재볼 걸 그랬어. 땀 한 방울 흘리지 않았군. 좋아, 이제 1백 달러를 준다고 해도 이 노새는 절대 팔지 않겠어. 사실 지난번에 겨우 15달러에 팔 뻔했거든. 그 정도 값어치밖에 없는 줄 알았다니까."

펠프스 씨가 말했다. 그는 내가 만난 사람들 중 가장 순진하고 선량한 사람이었다. 그도 그럴 것이 그는 농장주이자 목사도 겸하고 있었던 것이다. 그는 농장 뒤에 자기가 직접 돈을 들여 조그마한 통나무 교회를 세우고 학교로도 쓰고 있었다. 그의 설교는 돈을 내고 들어도 될 만큼 충분한 가치가 있었지만 그는 한 푼도 받지 않았다. 당시 남부에는 이런 농장주 겸 목사가 많았다.

30분쯤 지나자 톰의 마차가 집 앞에 도착했다. 50야드(약 46미터— 옮긴이)밖에 떨어져 있지 않은 곳에서 샐리 아주머니가 창문으로 내다보고 말했다.

"누가 왔네. 누구지? 어머나, 다른 마을에서 온 사람인가 봐. 지미, 어서 뛰어가서 리즈한테 점심을 1인분 더 준비하라고 일러라."

식구들 모두 현관으로 몰려갔다. 왜냐하면 이 집에는 다른 지방 손님이 찾아오는 일이 거의 없었기 때문에 누가 오기라도 하면 황열병이라도 퍼진 것처럼 관심을 보였다. 톰은 층계를 넘어 집으로 걸어왔고 마차는 다시 마을로 돌아갔다.

우리 모두 현관에 모였다. 톰은 상점에서 산 옷을 입고 있었는데 사람들이 몰려와 쳐다보자 더할 나위 없이 좋아했다. 이런 상황에서 톰이 멋있는 몸짓을 하는 것쯤은 아무것도 아니었다. 그냥 무덤덤하게 걸어올 톰이 아니었다. 톰은 숫양처럼 점잖게 걸어오더니 우리 앞에 이르자 잠든 나비를 깨우지 않도록 조심조심 상자 뚜껑을 열 듯 사뭇 고상하고 우아하게 모자를 벗어 들고 말했다.

"아치볼드 니콜스 씨 댁입니까?"

"아니다, 애야. 가엾게도 마부가 잘못 데려다 줬나 보구나. 니콜스 씨 댁은 3마일(약 5킬로미터—옮긴이) 더 아래쪽에 있단다. 일단 들어오너라."

노신사가 말했다.

톰은 어깨 너머로 뒤돌아보며 말했다.

"저런, 늦었군. 벌써 가버렸네."

"그래 가버렸구나. 애야, 이리 들어와서 우리와 같이 점심이나 먹자꾸나. 그런 다음 마차로 니콜스 씨 댁까지 데려다 주마."

"아니, 폐 끼치고 싶지 않습니다. 걸어가면 돼요. 3마일쯤은 아무것도 아닙니다."

"하지만 걸어가게 해서야 쓰나. 그건 남부 사람들이 손님을 접대하는 방법이 아니란다. 자, 어서 들어오너라."

샐리 아주머니도 말했다.

"어서 들어오너라. 폐 끼친다는 생각 말고 머물다 가거라. 먼지투성이 길을 3마일이나 걸어가게 할 수는 없지. 더군다나 네가 들어오는 것을 보고 식사를 더 준비하라고 일렀단다. 어서 안으로 들어가자."

샐리 아주머니가 권하자 톰은 의젓하게 진심으로 고맙다고 인사하며 집 안으로 들어왔다. 톰은 자신이 오하이오 주 힉스빌에서 온 윌리엄 톰슨이라고 하며 정식으로 머리 숙여 인사했다. 톰은 쉬지 않고 지껄여대며 힉스빌과 그곳 사람들에 관하여 더 이상 꾸며댈 수 없을 만큼 마구 지껄여댔다. 나는 도대체 이런 것이 곤경에 처한 나를 구해내는 데 얼마나 도움이 될지 의문이었다. 그런데 한참 떠들던 톰이 갑자기 일어나 샐리 아주머니 곁으로 가더니 입을 맞추었다. 그리고 다시 의자에 앉아 이야기를 계속하려고 했다. 아주머니는 벌떡 일어나 손등으로 입술을 닦으며 말했다.

"이 뻔뻔한 녀석 좀 보게!"

그러자 톰은 약간 마음이 상한 듯한 투로 말했다.

"무척 놀랐습니다, 부인."

"놀랐다고? 도대체 넌 나를 뭘로 아는 거냐? 혼쭐을 내줘야겠구나. 무슨 의미로 내게 키스를 했지?"

"별뜻 없었습니다, 부인. 악의로 그런 건 아니에요. 저는 그저 아주머니가 좋아하실 것 같았어요."

"이런 멍청한 놈 같으니!"

아주머니는 물레 막대기를 집어 들고 톰을 두들겨 패고 싶은 것을 간신히 참으며 말했다.

"어째서 내가 좋아할 거라고 생각했지?"

"이렇게 하면 아주머니가 좋아할 거라고 사람들이 말해서 그런 거예요."

"사람들이? 네게 그런 말을 한 미친놈이 누구야? 그런 바보 같은 소리는 난생처음 듣는다. 대체 누구냐?"

"모두 다 그랬어요, 부인."

샐리 아주머니는 분노를 간신히 참고 있었다. 그녀는 눈을 번득이며 톰을 쥐어뜯을 것처럼 손가락을 꿈틀거리며 말했다.

"모두라니, 도대체 누구? 빨리 이름 대지 못하겠니? 그렇지 않으면 너라는 바보 녀석 하나가 이 세상을 하직하게 될 줄 알아라."

톰은 슬픈 표정으로 일어나 모자를 만지작거리며 말했다.

"죄송합니다. 이렇게 되리라고는 생각지 못했어요. 사람들이 그렇게 하라고 해서 그랬을 뿐이에요. 모두 그렇게 말했지요. 아주머니에게 입을 맞춰드리라고요. 그러면 아주머니가 좋아할 거라고 했어요. 죄송합니다. 이젠 다시는 안 그럴게요. 정말 두 번 다시 안 그럴게요."

"두 번 다시 안 그런다고? 당연히 그래야지!"

"네 부인, 진심이에요. 절대 다시는 그러지 않겠어요. 원하실 때까지는."

"원하실 때까지? 세상에! 이런 어처구니없는 소리가 어디 있을까? 내가 성경에 나오는 므두셀라처럼 천년을 산다고 해도 너 같은 녀석에게 키스를 바라는 일은 없을 거다! 절대!"

"거참, 정말 놀랍군요. 도통 모르겠어요. 모두 아주머니가 좋아할 거라고 말했고, 저도 그렇게 생각했는데……."

그러더니 톰은 자기편을 들어줄 사람 없나 하고 둘러보다 펠프스 씨와 눈이 마주치자 말했다.

"아저씨는 아주머니가 좋아할 거라고 생각지 않으세요?"

"글쎄. 아무튼 나는 그렇게 생각하지 않는데."

그러자 톰은 다시 한번 주위를 둘러보더니 나와 눈이 마주치자 말했다.

"톰, 형도 분명 샐리 이모가 두 팔을 벌리며 '잘 왔어, 시드 소여' 라고 말할 거라고 했잖아."

그러자 샐리 아주머니는 톰에게 달려가 껴안으려 하면서 말했다.

"뭐라고! 이 뻔뻔스러운 악당 같으니! 사람을 놀려대도 분수가 있지."

톰은 아주머니를 피하며 말했다.

"안 돼요! 먼저 저에게 부탁하기 전에는."

샐리 아주머니는 곧바로 톰에게 부탁했다. 그리하여 몇 번이나 톰을 끌어안고 입을 맞췄다. 그러고는 펠프스 아저씨에게 톰을 넘겨 또 입을 맞추게 했다. 난리법석이 가라앉자 아주머니가 말했다.

"정말이지 이렇게 놀라울 수가 없구나. 우리는 톰만 오는 줄 알았는데. 언니는 편지에 톰이 온다는 얘기만 썼단다."

"톰 형만 오기로 했는데 제가 자꾸 조르니까 저도 보내주셨어요. 그래서 강을 내려오면서 톰이 먼저 오고, 나중에 제가 다른 곳에서 온 사람처럼 나타나 집안 식구들 모두 깜짝 놀라게 해주자고 했어요. 그런데 샐리 이모, 그 생각은 잘못이었어요. 여긴 다른 지방 사람들이 올 곳이 못 되는군요."

"그렇고말고, 시드야. 너처럼 건방진 장난꾸러기가 올 곳은 못 된단다. 그저 네 녀석 턱에다 한 방 먹였으면 싶구나. 이렇게 화가 나긴 정말 처음이다. 하지만 이젠 괜찮아. 무슨 일을 당해도 좋아. 네가 여기 와준 것만으로도 나는 수천 번이나 이런 장난을 더 당해도 참을 수 있어. 어쩜 그리 능청스럽게 연기도 잘하니! 네가 그렇게 쪽 소리를 내며 키스했을 때 정말 놀라 자빠질 뻔했단다."

우리는 안채와 부엌을 연결하는 넓은 복도에서 점심 식사를 했다. 식탁 위에는 일곱 식구가 충분히 먹고도 남을 만큼 음식이 한상 가득 차려져 있었다. 게다가 따뜻한 음식이었다. 밤새 축축한 지하실 찬장에 넣어두었다가 아침이 되면 다 식어빠져 오래된 식인종의 살덩어리 같은 그런 딱딱한 고기가 아니었다. 사일러스 아저씨는 꽤 길게 기도를 드렸는데 들을 만했다. 대체로 기도하는 중에 음식이 식게 마련인데 이번에는 그렇지 않았다.

오후 내내 우리는 꽤 많은 이야기를 주고받았다. 나와 톰은 줄곧 주의를 기울였지만 도망친 검둥이 이야기는 한 마디도 나오지 않았다. 그렇다고 해서 우리가 먼저 그 이야기를 꺼낼 수도 없었다. 그런데 그날 밤 식사 때 작은 사내아이가 말했다.

"아빠, 형들이랑 셋이 연극 보러 가도 돼요?"

"안 돼! 연극 같은 건 하지 않을 게다. 한다 해도 넌 안 돼. 저 도망친 검둥이가 버튼과 나한테 엉터리 연극 이야기를 들려줬거든. 버튼이 그 얘기를 사람들에게 했으니까 아마 지금쯤 그 뻔뻔스러운 두 사기꾼은 마을에서 쫓겨났을 거다."

바로 이거였다! 그러나 나는 어떻게 해야 할지 방법이 떠오르지 않았다. 하지만 톰과 나는 한방에서 같은 침대를 쓰게 되었으므로 저녁 식사가 끝나자 피곤해서 자야겠다고 인사를 하고 2층으로 올라갔다. 그런 다음 창문으로 빠져나와 피뢰침을 타고 아래로 내려가 마을로 갔다. 내가 얼른 가서 왕과 공작에게 신변의 위험을 알려주지 않으면 그들은 분명 봉변을 당할 것이었다.

톰은 걸어가면서 내가 살해된 줄만 알았다는 것, 아버지가 얼마 뒤 자취를 감추고 다시 나타나지 않았다는 것, 짐이 달아났을 때 큰 소동이 벌어졌다는 것 등 그동안 있었던 이야기들을 들려주었다. 나도 톰에게 '전대미문의 걸작'과 두 건달들의 이야기, 뗏목을 타고 여행한 이야기를 모두 들려주었다.

마을에 들어섰을 때는 8시 30분경이었다. 마침 사람들이 횃불을 들고 무시무시한 목소리로 외치며 양철 냄비를 두드리고 호각을 불어대면서 성난 파도처럼 밀려와서 우리는 길 한쪽으로 얼른 비켜났다. 그들 사이로 장대에 묶인 왕과 공작이 보였다. 두 사람 모두 타르칠을 한 온몸이 깃털로 뒤덮여 도저히 이 세상 사람 같지 않고, 마치 군인들의 모자에 달린 한 쌍의 거대한 깃털 장식처럼 보였다. 나는 왕과 공작을 보자 가엾고 불쌍한 마음이 들었다. 그들을 미워하는 감정이 조금도 들지 않았다. 보기만 해도 끔찍한 몰골이었고, 인간이 같은 인간에게 이렇게 잔혹한 짓을 할 수 있다는 사실이 무서웠다.

이미 때가 늦었다. 이젠 어찌할 도리가 없었다. 우리는 뒤따라가는 사람에게 무슨 일이냐고 물었다. 그랬더니 모두 순진한 척 연극 구경을 하러 가서 시치미를 떼고 앉아 있다가 불쌍한 왕이 무대 위를 뛰어다니고 있을 때 누군가 신호를 보내 관객이 일제히 덤벼들었다는 것이었다.

우리는 결국 어슬렁어슬렁 집으로 돌아왔다. 나는 맥이 빠지고 나 자신이 초라하고 비굴하게 느껴졌다. 아무 짓도 하지 않았는데 마치 나쁜 짓을 한 것 같았다. 늘 이런 식이었다. 옳은 일을 하건 그른 일을 하건 마찬가지였다. 인간의 양심이란 분별 없이 무조건 마음을 무겁게 한다. 인간의 양심만큼 사리 분별 없는 들개가 있다면 나는 당장이라도 그놈에게 독이라도 먹이고 싶었다. 양심은 인간의 몸속에서 다른 모든 부분을 합친 것보다도 더 많은 공간을 차지하고 있으면서도 아무 짝에도 쓸모가 없다. 톰 소여도 같은 생각이라고 했다.

34장

우리는 이야기를 멈추고 곰곰이 생각했다. 마침내 톰이 말했다.

"이봐, 헉. 왜 그 생각을 못했지? 우린 참 바보야! 나는 짐이 어디 있는지 알 것 같아."

"정말? 어딘데?"

"잿물통 옆 통나무집, 거기야. 우리가 저녁 먹을 때 검둥이 하나가 먹을 것을 가지고 그리 가는 거 못 봤니?"

"봤지."

"누구한테 주는 거라고 생각해?"

"개한테 주려나 싶었는데."

"처음에는 나도 그렇게 생각했어. 하지만 개가 아니었어."

"그걸 어떻게 확신해?"

"수박이 있었거든."

"맞아. 나도 봤어. 개는 수박을 먹지 않는다는 사실을 미처 생각 못했어. 사람은 늘 뻔히 눈을 뜨고서도 못 본다니까."

"그 검둥이는 자물쇠를 열고 통나무집에 들어갔다가 나올 때 다시 잠갔어. 그리고 우리가 식탁에서 일어날 때쯤 이모부에게 열쇠를 갖다 주었는데 분명 그 통나무집 열쇠일 거야. 수박은 그곳에 사람이 있다는 증거고 열쇠는 죄수가 있다는 증거야. 이런 작은 농장에, 그것도 친절하고 선량한 사람들만 사는 이곳에 죄수가 있을 리 없어. 바로 짐이야. 이렇게 탐정처럼 추리하는 거 재미있는데! 다른 방법은 내 방식이 아니야. 너도 잘 생각해봐, 어떻게 짐을 구할지. 나도 고민해볼 테니까. 그래서 가장 좋은 방법을 택하도록 하자."

어리지만 톰은 정말 머리가 좋았다. 내가 톰 소여만큼 머리가 좋다면 공작 작위나 기선의 일등 기관사나 서커스의 광대나, 다른 무엇을 시켜준다 해도 절대 바꾸지 않을 것이다. 나는 방법을 생각해보았으나 그저 무언가 해야 한다는 것밖에 생각나는 게 없었다. 그럴듯한 방법이 어디에서 나올지는 뻔했다. 얼마 뒤 톰이 물었다.

"생각해봤니?"

"응."

"말해봐."

"내 계획은 이거야. 거기에 있는 게 짐인지 아닌지는 금방 알 수 있으니, 내일 밤 카누를 물 위로 끌어 올려서 타고 섬으로 가서 뗏목을 가져오는 거야. 그리고 캄캄한 그믐밤에 아저씨가 잠들면 주머니에서 열쇠를 꺼내 짐을 데리고 나와 뗏목을 타고 강을 내려가는 거야. 나와 짐이 늘 그랬듯이 낮에는 숨고 밤에만 이동하는 거지. 그러면 되지 않을까?"

"되지 않을까? 물론 되기는 하겠지. 쥐새끼들 싸움처럼. 하지만 너무 간단해. 뭔가 좀더 복잡해야 쓸 만한 것 아니겠어? 네 계획은 거위 젖만큼이나 싱거워. 비누 공장에 쳐들어가는 정도밖에 되지 않아."

톰이 이렇게 말할 줄 알았으므로 나는 가만히 있었다. 톰은 자기가 세운 계획 말고 다른 의견은 조금도 수용하지 않았다. 이번에도 그랬다. 톰은 자신의 계획을 설명해주었다. 그의 계획은 내가 세운 계획보다 15배는 더 훌륭한 것이었다. 그것은 내가 세운 계획처럼 짐을 자유롭게 풀어줄 뿐만 아니라, 자칫 잘못하면 세 사람 모두 죽을지도 모르는 위험을 안고 있어서 짜릿했다. 나는 그 계획에 만족하고 잘해보자고 말했다. 지금 여기서 그 계획을 이야기할 필요는 없으리라. 왜냐하면 계획대로 진행될 리 없기 때문이다. 톰은 상황에 따라 계획을 바꿀 것이고 기회 있는 대로 멋진 생각을 시도해나갈 것이다.

하지만 한 가지만은 확실하다. 톰 소여는 진심으로 짐을 노예의 신분에서 벗어나게 해줄 생각이었다. 나는 그 점을 도저히 이해할 수 없었다. 훌륭한 집안에서 제대로 교육받고 자란 아이가 집안 망신을 시키려 한다. 이 아이는 미련하지 않고 똑똑하며, 무식하지 않고 세상 이치도 잘 안다. 그리고 비열하지도 않고 친절하다. 그런데도 이 아이는 명예도 정의도 감정도 아랑곳하지 않고 자신과 가족들의 얼굴에 먹칠을 하게 될 일을 결행하려는 것이다. 나는 도무지 이해할 수 없었다. 참으로 무모한 짓이었다. 그래서 나는 벌떡 일어나 진정한 친구로서 톰을 타일러 지금이라도 이 일에 손을 떼게 해야 한다고 생각했다. 그러나 말하려고 하는데 톰이 내 입을 막으며 말했다.

"넌 내가 무슨 일을 하려는 건지 모르고 있다고 생각하는 거야? 그런 거냐고?"

"그래……."

"난 검둥이를 훔치는 일을 도와주겠다고 했어."

"그랬지."

"그럼 됐어."

이것이 다였다. 이것이 톰과 내가 말한 전부였다. 이 이상 무슨 말이 필요할까? 톰은 무슨 일을 하겠다고 한번 결심하면 반드시 해내고 만다. 그래서 나는 왜 톰이 이런 일에 끼려고 하는지 알 수는 없었지만 더 이상 신경 쓰지 않기로 했다. 톰이 꼭 하겠다면 나로서는 어쩔 도리가 없다.

돌아와 보니 집 안은 캄캄하고 고요했다. 우리는 곧바로 잿물통 옆의 통나무집을 살펴보기로 했다. 개들이 어떻게 하는지 알아보려고 마당을 지나갔다. 개들은 우리와 벌써 낮이 익어서 밤중에 누가 왔을 때 시골 개들이 흔히 그러듯 킁킁거리는 것 말고는 별달리 짖지 않았다. 우리는 통나무집 가까이 가서 정면과 옆쪽을 살펴보았다. 지금까지 몰랐는데, 북쪽의 꽤 높은 곳에 네모난 창문이 하나 있었고, 튼튼한 판자가 창문에 못으로 박혀 있었다. 나는 말했다.

"우리가 이 판자를 뜯어버리면 짐이 충분히 창문으로 나올 수 있을 거야."

"그건 글자놀이나 학교를 땡땡이치는 것만큼이나 쉬워. 헉 핀, 좀더 복잡한 방법 없어?"

"그러면 내가 살해됐다고 했을 때처럼 톱으로 잘라서 구출하면 어떨까?"

"그게 더 긴장감 있고 복잡해서 훨씬 낫다. 하지만 그것보다 2배더 힘든 방법을 찾아보자. 서두를 필요는 없으니까 좀더 살펴보자."

통나무집 뒤쪽과 울타리 사이 처마 끝에 지붕을 덧달아 이어 판자로 세운 헛간이 있었다. 길이는 통나무집과 같았으나 폭이 좁아서 6피트(약 180센티미터—옮긴이) 정도밖에 안 되었다. 문은 남쪽으로 나 있었고 자물쇠가 채워져 있었다. 톰은 비누 만드는 가마솥 쪽으로 가서 솥뚜껑을 여는 쇠 연장을 들고 와서 못 하나를 잡아 뺐다. 쇠사슬이 떨어지자 우리는 문을 열고 안으로 들어갔다. 문을 닫고 성냥불을 켜서 살펴보니 헛간은 통나무집에 기대어 있을 뿐 서로 통하지는 않았다. 그리고 마루도 깔리지 않은 바닥에는 낡고 녹슨 곡괭이, 삽, 휘어진 쟁기 따위가 있었다. 성냥불이 꺼지자 우리는 헛간에서 나왔다. 그러고는 못을 원래대로 다시 박아 놓았다. 톰은 신나하며 말했다.

"자, 이젠 됐어. 그냥 굴을 파서 짐을 빼내자. 아마 일주일쯤 걸릴 거야."

우리는 집으로 걸어갔다. 나는 뒷문으로 들어갔다. 자물쇠로 잠겨 있지 않아서 사슴 가죽 빗장을 잡아당기기만 하면 되었다. 하지만 톰 소여는 이것이 너무 단순하고 재미없다면서 피뢰침을 타고 올라가겠다고 했다. 그러다 톰은 세 번이나 미끄러졌고, 심지어 머리까지 깨질 뻔했다. 이제는 단념하겠거니 생각했는데 톰은 조금 쉬고 나서 한 번만 더 운에 맡겨보자더니 마침내 성공했다.

다음 날 우리는 동틀 무렵에 일어나 개들과 놀다가 짐에게 먹을 것—그 음식을 받아먹는 사람이 짐이라면—을 가져다주는 검둥이와 친해지려고 그들의 숙소로 갔다. 그들은 아침 식사를 끝내고 밭에 나가는 길이었다. 짐에게 먹을 것을 가져다주는 검둥이는 빵과 고기와 그 밖의 음식을 양철 냄비에 담았다. 다른 검둥이들이 모두 나가자 안채에서 열쇠를 가져왔다.

착해 보이는 검둥이는 약간 바보 같은 인상이었다. 머리털은 모두 실로 잡아매어 몇 가닥으로 묶었는데, 이것이 마녀를 몰아내는 부적이라고 했다. 요즈음 매일 밤 마녀들이 온갖 이상한 물건을 보여주고 이상한 말과 소리를 지르며 괴롭히는데 지금까지 이렇게 오래 마녀에게 시달린 적이 없다고 말했다. 그는 자기의 고충을 지껄여대다가 그만 할 일을 깜박하고 말았다. 톰이 물었다.

"그 음식은 뭐야? 개 먹이야?"

그러자 진흙 웅덩이에 벽돌을 던졌을 때 일어나는 파문처럼 검둥이의 얼굴에 천천히 미소가 번졌다.

"네, 시드 도련님. 개는 개지요. 그것도 아주 특별한 개여유. 보시겄어유?"

"응, 보여줘."

나는 톰을 쿡 찌르며 속삭였다.

"아침부터 벌써? 이건 계획에 없었잖아?"

"응. 계획이 바뀌었어."

변덕맞은 녀석! 어쨌든 우리는 검둥이를 따라 들어갔다. 나는 계획을 바꾸는 것이 썩 내키지 않았다. 통나무집 안은 어두워서 아무것도 보이지 않았다. 하지만 분명 짐이 있었다. 그는 우리를 보자 큰 소리로 외쳤던 것이다.

"아이고, 헉. 아니, 톰 도련님 아니어유."

나는 일이 이런 식으로 진행될 줄 알았다. 나는 어찌할 바를 몰랐다. 검둥이가 놀란 듯이 말했다.

"이게 무슨 영문이어유? 이 녀석이 도련님들을 알아유?"

서서히 어둠에 익숙해지자 주위가 보이기 시작했다. 톰은 검둥이를 물끄러미 쳐다보며 말했다.

"누가 우리를 안다고?"

"누구긴유? 이 도망친 검둥이 말이지유."

"우리를 어떻게 알아? 어째서 그런 생각을 했지?"

"어째서라니유? 지금 저 녀석이 도련님들을 아는 것처럼 반갑게 불렀잖아유?"

톰은 영문을 모르겠다는 듯이 말했다.

"거참 이상하네. 누가 소리를 질렀다고 그럴까? 누가 큰 소리로 뭐라고 했다는 거야?"

톰은 시치미를 떼고 나에게 말했다.

"형도 들었어?"

물론 내 대답은 하나였다.

"아니, 전혀 못 들었는걸."

그러자 톰은 처음 본 사람처럼 짐을 뚫어지게 쳐다보며 말했다.

"그럼, 너야?"

"아녀유. 저는 아무 말도 안 했는데유."

"한 마디도 안 했어?"

"예, 한 마디도 안 했어유."

"그럼 전에 우리를 만난 적 있어?"

"아니에유, 도련님. 처음 뵙습니다요."

톰은 얼이 빠져 어쩔 줄 모르는 검둥이에게 단호하게 말했다.

"네놈 귀가 어떻게 된 거야? 대체 누가 소리를 쳤다고 그래?"

"아이고, 아무래도 마녀 탓인가 봐유. 정말 죽고 싶어유. 그것들이 늘 나를 깜짝 놀라게 한다니께유. 하지만 아무한테도 얘기하지 말아주세유. 사일러스 나리께서 아시면 경을 칠 거여유. 나리께서는 마녀 같은 것은 없다고 하시니께유. 지금 여기 계셨더라면 좋았을 텐데. 그러면 이번만큼은 마녀가 없다고 못하셨을 텐데. 하지만 늘 이렇다니께유. 바보는 죽어야 바보 신세를 면한다고, 내가 직접 찾아서 보여주지는 못한단 말이여유. 그러다 우연히 찾아서 얘기하면 도무지 믿지 않거든유."

톰은 녀석에게 10센트를 주며 아무에게도 이야기하지 않겠다고 말했다. 그리고 그 돈으로 실을 사서 머리털을 더 묶으라고 했다. 그런 다음 짐을 바라보며 말했다.

"사일러스 이모부는 이 검둥이의 목을 매달지도 몰라. 은혜를 저버리고 도망친 이런 놈을 잡았다면, 나 같으면 당장 목매달아 버릴 거야."

검둥이가 10센트짜리 동전이 진짜인지 깨물어보려고 문께로 갔을 때 톰은 짐의 귀에 대고 말했다.

"우리를 아는 척해서는 절대 안 돼. 밤중에 땅 파는 소리가 들리거든 우리인 줄 알아. 우리가 너를 풀어줄 거야."

짐은 겨우 우리 손을 꽉 움켜잡은 것이 다였다. 그때 검둥이가 돌아왔기 때문이다. 우리는 그 검둥이에게 원한다면 언제라도 함께 와주겠다고 말했다. 그러자 녀석은 캄캄할 때 같이 와주면 좋겠다고 했다. 마녀들은 어두울 때 나타나니까 그럴 때 누가 옆에 있어주면 훨씬 낫다는 것이었다.

35장

아침 식사를 하기까지는 아직 한 시간가량 남았다. 그래서 우리는 통나무집을 나와 숲으로 갔다. 톰의 말로는 땅을 파려면 불빛이 필요한데 등잔불은 너무 밝아서 들킬 염려가 있으니, 어두운 곳에서 희미한 빛을 내는, 이른바 도깨비불이라 불리는 썩은 나무 등걸을 모아야겠다고 했다. 우리는 그것을 한 아름씩 들고 와서 잡초 속에 숨겨놓고 앉아 쉬었다. 톰은 어쩐지 못마땅한 표정으로 말했다.

"쳇, 이번 일은 너무 쉽게 풀리는 것 같아. 그렇다고 어렵게 계획을 짜기도 쉽지 않고. 수면제를 먹여서 재울 감시인도 없고. 역시나 그렇게 할 개도 없잖아. 짐은 한쪽 발이 쇠사슬에 묶여 있기는 하지만 겨우 10피트(약 3미터—옮긴이)짜리 쇠사슬이 침대 다리에 감겨 있을 뿐이니 그 침대를 쳐들어 빼면 되잖아. 그리고 사일러스 이모부는 의심이라고는 할 줄 모르니 열쇠를 얼뜨기 검둥이에게 주고는 감시인 하나 두지 않았어. 짐은 마음만 먹었다면 그 창문으로 벌써 달아났을 거야. 하긴 10피트짜리 쇠사슬을 발에 달고 도망쳐 봐야 별수 없었겠지만. 헉, 정말 못마땅해. 이렇게 시시한 일이 어딨어. 우리가 모든 난관을 만들어야 하지 않겠어? 어쩔 수 없어. 가진 걸 최대한 동원하는 수밖에. 어쨌든 이것 하나만은 분명해. 난관과 위험한 상황을 만들어야 할 사람들이 아무 일도 하지 않으니 이쪽에서 그 모든 걸 짜내야만 하는 거야. 그렇게 수많은 난관과 위험을 무릅쓰고 짐을 구출해내야만 영광스러운 거지. 등불 도 그래. 사실 우리는 등불이 위험한 척할 뿐이야. 마음만 먹으면 횃불을 켜놓고 할 수도 있다고. 그리고 우선 톱부터 만들어야겠어."

"톱은 왜?"

"왜라니? 쇠사슬이 묶인 침대 다리를 잘라야 할 것 아냐."

"침대를 들어 올리면 된다며?"

"넌 어쩔 수 없구나. 헉 핀, 넌 뭐든 초등학생 식으로밖에 생각 못해. 책 안 읽어봤니? 트렌트 남작이며 카사노바, 벤베누토 첼레니와 헨리 4세 같은 영웅들 이야기에서 그런 시시한 방법으로 죄수를 빼낸 적이 있던? 최고의 방법은 침대 다리를 자른 뒤 감쪽같이 도로 붙여놓고 톱밥을 깨끗이 삼켜버리는 거야. 제아무리 고양이 같은 눈을 가진 관리인이라도 전혀 눈치 못 채게 자른 다리 부위에 진흙과 기름을 발라두는 거야. 그러고 나서 계획을 실행하는 날 밤에 침대 다리를 발로 차서 부러뜨리고 쇠사슬을 빼내면 되는 거지. 그런 다음 줄사다리를 타고 내려가다가 해자(垓子)에 떨어져 다리가 부러지는 거야. 왜냐하면 줄사다리 길이가 19피트(약 6미터—옮긴이)나 모자라기 때문이지. 하지만 밑에는 말과 충직한 부하가 기다리고 있다가 너를 안장에 태우고 말을 몰아 고향인 랑그독이나 나바르, 어디든 가는 거지. 멋있잖니? 이 통나무집에 해자가 있으면 더할 나위 없을 텐데. 그날 밤 해자를 하나 팔까?"

나는 한참 동안 듣다가 말했다.

"통나무집 바닥을 파서 기어 나올 텐데 해자가 무슨 필요야?"

하지만 톰의 귀에는 내 말이 들리지 않았다. 그 녀석은 모든 일을 다 잊고 턱을 괴고 생각에 잠겼다. 그러더니 얼마 뒤 한숨을 쉬며 머리를 가로젓고는 다시 한번 한숨을 쉬며 말했다.

"아무래도 그건 안 되겠다. 그럴 필요가 없어."

"무슨 소리야?"

"짐의 다리를 톱으로 잘라버릴까 했지."

"맙소사! 말도 안 돼. 그런데 짐의 다리는 왜 잘라?"

"응, 고수들 중에 그렇게 한 사람이 있거든. 쇠사슬을 풀 수 없어서 손을 자르고 달아났어. 다리는 자르기 더 쉽지. 하지만 우리는 그럴 필요 없겠어. 그럴 조건이 안 되는 데다, 짐은 검둥이라서 그 이유뿐만 아니라 그것이 유럽의 관습이라는 것도 이해 못할 테니까. 하지만 이건 해야겠어. 줄사다리 말이야. 침대보를 찢어서 간단히 만들 수 있어. 그걸 파이 속에 넣어서 짐한테 들여보내면 돼. 다들 그렇게 했어. 나는 그것보다 더 지독한 파이도 먹어본 적 있지."

"이봐, 톰, 무슨 소리를 하는 거야? 줄사다리가 왜 필요해?"

"필요해. 넌 아무것도 몰라. 줄사다리는 꼭 필요해. 다들 그렇게 한다고."

"줄사다리로 뭘 하려고?"

"뭘 하냐고? 침대 밑에 감추려는 거야. 다들 그렇게 했으니까 짐도 그렇게 해야지. 헉, 너는 제대로 일하고 싶지 않은 모양이구나. 넌 그저 새로운 일만 하고 싶은 거야. 짐이 줄사다리를 전혀 사용하지 않았다고 하자. 그러면 줄사다리는 녀석이 달아난 뒤에도 침대 밑에 남아 있겠지. 그리고 사람들은 단서를 찾으려고 눈이 벌게져 있겠지? 그런데도 너는 아무것도 남겨놓지 않겠다는 거야? 그러면 안 돼. 그런 이야기는 들어본 적 없어."

"그래, 그것이 규칙이라서 짐에게 꼭 줄사다리가 있어야 한다면, 좋아. 난 규칙을 어기고 싶지 않으니까 짐에게 줄사다리를 주기로 하자. 그러나 톰 소여, 문제가 하나 있어. 짐에게 줄사다리를 만들어주려고 침대보를 찢으면 샐리 이모가 꼬치꼬치 캐물을 게 뻔해. 그러니 내 생각으로는 나무껍질로 만드는 게 좋을 것 같아. 돈도 들지 않고 침대보도 버리지 않을뿐더러 네가 만들려는 헝겊 사다리 못지 않게 파이 속에 틀어넣을 수도 있고 침대 밑에 감출 수도 있으니까. 또 짐은 아무것도 모르니까 아무거라도 상관없을……."

"이봐, 헉, 아무것도 모르면 차라리 가만히 있겠다. 나무껍질 줄사다리를 타고 달아나는 죄인이 어딨어. 정말 말도 안 되는 얘기야."

"그럼, 좋아, 톰. 너 하고 싶은 대로 해. 하지만 충고하는데 나한테 빨랫줄에서 침대보를 하나 빌려 오라고 하는 게 나을 거야."

톰은 그건 좋다고 말했다. 그러자 톰은 또 다른 생각을 떠올렸다.

"그럼 셔츠도 한 장 빌려 와."

"셔츠는 왜?"

"짐이 거기에 일기를 쓰는 거야."

"일기? 짐은 글도 모르는데."

"그래도 우리가 헌 백랍 숟가락이나 낡은 술통에 둘러진 쇳조각으로 펜을 만들어주면 셔츠에 표시 같은 건 할 수 있잖아?"

"그보다 거위 깃털로 더 간단하고도 좋은 펜을 만들어줄 수 있지 않을까?"

"넌 생각이 있는 거니, 없는 거니? 누가 죄수에게 깃털로 펜을 만들라고 감옥에다 거위를 기른다던? 죄수란 손 닿는 대로 헌 놋쇠 촛대 같은 단단하고 부러질 염려 없는 걸로 가장 힘들게 펜을 만드는 거야. 줄이 없으니 몇 주일에서 몇 달씩 벽에다 갈아서 뾰족하게 만드는 거지. 깃털 펜이 있어도 쓰지 않을 거야. 규칙 위반이거든."

"그럼 잉크는 뭘로 만들지?"

"주로 쇳녹과 눈물로 만드는데 이건 여자들이나 쓰는 방법이지. 고수들은 자기 피로 쓰지. 짐도 그렇게 할 수 있을 거야. 그리고 자기가 어디에 갇혀 있는지를 알리려면 누구든 다 알 수 있는 짧은 글을 양철 접시 바닥에 포크로 써서 창밖으로 내던지면 돼. 철가면은 늘 그렇게 했어. 어때, 아주 근사하지?"

"짐에게 양철 접시가 있어야 말이지. 음식은 냄비에 담아 주는데."

"그건 문제없어. 우리가 접시를 좀 갖다 주면 되잖아."

"짐이 접시에 쓴 글씨를 알아볼 사람이 있을까?"

"그건 상관없어. 그저 접시에 써서 던지기만 하면 되는 거야. 꼭 읽을 필요는 없어. 죄수가 양철 접시에 써놓은 걸 읽는 경우는 절반도 안 돼."

"그럼 접시만 낭비하는 꼴이잖아?"

"무슨 소리야? 접시는 죄수 게 아니잖아."

"하지만 접시 주인이 있잖아?"

"그야 그렇지, 하지만 누구의 접시든 죄수가 무슨 상관이야……."

그때 아침 식사를 알리는 소리가 나자 톰은 말을 그쳤다. 우리는 숲에서 나와 집으로 돌아갔다.

오전에 나는 빨랫줄에서 침대보와 셔츠를 한 장씩 빌려 와 헌 자루에 담았다. 그리고 숲으로 들어가 도깨비불을 주워 모아 그것도 같이 자루에 담았다. 나는 아버지가 늘 그랬듯이 빌렸다고 말했는데, 톰은 빌린 게 아니라 훔친 거라고 말했다. 톰은 우리가 죄수를 대신해서 일하는 것이며, 죄수란 무엇이든 손에 넣는 것이 중요하므로 수단과 방법은 신경 쓰지 않는다고 말했다. 그러므로 죄수가 탈출하기 위해 필요한 물건을 훔치는 것을 비난할 수도 없고 범죄가 아니라 오히려 권리라는 것이었다. 따라서 죄수의 대리인인 우리는 탈옥하는 데 조금이라도 도움이 되는 것이라면 무엇이든지 훔칠 권리가 있다는 것이었다. 죄수도 아니면서 도둑질을 한다면 그건 천하고 저속한 인간이라고 톰은 말했다. 그래서 우리는 손에 닿는 대로 무엇이든 훔치기로 했다.

그러나 나중에 내가 검둥이들의 밭에서 수박을 훔쳐 먹었다고 하자 톰이 몹시 화를 냈다. 그러고는 이유는 말하지 말고 검둥이들에게 10센트를 갖다 주라고 했다. 그래서 나는 필요한 것은 무엇이든지 훔쳐도 상관없지 않느냐고 말했다. 그러자 톰은 탈옥하는 데 수박이 무슨 필요가 있느냐면서, 그거랑 다르다고 말했다. 짐이 감시인을 죽이는 데 사용할 칼을 그 속에 감추어 몰래 감방 안으로 들여보낸다고 하면 수박을 훔쳐도 된다고 했다. 나는 더 이상 아무 말 않고 톰이 시키는 대로 했다. 하지만 수박을 훔쳐 먹을 때조차 쭈그리고 앉아 이런저런 구분을 해야 한다면 죄수를 대신해 일하는 것이 무슨 이익이 있는 건지 도무지 알 수가 없었다.

그날 아침 우리는 사람들 모두 일하러 나갈 때까지 기다렸다. 톰은 자루를 헛간으로 옮기고 나는 조금 떨어진 곳에서 망을 보았다. 얼마 뒤 톰이 다시 나오자 우리는 장작더미에 올라앉아 이야기를 했다. 톰이 말했다.

"연장 말고는 다 준비됐어. 연장도 쉽게 구할 수 있을 거야."

"연장이라고?"

"그래, 연장."

"어디다 쓸 건데?"

"어디다 쓰다니? 흙을 파야지. 우리가 이빨로 땅을 팔 수는 없잖아. 안 그래?"

"헛간에 있는 낡은 곡괭이 하나면 짐이 빠져나올 구멍쯤은 팔 수 있지 않을까?"

톰은 안됐다는 표정을 지으며 말했다.

"헉 핀, 넌 죄수가 벽장 속에 탈옥하는 데 필요한 곡괭이며 삽 같은 현대식 장비를 모두 갖춰놓고 있다는 이야기 들어본 적 있니? 그건 그렇고 하나만 묻자. 네게 조금이라도 분별력이 있다면 대답해봐. 그런 식으로 하면 과연 짐이 영웅이 될 수 있겠니? 차라리 열쇠를 주고 나오라고 하는 게 낫지. 곡괭이와 삽이라니, 왕한테도 그런 걸 갖다 주지는 않아."

"그럼 곡괭이와 삽 말고 뭐가 있어야 하는데?"

"칼 한두 자루."

"그걸로 통나무집 바닥의 흙을 판다고?"

"그럼."

"바보 같은 소리 마, 톰. 말도 안 돼."

"바보든 아니든 상관없어. 그저 제대로 하면 되는 거야. 다른 방법은 없어. 나는 이런 일에 관한 책이라면 모조리 읽어봤어. 죄수들은 꼭 칼로 파거든. 그것도 흙이 아니라 대부분 단단한 바위를 말이야. 그러니까 엄청나게 오래 걸리는 거야. 생각해봐. 마르세유 항구에 있는 성의 지하 감옥에 갇혀 있던 죄수 하나가 그런 식으로 구멍을 파고 탈옥한 적이 있는데, 얼마나 오래 구멍을 팠는지 아니?"

"몰라."

"그래도 맞혀봐."

"모른다니까. 음, 한 달 반 정도?"

"37년이야. 그런데 나와 보니 중국이더라는 거야. 그런 거야. 난 여기에도 단단한 바위가 있으면 좋겠어."

"중국에는 짐이 아는 사람이 없는데."

"상관없어. 그 죄수도 그랬으니까. 그런데 넌 왜 자꾸 뚱딴지같은 소리만 하니? 어째서 핵심에서 벗어나느냐 말이야."

"알았어. 그 죄수가 어디로 나왔건 무슨 상관이야. 나오기만 하면 되지. 하지만 문제가 하나 있어. 짐은 칼로 흙을 파서 나오기에는 나이가 너무 많아. 그때까지 살 수 없을 거야."

"염려 마. 흙바닥을 파는 데 37년씩이나 걸릴 거라고 생각하는 건 아니겠지?

"그럼 얼마나 걸릴까?"

"글쎄, 사일러스 이모부가 뉴올리언스 소식을 알기까지 그리 오래 걸리지 않을 테니 우리도 무작정 시간을 끌 수는 없어. 이모부는 짐이 뉴올리언스에서 도망친 것이 아니라는 것을 알게 될 거야. 그렇게 되면 이모부는 아마 짐을 광고에 내든지 무슨 수를 내겠지. 그러니 시간을 오래 끌 수만은 없어. 제대로 하려면 2년쯤 걸리겠지만 그럴 수는 없지. 미래는 불확실하니까. 나는 이렇게 했으면 좋겠어. 되도록 빨리 땅을 파고 우리끼리 37년 걸렸다고 생각하는 거야. 그러고는 최초의 경보 사인이 나타나자마자 짐을 탈출시키는 거야. 그게 가장 좋은 방법인 것 같아."

"그래, 그게 좋겠어. 37년이나 걸린 척하는 데 돈 드는 것도 아니고 성가신 일도 없으니까. 난 150년이라도 괜찮아. 마음만 먹으면 되는 일이니까. 그럼 난 칼 두 자루를 빌려 올게."

"세 자루 훔쳐 와. 나머지 한 자루는 톱 대신 써야 하니까."

"톰, 제대로 일하는 데 어긋날지 모르겠지만 저기 훈제실 뒤쪽 물막이 판자 밑에 녹슨 톱날이 하나 있던데."

톰은 맥 빠진다는 표정으로 말했다.

"헉, 너한테는 무얼 가르쳐줘 봐야 아무 소용이 없구나. 얼른 가서 칼 세 자루나 훔쳐 와."

36장

그날 밤 식구들 모두 잠들었을 때 우리는 피뢰침을 타고 내려와 헛간으로 가서 도깨비불을 꺼내놓고 일을 시작했다. 우리는 한복판에서부터 주위로 4, 5피트 정도 일하는 데 방해가 되는 물건들을 모두 치웠다. 톰은 지금 우리가 짐의 침대 바로 뒤에 있으며, 그 밑을 파나가면 아무도 통로가 뚫려 있는 줄 모를 것이라고 했다. 짐의 이불이 방바닥까지 늘어져 있어서 이불을 쳐들고 아래를 들여다보지 않는 한 구멍이 보이지 않는다는 것이었다.

우리는 한밤중까지 칼로 파고 또 팠다. 온몸이 녹초가 되고 손에 물집이 잡혔는데도 그다지 성과가 없었다. 마침내 내가 말했다.

"톰, 이러다가는 37년이 아니라 38년은 걸리겠어."

톰은 아무 말도 하지 않았다. 그리고 한숨을 내쉬며 일을 멈추더니 한동안 생각에 잠겼다가 마침내 말했다.

"이렇게는 안 되겠어, 헉. 너무 더뎌. 우리가 죄수라면 몇 년이 걸려도 상관없어. 더욱이 간수 교대 시간 몇 분만 일하면 손에 물집

생길 일도 없어. 그리고 몇 년씩이나 걸리더라도 제대로 하는 길이니 참을 수 있어. 그러나 지금은 지체할 시간이 없어. 한 번에 해치워야 해. 하룻밤만 더 이렇게 일하다가는 물집이 나을 때까지 일주일은 기다려야 할 거야. 그 전에는 칼을 잡지도 못해."

"그럼 어떡해, 톰?"

"이렇게 하자. 물론 정당하지 못하고 제대로 하는 건 아니지만 방법은 하나밖에 없어. 곡괭이로 파내고 칼로 팠다고 치는 거야."

"그래! 점점 머리가 좋아지는데, 톰. 정당하고 말고 간에 땅 파는데는 곡괭이가 제일이야. 옳건 그르건 상관없어. 검둥이든 수박이든 주일학교 책이든 간에 훔치겠다고 작정하면 그냥 훔치는 거야. 방법은 중요하지 않아. 검둥이든 수박이든 주일학교 책이든 제일 파기 쉬운 곡괭이로 파내는 거지. 고수들이 어떻게 하는지는 내가 알 바 아니야."

"하지만 칼 대신 곡괭이를 쓰더라도 명분은 있어야 돼. 그렇지 않고서야 인정할 수도 없고 규칙 위반을 보고만 있어서도 안 돼. 옳은 건 옳은 거고 그른 건 그른 거니까. 잘 몰라서 그런다면 몰라도 알면서 그럴 수는 없어. 너는 잘 모르니까 곡괭이로 파서 짐을 끌어낸 다음 칼로 판 것처럼 해도 될 거야. 하지만 나는 알고 있는 이상 그럴 수 없어. 자, 칼 이리 줘."

톰은 자기 칼을 들고서 말했다. 나는 내 것을 달라는 줄 알고 칼을 넘겨주었다. 그러자 톰은 그것을 팽개치면서 말했다.

"칼을 달란 말이야."

나는 어찌해야 좋을지 몰랐다. 그러나 곧 톰의 의도를 알아챘다. 나는 낡은 연장들을 이리저리 뒤져서 곡괭이를 하나 찾아 주었다. 톰은 아무 말 없이 그것을 받아 들고 땅을 파기 시작했다. 톰은 늘 이런 식으로 까다로웠다. 원칙과 규정을 철저히 따졌던 것이다. 톰과 나는 열심히 곡괭이로 파고 삽으로 퍼냈다. 그렇게 30분쯤 계속하자 서 있기도 힘들 만큼 지쳤지만, 꽤 커다란 구멍이 생겼다.

일을 마치고 2층으로 올라와 창문을 내다보았더니 톰은 이번에도 피뢰침을 기어오르려고 낑낑거리고 있었다. 그러나 손바닥이 아파서 올라오지 못하고 말했다.

"도저히 올라갈 수가 없어. 어쩌지? 무슨 좋은 방법 없을까?"

"왜 없어. 규칙에 어긋나기는 하지만, 계단으로 올라와서 피뢰침을 타고 올라왔다고 생각하면 되잖아."

그러자 톰은 그렇게 했다.

다음 날 톰은 짐에게 펜을 만들어주려고 백랍 숟가락 하나와 놋쇠 촛대 하나, 그리고 양초 여섯 자루를 훔쳤다. 나는 검둥이들의 오두막 부근을 서성이다가 틈을 봐서 양철 접시 3개를 훔쳤다. 톰은 모자란다고 했지만 나는 짐이 던지는 접시는 창 밑 철쭉꽃과 나팔꽃 속에 떨어져 아무도 발견하지 못할 테니 다시 주워서 주면 되지 않겠냐고 말했다. 톰은 만족하며 말했다.

"자, 이제 남은 문제는 이 물건들을 어떻게 짐에게 갖다 주느냐하는 거야."

"구멍으로 주면 되지. 구멍을 뚫고 말이야."

그러자 톰은 같잖다는 표정으로 어쩜 그런 바보 같은 생각을 할수 있냐고 말했다. 그러고는 두서너 가지 방법을 짜냈으나 아직 어느 것으로 할지 결정할 필요는 없다고 말했다. 다만 짐에게 이 소식을 알리는 게 먼저라고 말했다.

그날 밤 10시 조금 지나서 우리는 피뢰침을 타고 내려갔다. 양초한 자루를 들고 가서 창 밑에서 귀를 기울이니 짐의 코 고는 소리가들려왔다. 우리는 양초를 안으로 던지고 곡괭이와 삽으로 열심히일한 끝에 2시간 30분쯤 뒤 일을 끝냈다. 우리는 짐의 침대 밑으로해서 방 안으로 기어들어 이리저리 더듬어 양초를 찾아 불을 켜고잠시 짐을 내려다보았다. 짐은 아무 이상 없이 건강해 보였다. 우리는 조용히 짐을 깨웠다. 짐은 우리를 보자 울음을 터뜨릴 것처럼 기뻐하며 귀여운 도련님이라는 둥 그 밖에 생각해낼 수 있는 온갖 애칭으로 우리를 불렀다. 그러고는 지금 곧 다리의 쇠사슬을 자를 끌부터 달라면서 한시바삐 달아나야겠다고 했다. 그러나 톰은 그것이정식에서 벗어나는 이유와 함께 우리의 계획을 모두 설명해주었다.그리고 계획이 탄로 날 것 같으면 즉시 바꿀 것이니 조금도 걱정할필요 없으며, 우리가 꼭 탈출시키겠다고 타일렀다. 그러자 짐은 잘부탁한다고 말했다. 우리는 지금까지 겪은 일들을 이야기했고, 톰이 이것저것 물어보았다. 짐은 사일러스 아저씨가 거의 매일 찾아

와 기도해주었고, 샐리 아주머니는 짐이 편안한지 음식은 잘 먹는
지 알아보러 오는데 두 사람 다 더할 나위 없이 친절하다고 말했다.
그러자 톰이 말했다.

"이제 어떻게 해야 할지 알았어. 그분들이 물건을 나르도록 해야
겠어."

"제발 그러지 마. 그런 바보 같은 계획은 처음 듣는다."

내 말은 아랑곳하지 않고 톰은 이야기를 계속했다. 톰은 일단 계
획을 세우면 늘 이런 식이었다.

톰은 짐에게 음식을 날라다 주는 검둥이 냇을 통해 줄사다리가
든 파이를 전달하겠다는 것과, 정신을 바짝 차리고 놀라서는 안 된
다는 것, 냇 앞에서 파이를 열어보아서는 안 된다는 것 등을 말했
다. 그리고 조그마한 물건들은 이모부 윗옷 주머니 속에 넣어둘 테
니 그것을 훔쳐내야 한다는 것, 아니면 이모 앞치마 끈에 매어놓든
지 앞치마 주머니 속에 넣어놓겠다고 말했다. 그리고 어떤 물건이
며 무엇에 쓰는 것인지를 설명해주었다. 톰은 짐에게 셔츠에 피로
일기를 쓰는 일이나 또 그 밖의 여러 가지 일을 가르쳐주었다. 톰은
하나도 빼놓지 않고 모두 말했다. 짐은 대체 무슨 소리인지 모르겠
으나, 우리가 백인이고 자기보다 아는 것이 더 많을 테니 톰이 말한
대로 하겠다고 했다.

짐은 옥수숫대로 만든 파이프와 담배를 많이 갖고 있었으므로,
우리는 같이 담배를 피우며 유쾌한 시간을 보냈다. 그런 다음 구멍

을 다시 기어 나와 집으로 돌아왔다. 양손이 마치 개한테 물린 것처럼 엉망이었다. 톰은 태어나서 처음으로 가장 재미있고 가장 영리한 일을 했다며 굉장히 즐거워했다. 그리고 할 수만 있다면 평생 이일을 계속하며 우리 아이들에게도 짐을 구출하는 일을 시키고 싶다고도 했다. 짐도 차츰 익숙해지면 이 일을 더욱 좋아할 것이라고 말했다. 그리고 80년 동안 계속하면 최장기 기록을 세우게 되니 관여한 모든 사람들이 유명해질 것이라고도 말했다.

다음 날 아침 우리는 장작더미 있는 곳으로 가서 놋쇠 촛대를 적당한 크기로 잘랐다. 톰은 그것을 백랍 숟가락과 함께 주머니에 넣고 검둥이 오두막으로 가서 내가 냇의 관심을 끄는 동안 촛대 조각하나를 짐의 냄비 속 옥수수빵에 박아 넣었다. 그러고는 어떻게 되는지 보려고 냇을 따라갔다. 톰은 일이 이렇게 근사하게 돌아가기도쉽지 않다고 말했다. 짐이 밥을 먹다가 이가 몽땅 부러질 뻔했지만 짐은 돌 부스러기나 무슨 다른 것인 척했다는 것이었다. 그러나 그다음부터 짐은 포크로 서너 번 쿡쿡 찔러보고 나서 음식을 먹었다.

날이 어두워지자 별안간 개 두 마리가 짐의 침대 밑으로 불쑥 기어들었다. 그리고 뒤이어 11마리가 잇따라 기어들어 통나무집 안은 숨 쉴 수도 없을 만큼 꽉 찼다. 우리가 깜빡 잊고 헛간 문을 닫지않았던 것이다. 검둥이 냇은 깜짝 놀라 "마녀다!"라고 외마디소리를 지르더니 개가 우글거리는 마룻바닥에 뒹굴며 죽어가는 신음 소리를 냈다. 그러자 톰이 재빨리 문을 열고 짐의 식사로 가져온 고깃

덩어리를 밖으로 던졌다. 그러자 개들이 우르르 달려 나갔다. 톰도 밖으로 나갔다가 들어와 문을 닫았다. 톰은 다른 문도 닫고 들어온 것이었다. 톰은 냇을 달래기도 하고 어르기도 하면서 뭘 봤느냐고 물었다. 냇은 일어나 두리번거리며 눈을 껌벅이더니 말했다.

"시드 도련님, 도련님께서는 나를 바보라고 하시겠지유? 분명히 백만 마리의 개인지 악마인지를 봤는데 믿지 않으신다면 차라리 죽고 싶구먼유. 정말로 봤어유. 만지기도 했는걸유. 그놈들이 나를 밟고 지나갔다니께유. 정말이지 꼭 한 번 마녀 하나를 붙잡았으면 좋겠어유. 내 소원은 그것뿐이여유. 하지만 무엇보다 내 앞에 나타나지 않으면 정말 좋겠구먼유."

톰이 말했다.

"내가 말해볼까? 왜 마녀들이 꼭 이 도망친 검둥이가 아침 먹을 때만 오는지 알아? 배가 고프기 때문이야. 마녀가 먹을 파이를 만들어줘 봐. 그러면 될 거야."

"하지만 내가 어떻게 마녀의 파이를 만들어주나유? 나는 만들 줄 몰라유. 난생처음 듣는 말이구먼유."

"그럼 내가 만들어주지."

"만들어주시게유? 정말이여유? 그러면 나는 도련님 발바닥의 흙이라도 핥겠구먼유."

"좋아. 도망친 검둥이도 보여주었으니까. 하지만 조심해야 해. 우리가 오면 등을 돌리고 있고, 우리가 냄비 속에 무엇을 넣든 못 본 척하는 거야. 무슨 일이 일어날지 모르거든. 그리고 무엇보다도 명심할 것은 절대 마녀의 물건에 손을 대서는 안 된다는 거야."

"마녀의 물건에 손을 댄다고요? 억만금을 준대도 쳐다보지도 않을 거여유."

37장

이제 다 끝났다. 그래서 우리는 그곳을 떠나 헌 구두와 넝마, 부서진 병 조각과 못 쓰게 된 양철 제품, 그리고 그 밖의 잡동사니가 쌓인 뒤뜰로 갔다. 우리는 그곳을 뒤져서 낡은 양철 대야를 찾았다. 거기다 파이를 구우려고 구멍을 최대한 틀어막고 지하실에서 밀가루를 대야 가득 훔쳐다 담아놓고 아침을 먹으러 갔다. 지붕 널빤지에 박는 못 2개가 눈에 띄자 톰은 이것이야말로 죄수가 감방 벽에 자기 이름과 한탄을 낙서하기에 안성맞춤이라며, 그중 하나를 의자에 걸쳐둔 샐리 아주머니 앞치마에 넣고 나머지 하나는 책상 위에 놓인 사일러스 아저씨의 모자 테에 꽂아놓았다. 아이들 말로는 오늘 아침에 아빠와 엄마가 도망친 검둥이한테 갔다 와서 아침 식사를 한다기에 톰은 백랍 숟가락을 사일러스 아저씨의 윗옷 주머니에 넣었다. 그러고 나서 우리는 샐리 아주머니가 돌아오기를 기다렸다.

화가 잔뜩 나서 새빨개진 얼굴로 돌아온 아주머니는 기다렸다는 듯이 식전 기도가 끝나자마자 곧바로 한 손으로는 커피를 따르고 골무 낀 손가락으로 가장 가까이에 앉아 있는 아이의 머리를 때리면서 말했다.

"아래위층을 다 찾아봐도 없어요. 당신 셔츠 하나가 어디 갔죠?"

그 말을 듣는 순간 내 심장은 폐와 간과 그 밖의 것들 사이로 철렁 떨어지는 것 같았다. 단단한 옥수수빵 껍질이 목구멍으로 내려가다가 올라오는 기침에 튕겨 나와 맞은편 식탁 너머까지 날아가 아이의 눈에 맞았다. 아이는 낚싯밥 지렁이처럼 몸을 꿈틀거리더니 전쟁터 인디언의 함성과 같은 고함을 질러댔다. 톰도 얼굴이 새파랗게 질렸다. 거의 15초쯤 난장판이 되어버려 나는 쥐구멍이라도 들어가고 싶은 심정이었다.

그러나 곧 다시 평정을 되찾았다. 모두 너무 놀란 뒤라 더욱 조용했다. 사일러스 아저씨가 말했다.

"정말 이상한 일이야. 도무지 영문을 모르겠어. 분명히 셔츠를 벗어놓았는데. 왜냐하면……."

"당연하죠. 셔츠를 한꺼번에 두 벌 입지 않았으니 셔츠를 벗은 건 분명해요. 당신의 흐릿한 기억보다 더 확실하게 알지요. 그 셔츠는 어제 빨랫줄에 널려 있었으니까요. 이 두 눈으로 똑똑히 봤어요. 그런데 지금은 그게 없어졌다 이 말이에요. 내가 새 셔츠를 만들 때까지 당신은 빨간 플란넬 셔츠를 입을 수밖에 없어요. 2년 동안 세 번째 만든 거라고요. 당신 셔츠까지 만들려면 얼마나 바쁜지 알아요? 당신은 셔츠에 전혀 관심이 없는 것 같군요. 그 나이가 되면 셔츠를 잘 간수해야 한다는 것쯤은 알아야 하지 않겠어요?"

"알고 있소, 샐리. 나도 신경 쓰고 있소. 하지만 이번에는 내 잘못이 아니잖소. 당신도 알다시피 나는 셔츠를 입을 때 외에는 셔츠를 보거나 아니면 셔츠가 어떤 상태인지 전혀 모르잖소. 그리고 입고 있는 셔츠를 잃어버린 게 아니지 않소."

"그래요, 사일러스. 입고 있는 셔츠를 잃어버린 건 아니니 당신 탓은 아니지요. 하지만 잃어버릴 수도 있었을 거예요. 게다가 없어진 게 셔츠뿐이 아니에요. 숟가락도 하나가 없어졌어요. 10개였는데 9개밖에 없단 말이에요. 셔츠는 송아지가 물어 갔다고 해도 송아지가 숟가락을 먹었을 리는 없잖아요?"

"뭐라고? 다른 건 또 없소?"

"초 여섯 자루도 없어졌어요. 초는 쥐새끼가 물고 갔을 거예요. 당신은 늘 쥐구멍을 막는다고 말만 했지 실제로 막지 않았잖아요. 그러니 쥐가 이 집을 송두리째 훔쳐 가지 않은 게 오히려 이상할 지경이에요. 쥐가 당신 머리카락 속에서 잠을 자도 사일러스 당신은 모를 양반이에요. 하지만 숟가락을 쥐가 가져갈 수는 없지요. 그건 분명해요."

"샐리, 내가 잘못했소. 나도 그건 인정하오. 내가 게을렀어. 내일은 무슨 일이 있어도 쥐구멍을 막도록 하리다."

"그렇게 서두르지 않아도 돼요. 내년에 하면 어때요. 마틸다 엔젤리나 아러민타 펠프스?"

골무 낀 손으로 톡 치는 소리가 나자 여자아이가 얼른 설탕 단지
에서 손을 뺐다. 그때 마침 검둥이 여자가 복도로 들어오더니 말
했다.

"마님, 침대보가 없어졌어요."

"침대보도? 세상에, 이게 무슨 일이야!"

"오늘 당장 쥐구멍을 막아야겠어."

사일러스 아저씨가 안타까운 표정을 지으며 말했다.

"아, 가만히 좀 계세요! 쥐가 침대보를 훔쳤다고? 대체 어디 간 거
야, 리즈?"

"저는 몰라요, 마님. 정말이에요. 어제 빨랫줄에 걸려 있는 걸 분
명히 봤는데, 지금은 없어요."

"말세로군, 말세야. 이런 일은 난생처음이야. 셔츠 하나, 침대보
하나, 숟가락 하나, 초 여섯 자루……."

그때 혼혈인 하녀 아이가 와서 말했다.

"마님, 놋쇠 촛대가 없어졌어요."

"썩 꺼져, 바보 같은 계집애. 안 나가면 냄비를 던질 줄 알아!"

아주머니는 너무 화가 나서 이성을 잃을 지경이었다. 나는 아주
머니의 화가 풀릴 때까지 숲에 가 있으려고 했다. 아주머니는 혼자
서 계속 떠들어댔다. 다른 사람들은 모두 조용히 앉아 있었다. 그때
사일러스 아저씨가 멋쩍은 얼굴로 주머니에서 숟가락을 꺼냈다. 아
주머니는 두 손을 쳐들고 입을 떡 벌린 채 다물지를 못했고, 나는

그 자리에서 사라져버리고 싶은 심정이었다. 그러나 그런 생각도 오래가지 못했다. 아주머니가 이렇게 말했기 때문이다.

"내 그럴 줄 알았지. 여태까지 그걸 주머니에 넣고 있었다니 다른 물건도 있을 거야. 숟가락이 왜 당신 주머니 속에 있는 거죠?"

그러자 아저씨는 계면쩍게 말했다.

"난 정말 모르는 일이오, 샐리. 알았다면 말했을 거요. 아침 식사 전에 〈사도행전〉 제17장을 읽고 있었는데, 그만 깜박 잊고 성경책을 넣는다는 것이 무심코 숟가락을 넣은 모양이구려. 성경책이 주머니에 없는 걸 보면 틀림없어. 내 가서 보고 오리다. 성경책이 제자리에 있으면 내 말이 맞는 거요. 성경책 대신 숟가락을 집어 들고……."

"아아, 여보, 나 좀 쉬고 싶어요! 자, 너희 모두 내 마음이 가라앉을 때까지 얼씬도 하지 말아라!"

아주머니가 큰 소리로 말하지 않고 속으로 생각만 했더라도 나는 틀림없이 알아들었을 것이다. 그리고 내가 죽었다 해도 벌떡 일어나 아주머니 말대로 밖으로 나갔을 것이다. 거실을 지나면서 아저씨는 모자를 집어 들었다. 순간 못 하나가 마루에 떨어졌지만 아저씨는 주워서 난로 선반에 올려놓았을 뿐 말 한 마디 없이 밖으로 나갔다. 톰은 아저씨의 행동을 보고 숟가락 일이 떠올랐는지 말했다.

"이모부를 통해 짐에게 물건을 보낼 수는 없겠어. 믿을 수가 없어. 하지만 어쨌든 이모부는 자신도 모르게 그 숟가락으로 우리를 도와준 셈이야. 그러니까 우리도 이모부 모르게 좋은 일을 하나 해드리자. 쥐구멍을 막아주자고."

지하실에는 쥐구멍이 엄청나게 많아서 꼬박 한 시간이나 걸려 꼼꼼하게 막았다. 그런데 그때 계단을 내려오는 발소리가 들려 우리는 불을 끄고 숨었다. 아저씨가 한 손에는 촛불을, 다른 한 손에는 연장 여러 개를 들고 넋이 나간 표정으로 내려왔다. 그러고는 느릿느릿 쥐구멍들을 이쪽저쪽 살펴보았다. 그리고 나서 5분쯤 촛농을 걷어내며 생각에 잠겼다가 꿈꾸는 것처럼 계단 쪽으로 걸어가며 말했다.

"이상하다. 아무리 생각해도 내가 쥐구멍을 막은 기억이 안 나는데. 지금 당장 샐리에게 쥐 문제는 내 탓이 아니라는 걸 보여줄까? 아냐, 관두자. 그런들 무슨 소용 있겠어."

아저씨는 이렇게 중얼거리며 계단을 올라갔고 우리도 곧 나왔다. 아저씨는 좋은 분이었고, 또 항상 그랬다.

톰은 어떻게 하면 숟가락을 구할 수 있을지 생각했다. 무슨 일이 있어도 숟가락이 꼭 있어야 한다면서 말이다. 계획이 떠오르자 톰은 나에게 설명해주었다. 우리는 숟가락 바구니가 있는 곳으로 가서 샐리 아주머니를 기다렸다. 아주머니가 오자 톰은 숟가락을 세면서 한쪽으로 밀어놓았고 나는 그중 하나를 소맷자락에 숨겼다. 톰이 말했다.

"샐리 이모, 숟가락이 9개밖에 없네요."

"나가 놀아. 귀찮게 하지 말고. 그건 내가 더 잘 알고 있으니까. 내가 직접 세었거든."

"하지만 이모, 두 번이나 세었는데도 하나가 모자라요. 9개뿐이라고요."

아주머니는 더 이상 참지 못하고 다가와 세어보았다. 누구라도 그렇게 했을 것이다.

"어머나, 정말 9개밖에 없네! 어떻게 된 거야! 망할 숟가락 같으니라고. 다시 한번 세어봐야지."

나는 감추어두었던 숟가락을 살짝 꺼내놓았다. 아주머니는 다 세고 나서 말했다.

"나 참, 이번에는 10개네."

아주머니는 짜증을 내면서도 걱정스러운 눈치였다. 이때 톰이 말했다.

"하지만 이모, 10개가 아닌데요."

"농담하지 마라. 방금 내가 세는 걸 너도 봤잖니?"

"그렇기는 한데……."

"그럼 다시 한번 세어보자."

나는 다시 숟가락 하나를 숨겨 9개로 만들었다. 아주머니는 온몸을 부르르 떨며 노발대발했다. 세고 또 세다가 숟가락 대신 바구니까지 셀 정도로 이성을 잃기 직전이었다. 숟가락 개수는 세 번은 맞고 세 번은 맞지 않았다. 그러자 아주머니는 바구니를 집어던졌다.

애먼 고양이만 바구니를 맞고 말았다. 아주머니는 자기를 혼자 있게 해달라면서, 저녁 식사 때까지 나타나지 말라고 호통을 쳤다. 우리는 아주머니가 그러는 동안에도 숟가락 하나를 살그머니 아주머니 앞치마 주머니에 넣었다.

결국 톰은 정오가 되기 전에 이 숟가락과 못을 손에 넣었다. 우리는 아주 만족스러웠다. 톰은 아주머니를 화나게 했지만 그 2배의 보람이 있었다고 했다. 아주머니는 이제 두 번 다시 숟가락을 세지 않을 것이며, 정확히 세었다 해도 믿지 않을 것이고, 사흘 동안은 세지 않을 것이며, 한 번 더 세어보라고 하면 그 사람을 죽이려 들 것이라고 했다.

우리는 그날 밤 훔친 침대보를 빨랫줄에 다시 널어놓고 아주머니의 옷장에서 다른 침대보 한 장을 훔쳤다. 우리는 이렇게 이틀 동안이나 훔쳤다 다시 갖다 놓기를 반복했고, 아주머니는 이제 침대보가 몇 장인지 모르게 되었다. 그러다 결국 그까짓 침대보로 골머리 썩이기 싫다며, 그것들을 세어보기보다는 차라리 죽는 편이 낫겠고 생각하게 되었다.

이렇게 해서 송아지와 쥐와 뒤죽박죽된 계산 덕분에 셔츠와 침대보와 숟가락과 촛대는 모두 해결되었고, 초는 어차피 녹아서 없어지는 것이므로 문제없었다.

하지만 파이 만드는 일은 큰 골칫거리였다. 우리는 숲 깊숙이 들어가 파이를 구웠다. 결국 만족스럽게 만들기는 했다. 그러나 하루

만에 된 것이 아니었고, 밀가루를 세 대야나 날라야 했다. 게다가 온몸 여기저기에 화상을 입었고 연기 때문에 눈을 뜰 수도 없었다. 우리가 필요한 부분은 파이 껍질이었는데, 이것이 잘 부풀어 오르지 않고 자꾸 가운데가 푹 꺼져서 정말 애를 먹었다. 그러다 우리는 마지막에 기막힌 방법을 생각해냈다. 그것은 줄사다리를 파이 속에 넣어서 굽는 것이었다. 그래서 다음 날 밤 우리는 짐의 통나무집에서 침대보를 가늘게 찢어 꼬아 날이 밝기 전에 사람의 목도 매달 만한 근사한 밧줄을 만들었다. 우리는 이 작업을 하는 데 9개월이 걸렸다고 생각하기로 했다.

다음 날 오전에 우리는 숲으로 밧줄을 가져갔다. 그런데 그것이 파이 속에 잘 들어가지 않았다. 침대보 한 장을 모조리 뜯어 밧줄로 만들었으니 파이 40개에다 집어넣고도 수프니 소시지니 그 밖의 다른 것에도 넣어야 할 만큼 많았다. 아주 진수성찬을 차리고도 남을 정도였다.

그러나 우리에게는 파이 하나에 들어갈 분량이면 충분했으므로 결국 나머지는 버렸다. 땜질한 납이 녹을까 봐 빨랫대야에는 파이를 굽지 않았다. 사일러스 아저씨에게는 좋은 놋쇠 그릇이 있었는데 집안의 선조가 영국에서 정복왕 윌리엄 공과 함께 메이플라워호인지 뭔지 하는 옛날 배에 싣고 온 물건으로 긴 나무 손잡이가 달려 있었다. 아저씨는 이 물건을 무척 소중히 여겼고, 다른 골동품들과 함께 다락방에 보관해두었다. 이러한 물건은 값이 나가서 소중한 것이 아니라 유물이므로 소중하게 여기는 것이었다.

우리는 이것을 몰래 훔쳐 숲으로 가지고 갔다. 파이 만드는 법을 몰라 처음에는 실패했으나 마지막에는 대성공이었다. 우리는 놋쇠 그릇 안쪽에 밀가루 반죽을 바르고 침대보로 만든 밧줄을 넣고 반죽으로 다시 덮었다. 그리고 뚜껑을 덮은 다음 그 위에 타다 남은 뜨거운 재를 얹었다. 긴 손잡이 덕분에 우리는 5피트(약 1.5미터—옮긴 이) 떨어진 곳에서 편안하게 기다릴 수 있었다. 파이는 보기에도 근사하게 완성되었다. 그러나 이것을 먹으려면 이쑤시개 통이 몇 개가 필요할 것이다. 그리고 저 밧줄 사다리는 먹기도 힘들고 먹더라도 배탈이 나 다음 식사 때까지 꼼짝 못하고 드러누워 있을 것이다.

우리는 냇이 보지 않는 틈을 타서 마녀의 파이를 짐의 냄비에 집어넣었다. 그리고 냄비 바닥의 음식 밑에 양철 접시 3개를 넣었다. 마침내 짐은 모든 것을 손에 넣었다. 짐은 혼자 남게 되자 곧바로 파이를 잘라 밧줄 사다리를 꺼내 짚요 속에 감추었고, 양철 접시 하나에 못으로 무엇인가 긁어서 창밖으로 내던졌다.

38장

　펜과 톱을 만들기는 여간 어려운 게 아니었다. 그러나 짐은 글씨를 새기는 일이 가장 어렵다고 했다. 톰은 글씨를 새기는 것은 죄수가 벽에다 뭔가를 쓰는 것과 같은 것으로 반드시 해야 한다고 우겨댔다. 예부터 중죄인치고 자기 가문의 문장(紋章)과 글귀를 벽에 새겨놓지 않은 사람이 없었다는 것이다.

　"제인 그레이 부인을 생각해봐. 또 길포드 더들리나 노섬브랜드 공작을 보라고! 헉, 이것이 귀찮다고? 그럼 어떻게 하겠다는 건데? 안 하겠다는 거야? 짐은 무슨 일이 있어도 글자와 문장을 새겨야 해. 모든 죄수들이 다 그랬으니까."

　그러자 짐이 말했다.

　"하지만 톰 도련님, 나는 문장 같은 게 없어유. 가진 거라고는 이 낡은 셔츠뿐인데 여기에 어떻게 일기를 써유."

　"짐, 내 말을 이해 못했구나. 문장은 일기랑 다른 거야."

　"짐의 말도 맞아. 문장이 없는 건 맞잖아."

내가 말했다.

"그건 나도 알아. 하지만 짐이 여기서 나가기 전까지 하나 갖게 될 거야. 하나라도 정식에서 어긋나면 안 돼."

그래서 짐은 놋쇠로 나는 숟가락으로 펜을 만들려고 벽돌 조각에다 갈아대는 동안 톰은 문장을 구상했다. 마침내 톰은 굉장히 많은 문장을 생각해냈고 고민한 끝에 맘에 드는 것을 하나 골랐다.

"방패 모양 위에 오른쪽 아래로 내려오는 금색 띠를 긋고, 그 중앙에는 붉은 성 앤드루의 십자가(X 자형)를 그리는 거야. 그리고 머리를 쳐들고 움츠리고 앉은 개를 그린 다음 발에 노예 신분을 나타내는 쇠사슬을 그리는 거야. 방패 맨 위에는 녹색 갈매기(∧) 모양을 넣고, 바닥에는 하늘색 바탕에다 3개의 나선형 선을 그리고, 갈매기 모양 한가운데는 점을 몇 개 찍는 거야. 문장 맨 위의 장식으로는 검은색으로 왼쪽 아래로 기운 막대에 보따리를 걸어 어깨에 둘러멘 도망친 검둥이를 그린 후 그것을 지지하는 2개의 붉은 선을 그리는 거지. 그게 바로 너와 나를 상징하는 거야. 문장의 이름은 '마지오레 프레타, 미노레 아토'야. 어떤 책에서 읽은 건데, '급할수록 돌아가라'는 뜻이야."

"그럼 다른 것들은 무슨 뜻이니?"

"그런 얘기 할 시간 없어. 서둘러야 해."

"하지만 궁금해. 가르쳐줘. 금색 띠의 중앙이란 대체 어디를 말하는 거야?"

"말하면 알겠니? 너는 몰라도 돼. 짐이 만들 때 가르쳐줄 거야."

"쳇, 가르쳐줘도 상관없잖아? 왼쪽 아래로 기운 막대는 뭐야?"

"나도 몰라. 하지만 짐한테는 꼭 필요해. 귀족들은 다 가지고 있거든."

톰은 늘 이런 식이었다. 싫으면 절대 설명하지 않는다. 일주일 내내 물어봐도 마찬가지였다.

문장이 해결되자 톰은 남은 일, 즉 슬픈 문구를 짓기 시작했다. 톰은 모두 그렇게 했으므로 짐도 해야 한다는 것이었다. 톰은 여러 문구를 종이에 써서 읽어주었다.

　1. 이곳에 갇혀 마음이 무너져 내린 자가 있도다.

　2. 세상과 친구에게 버림받은 비운의 죄수, 여기서 서글픈 생애를 가슴 졸이며 보내다.

　3. 여기 37년 동안 갇혀 있던 고독한 마음은 찢어지고 무너져, 지친 영혼은 안식을 찾아가노라.

　4. 쓸쓸한 37년간의 생애 끝에 고귀한 루이 14세의 사생아는 집도 친구도 없이 사라지노라.

톰은 읽으면서 감정이 복받쳐 목소리가 떨리더니 심지어 울 뻔했다. 그러고는 어느 것을 벽에 쓸지 망설이다 결국 다 쓰기로 했다. 그러나 짐이 못으로 통나무 벽에다 이 많은 글자를 쓰려면 1년은 넘게 걸릴 것이며, 더구나 자기는 글자를 쓸 줄도 모른다고 했다. 그러자 톰은 자기가 틀을 잡아줄 테니 그걸 따라 선만 그으면 된다고 했다. 그리고 잠시 후 이렇게 말했다.

"생각해보니 통나무는 안 되겠어. 지하 감옥에 통나무 벽이 어딨어. 글씨는 바위에 새겨야 돼. 바위를 가져오자."

짐은 바위에 이걸 다 새기려면 영영 탈출을 못할지도 모른다고 투덜댔다. 그러자 톰은 자기가 도와주겠다며 나와 짐이 펜을 얼마나 만들었는지 확인했다. 펜 만드는 일은 정말 귀찮고 지루하고 힘든 데다 손의 상처가 아물 틈이 없었고, 그러면서도 진척이 거의 없었다. 톰은 다시 이렇게 말했다.

"좋은 생각이 났어. 문장과 슬픈 문구는 바위에 새겨야 하는데, 한 번에 두 가지 효과를 거둘 수 있어. 방앗간에 가서 큰 맷돌을 훔쳐 와서 거기에 글을 새기고, 또 펜과 톱을 가는 데도 사용하는 거야."

그럴듯한 생각이었다. 맷돌을 훔쳐 오는 일이 만만찮은 일이었지만 해보기로 했다. 아직 한밤중이 아니었으므로 짐에게는 계속 일하라고 시키고 우리는 방앗간으로 갔다. 우리는 맷돌을 훔쳐 집까지 굴리면서 왔는데 보통 힘든 일이 아니었다. 아무리 힘을 써도 제멋대로 굴러갔고 하마터면 깔릴 뻔했다. 톰은 이러다가는 우리 둘 중 하나는 깔릴 것이라고 말했다. 반쯤 옮겼을 때 우리는 이미 지쳐 흐르는 땀으로 목욕을 할 정도였다. 결국 우리 힘으로는 도저히 감당할 수 없어서 짐을 불러오기로 했다. 짐은 침대 다리를 들어 쇠사슬을 빼내 목에 감고 우리가 파놓은 구멍으로 나왔다. 톰이 감독을 하고 짐과 내가 어렵지 않게 맷돌을 옮겼다. 톰보다 더 감독을 잘하는 사람을 나는 본 적이 없다. 톰은 무슨 일이든 능숙했다.

우리가 파놓은 구멍은 꽤 컸지만 맷돌이 지나가기에는 작았다. 그래서 짐이 곡괭이로 충분히 들어갈 만큼 팠다. 톰은 맷돌에 못으로 이것저것 쓴 다음 짐한테 새기라고 했다. 그리고 못을 끌 대신 쓰고 헛간 쓰레기 더미에서 찾은 쇠 빗장을 쇠망치 대용으로 쓰면서 남은 초가 다 타버릴 때까지 계속 새기다가 맷돌을 짚요 밑에 숨기고 그 위에서 자라고 말했다.

마침내 우리는 짐의 쇠사슬을 침대 다리에 다시 끼워놓고 잠자러 가려고 했다. 그런데 톰이 말했다.

"짐, 여기 거미 있어?"

"아녀유. 다행히 거미는 없어유, 도련님."

"그럼 우리가 잡아다 줄게."

"무슨 말씀이셔유? 싫어유. 거미는 무서워유. 차라리 방울뱀이 낫것어유."

그러자 톰은 잠시 생각하더니 불쑥 이렇게 말했다.

"좋은 생각이야. 전에도 그런 일이 분명 있었을 테니. 아주 좋은 생각이야. 짐, 그놈을 어디에 둘 거야?"

"뭘 말이어유, 톰 도련님?"

"뭐라니? 방울뱀 말이야."

"아이고, 무슨 말씀이세유. 방울뱀이 여기 들어오면, 통나무 벽을 머리로 깨부수고 도망칠 거구먼유."

"조금만 지나면 무섭지 않을 거야. 길들이면 되잖아."

"뱀을 어떻게 길들여유?"

"간단해. 어떤 동물이든 귀여워해주고 잘해주면 고맙게 여기고 자기를 좋아해주는 사람은 해치지 않거든. 책에 그렇게 씌어 있어. 너도 한번 해봐. 2, 3일 동안만 해보면 금방 너를 좋아하게 되어 너랑 함께 자고 1분도 떨어지지 않으려 할 거야. 그러면 목에 칭칭 감거나 대가리를 네 입속에 넣을 수도 있어."

"그런 말씀은 하지도 마셔유! 도저히 못 참겠네유. 뱀 대가리를 입속에 넣는다고요? 그런 부탁이라면 절대 안 할 거여유. 게다가 그놈과 함께 자다니유? 세상에!"

"짐, 바보 같은 소리 하지 마. 죄수는 어떤 종류든 애완동물 하나쯤은 키워야 해. 방울뱀을 길들인 사람은 아직 한 명도 없었어. 짐, 네가 뭔가를 맨 처음으로 시도해보는 건 그 어떤 것보다도 큰 명예가 되는 거야."

"나는 그런 명예 필요 없어유. 뱀한테 물리면 명예가 다 무슨 소용이여유? 안 돼유, 안 돼. 절대 하지 않을 거여유."

"해보지도 않겠다는 거야? 일단 한번 해봐. 해보고 안 되면 그만 둬도 되잖아."

"시험해보는 동안 뱀에게 물리면 그만이잖아유. 톰 도련님, 나는 시키는 건 뭐든지 할 수 있어유. 하지만 방울뱀을 잡아 온다면 나는 도망쳐버릴 거여유."

"그럼, 그만둬. 그렇게까지 말한다면 안 할게. 대신 얼룩 뱀을 잡아다 줄 테니 꼬리에 방울을 달아서 방울뱀이라고 하자. 그것으로 대신하는 수밖에."

"그건 좀 참을 만하네유. 하지만 그놈들도 없으면 정말 좋겠어유. 정말 죄수 노릇이 이렇게 힘들고 귀찮을 줄은 정말 몰랐네유."

"뭐든 제대로 하려면 귀찮고 까다롭게 마련이야. 여기에 쥐는 있지?"

"한 마리도 못 봤는데유."

"그것도 몇 마리 잡아다 줘야겠네."

"쥐 같은 건 필요 없네유. 얼마나 성가시게 하는데유. 잠도 못 자게 하고, 몸 위를 이리저리 뛰어다니고 발가락을 깨물고⋯⋯. 꼭 어떤 동물을 길러야 한다면 차라리 얼룩 뱀을 주세유. 쥐는 딱 질색이니께유."

"하지만 쥐는 꼭 있어야 해. 죄수들 모두 쥐를 길렀거든. 그러니 이제 더 이상 이러쿵저러쿵하지 마. 죄수한테는 쥐가 붙어다니게 마련이라고. 안 그런 적이 없단 말이야. 죄수는 쥐를 길들여서 재주를 가르치지. 그러면 쥐는 파리처럼 사람들에게 달라붙어 있거든. 음악이 필요한데, 혹시 악기 같은 거 없어?"

"굵은 빗이랑 종이 한 장, 그리고 작은 피리밖에 없어유. 쥐들도 피리 같은 거는 별로 좋아하지 않을 거여유."

"좋아할 거야. 어떤 음악이든 상관없어. 피리면 충분할 거야. 모든 동물들은 음악을 좋아하는데 감옥에서는 특히 더 좋아할 거야. 슬픈 음악이 좋은데, 피리로 연주하기에는 딱 좋지. 쥐는 반드시 관심을 가지고 무슨 일이 일어나는가 하고 고개를 내밀 거야. 자, 준비다 됐지? 너는 매일 밤 잠자리에 들기 전과 아침 일찍 침대에 걸터앉아 피리를 불도록 해. '마지막 희망이 끊어졌도다'를 연주하란 말이야. 다른 어떤 곡보다 쥐들이 빨리 모일 것이고, 2분만 불면 모든쥐와 뱀과 거미와 그 밖의 것들이 틀림없이 네 걱정을 하며 다가올거야. 그리고 모두 네 위로 올라가 무척 즐거운 한때를 보낼 거야."

"그렇겠지유, 톰 도련님. 하지만 나는 어떻게 되는 거여유? 그게 걱정이네유. 꼭 해야 한다면 하겠어유. 하지만 동물들을 즐겁게 해놓고 집 안에 귀찮은 일이라도 생길까 그게 걱정이네유."

톰은 또 할 것 없나 하고 잠시 생각하더니 이렇게 말했다.

"아 참, 깜빡했네, 짐. 여기서 꽃을 기를 수 있을까?"

"잘 모르겠지만 기를 수는 있을 거여유. 하지만 너무 어두워서 별소용 없어유. 귀찮기도 하고유."

"그래도 한번 해봐. 꽃을 기른 죄수도 있었거든."

"고양이 꼬리처럼 생긴 현삼화 정도라면 여기서도 기를 수 있겠네유. 하지만 톰 도련님, 그런 걸 길러봤자 절반도 노력한 보람이 없을 텐데유."

"그런 소리 하지 마. 우리가 하나 갖다 줄 테니 저쪽 구석에 심고 길러봐. 그리고 현삼화라고 부르지 말고 피치올라라고 불러. 감옥에서는 그게 어울려. 그리고 감옥에서는 눈물로 물을 주는 거야."

"샘물도 많은데 왜 눈물로 키워유. 샘물이 훨씬 잘 자랄 텐데."

"눈물로 길러야 돼."

"그러다 말라 죽을 거예유. 저는 원래 잘 안 울거든유."

톰은 말문이 막혔다. 그리고 한참을 생각하더니 양파로 눈물을 짜내라고 하면서, 아침에 검둥이 통나무집으로 가서 양파 하나를 짐의 커피 주전자에 몰래 넣어 들여보내겠다고 했다. 짐은 차라리 커피 주전자 안에 담배를 넣어주면 좋겠다며 투덜댔다. 그리고 현삼화를 키워야 하고, 쥐에게 피리 소리를 들려주어야 하고, 뱀과 거미 따위를 예뻐해줘야 하는 것 말고도, 펜을 만들고 글씨를 새기고, 일기를 쓰는 등 죄수가 되는 일이 그동안 자기가 해본 어떤 일보다 귀찮고 힘들며 신경 쓰인다고 투덜거렸다. 그러자 톰도 더 이상 참지 못하고 화를 내며, 세상의 어떤 죄수보다 명성을 떨칠 좋은 기회가 주어졌는데도 그걸 버리려 한다고 호통쳤다. 그러자 짐은 죄송하다며 다시는 불평하지 않겠다고 약속했다. 그제야 톰과 나는 잠을 자려고 집으로 돌아갔다.

39장

아침에 우리는 마을로 가서 철망으로 된 쥐덫을 사 와 지하실에 내려가서 가장 큰 쥐구멍을 다시 터놓고 그 앞에 쥐덫을 놓았다. 한 시간쯤 지나자 굉장히 큰 놈 15마리가 쥐덫에 걸렸다. 우리는 잡은 쥐를 샐리 아주머니 침대 밑의 안전한 장소에 두었다. 그런데 우리가 거미를 잡으러 나간 사이 어린 토머스 프랭클린 벤자민 제퍼슨 알렉산더 펠프스 녀석이 쥐덫을 발견하고는 쥐가 진짜 나오는지 보려고 뚜껑을 열었다. 쥐들이 모두 뛰쳐나왔고, 그때 마침 아주머니가 들어왔다. 우리가 집에 돌아와 보니 아주머니가 침대 위에 올라가 고함을 지르며 야단법석이었다. 쥐들도 아주머니가 심심할까 봐 마구 날뛰었다. 결국 우리는 아주머니에게 붙잡혀 몽둥이로 먼지가 날 정도로 얻어맞았고, 개구쟁이 녀석 덕분에 다시 쥐들을 잡느라 2시간이나 허비했다. 그러나 나중에 잡은 놈들은 처음 잡힌 놈들에 비해 훨씬 빈약했다. 처음 잡힌 놈들은 정말 토실토실했는데, 이후로 지금까지 그렇게 큰 쥐를 본 적이 없다.

우리는 거미와 벌레, 개구리, 송충이 등도 잡았다. 말벌집도 구하고 싶었지만 벌집 속에 말벌들이 들어 있어서 건드릴 수 없었다. 그래도 우리는 포기하지 않고 기다렸다. 우리가 이기나 놈들이 이기나 두고 보자는 심산이었다. 그러나 결국 놈들이 이겼다. 우리가 먼저 벌에 쏘이고 만 것이다. 우리는 금불초를 따다가 벌에 쏘인 부위에 발라 조금 나아지기는 했지만 아파서 앉기도 힘들었다.

다음으로 우리는 뱀을 잡으러 가서 얼룩 뱀과 구렁이 등 24마리를 잡아 자루에 넣어 우리 방에 두었다. 그러다 보니 벌써 저녁이었다. 온종일 일했으니 배가 고픈 것은 당연했다. 그런데 식사를 하고 방에 돌아와 보니, 뱀이 한 마리도 없는 것이었다. 자루를 제대로 묶어놓지 않아서 달아나버린 것이다. 물론 집 안에 있을 테니 몇 마리쯤은 다시 잡을 수 있을 거라고 생각했다.

그런데 집 안에 뱀이 득시글댔다. 서까래 같은 데서 뱀이 뚝뚝 떨어지기도 했는데, 하필 소름 끼치는 부위, 그러니까 그릇이나 목덜미에 마구 떨어졌다. 놈들은 예쁜 줄무늬가 있는 데다 수백 마리가 있다 한들 아무런 해를 끼치지 않는데도 샐리 아주머니는 뱀이라면 무조건 진저리를 쳤다. 게다가 아무리 괜찮다고 해도 아주머니 위로 떨어지기만 하면 하던 일을 내팽개치고 달아나며 비명을 질러대는 것이었다. 나는 아주머니 같은 사람을 본 적이 없다. 한 마리쯤은 부젓가락으로 집어낼 수도 있을 텐데 그러려고 하지 않았다. 그리고 자면서 몸을 뒤척이다가 뱀을 발견하면 기겁을 하고 뛰쳐나와 집에 불이라도 난 것처럼 고함을 질러댔다. 아저씨를 너무 귀찮게 하자 아저씨는 뱀 따위는 애당초 하느님께서 만들지 말았어야 했다고 투덜거렸다. 아무튼 마지막 뱀이 집 밖으로 쫓겨나고도 일주일이 넘도록 아주머니는 여전히 공포심을 떨쳐내지 못했다. 생각에 잠겨 있는 아주머니의 목덜미를 깃털로 살짝 건드리기만 해도 펄쩍 뛰어올랐다. 정말 우스웠다. 톰은 여자란 다 그렇다고 말했다. 어떤 이유로 하느님이 여자를 다 그렇게 만들었다고 했다.

우리는 뱀이 아주머니 앞에 나타날 때마다 흠씬 두들겨 맞았다. 그리고 다시 한번 뱀으로 온 집 안을 가득 채우면 이 정도로 끝나지 않을 거라고 엄포를 놓았다. 나는 매 맞는 건 상관없었지만, 그 많은 뱀을 다시 잡아야 한다고 생각하니 보통 심난한 게 아니었다.

그러나 마침내 우리는 뱀뿐만 아니라 다른 것들까지 모두 구했다. 그놈들이 음악을 듣고 짐에게로 기어 나왔을 때 짐의 통나무집처럼 유쾌한 곳은 없었다. 짐은 거미를 싫어했고 거미도 짐을 싫어했는지 몰래 숨어 있다가 나타나서 짐을 못살게 굴었다. 짐의 통나무집은 쥐와 뱀과 맷돌 때문에 잠잘 공간도 없을 지경이었다. 물론 자리가 있다고 해도 편히 잘 수 없었다. 왜냐하면 그놈들은 모두 한꺼번에 잠들지 않고 제멋대로였기 때문이었다. 뱀이 자면 쥐가 일어나 돌아다니고, 쥐가 자면 뱀이 돌아다녔다. 침대 밑에서 귀찮게 하는 놈이 있는가 하면, 몸 위를 뛰어다니는 놈이 있었다. 그래서 자리를 옮기면 어느새 거미가 나타났다. 짐은 여기를 벗어나면 월급을 받는다고 해도 다시는 죄수가 되지 않겠다고 말했다.

3주일쯤 되자 모든 준비가 끝났다. 셔츠는 일찌감치 파이 속에 넣어서 전달되었고, 짐은 쥐에게 물릴 때마다 피로 셔츠에 일기를 썼다. 펜도 완성되었고, 문구도 모두 맷돌에 새겼다. 침대 다리도 톱으로 잘라놓았다. 우리는 톱밥을 나눠 먹다가 복통으로 죽을 뻔했다. 이러다 다 죽는 게 아닐까 싶었다. 나는 이렇게 소화 안 되는 톱밥은 처음 보았다. 톰도 마찬가지라고 했다. 어쨌든 모든 준비를 마쳤다. 우리 셋은 지칠 대로 지쳐 있었는데, 그중 가장 많이 지친 사람은 짐이었다. 사일러스 아저씨는 이미 두 번이나 뉴올리언스의 강 아래쪽 농장으로 편지를 보내 도망친 검둥이를 데려가라고 했지만, 애초에 그런 농장이 없었으므로 답장이 올 리 없었다. 마침내 아저씨는 세인트루이스와 뉴올리언스 신문에 광고를 낼 생각이었다. 세인트루이스 신문이라는 말을 듣자 나는 오싹한 기분이 들어 더 이상 지체할 수 없다고 생각했다. 그러자 톰은 마침내 익명의 편지를 쓸 때가 왔다고 말했다.

"무슨 편지?"

"앞으로 일어날 일을 사람들에게 미리 알려주는 편지야. 방법은 경우에 따라 다르지만, 성주에게 미리 일러바치는 자가 있어야 해. 루이 16세가 튈르리 궁에서 도망치려고 했을 때 하녀가 그랬지. 익명의 편지도 아주 좋은 방법이야. 두 가지 다 해보자. 보통 죄수의 어머니가 죄수와 옷을 바꿔 입고 어머니가 감옥에 남고 아들이 탈출하기도 하지. 우리도 이 방법을 써보자."

"하지만 톰, 사람들에게 왜 알려야 하지? 자기들이 알아서 하면
되잖아."

"그렇기는 하지만 그들을 믿을 수 없어. 애당초 시작할 때부터 우
리가 다 했잖아. 사람들은 둔해서 아무것도 눈치채지 못했단 말이
야. 우리가 알려주지 않으면 우리를 방해할 사람도 방해할 물건도
나타나지 않을 거야. 이렇게 고생해서 준비했는데 아무 방해 없이
탈옥하면 완전히 맥 빠지잖아. 아무런 값어치도 보람도 없이 시시
한 사건으로 묻혀버린단 말이야."

"하지만 톰, 나는 그게 더 좋을 것 같아."

"바보 같은 녀석!"

톰은 이제 말하기도 지겹다는 표정을 지었다. 내가 말했다.

"불평하려는 건 아니야. 네가 좋다면 나도 찬성이야. 그럼 하녀
역할은 누가 할 건데?"

"네가 해. 한밤중에 몰래 가서 하녀 옷을 훔쳐 와."

"그런 짓을 하다간 다음 날 아침에 난리가 날 거야. 분명 그 애는
옷이 한 벌밖에 없을 테니까."

"익명의 편지를 현관문 밑으로 넣을 때만 입으면 돼. 15분이면 충
분해."

"좋아, 그럼 그냥 내 옷을 입고 할게."

"그러면 하녀처럼 보이지 않잖아, 안 그래?"

"그렇겠지. 하지만 어차피 나를 볼 사람도 없을 텐데, 뭐."

"그건 상관없어. 우리는 할 일을 다하면 그만이야. 누가 우리를 보든 말든 상관없다고. 너는 아직도 규칙을 이해 못하는구나?"

"좋아. 이젠 아무 말 안 할게. 내가 하녀를 하지, 뭐. 그런데 짐의 어머니는 누가 하니?"

"내가 짐의 어머니야. 나는 샐리 이모의 잠옷을 훔칠 거야."

"그럼 나와 짐이 도망칠 때 너는 통나무집에 남아 있겠네?"

"아니. 짐의 옷 속에 짚을 채우고 짐의 어머니처럼 침대 위에 놓아둘 거야. 짐은 내가 입은 샐리 이모의 잠옷을 입고 다 같이 도피하는 거야. 신분이 높은 죄수가 도망치는 것을 도피라고 해. 예를 들어 왕의 도망을 도피라고 하는 거지. 왕자도 마찬가지고. 서자건 적자건 마찬가지야."

그날 밤 톰은 익명의 편지를 쓰고, 나는 혼혈 하녀의 옷을 몰래 훔쳐 입고 편지를 현관문 밑으로 밀어 넣었다. 편지에는 이렇게 씌어 있었다.

조심하시오. 심각한 사건이 일어날 테니 빈틈없이 경계해야 하오.

다음 날 밤 톰은 피로 그린 해골과 × 자 모양의 뼈 그림을 현관문에 붙이고, 그다음 날 밤에는 관 그림을 뒷문에 붙였다. 나는 이렇게 겁이 많은 가족들을 본 적이 없다. 온 집 안에 유령이 나타나 물건 뒤며 침대 밑이건 공중이건 곳곳에서 한꺼번에 튀어나온다 해도 이 이상 무서워하지는 않으리라. 문이 쾅 닫히는 소리만 나도 샐리 아주머니는 펄쩍 뛰어오르며 비명을 질렀고, 뭐가 떨어지기만 해도 뒤로 넘어갈 듯했다. 가만히 앉아 있을 때 툭 쳐도 마찬가지였다. 늘 자기 뒤에 무엇이 있다고 느낀 아주머니는 어느 쪽을 향해 있어도 줄곧 뒤돌아보며 소리를 질렀는데, 미처 3분의 2를 돌아보기도 전에 소리를 질러대는 것이었다. 아주머니는 침대에서 잘 때도 무서워했지만, 그렇다고 가만히 앉아 있지도 못했다. 이걸 보고 톰은 모든 일이 척척 진행되고 있으며, 이렇게 만족스럽기는 처음이라고 했다. 이 모든 것이 계획대로 되어나갈 증거라는 것이었다.

마침내 톰은 본격적으로 실행할 때라고 말했다. 이튿날 아침 동이 틀 무렵 톰은 한 통의 편지를 더 써서는 어떻게 할지 생각했다. 왜냐하면 점심 식사를 할 때 식구들이 양쪽 입구에서 밤새 검둥이를 지켜야겠다고 말했기 때문이다. 그러나 톰이 피뢰침을 타고 내려가 정찰한 결과 뒷문을 지키던 검둥이들이 잠들어 있었다. 톰은 편지를 검둥이의 목덜미에 꽂아놓고 돌아왔다. 편지 내용은 다음과 같았다.

나를 배반하지 마시오. 나는 당신의 친구가 되기를 원하오. 인디언 보호구역에서 온 무지막지한 살인범과 강도들이 오늘 밤 도망친 검둥이를 데려가려 하오. 그동안 그들은 당신 가족들을 겁주어 집 안에서 꼼짝 못하게 함으로써 아무런 방해 없이 계획을 실행할 생각이었소. 나도 강도의 일원이었으나, 신앙을 가진 뒤 강도단을 떠나 정직한 삶을 살고자 하는 마음에서 이 끔찍한 계획을 귀하에게 알리는 것이오. 그들은 밤 12시에 북쪽 울타리로 잠입해 위조 열쇠로 통나무집을 열고 들어가 검둥이를 데리고 나갈 것이오. 나는 조금 떨어진 곳에 있다가 위험이 닥치면 호각을 불기로 되어 있지만, 그들이 통나무집으로 들어가면 "매!"라고 양 울음소리를 내겠소. 그러면 그들이 검둥이의 쇠사슬을 끊는 동안 당신들이 통나무집 문을 밖에서 잠가 안에 가두고 나중에 처치하면 될 것이오. 내가 알려준 대로 하지 않으면 그들은 의심을 품고 큰 소동을 일으킬 것이오. 나는 당신들에게 알려줌으로써 올바른 일을 한 것으로 만족하며, 아무런 대가도 바라지 않소.

40장

 우리는 점심 도시락을 싸서 강가로 나가 카누를 타고 낚시를 하며 재미있게 보냈다. 뗏목은 별 이상 없었다. 저녁을 먹으러 집으로 돌아와 보니 집안사람들 모두 근심에 싸여 머리로 서 있는지 발로 서 있는지 모를 지경이었다.

 저녁 식사를 마치자 우리는 바로 침실로 쫓겨났다. 무슨 일인지 이야기해주지도 않고 편지에 관해서도 말 한 마디 없었다. 그러나 우리는 편지의 내용을 잘 알고 있었으므로 굳이 들을 필요는 없었다. 우리는 계단을 반쯤 올라가다 아주머니가 돌아서는 것을 보고 재빨리 지하실로 내려가 찬장에서 먹을 것을 꺼내 도시락을 만들어 방으로 올라와 잠자리에 들었다. 그리고 나서 11시 30분쯤에 일어나 톰은 미리 훔쳐두었던 샐리 아주머니의 잠옷을 입고는 도시락을 들고 나가다가 물었다.

 "버터는 어덨어?"

 "옥수수빵 위에 한 덩어리 올려놨는데."

"없는데? 안 가져온 모양이야."

"버터는 없어도 되잖아."

"물론 없어도 되긴 하지. 하지만 지하실에 가서 가지고 피뢰침을 타고 빨리 내려와. 나는 먼저 가서 짐의 옷에 짚을 채워 넣어 짐의 엄마처럼 만들어놓을 테니. 네가 오자마자 '음매' 하고 바로 도망갈 준비할게."

톰은 창문 밖으로, 나는 지하실로 갔다. 주먹만 한 버터 덩어리가 그대로 있었다. 나는 버터가 올려진 옥수수빵을 집어 들고 촛불을 끈 다음 살금살금 계단을 올라왔다. 그런데 갑자기 샐리 아주머니가 촛불을 들고 나타났다. 나는 빵을 모자 밑에 넣고 얼른 머리에 썼다. 아주머니가 나를 보고 말했다.

"지하실에 갔었니?"

"네."

"거기서 뭐 했어?"

"아무것도 안 했어요."

"아무것도 안 했다고?"

"네, 이모."

"그럼, 이 밤중에 지하실에 왜 간 거야?"

"글쎄요."

"글쎄요? 그런 대답이 어딨어? 톰, 지하실에서 뭘 했는지 어서 말해봐."

"이모, 정말 아무것도 안 했어요. 했으면 당연히 말씀드리죠."

나는 그쯤에서 아주머니가 물러날 거라고 생각했다. 평소에는 늘 그랬기 때문이다. 그런데 이상한 일이 자꾸 일어나서 그런지 아주머니는 아무리 하찮은 일이라도 명확하게 알지 않으면 불안한 모양이었다. 아주머니는 단호하게 말했다.

"당장 거실로 들어가서 내가 돌아올 때까지 꼼짝 말고 있어. 뭔가 할 모양인데, 난 그게 뭔지 알아야겠다."

내가 거실로 들어가자 아주머니는 가버렸다. 그런데 세상에! 거실에 마을 사람들이 모두 모여 있는 게 아닌가! 농부 15명가량이 모두 총을 들고 있었다. 나는 너무 무서워 조용히 의자에 가서 앉았다. 그들은 여기저기 모여 있었고, 몇몇은 나지막이 쑥덕거리고 있었다. 모두 불안한 표정으로 흥분해 있으면서도 애써 감추고 있었다. 자꾸만 모자를 벗었다 쓰고, 머리를 긁적거리기도 하고, 자리를 옮겨 앉기도 하고, 단추를 만지작거리기도 하는 것으로 보아 안절부절못하고 있음을 알 수 있었다. 나도 불안하기는 마찬가지였지만 모자를 벗었다 썼다 할 수는 없었다.

나는 샐리 아주머니가 빨리 와서 나를 벌주든가 때리든가 했으면 싶었다. 그래야 얼른 톰에게 달려가 우리의 장난이 지나쳐서 말벌 집 속으로 뛰어든 격이 되고 말았다고 알려줄 것 아닌가! 무엇보다 이 사람들이 참다못해 우리한테 덤벼들기 전에 짐을 데리고 얼른 도망가야겠다고 생각했다.

이윽고 샐리 아주머니가 나타나 나에게 이것저것 묻기 시작했다. 나는 발로 서 있는지 머리로 서 있는지 알 수 없을 지경이어서 무슨 대답을 해야 할지도 몰랐다. 모인 사람들은 더욱 초조해하며 가만히 있지 못했다. 몇 사람은 자정까지 몇 분밖에 안 남았으니 당장 가서 숨어 있다가 악당들을 해치우자고 말했다. 그러자 몇몇 사람들이 양 울음소리가 날 때까지 기다리자고 했다. 그러는 중에도 아주머니는 꼬치꼬치 캐물었고, 나는 겁이 나서 온몸이 부들부들 떨려 금방이라도 쓰러질 것 같았다. 방 안의 열기로 버터가 녹아 목과 귀 뒤로 흘러내리기 시작했다.

"지금 당장 통나무집으로 가서 놈들을 붙잡읍시다."

한 농부가 이렇게 말했을 때 나는 그만 마룻바닥에 주저앉을 뻔했다. 이때 녹은 버터 한 줄기가 내 이마로 흘러내렸다. 그것을 보고 샐리 아주머니가 얼굴이 하얗게 질려 소리쳤다.

"어머나, 얘가 왜 이러지? 뇌막염에 걸렸나 봐! 뇌에서 뭐가 나오잖아!"

그러자 사람들이 모두 나에게 몰려와 쳐다보았다. 아주머니가 내 모자를 잡아 벗기자 빵과 버터가 나왔다. 아주머니는 나를 꼭 끌어안으며 말했다.

"세상에, 깜짝 놀랐잖니! 그래도 버터라서 얼마나 다행인지 모르겠구나. 요즘 계속 안 좋은 일만 생겨서 말이야. 불행은 한꺼번에 몰려온다고 하잖니? 너를 잃는 줄 알았지 뭐니. 빛깔도 그렇고 꼭

뇌가 터진 것 같았으니 말이다. 진작 그걸 가지러 지하실에 갔다고 말하지 그랬어? 그랬으면 놀랄 일도 없었을 것을. 어서 가서 자거라. 그리고 내일 아침까지 나오지 말거라."

나는 단숨에 2층으로 올라가 곧바로 피뢰침을 타고 내려가 어둠 속을 쏜살같이 달렸다. 너무 걱정되어 입이 떨어지지 않을 정도였으나, 톰을 보자마자 지금 당장 도망가야 하며 1초도 지체할 시간이 없고, 집에는 총을 가진 남자들이 가득하다고 전했다. 그러자 톰은 눈을 반짝이며 말했다.

"뭐라고? 정말이야? 근사하다! 다시 또 하면 2백 명은 모이겠는걸! 도망치는 것을 미룰 수만 있다면 말이야!"

"서둘러! 빨리 가자고! 짐은 어디 있어?"

나는 급하게 말했다.

"네 팔꿈치 밑에 있잖아. 손만 뻗으면 닿을 거야. 짐은 벌써 옷을 다 입고 준비하고 있어. 자, 조용히 나가서 양 울음소리를 내자."

그런데 이때 문으로 다가오는 사람들 발소리가 들려왔다. 이어 자물쇠가 달가닥거리더니 한 남자가 이렇게 말하는 소리가 들렸다.

"너무 이르다고 했잖아. 놈들이 아직 안 왔어. 문이 잠겨 있잖아. 자네들은 안으로 들어가 숨어 있다가 놈들이 들어오면 쏘아버려. 나머지는 근처에 흩어져서 놈들을 기다리자고."

그들이 안으로 들어왔다. 너무 어두워 우리를 보지는 못했지만, 침대 밑으로 급히 빠져나가다가 밟힐 뻔했다. 우리는 구멍으로 무사히 빠져나왔다. 짐이 앞장섰고, 그다음이 나, 마지막으로 톰이 나왔는데, 이것은 톰이 지시한 순서였다. 우리는 헛간에 숨어서 가까이 나는 발소리에 귀를 기울였다. 톰은 문틈으로 밖을 내다봤으나 어두워서 아무것도 보이지 않는다고 했다.

톰은 틈새로 발소리에 귀를 기울였다. 밖에서는 사람들 발소리가 그치지 않았다. 마침내 톰이 쿡쿡 찌르자 우리는 숨소리까지 죽여가며 몸을 숙여 일렬로 살금살금 울타리 쪽으로 갔다. 짐과 나는 울타리를 넘었는데 톰은 바짓가랑이가 맨 위쪽 나뭇조각에 걸리고 말았다. 그때 다가오는 발소리가 들리자 톰은 바짓가랑이를 잡아뗐다. 그 때문에 나뭇조각이 뚝 부러지는 소리가 났다. 톰이 우리에게 달려오기 시작하자 누군가 큰 소리로 외쳤다.

"누구야? 대답 안 하면 쏜다!"

그러나 우리는 대답할 새도 없이 걸음아 날 살려라 하고 달리기 시작했다. 그러자 순식간에 사람들이 몰려들어 총을 쏘기 시작했다. 총알이 우리 주위를 날아갔고, 사람들 소리가 들렸다.

"여기 있다! 강으로 달아났어! 뒤쫓아라! 개를 풀어!"

사람들이 달려오는 소리가 들렸다. 우리는 구두를 신지 않았고 큰 소리를 내지도 않았지만, 그들은 모두 구두를 신은 데다 소리치는 바람에 다가오는 소리가 다 들렸다. 우리는 방앗간으로 가는 길목에서 사람들이 다가오자 바로 옆의 관목 숲으로 들어갔다. 그리고 그들이 지나가자 그 뒤를 따라갔다. 원래 개를 다 가둬두는데,

이날은 풀어놓는 바람에 백만 명을 추적해도 될 만큼 많은 개들이 컹컹 짖어대며 달려왔다. 그러나 우리가 잘 아는 개들이었으므로 그냥 멈춰 섰다. 개들도 우리를 보고는 꼬리 치다가 떠드는 소리가 나는 쪽으로 쏜살같이 달려가 버렸다. 그래서 우리는 다시 힘차게 개들 뒤를 쫓아 방앗간까지 마구 달렸다. 그러고는 숲으로 들어가 카누 있는 곳까지 갔다. 우리는 카누를 타고 죽을힘을 다해 강 한가운데까지 저어 갔다. 우리는 꼭 필요한 말 이상은 조금도 하지 않았다. 그런 다음 뗏목을 감춰둔 섬까지 마음 놓고 노를 저었다. 사람들과 개들이 강변에서 떠들고 짖는 소리가 들려왔지만, 차츰 그 소리도 잦아들더니 마침내는 들리지 않았다. 뗏목으로 옮겨 탈 때 내가 말했다.

"짐, 넌 다시 자유의 몸이 됐어. 앞으로는 두 번 다시 노예가 되지 않을 거야."

"헉, 정말 멋지게 끝난겨! 계획도 훌륭했고 아주 근사하게 해냈구면. 우리보다 더 복잡하고 멋진 계획을 세울 사람은 이 세상에 없을 거여."

우리 모두 무척 기뻐했다. 가장 기뻐한 것은 톰이었다. 왜냐하면 톰은 장딴지에 총알을 맞았기 때문이다. 그러나 이 말을 듣고 짐과 나는 즐거워할 수가 없었다. 상처가 크고 피가 많이 흘렀던 것이다. 우리는 톰을 천막집 안에 눕히고 공작의 셔츠를 찢어서 상처를 감싸려고 했다. 그러자 톰이 말했다.

"그 헝겊 이리 줘. 나 혼자 할 수 있어. 너희는 계속 가. 지체하지 말고. 멋지게 탈주했으니 노를 저어 뗏목을 달려! 헉, 짐, 우리는 정말 근사하게 해냈어. 정말이야. 루이 16세의 탈출도 우리에게 맡겨주었더라면 좋았을걸! 그랬다면 그의 전기에 '성(聖) 루이의 자손들이여, 하늘로 올라가라!'는 글귀가 적히지는 않았을 거야. 그럼 아니고말고. 우리는 루이 16세를 국경 건너로 도피시켰을 거야. 지금처럼 말이야. 틀림없어. 그것도 아무것도 아닌 것처럼 아주 쉽게 말이지. 자, 노를 저어라, 노를!"

그러나 짐과 나는 이 문제를 의논했다. 잠시 궁리한 끝에 내가 말했다.

"짐, 네 생각은 어때?"

"내 생각은 말이여, 헉, 자유의 몸이 된 사람이 톰 도련님이고 우리 둘 중에 누가 총을 맞았다면, 그때도 톰 도련님이 의사 따위는 상관 말고 계속 가자고 했을까? 톰 도련님이 그랬겠냐고? 그럴 리가 없잖여. 그러면 내가 그런 말을 하것어? 천만의 말씀이여. 나는 의사가 올 때까지 여기서 한 발짝도 움직이지 않을 거여. 40년이 걸린다 해도 말이여."

나는 짐의 마음씨가 착하다는 것을 이미 알고 있었다. 그래서 그가 이렇게 말하리라 짐작하고 있었다. 나는 톰에게 이제 다 끝났으니, 의사를 부르러 가겠다고 말했다. 톰은 심하게 반대했지만 짐과 나는 절대 물러서지 않았다. 그러자 톰은 천막집에서 기어 나와 뗏목 밧줄을 풀려고 했다. 하지만 우리가 그냥 내버려두지 않았다. 톰은 몹시 화를 냈지만 소용없었다. 내가 카누를 준비하자 톰은 이렇게 말했다.

"꼭 가야겠다면 마을에 도착해서 어떻게 해야 할지 가르쳐주지. 문부터 닫고 의사의 눈을 철저히 가린 후 죽어도 침묵을 지키겠다는 약속을 받고 금화가 가득 든 자루를 손에 쥐어주는 거야. 그리고 뒷골목을 이리저리 빙빙 돌며 한참을 끌고 다니다가 카누에 태워 섬 몇 개를 돌아서 여기로 데리고 와. 또 의사의 몸을 뒤져서 분필 같은 게 있으면 압수했다가 마을로 돌려보낼 때까지 주지 마. 그러지 않으면 이 뗏목을 다시 찾아오려고 분필로 표시를 해놓거든. 대개 그렇게 해."

나는 그대로 하겠다고 말하고 그곳을 떠났다. 짐은 의사가 오면 숲에 숨어 있다가 떠날 때까지 나오지 않기로 했다.

41장

　의사는 나이 지긋한 분이었다. 내가 잠을 깨웠는데도 아주 친절하게 대해주었다. 나는 어제 오후 동생이랑 스페인 섬에서 사냥을 하고 뗏목에서 야영을 했는데, 한밤중에 동생이 꿈을 꾸었는지 총을 발로 걷어차는 바람에 총알이 발사되어 동생의 다리에 맞았다고 했다. 그러니 같이 가서 치료를 해주고 아무에게도 알리지 말아달라고 부탁했다. 왜냐하면 오늘 밤 집으로 돌아가서 식구들을 깜짝 놀라게 해주려 한다고 말했다.

　"누구 집이라고?"

　의사가 물었다.

　"저 아래 펠프스 씨 집이오."

　그러자 조금 뒤 의사가 다시 물었다.

　"동생이 어쩌다 총에 맞았다고?"

　"꿈을 꾸다가요."

　"희한한 꿈도 다 있구나."

의사는 등불을 켜고 안장을 올렸다. 우리는 곧 출발했다. 그러나 의사는 카누를 보자 못마땅한 표정을 지었다. 혼자는 몰라도 두 사람이 타기에는 위험하다는 것이었다. 그래서 나는 이렇게 말했다.

"걱정 마세요, 선생님. 세 사람도 탔으니까요."

"세 사람?"

"저와 시드와…… 총이오. 그걸 그냥 셋이라고 한 거예요."

"그렇군."

그러나 의사는 뱃전에 발을 걸치고 카누를 흔들어보더니 고개를 저으며 좀더 큰 것을 찾아보자고 말했다. 그러나 주위에 있는 카누와 배는 모두 쇠사슬에 묶여 자물쇠가 채워져 있었다. 의사는 자기혼자 카누를 타고 갔다가 돌아올 테니 나는 여기서 기다리라고 했다. 기다리기 싫으면 카누를 더 찾아보든지, 아니면 집으로 돌아가 식구들을 놀랠 준비나 하는 게 어떠냐고 했다. 나는 그냥 기다리겠다고 했다. 내가 뗏목의 위치를 알려주자 의사는 혼자 떠났다.

조금 뒤 한 가지 생각이 떠올랐다. 나는 혼자 중얼거렸다. 저 의사가 속담처럼 양이 꼬리를 세 번 흔들 동안 상처를 치료할 수 없다면? 사나흘쯤 걸린다면 어떡하지? 의사가 비밀을 발설할 때까지 여기서 계속 기다려야 하나? 그건 절대 안 돼. 나는 할 일을 해야 해. 의사가 돌아와 상처를 치료하기까지 시간이 더 걸릴 거라고 하면서 다시 뗏목으로 가려고 하면 나도 함께 가는 거다. 헤엄을 쳐서라도 따라가야 한다. 그러고는 의사를 잡아 묶고 강을 내려가는 거다.

그다음 톰의 상처가 치료되면 의사에게 치료비를 주든 우리가 가진 돈을 모두 주든 해서 강가에 내려주는 거다.

나는 생각을 정리한 다음 잠깐 눈을 붙이려고 장작더미 속으로 들어갔다. 얼마 후 눈떠 보니 해가 중천에 떠 있었다. 나는 벌떡 일어나 의사의 집으로 달려갔다. 그 집 사람들은 선생님이 밤에 나가셔서 아직 돌아오지 않았다고 말했다. 톰의 상처가 무척 심한 것 같아서 나는 곧장 섬으로 가려고 달려갔다. 그렇게 마을 모퉁이를 돌다가 그만 마주 오는 사일러스 아저씨의 배를 머리로 들이받고 말았다. 아저씨가 말했다.

"톰! 지금까지 어디 있었니?"

"아무 데도 가지 않았어요. 시드랑 같이 도망친 검둥이를 찾고 있었어요."

"어디를 돌아다녔던 거야? 이모가 얼마나 걱정했는 줄 아니?"

"걱정 안 하셔도 돼요. 우리는 괜찮아요. 사람들과 함께 개 뒤를 따라갔었는데, 너무 빨라서 그만 놓치고 말았어요. 그러다 강 쪽에서 소리가 들리기에 카누를 타고 강을 건너갔는데 아무것도 없었어요. 그렇게 강을 올라가다 너무 피곤해서 카누를 매놓고 잠이 들었어요. 한 시간쯤 전에 겨우 눈을 뜨고 어떻게 됐는지 알아보려고 달려온 거예요. 시드는 무슨 소식을 들을 수 있을까 해서 우체국으로 갔고, 저는 먹을 것을 좀 구하려고 왔다가 이제 집으로 돌아가는 길이에요."

결국 아저씨와 나는 시드를 찾으러 우체국으로 갔다. 물론 시드는 그곳에 없었다. 아저씨는 편지 한 통을 받아 들고 한참을 기다렸지만 시드는 나타나지 않았다.

아저씨가 말했다.

"자, 그만 가자. 시드는 어슬렁거리다가 싫증 나면 걸어오든지 카누를 타고 오겠지. 우리는 마차를 타고 돌아가자."

나는 우체국에 남아서 시드를 기다리겠다고 했으나 아저씨는 기다려봐야 소용없을 테니 일단 집에 가서 샐리 아주머니에게 아무 일 없다고 알려줘야 한다고 말했다.

집에 도착하자 아주머니는 너무나 기쁜 나머지 나를 끌어안고 울고불고 야단이었다. 그러고 나서 아주머니 특유의 그 아프지도 않게 한 대 때리고는, 시드가 돌아오면 똑같이 때려주겠다고 말했다.

집은 마침 점심을 먹으러 온 농부와 그 부인들로 가득해 떠드는 소리로 매우 시끄러웠다. 그중에서도 늙은 호치키스 부인은 쉴 새 없이 혀를 놀렸다.

"펠프스 부인, 나도 그 통나무집을 구석구석 뒤져봤는데, 아무래도 그 검둥이는 미친 게 분명해요. 덤렐 부인한테도 그렇게 말했어요. 안 그래요, 덤렐 부인? 틀림없이 미친놈이에요. 그렇지 않아요? 미치지 않고서야 그럴 수 없어요. 맷돌 좀 봐요. 정신이 나가지 않고서야 맷돌에다 그런 터무니없는 글을 쓰겠냐 말이에요. 마음이 부서졌다느니, 37년 동안 고독한 생활을 했다느니, 루이 14세의 사생아라느니, 잠꼬대 같은 소리를 써대다니 완전히 미친놈이에요. 난 처음부터 그 검둥이는 미친놈이라고 했답니다. 마치 머리가 돈 느부갓네살 왕처럼 미쳤다고 말이에요."

"그리고 또 그 천 조각으로 만든 줄사다리 좀 봐요, 호치키스 부인. 대관절 그걸 어디에 쓰려고 만들었을까요?"

이번에는 덤렐 부인이 말했다.

"지금 어터백 부인과 그 얘기를 하던 참이에요. 안 그래요, 어터백 부인? 그 천으로 만든 줄사다리로 무엇을 할 셈이었을까요? 호치키스 부인이 그러던데……."

"그런데 그 무거운 맷돌을 어떻게 가지고 들어갔을까요? 누가 그런 구멍을 팠을까요? 대체 누가……."

"내 말이 그 말이에요, 펜로드 씨! 거기 있는 꿀 접시 좀 이리 주겠어요? 내가 방금 던랩 부인에게 그랬거든요. 어떻게 맷돌을 옮겼을까 하고요. 도와주는 사람도 없이 혼자서 말이에요! 바로 그거예요. 분명 도와주는 사람이 있었던 거예요. 그것도 한두 사람이 아니라 15명은 될 거예요. 여기 있는 검둥이를 모조리 두들겨 패서라도 도와준 놈들을 색출해야 돼요! 게다가 나는……."

"15명이라니요? 수십 명이 달려들어도 못하겠던데요. 칼로 만든 톱을 봐요. 그걸 만드느라 얼마나 오래 걸렸을까요? 그 톱으로 침대 다리를 잘랐잖아요. 남자 6명이 해도 일주일이 넘게 걸릴걸요. 침대 위에 놔둔 짚으로 만든 검둥이는 또 어떻고요. 그리고 또……."

"맞아요, 하이워터 씨! 나도 펠프스 씨에게 말했어요. 멀쩡한 침대 다리가 저렇게 부러진 건 뭐겠어요? 누군가 자른 거죠. 내 생각은 그래요. 뭐, 아닐 수도 있지만요. 다른 분들은 어떻게 생각하세요? 저는 던랩 부인한테 그랬어요. 전······."

"펠프스 부인. 그만한 일을 하려면 분명 4주 동안 매일 밤 통나무 집에 검둥이들이 꽉 들어차 있었을 거예요. 저 셔츠 좀 봐요! 피로 아프리카 말을 써놓았잖아요. 모여서 그 짓거리를 했을 거예요. 저걸 읽을 줄 아는 사람이 있다면 내가 2달러 드리죠. 그걸 쓴 검둥이 패거리를 붙잡아 두들겨 패야 돼요······."

"검둥이를 도운 패거리 말이죠, 마플스 씨? 정말이지 당신이 우리 집에 잠시라도 머물렀다면 분명 아셨을 거예요. 그놈들이 닥치는 대로 훔치는 거예요. 항상 감시를 하는데도요. 빨랫줄에 걸린 셔츠를 훔쳤고, 천 사다리를 만든 그 침대보도 몇 번이나 훔쳐냈는지 몰라요. 그리고 밀가루, 초, 촛대, 숟가락, 헌 접시 등등. 일일이 기억하기도 힘드네요. 나하고 사일러스하고 시드와 톰이 밤낮없이 감시했는데도, 녀석들 털끝 하나도 보지 못했어요. 소리조차 들리지 않았다니까요. 마지막에는 어쨌는지 아세요? 우리 코앞에서 우리를 바보로 만들고 인디언 보호구역에서 왔다는 도둑놈들까지 우리를 농락하며 그 검둥이를 데리고 정말 감쪽같이 달아나버렸다고요. 그것도 16명의 남자와 22마리의 개가 바로 뒤쫓아갔는데도 말이지요. 나 원 참, 기가 막혀서. 어떻게 이런 일이 있을 수 있죠? 정말이지 귀신이 곡할 노릇이에요. 그래요, 틀림없이 귀신 짓일 거예요. 우리 집 개 아시죠? 세상에 그렇게 영리한 개가 없어요. 그런데 그 개들이 낌새도 눈치 못 챘다니까요! 뭐라고 설명 좀 해줘요. 아무라도 좋으니 말이에요!"

"아니, 그럴 수가……."

"어쩜 그런 일이……."

"정말 모르겠네요……."

"이제 이곳이 너무 무서워요……."

"무서워서 살 수가 없다고요? 리즈웨이 부인, 나는 너무 무서워서 침대에 들어갈 수도 없고, 앉아 있을 수도 없어요. 자정이 되었을 때 얼마나 무서웠는지 아세요? 정말이지 놈들이 집안 식구들을 해칠까 봐 걱정돼서 제정신이 아니었다니까요. 지금은 대낮이니까 괜찮지만, 그때는 어린애들 둘이 2층에서 자고 있다는 생각이 들자 너무 불안해서 올라가 방에 자물쇠를 채워버렸어요. 그렇게 하지 않을 부모가 어디 있겠어요? 너무 무서우면 머리가 돌아서 엉뚱한 짓을 하게 된다니까요. 내가 아이라면, 더욱이 잠겨 있지 않은 방에 혼자 있다면 어떨까 하는 생각이 들자……."

그때 아주머니는 이상하다는 표정을 지으며 말을 뚝 그쳤다. 그리고 천천히 고개를 돌려 나를 보았다. 나는 아주머니와 눈이 마주치자 슬그머니 밖으로 나갔다.

나는 밖으로 나와 오늘 아침 우리가 방에 없었던 이유를 어떻게 설명할지 궁리했다. 아주머니가 나를 부를 것 같아 멀리 나가지 않았다. 오후 늦게 사람들이 모두 돌아가고 나서 나는 집 안으로 들어가 아주머니에게 모두 이야기했다. 밖에서 와자지껄한 소동과 총소리가 나길래 우리는 일어났고, 재미있는 일이라도 생겼나 싶어 나오려고 했는데 문이 잠겨 피뢰침을 타고 내려왔으며, 그러다 둘 다 조금씩 다쳤고, 다시는 그런 짓을 하지 않겠다. 이렇게 말하고 아까 사일러스 아저씨에게 했던 말을 그대로 되풀이했다. 그러자 아주머니는 용서해주겠다고 하며, 애들이 그런 것이니 괜찮다고 말했다. 그리고 사내아이들이란 제멋대로 굴게 마련이니까 지난 일로 마음 상하기보다 무사한 것을 고맙게 여긴다고 말했다. 그러더니 아주머니는 나에게 키스해주고 내 머리를 가볍게 두드려주었다. 그러다 뭔가 떠오른 듯 갑자기 벌떡 일어나며 말했다.

"이 일을 어쩌. 곧 어두워질 텐데, 시드가 아직도 돌아오지 않았구나! 대체 그 애는 어떻게 된 걸까?"

나는 지금이야말로 기회다 싶어 벌떡 일어나며 말했다.

"제가 마을로 가서 데리고 올게요."

"안 돼. 넌 여기 있어. 한 번에 하나로 충분해. 늦게까지 돌아오지 않으면 이모부를 보내 찾으라고 하면 되니까."

결국 저녁 식사가 끝나자 아저씨는 밖으로 나갔다. 그리고 10시경 몹시 걱정스러운 얼굴로 돌아왔다. 샐리 아주머니가 크게 걱정하자 아저씨는 염려하지 말라면서, 사내아이들은 그러게 마련이니 아침이 되면 틀림없이 씩씩한 모습으로 나타날 것이라고 말했다. 그러나 아주머니는 좀더 기다려보겠다면서 시드가 볼 수 있게 불을 켜놓겠다고 했다.

얼마 후 내가 2층 침실로 가자 아주머니는 촛불을 들고 따라와 이불을 덮어주었다. 엄마처럼 보살펴주자 양심의 가책이 느껴져 아주머니의 얼굴을 똑바로 쳐다볼 수 없었다. 아주머니는 침대에 걸터앉아 시드가 얼마나 좋은 아이인가 하고 계속 이야기했다. 그러면서 때때로 시드가 길을 잃었거나 다쳤거나 물에 빠진 건 아닐까 하고 묻고는, 지금 어딘가에서 고통스러워하거나 죽어가고 있을지도 모르는데 자기가 옆에서 돌봐주지도 못한다며 눈물을 흘렸다. 내가 시드는 내일 아침에 건강한 모습으로 돌아올 거라고 말하자 아주머니는 내 손을 꼭 쥐고 키스해주며 몇 번이고 그 말을 다시 해달라고 했다. 그 말을 들으니 마음이 편안해진다고 하면서 말이다. 그리고 방을 나갈 때 상냥하게 내 눈을 바라보며 말했다.

"톰, 문에 자물쇠를 채우지 않겠다. 창문도 있고 피뢰침도 있지만, 너는 얌전히 있겠지? 너는 착한 아이니까 나가지 않겠지? 나를 위해서라도."

나는 톰이 어떤지 궁금해 가만히 있을 수가 없었다. 그래서 무슨 일이 있어도 꼭 나가야겠다고 생각했다. 그런데 이 말을 듣자 차마 나갈 수가 없었다.

아주머니도 마음에 걸리고 톰의 일도 걱정돼서 나는 잠을 잘 수가 없었다. 나는 밤중에 두 번이나 피뢰침을 타고 아래로 내려갔다. 집 정면으로 돌아가니, 창가에 놓인 촛불 옆에서 눈물을 글썽이며 한길을 바라보는 아주머니가 보였다. 나는 아주머니를 위해 무엇이든 해드리고 싶었지만, 그녀를 더 이상 슬프게 하지 말아야겠다고 다짐하는 것 말고는 달리 할 수 있는 일이 없었다. 동이 틀 무렵 나는 세 번째로 아래로 내려갔다. 촛불은 거의 다 타들어 가고 있었고, 아주머니는 아직도 창가에 앉아 희끗희끗한 머리를 두 손으로 괸 채 잠들어 있었다.

42장

　사일러스 아저씨는 아침을 먹기 전에 다시 마을에 나가보았지만 톰의 종적조차 찾을 수 없었다. 아저씨와 아주머니 둘 다 슬픈 표정으로 말없이 식탁에 앉아 있었다. 커피가 다 식을 때까지 음식에 손도 대지 않다가 마침내 아저씨가 아주머니에게 말했다.

　"내가 편지를 줬소?"

　"무슨 편지요?"

　"어제 우체국에서 받은 편지 말이오."

　"아니요, 당신이 편지 준 건 없었어요."

　"내가 깜박했나 보군."

　아저씨는 주머니를 뒤적이다가 곧 편지 놔둔 곳을 기억하고 가서 가지고 왔다. 아주머니는 편지를 받고 기뻐하며 말했다.

　"어머나, 세인트피터스버그의 언니한테 온 거예요."

　나는 다시 한번 밖으로 나갔다 오고 싶었지만 꼼짝할 수 없었다. 그런데 아주머니는 뭘 보았는지 갑자기 편지를 떨어뜨리고 뛰쳐나갔다. 나도 곧바로 쫓아 나갔다. 매트리스 위에 누운 톰과 나이 지긋한 의사, 아주머니의 무명베 잠옷을 입은 채 두 손이 뒤로 묶인 짐, 그리고 그 뒤를 따라 수많은 사람들이 몰려왔던 것이다. 나는 편지를 집어 손 닿는 대로 어느 물건 뒤에 숨기고 총알같이 튀어 나갔다. 아주머니는 울면서 톰에게 달려가 껴안고 말했다.

"맙소사! 이게 어떻게 된 거니. 죽은 거야? 아이고, 죽었구나!"

그러자 톰이 고개를 조금 들고 중얼거렸는데, 상태가 몹시 안 좋아 보였다. 아주머니는 두 손을 쳐들며 말했다.

"살아 있었구나! 아이고, 하느님, 감사합니다. 살아 있었어!"

그녀는 톰에게 키스하고 누울 자리를 마련하려고 날듯이 집으로 달려갔다. 그리고 걸음을 뗄 때마다 눈에 띄는 검둥이와 다른 사람들에게 빠른 말투로 이것저것 일을 시켰다.

나는 사람들이 짐을 어떻게 할지 보려고 따라갔다. 의사와 사일러스 아저씨는 톰을 따라 집으로 왔다. 사람들은 몹시 흥분해 있었고, 몇몇은 다른 검둥이들의 본보기로 짐의 목을 매달아야 한다고 주장했다. 그래야 다른 검둥이들이 도망갈 생각을 하지 않을 것이고, 이번처럼 몇 날 며칠 밤을 가족들이 불안에 떠는 일도 없을 것이라고 했다. 하지만 또 몇몇 사람들은 그럴 수 없다고 말했다. 우리 노예도 아니고, 주인이 와서 몸값을 요구할 수도 있다는 것이었다. 그러자 흥분했던 사람들이 조금 수그러들었다. 사실 잘못을 저지른 검둥이를 목매달자고 주장하는 사람들이 그렇게 한 대가로 몸값을 지불하냐면 그건 아니었기 때문이다.

하지만 사람들은 짐에게 욕을 퍼부으며, 가끔 따귀나 머리를 때리기도 했다. 짐은 한 마디도 하지 않을뿐더러 나를 아는 척도 하지 않았다. 사람들은 짐을 먼저 있던 통나무집으로 데리고 가서 원래 옷을 입히고 쇠사슬로 묶었다. 이번에는 침대 다리가 아니라 통나무에 박은 커다란 쇠고리에 붙들어 매고 손과 발을 다 묶어버렸다. 그리고 주인이 찾으러 오든지 아니면 일정 기간이 지나 경매에 붙여질 때까지 빵과 물만 주고, 우리가 파놓은 구멍을 메우고 밤마다 농부 둘이 총을 들고 오두막 보초를 설 것이며, 낮에는 문에 불독을 매어두어야겠다고 했다. 사람들이 대충 일을 끝내고, 욕을 지껄이며 떠나려고 할 때 의사가 나타나 말했다.

"저 검둥이를 너무 심하게 대하지는 말게. 못된 검둥이가 아닐세. 저 아이한테 가보니 다른 사람 도움 없이는 총알을 빼낼 수 없는 상태였네. 아이 혼자 두고 사람을 데리러 갔다 올 정도도 아니었지. 게다가 상태가 자꾸 나빠지더니 급기야 정신이 나갔는지 나한테 절대 가까이 오지 말라고 하면서 뗏목에다 분필로 표시를 하면 죽여버리겠다고 헛소리를 해대는 거야. 그래서 누가 좀 도와주면 좋겠는데 하고 나 혼자 중얼거리고 있는데 마침 이 검둥이가 나타나더니 도와주겠다는 거야. 정말 훌륭하게 도와주었지. 물론 나는 보는 순간 바로 도망친 검둥이라는 것을 눈치챘지만 어쩔 수 없었어. 나는 그날 밤을 거기서 지새워야 했거든. 나는 정말 이러지도 저러지도 못하는 상황이었네. 감기 환자가 둘이나 있어서 얼른 마을로 돌아가야 하는데, 그러다 검둥이가 도망치면 내 책임이 될 것 같았거든. 더구나 가까이 부를 배도 한 척 없었으니 말이야. 그래서 할 수 없이 해가 뜰 때까지 있기로 했네. 나는 이 검둥이처럼 충실하게 환자를 돌보는 사람을 여태껏 본 적이 없어. 잡힐지도 모르는데 위험을 무릅쓰고 함께 있었어. 게다가 많이 시달렸는지 무척 지쳐 있더군. 난 이 검둥이가 좋아졌어. 이 검둥이는 천 달러 이상의 값어치가 있네. 친절하게 대우할 만한 가치가 있다고 생각해. 내가 필요로 하는 건 무엇이든 즉시 가져다주었고, 그래서 저 아이는 집에서 치료받는 것만큼 효과를 거뒀지. 아니, 그 이상이었다고 할 수 있어. 거기는 아주 조용했으니까. 나는 이 둘과 함께 거기서 밤을 지새우고 동이 트자 지나가는 배를 불렀네. 마침 그때 이 검둥이는 돗자리 옆에 앉아 머리를 무릎에 얹고 잠들어 있었지. 내가 손짓하자 사람들이 살금살금 다가와 검둥이를 붙잡았네. 잠결에 영문도 모르고 어리둥절해하는 사이 잡아서 데리고 온 거네. 별 소동도 없었네. 저 아이도 깊이 잠들어 있었기 때문에 우리는 최대한 소리 나지 않게 노를 저어 뗏목을 끌고 왔다네. 그런데 이 검둥이는 처음부터 저항은커녕 말 한 마디 하지 않았네. 참 괜찮은 검둥이야. 내가 확실하게 말할 수 있네."

그러자 누군가 말했다.

"듣고 보니 정말 착한 검둥이네요, 선생님."

다른 사람들의 마음도 조금 누그러졌다. 나는 짐에 대해 이런 말을 해준 의사가 너무 고마웠다. 더구나 짐에 대한 내 마음과 같아서 몹시 기뻤다. 나도 짐을 처음 봤을 때부터 착하고 친절한 검둥이라고 생각했던 것이다. 사람들은 짐이 훌륭한 행동을 했으니 인정해주고 보상해줄 만하다고 말했다. 그리고 모두 진심으로 더 이상 짐에게 욕하지 않기로 약속했다.

사람들은 짐을 오두막에 가두고 나왔다. 나는 사람들이 무거운 쇠사슬을 한두 개 정도 풀어주자고 하거나 빵과 물 외에 고기와 채소도 주자고 말하지 않을까 기대했다. 하지만 거기까지 말하는 사람은 없었다. 내가 끼어들어 말해볼까도 싶었지만 그러지 않는 게 좋겠다고 생각했다. 이제 눈앞에 닥친 문제만 해결하고 나면 어떻게 해서든 의사 선생님이 했던 말을 샐리 아주머니에게 전해야겠다고 마음먹었다. 문제란 다른 게 아니라 그날 밤 톰과 내가 도망친 검둥이를 찾아 돌아다닐 때 어쩌다 톰이 총에 맞았는지 설명하는 것이었다.

그러나 시간은 얼마든지 있었다. 샐리 아주머니는 밤낮없이 톰의 침실을 지켰고, 나는 밖에서 서성거리는 사일러스 아저씨를 볼 때마다 은근슬쩍 피했다.

다음 날 톰이 많이 좋아져서 샐리 아주머니가 한숨 자러 갔다는 말을 듣고 나는 얼른 톰의 침실로 들어갔다. 톰이 깨어 있으면 집안 식구들에게 의심을 사지 않을 이야기를 함께 꾸며낼 생각이었다.

그러나 톰은 잠들어 있었다. 집으로 돌아왔을 때처럼 붉은빛이 아니라 창백한 얼굴로 편안한 모습이었다. 나는 옆에 앉아 톰이 깨어나기를 기다렸다. 30분가량 지나자 샐리 아주머니가 불쑥 들어왔다. 나는 또다시 난처한 상황에 맞닥뜨렸다. 아주머니는 조용히 하라고 손짓하며 내 옆에 앉아 나지막이 속삭였다. 그녀는 톰이 많이 회복되었고, 한숨 푹 자고 일어나면 몸 상태도 더 좋아지고 정신도 맑아질 거라고 했다.

나는 아주머니와 둘이 앉아서 톰을 쳐다보았다. 마침내 톰이 몸을 조금 움직이더니 슬며시 눈을 뜨고 사방을 둘러보았다.

"어! 집이네! 어떻게 된 거야? 뗏목은 어디 있지?"

"괜찮아, 다 잘됐어."

"짐은?"

"짐도 괜찮아."

나는 이렇게 대답했지만 자신 있게 말할 수는 없었다. 그러나 톰은 전혀 눈치채지 못하고 말했다.

"좋았어! 아주 멋져! 우리 모두 별 탈 없이 잘했어! 이모한테 말씀드렸어?"

내가 그렇다고 말하려는데 아주머니가 먼저 물었다.

"시드, 뭘 말이냐?"

"뭐라니요? 이 모든 일이 어떻게 해서 일어났는지 말이에요."

"이 모든 일이라니?"

"전부 다 말이에요. 우리가 도망친 노예 검둥이를 탈출시킨 이야기요. 저랑 톰이……."

"뭐라고! 탈출을 시켜? 대체 얘가 무슨 소리를 하는 거야? 정신이 아직 돌아오지 않은 모양이구나."

"아니요. 제 정신은 말짱해요. 제가 무슨 말을 하고 있는지도 잘 알아요. 우리는 짐을 자유롭게 풀어주었어요. 톰이랑 제가요. 계획을 세우고 아주 근사하게 해냈다고요."

톰이 마구 지껄이자 아주머니는 말없이 멍하니 쳐다보았다. 내가 끼어들어 봤자 소용없을 것 같았다.

"이모, 우리가 얼마나 힘들었는 줄 아세요? 식구들 모두 잠들었을 때 몇 주일 동안 매일 밤 몇 시간씩이나 계속 일했어요. 양초와 침대보, 셔츠, 이모의 잠옷, 숟가락, 양철 접시와 칼, 그리고 맷돌과 밀가루 등등 수많은 물건들을 훔쳤어요. 톱이랑 펜도 만들고 글씨도 새기고, 아무튼 엄청나게 많은 일을 했어요. 우리가 얼마나 힘들게 일했는지, 또 얼마나 신나게 했는지 이모는 아마 들어도 모르실 거예요. 우리는 관이랑 다른 그림도 그렸어요. 도둑놈이 보낸 것처럼 익명의 편지도 쓰고, 피뢰침을 타고 오르락내리락하고, 오두막 바닥에 구멍도 파고, 줄사다리를 만들어 파이 속에 넣어 굽고, 이모 앞치마 주머니에 숟가락과 다른 도구들을 넣어서 전달하고……."

"세상에!"

"우리는 짐의 친구를 만들어주려고 쥐와 뱀을 잔뜩 잡아 오두막에 넣어주었어요. 톰이 모자 속에 버터를 감춰 가지고 오다가 이모한테 붙들리는 바람에 하마터면 실패할 뻔했어요. 왜냐하면 우리가 오두막을 빠져나오기도 전에 사람들이 몰려왔거든요. 급하게 도망치다가 사람들이 그 소리를 듣고 총을 쏘는 바람에 제 다리에 맞은 거예요. 우리는 길옆 숲으로 들어가 숨었다가 사람들이 지나가고 나서 나왔어요. 개들도 쫓아왔는데 우리는 신경도 쓰지 않고 떠들썩하게 뛰어가는 사람들을 따라가 버렸어요. 그렇게 해서 우리 모두 무사히 카누를 타고 뗏목으로 간 거죠. 짐은 자유의 몸이 되었어요. 그 모든 걸 우리 힘으로 해냈다고요. 이모, 정말 근사하지 않아요?"

"세상에! 내 평생 이런 이야기는 처음 듣는구나. 그럼 그 모든 일이 다 너희 짓이었단 말이냐? 사람들이 난리법석을 떨게 만들고 겁에 질려 안절부절못하게 만든 게 너희 짓이란 말이지! 지금 당장 혼쭐을 내줘야겠다. 그런 줄도 모르고 몇 날 며칠 밤을 붙어 앉아서……. 낫기만 해봐라. 두 녀석 다 흠씬 두들겨 패서 그 못된 버릇을 고쳐놓고 말 테다."

그러나 톰은 너무 뿌듯하고 기쁜지 계속 떠들어댔다. 아주머니도 계속 끼어들며 화를 내는 터에 두 사람은 마치 고양이들이 싸우는 것 같았다. 아주머니가 엄포를 놓듯이 말했다.

"지금은 실컷 즐기렴. 하지만 다시 한번 검둥이 일에 끼어들었다가는 내 손에……."

"끼어들다니요? 누구한테요?"

톰은 웃음을 뚝 그치고 놀란 표정으로 물었다.

"누군 누구야? 도망친 검둥이지. 또 누가 있니?"

톰은 심각한 표정으로 나를 보며 물었다.

"톰, 짐은 괜찮다고 했잖아. 도망친 거 아냐?"

"그 검둥이 말이냐? 도망은 무슨! 무사히 잡혀 다시 오두막에 갇혔단다. 빵과 물만 먹으면서 주인이 데리러 오든지 경매로 팔릴 때까지 사지가 쇠사슬에 묶여 지낼 거다."

아주머니의 말에 톰은 벌떡 일어났다. 눈은 시뻘게지고 콧구멍은 물고기의 아가미처럼 벌름거리며 나를 향해 소리쳤다.

"아무도 짐을 가둘 권리가 없어! 어서 가! 1초도 지체하지 말고 빨리 가서 풀어주란 말이야. 짐은 더 이상 노예가 아냐. 다른 모든 사람과 마찬가지로 자유의 몸이라고!"

"대체 무슨 헛소리를 하는 거야?"

"헛소리가 아니에요. 제 정신은 말짱하다고요. 아무도 안 가면 내가 가겠어요. 나는 예전부터 짐을 알고 있었고, 톰도 마찬가지예요. 왓슨 아주머니는 두 달 전에 세상을 떠났는데, 돌아가시면서 짐을 강 하류로 팔려 했던 일을 부끄럽게 생각하시고 짐을 노예 신분에서 벗어나 자유롭게 해주라는 유언을 남기셨다고요."

"그럼 짐이 벌써 자유의 몸이 된 걸 알면서 왜 군이 도망치는 걸 도와주려고 한 거야?"

"당연한 질문이긴 한데요, 여자들은 어쩔 수 없네요. 저는 단지 모험을 하고 싶었던 거예요. 목만 내놓고 피로 물든 강을 건너는 한이 있어도 말이에요. 어! 폴리 숙모!"

돌아보니 정말로 폴리 아주머니가 파이를 실컷 먹고 난 천사처럼 흐뭇한 미소를 지으며 문 앞에 서 있었다. 샐리 아주머니는 폴리 아주머니에게 뛰어가 뒷덜미를 잡아챌 듯이 덥석 끌어안고 울음을 터뜨렸다. 나는 상황이 불리하게 돌아가는 것 같아 슬며시 침대 밑에 숨었다. 바깥을 내다보니 폴리 아주머니는 샐리 아주머니의 팔을 풀고 안경 너머로 톰을 노려보았다. 그녀의 눈빛은 마치 톰을 땅속에 쑤셔 박을 기세였다. 마침내 폴리 아주머니가 말했다.

"그래 고개를 돌리고 있는 게 낫겠지? 내가 너라면 그러겠다, 톰?"

그러자 샐리 아주머니가 말했다.

"그건 또 무슨 말이에요? 얘가 그렇게 많이 변했어요? 얘는 톰이 아니라 시드예요. 톰은 여기……. 아니, 톰은 어디 갔지? 조금 전까지 여기 있었는데."

"헉 핀 말이야? 톰 같은 장난꾸러기를 그렇게 오랫동안 키워온 내가 못 알아볼 리가 있나. 못 알아보는 게 이상하지. 침대 밑에서 썩 나오지 못해, 헉 핀?"

나는 조마조마한 마음으로 침대 밑에서 기어 나왔다.

샐리 아주머니는 어리둥절한 얼굴로 멍하니 서 있었다. 멍하니 서 있는 또 한 사람은 사일러스 아저씨였다. 아저씨가 방에 들어오자마자 두 아주머니가 자초지종을 들려주었던 것이다. 아저씨는 마치 술에 취한 사람처럼 정신을 못 차렸고 하루 종일 일이 손에 잡히지 않았다. 더구나 그날 밤 예배 때 설교는 아저씨의 명성에 먹칠을 할 정도로 엉망진창이었다. 이 세상에서 가장 나이 많은 노인조차 이해하지 못할 설교였기 때문이었다.

톰의 숙모인 폴리 아주머니는 내가 누구이며 어떤 녀석인지 하나도 빠짐없이 이야기했다. 나는 펠프스 부인이 나를 톰 소여로 착각했을 때 얼마나 당황했는지 이야기했다. 그러자 펠프스 부인이 끼어들어 말했다.

"그냥 계속 샐리 이모라고 부르렴. 뭐하러 굳이 바꾸겠니? 익숙해져서 좋은데 말이다."

나는 샐리 아주머니가 나를 톰 소여로 잘못 알았을 때 가만히 있을 수밖에 없었다고 말했다. 별다른 방법도 없었고 톰이 그 일로 기분 나빠할 리도 없다는 것을 잘 알고 있었기 때문이라고 했다. 더구나 신기하고 비밀스러운 일을 가지고 모험을 꾸미는 일을 좋아하는 톰이어서 오히려 재미있어 할 거라고 생각했다고 말했다. 그렇게 해서 톰은 시드인 척하며 나를 편하게 해주었다고 이야기했다.

폴리 아주머니는 왓슨 아주머니가 유언으로 짐을 자유롭게 해주었다는 톰의 말이 사실이라고 말했다. 그렇다면 결국 톰은 이미 자유의 몸이 된 검둥이를 자유롭게 풀어주려고 그런 힘들고 성가신 일을 벌인 것이었다. 나는 그때까지도 좋은 집안에서 제대로 자란 톰이 왜 검둥이를 자유롭게 풀어주려고 했는지 이해할 수 없었다.

폴리 아주머니는 톰과 시드가 무사히 도착했다는 샐리 아주머니의 편지를 받았을 때 이렇게 중얼거렸다고 한다.

"내 이럴 줄 알았어. 감시할 사람도 없이 딸랑 혼자 보냈으니 이렇게 된 것도 당연하지. 샐리한테 답장이 올 것 같지도 않으니, 1100마일이라 하더라도 강을 내려가서 그 녀석이 무슨 짓을 꾸미고 있는지 알아봐야겠다."

"답장이라니? 난 편지 받은 거 없는데?"

샐리 아주머니가 말했다.

"무슨 소리야? 시드가 왔다길래 어찌 된 일이냐고 두 번이나 편지를 보냈는데?"

"나는 한 통도 못 받았어."

폴리 아주머니는 엄한 표정으로 톰을 향해 천천히 고개를 돌리며 물었다.

"톰, 너지?"

"네? 뭐가요?"

톰은 성가시다는 투로 말했다.

"이 되바라진 녀석, 시치미를 뗄 참이냐? 어서 편지 내놔."

"무슨 편지요?"

"그 편지 말이다. 잡히기만 해봐라. 거꾸로 잡고 흔들어서……."

"트렁크 속에 있어요. 우체국에서 갖고 온 그대로예요. 읽지도 않고, 아예 뜯어보지도 않았어요. 그냥 일이 귀찮게 될까 봐, 그렇게 급한 일도 아닌 것 같아서……."

"너는 혼쭐이 좀 나야겠다. 이번에는 가만 안 둘 테다. 또 한 통은 어덨어? 내가 온다고 써서 보낸 편지 말이다. 그것도 분명 네가……."

그러자 샐리 아주머니가 말했다.

"언니, 그건 어제 받았어. 그런데 아직 안 읽었어. 하지만 어쨌든 내가 갖고 있어."

나는 샐리 아주머니가 결국 편지를 받지 못한다는 데 2달러를 걸겠다고 말하고 싶었지만, 그러지 않는 게 낫겠다 싶어 그냥 잠자코 있었다.

마지막 장

    톰과 단둘이 있게 되었을 때 나는 탈출에 성공해서 이미 자유의 몸이 된 검둥이를 어떻게 다시 자유롭게 해줄 생각이었는지 물었다. 그러자 톰은 무사히 짐을 빼내서 뗏목을 타고 모험을 즐기며 강 하류까지 내려가 짐에게 자유의 몸이 되었다고 알려주려고 했다는 것이었다. 그리고 기선에 타고 짐의 고향으로 가서 이제까지의 고생을 보상해줄 생각이었다고 했다. 고향 사람들에게 미리 편지를 보내 마을 사람들 모두 짐을 마중 나와 횃불 행렬과 브라스밴드를 앞세워 금의환향할 계획이었다는 것이었다. 그러면 짐은 영웅 대접을 받을 것이고, 우리도 그럴 것이라고 했다. 나는 이 정도로 정말 좋다고 말했다.

    우리는 곧 짐을 풀어주었다. 그리고 나는 의사가 톰을 치료할 때 짐이 얼마나 훌륭하게 도와주었는지를 사일러스 아저씨와 샐리 아주머니, 그리고 폴리 아주머니에게 이야기해주었다. 그들은 짐을 칭찬하며 멋진 옷을 입혀주고 맛있는 것도 주면서 일 같은 건 하지 말고 편안하게 지내라고 했다. 우리는 짐을 침실로 불러 신나게 이야기했다. 톰은 인내심을 가지고 묵묵히 죄수 노릇을 잘해주었다며 짐에게 40달러를 주었다. 짐은 뛸 듯이 기뻐하며 말했다.

"이봐, 헉, 언젠가 잭슨 섬에서 내가 뭐라고 혔어? 나처럼 가슴에 털이 많은 사람은 어떻게 된다고 혔지? 부자가 된다고 혔잖여. 한때 부자가 된 적이 있는데, 또다시 부자가 될 거라고 혔지? 내 말이 맞잖여. 아무 말 말어. 징조는 징조니께. 여기 내가 이렇게 서 있는 것처럼 내가 다시 부자가 된 것도 틀림없다니께."

톰은 한참을 이야기하다가 이렇게 말했다. 나중에 셋이 함께 여기를 빠져나가 장비를 갖추고 2, 3주일 동안 인디언 보호구역에서 근사한 모험을 하자는 것이었다. 나는 계획은 마음에 들지만 장비를 살 돈이 없다고 말했다. 아버지가 대처 판사한테 돈을 다 받아내서 모조리 술 마시는 데 써버렸을 거라고 했다.

"아니야. 6천 달러가 넘는 돈은 그대로 있을 거야. 그날 이후로 네 아버지는 돌아오지 않았어. 내가 거기를 떠날 때까지는 오지 않았다고."

그러자 짐이 진지하게 말했다.

"헉, 너의 아버지는 돌아오지 않을 거여."

"그걸 어떻게 알아, 짐?"

"글쎄, 아무튼 다시는 돌아오지 못할 거여."

내가 계속 이유를 캐묻자 마침내 짐이 말했다.

"지난번에 나무집 한 채가 강물에 떠내려왔던 거 기억나지? 그 안에 사람 하나가 뭔가로 덮여 누워 있었잖여? 내가 그 사람 얼굴을 들춰보고는 너한테는 들어오지 말라고 했지? 너는 앞으로 필요할 때면 언제든지 돈을 찾아 쓸 수 있다니께. 왜냐하면 그 사람이 바로 네 아버지였거든."

이제 톰도 거의 완쾌되었다. 톰은 다리에서 빼낸 총알을 시계처럼 목에 매달고 시간을 보듯이 수시로 들여다보았다.

이제 더 이상 쓸 것이 없다. 그래서 홀가분하고 너무너무 기쁘다. 책을 쓰는 것이 이렇게 힘든 일인 줄 알았다면 아예 시작도 하지 않았을 것이다. 앞으로 두 번 다시 이런 일은 하지 않겠다고 다짐했다. 그리고 나는 톰이나 짐보다 먼저 인디언 보호구역으로 달아나게 생겼다. 샐리 아주머니가 나를 양자로 들여 교양 있는 사람으로 만들겠다고 말했기 때문이다. 그런 일이라면 정말 지긋지긋하다. 전에도 한번 겪어보지 않았던가?

마크 트웨인

Mark Twain, 1835. 11. 30~1910. 4. 21

미국 미주리 주 플로리다에서 일곱 형제 중 여섯째로 태어났으며, 본명은 새뮤얼 랭혼 클레멘스(Samuel Langhorne Clemens)다. 가난한 개척민이었던 아버지를 따라 1839년(4세) 가족 모두 미시시피 강에 면한 항구도시 해니벌로 이사했다. 이 해니벌은 바로 《허클베리 핀의 모험》에 나오는 세인트피터스버그의 모델이 된 곳이다.

1847년(12세) 아버지가 돌아가신 후 인쇄소에서 식자공 일을 하며 가족의 생계를 도왔고 그 일을 하면서 잡지나 신문에 익살스러운 글을 기고하기도 했다. 1853년(18세) 동부와 서부를 떠돌아다니며 식자공 일을 했고, 식자공을 그만두고 나서 뉴욕과 필라델피아에서 신문사 수습기자로 활동했다. 이때의 생활이 모험심 강한 그의 성격에 큰 영향을 미친 것으로 보인다.

1856년(21세) 미주리 주로 돌아온 트웨인은 증기기관사 호레이스 빅스비를 만난 것을 계기로 미시시피 강을 따라 뉴올리언스까지 내려가는 증기선의 수로 안내인 일을 시작했다. "일생 동안 나에게 커다란 영향을 준 시기였다."고 술회할 만큼 해니벌의 생활과 이 시기의 경험은 훗날 그의 작품 세계에 많은 영향을 끼쳤다.

그의 필명 '마크 트웨인'은 '두 길 깊이(약 3.7미터)'라는 뜻으로 당시 증기선이 안전하게 지나갈 수 있는 수심에 해당한다. '트웨인(twain)'은 'two'의 고어체다. 실제로 미시시피 강 수로 안내인들은 배가 지나갈 때 안전하다는 뜻으로 '마크 트웨인!'이라고 외쳤다고 한다.

1861년(26세) 남북전쟁이 발발해 수로가 폐쇄될 때까지 수로 안내인 생활을 계속하다 네바다 주 서기관으로 임명된 형 오브라이언을 따라가서 은광 사업에 투신했으나 성공하지 못했다.

1864년(29세) 캘리포니아로 건너가 작가로 활동하기 시작했고, 1867년(32세)에 단편집 《캘리베러스 카운티의 명물 점프하는 개구리(The Celebrated Jumping Frog of Calaveras County)》를 발표해 유머러스한 필치로 명성을 얻었고, 신문사 특파원으로 유럽과 성지를 도는 관광여행단에 참가했다. 1869년(34세) 신문에 연재했던 여행기를 모아 《철부지의 해외 여행기(The Innocents Abroad)》를 출판했다.

그 무렵 마크 트웨인은 미국이 역사가 짧다고 해서 유럽에 대해 열등감을 느낄 필요 없다는 인식을 가지기 시작했다. 위선적이고 부패한 유럽 문화보다 미국의 문화와 민주주의가 훨씬 더 낫다고 생각했던 것이다. 이러한 인식은 그의 작품에 그대로 반영되어 사람들로부터 큰 감흥을 불러일으켰다.

1870년(35세) 동부의 부유한 석탄 탄광주의 딸인 올리비아 랭던과 결혼해 뉴욕 주 버팔로에 정착해 동부 상류층에 편입되면서부터 활발하게 집필 활동을 시작했다. 그러나 거친 서부에서 나고 생활한 그는 도시적이고 물질주의가 강한 동부 사회에 대해 위화감을 느끼기 시작했다.

1873년(38세) 남북전쟁 후 황금만능주의와 그로 인한 도덕적 타락을 주제로 쓴《도금 시대(The Gilded Age)》를 찰스 더들링 워너와 함께 집필했다. 이후 대표작《톰 소여의 모험(The Adventures of Tom Sawyer)》(1876년, 41세), 에드워드 6세를 주인공으로 다룬《왕자와 거지(The Prince and Pauper)》(1882년, 47세), 수로 안내인의 체험을 담은《미시시피 강의 생활(Life on the Mississippi)》(1883년, 48세),《허클베리 핀의 모험(The Adventures of Huckleberry Finn)》(1884년, 49세) 등을 발표하면서 인기 작가로서 명성을 유지했다.

발명에 관심이 많아 실제로 발명품을 개발하는 데 많은 투자를 하고 발명가 니콜라 테슬라와 친하게 지내기도 했던 트웨인은 1889년(54세) 타임슬립 소설《아서 왕궁의 코네티컷 양키(A Connecticut Yankee in King Arthur's Court)》를 출간했다. 이 책은 미국인이 영국 아서왕 시대로 거슬러 올라가 과학 지식을 활용하는 내용이다.

1880년대 후반 트웨인은 사업 실패 등으로 경제적인 어려움을 겪었고, 유럽으로 옮겨가 출판사를 운영했으나 그마저도 실패했다. 1895년(60세)에는 빚을 갚을 목적으로 세계 일주 강연을 떠났고, 1897년(62세) 강연 내용을 담은 《적도를 따라서(Following the Equator)》를 출간했다.

1896년(61세) 큰딸 수지가 뇌막염으로 세상을 떠나고 1900년(65세)에는 막내딸 진이 불치병에 걸리는 등 개인적으로 불행한 시기를 맞이하면서 트웨인은 염세주의와 허무사상에 빠져들기 시작했고, 1900년부터 미국 제국주의를 비판하며 반제국주의 및 반전 활동에 적극 가담했다. 반전 우화 《전쟁을 위한 기도(The War Prayer)》(1905년), 1906년(71세) 익명으로 발표된 《인간이란 무엇인가(What Is Man?)》와 미완성 작품 《괴상한 낯선 사람(The Mysterious Stranger)》에서 반제국주의 성향을 엿볼 수 있다.

1904년(69세) 병약했던 아내가 먼저 세상을 떠났고, 1909년 막내딸 진이 세상을 떠난 다음 해 4월 21일(75세) 마크 트웨인은 심장마비로 세상을 떠났다. 그 자신이 "나는 1835년 핼리혜성과 함께 태어났다. 내년에 핼리혜성과 함께 떠나고 싶다. 그렇지 않으면 무척 실망할 것이다."라고 말한 것으로 유명하다. 실제로 그는 핼리혜성이 지구에 근접한 날로부터 2주 뒤에 태어났고, 다시 지구에 근접한 다음 날 세상을 떠났다.

'미국 문학의 링컨', '미국 현대문학의 효시'로 불리는 마크 트웨인은 문학 작품을 통해 미국인의 정신을 일깨운 사람으로 19세기 후반부터 20세기 초반까지 미국 사회의 변화를 상징하는 인물이었다. 정식 교육을 받은 적은 없지만 책을 통해 스스로 지식을 쌓은 마크 트웨인은 독자적인 경험과 신선한 표현법으로 생전에 대중적인 인기를 얻었을 뿐 아니라 지금까지 가장 미국적인 작가로 높이 평가받고 있다.

마크 트웨인의 대표작 《허클베리 핀의 모험》은 《톰 소여의 모험》의 속편 형식을 띠고 있지만 그보다 훨씬 뛰어난 작품으로 평가받는다.

《톰 소여의 모험》에서 미망인 더글러스 부인의 양자로 들어가게 된 허클베리 핀은 규칙에 얽매인 데다 따분하기 이를 데 없는 일상과 매일 술에 취해 자신을 때리는 아버지로부터 벗어나기 위해 미시시피 강에 있는 잭슨 섬으로 도망을 가는데, 그곳에서 도망친 흑인 노예 짐을 우연히 만나 함께 뗏목을 타고 미시시피 강이라는 대자연 속을 여행하면서 여러 가지 사건에 휘말리고 다양한 모험을 겪게 된다. 이처럼 소년의 모험을 그리기는 했지만 어른들도 흥미 있게 읽을 수 있는 작품이다.

이 작품에서 정서적인 핵심을 이루는 것은 '올바르지 못한 소년' 헉 핀과 늙은 흑인 노예 짐의 우정이다. 헉은 천성적으로 선량한 짐을 위해 기꺼이 죄를 범하기로 결심할 정도로 짐을 노예가 아닌 동등한 인간으로 대하며 그와의 우정을 소중히 여긴다. 노예제도를 허용하는 주에서는 노예가 도망치는 것을 돕거나 신고하지 않는 것이 바로 죄였다. 헉은 끊임없이 양심의 가책을 느끼면서도 결국은 짐이 자유의 몸이 되는 것을 도와주는 쪽을 선택한다. 마크 트웨인은 백인 소년과 흑인 노예의 우정과 모험을 그린 이야기를 통해 두 가지 신념에 대항하고 있다. 하나는 노예제도 위에 구축된 행복한 사회의 어두운 이면에 저항하는 것이고, 또 하나는 중서부 미국인의 위선적인 도덕관을 비판하는 것이다.

종종 등장하는 비속어와 사투리, 헉 핀이 거짓말을 밥 먹듯이 하고 훔치는 행위에도 정당성을 부여하는 태도, 기독교적 관습에 대한 반항 등으로 인해 한때 아동 금서로 분류되기도 했다. 그러나 화자인 열서너 살 소년의 솔직한 표현과 그 또래의 언어를 그대로 살려 서술하고, 흑인의 말투를 비롯해 다양한 지역의 사투리를 그대로 옮김으로써 현대적인 글쓰기의 모범을 제시했다는 평가를 받는다. 어니스트 헤밍웨이는 "미국의 모든 현대문학은《허클베리 핀의 모험》이라는 마크 트웨인의 작품 하나에서 비롯되었다."고 찬탄했다. 또한 미국의 통속어를 문학 속에 도입해 순수한 구어체를 써서 세계적인 위치에 이른 최초의 미국 작가로서 마크 트웨인은 특별한 공로를 인정받고 있다.

이 작품은 흑인을 비하하는 '검둥이(nigger)'라는 단어가 많이 등장해 인종차별을 조장한다는 이유로 한때 금서로 분류되기도 했으나 실제로는 흑인이 차별받는 현실을 적나라하게 묘사하고 있으며 미국 최초로 인종 문제를 다룬 작품이다.《허클베리 핀의 모험》은 미국 서부를 배경으로 사회적 규범에 얽매이는 것을 싫어하는 헉이라는 소년을 통해 기존의 사회적 인습과 위선을 통렬하게 풍자하고 웅장한 자연과 더불어 자유롭게 사는 삶의 위대함을 보여주는 미국 문학의 걸작이다.

허클베리 핀의 모험

초판 1쇄 인쇄 2014년 7월 25일
초판 1쇄 발행 2014년 7월 30일

지은이 마크 트웨인 | **옮긴이** 북트랜스 | **펴낸이** 신경렬 | **펴낸곳** (주)더난콘텐츠그룹

상무 강용구 | **기획편집부** 차재호 · 남은영 · 허승 · 성효영 · 이서하 | **디자인** 서은영 · 박현정
마케팅 견진수 · 김대두 · 서영호 | **교육기획** 양인종 · 지승희 · 이소정 · 구본중
디지털콘텐츠 민기범 · 홍영기 · 최정원 | **관리** 김태희 · 김이슬 | **제작** 유수경 | **물류** 김양천 · 박진철
기획 추지영

출판등록 2011년 6월 2일 제25100-2011-158호 | **주소** 121-840 서울특별시 마포구 양화로 12길 16
전화 (02)325-2525 | **팩스** (02)325-9007
이메일 book@ibookroad.com | **홈페이지** http://www.ibookroad.com
ISBN 979-11-85051-64-2 04840